百年大集

胡保凯 著

作家出版社

《百年大集》的诉说

韩嘉川

李村大集已有几百年的历史了。据明万历年间的《即墨县志》记载："市集，在乡十二。李村，在县南六十里。"在明代的时候，李村集就属于即墨行政辖区的十二个乡间大集之一，并且在即墨县城南六十里的地方。清同治年间的《即墨县志》记载，即墨县有城集四个，乡集三十九个，而李村大集是其中之一。民国十七年的《胶澳志》记载，李村区的集市有李村、枣园、沧口、浮山所……

这些记载勾勒出一条线索。万历年间的李村，还属于即墨，或者说那时候还没有青岛，尽管已经有了鳌山卫雄崖所、浮山所这些军事机构，但即墨城是那时这个地区的政治文化中心，因此才有了"即墨县南六十里"之说。清同治年间的即墨，已经辖有四个城集、三十九个乡集，从集市数量的增加，能看出这个地区的人口比明朝时多了不少。而《胶澳志》的出现，则说明当时已经有了青岛（其时称"胶澳"），且人口开始往那座海滨城市汇聚。民国十七年是1928年，那时德国人因"一战"战败已经离开了，且经过日本人短暂的管理之后，青岛已归还给中国。这个时期恰是民国黄金十年的开初之时，青岛地区的工业无论是日本人经营的纱厂，还是民族工业，都处于上升发展阶段，于是便有了李村区和李村集。

集市是农耕时代的产物，可以追溯到史前人们以物易物的时代，是定期聚会交易的市场。上面的文字还说明了一个事实，即李村这个地方，无论是明清还是民国时期，其地理位置都比较突出，即便在还没有青岛城市的时候，往南可以辐射到海边，囊括胶州湾东岸、北岸及浮山所、石老人一带，东接崂山。有了青岛之后，这里又是城乡接合部的重要交通枢纽。清末与民国时期，尽管已经有了铁路，但是陆路进出青岛，李村都是必经之处。因此，李村集便成为这个地区与人们生活息息相关的交易市场了。

之所以要阐述这个地区的重要意义，是因为我手头的这部小说，讲述的是“百年大集”的故事。在这部二十余万字的小说中，作者胡保凯讲述了一个百年大集之所以越来越兴盛，不仅承载着这个地区人们的生活愿求，更展示了集市生态在一个特定时期的特定场景。

集市最初的形成，就是十里八乡的老百姓因贸易的需要，把自己剩余的物品拿到一个约定的地方进行交易，换回更需要的东西。有些集市甚至只是利用早晨或者一上午的时间，所利用的场所也多是不便进行农耕生产的地方，譬如干涸的河套。李村集多年来一直在李村河的河道上，也是沿袭了这种风习。发源于崂山的李村河是一条季节性河流，雨季会有崂山的洪水袭来，而平时则是干涸的。并且在相当一段时期，根据民俗，逢农历二七为集市日。除了计划经济时期，农村有不少专门赶集做生意的，农历一六、二七、三八、四九……在一个相对比较大的区域里总有集市。而李村集的城乡接合部位置，农产品与工业产品构筑了城乡人们需求的平台，加之二十世纪相当一段时期内，交通不甚便利，形成了区域价差，成为吸引人气的重要因素，因而渐渐形成了每日集市。就是这样的一个集市，不仅令乡间的商贩可以有固定的摊位成为坐商，也令九十年代的大批下岗人员在这里找到了生存之道。

诚信，不仅是做生意需要遵循的法则，更是做人的尊严所在。小说主人公李德信依靠李村大集，以诚信为本在集市上获得信誉立住了脚，事业逐渐扩展到李村商圈。像李村河是一个区域的灵魂一样，作者在这个人物身上倾注了一个集市所应有的灵魂。同时塑造了众多人物形象，生动鲜活，像一幅徐徐展开的《清明上河图》，把每一个场面描绘得栩栩如生。

无疑，主人公李德信是市场经济大潮中的正面形象。他在人生的挫折中几度迷失、挣扎，经过了凤凰涅槃式的升华，其中少不了独臂老爹这一民间人物教父式的指点迷津，矫正其做人与做事的方向。

一个集市，既是一个生意的平台——在这里摆长摊或开门头，都要依靠这个平台为生；更是一个社会的缩影，各种人物，各类帮派，以及种种社会现象，在这里都有不同的表现。其中最重要的是市场秩序，在邪气横行的时候，做生意者人人自危，甚至要靠龙三这种专踩市场为生的人物出面摆平各种矛盾。甚至钱二姐这样一个丈夫入狱只身闯荡江湖的女子，不得不使出孙二娘式的手段，深陷种种矛盾中打拼生存。李德信在被多次构陷之后，终于明白自己要站立起来，必须在集市上树立正气，才是自己的发展方向。打拼过程中，有投靠他却以揩商贩的油占便宜的金隆一，有自己的老婆在不正常心态的驱使下想多拿多占，以及自己的弟弟为求发展而做出背离的事等等，他在整肃这些身边现象的同时从而树立起威信。其间，几个正面形象的人物起到了很重要的作用，市场管理所的邴所长、工商局的连科长，都塑造得有血有肉，分寸把握得比较到位。

商户之间有了正气与诚信，给顾客以良好的印象，集市自然会更加繁盛。而让利给同行，是李德信进一步走向成熟的经商之道，即使对曾经陷害过自己的人。这部小说从内在故事结构上体现了这样一个观念："天下熙熙，皆为利来；天下攘攘，皆为利往。"无论是生意场上的人，还是其他行业的人，大家忙忙碌碌，目的都是为了让生活更好一些。所不同的是，有的人是为了让更多的人生活得更好一些，有的人是为了一己私利；有的人是凭诚信、凭辛劳获取利益，有的人却不择手段，以伤害他人利益的手段获取利益。李德信最初是为了让老婆孩子过上衣食无忧的生活，后来是为了同乡或投靠自己的下岗工人都能吃上一碗体面的饭，到后来却能在激烈的竞标中急流勇退，将利益让给曾陷害过自己的对手。这样的境界，令人想起孟子《生于忧患，死于安乐》一文中所言："故天将降大任于斯人也，必先苦其心志，劳其筋骨，饿其体肤，空乏其身，行拂乱其所为，所以动心忍性，曾益其所不能。"到这里，李德信这个人物才算真正立了起来，也进一步说明此人是堪当大任之人。作者在这里也给出了一个重要启示，做生意赚钱，固然是改变一个人命运的必要手段，但是赚钱不是目的，让大家的生活都好起来，才是一个正常的社会所应该有的状态。

小说的构思与人物塑造，在上半部中作者已经完成了非常重要的过程，而在下半部又向读者揭示了主人公面对的重要考验，也就是随着市场经济的发展，人们所面临的崭新问题——坐商与电商的矛盾。对主人公来说，这也是他与儿子两代人的观念差异所引发的矛盾。

这部小说向读者揭示的深层意义，在于一个集市（市场）的健康发育，离不开诚信的法宝，也就是契约精神，这是市场经济所要遵循的一种灵魂。作者只有详细观察市场人物，透彻理解交易规则和潜规则，才能驾驭这一题材。尤其是多层面的分析与透视，使读者通过其塑造的人物看到市场的真谛所在。

《百年大集》不是纪实文学，却是来自于生活又高于生活的小说。小说是虚构的艺术，通过虚拟的故事情节与人物，从感性而朴素的认识中归纳出理性的思考，给读者以启迪。作者以高度的洞察力与细腻的笔触，写出了以主人公的奋斗历程为线索的百年大集众生相。只是在细节上将众多人物的内心活动与命运走向，做进一步的丰富，使人物形象更加丰满，会更好一些。

作者胡保凯创作过一部写市场执法与食品安全的长篇小说《舌战》，获得好评。这部作品是作者的又一丰硕成果，而且以更具深度的视角，让读者看到一个百年大集的繁荣景象及其变迁。

2018 年 7 月 20 日

（韩嘉川，青岛市作家协会原副主席，

中国作家协会会员，文学创作一级）

目录

引子

蓝岛市的市区在海的北岸，又是在山南。它东北方向的这座山叫崂山。崂山从海平面上凭空而起，所以就显得非常雄伟了。崂山是蓝岛市几条主要河流的发源地。其中一条，从东往西，弯弯曲曲，穿越了市区，也穿起了两个区，最后注入大海。东边的，自然就叫崂山区，几年前还叫崂山县。西边的靠着海，叫沧口区。河经过东边的崂山区的这段儿地方，叫李村，是崂山区原来的老县城。那么这条河，就理所当然叫李村河了。

李村河的河床正中央，有一个大型农贸市场。

咱们的故事，就从这个农贸市场说起。

一九九四年夏天的一天，一场暴雨，正朝李村袭来。

天空一片昏暗，乌云重重叠叠，就像直冲云霄的滚滚黑烟，慢慢在云层中消散。半空，滴落的雨柱像万箭齐发，骤然射向大地。地上，马路早已水流成河，蚕豆大的雨点激起了阵阵水泡。那雨水汇集处，就像万马奔腾，裹挟着灰黑色的污垢和乳白色的泡沫，湍急地冲向李村河底，泥沙俱下。李村河底早已一片汪洋，河床中间最低处的那条水沟，此时也被这股洪流给吞没了。

“哪儿跑！”

“给我站住！”

“抓住他！”

河底突然传来断打声。只见大雨中，四名汉子正在河底上演一出“三英战吕布”。被围攻的汉子有三十多岁，大高个，黑眉毛底下一双黑眼珠英气逼人。他穿了一身蓝色的海军便装。这身打扮，一看就是市场上最普通的小商小贩打扮。他此时虽然赤手空拳，不过脸上毫无惧色，一双黑眼睛冷静地瞅着敌人，伺机夺路而逃。一名大块头冲上前来。一个漂亮的扫堂腿，大块头被撂倒在地。另外两人见状猛扑。小贩辗转腾挪，出拳，左右开弓——啪！四人打斗在一起。

雨声像战鼓，天空中夹杂着隆隆的雷声和啪啪的闪电。

在河北岸的一个小吃店里，一名少妇正伫立窗前。她瞅着这场厮杀，好像对被围攻的男子非常关心，注视的眼睛一眨不眨。她的神色倦怠，眼神充满了焦虑和哀怨。

又斗了几个回合，小贩身上中了几拳，也叫那三人吃了不少亏，其中一位鼻子给打破了。那小贩不敢恋战，瞅准空子，把眼前汉子一把推开，一个三级跳，夺路就朝那条水沟冲去。

那小贩似乎早已探明水沟深浅，也许是急中生智，只见他身子一纵，就像点水的蜻蜓，眨眼就跃过了十多米宽的河水，眼看着就可以跳上对岸，逃之夭夭了。

水沟处在河床中央的最低处，再往南便是河堤。只是顺着河堤，早已盖起了一溜儿的商业用房，下面用水泥柱子支撑着，这样不影响泄洪。不过此时反倒成了一道屏障。只有中间的一道台阶可以逃生，有十几磴。小贩拔腿就朝那台阶冲去。

“给我站住！”是另一条汉子，突然从台阶后面闪了出来。

这名大汉一看就是前面三人的同伙，早就埋伏在了这里。小贩一愣，发现拦路之人手里擎了一条腊棍，吃了一惊。

练过武的人都知道：腊棍是专门用来打人的。

“你想咋地？”小贩喝道。

“哼，小子，在这个市场混，不懂规矩是吧？”

“你想怎么着？”

“我今天就是叫你知道知道！”

大汉舞棍就打，小贩猝不及防，身上早挨了几棍。他忍痛急忙闪避，躲到了水泥柱子后面。那使棍的大汉也不追赶，就想一夫当关，等到后面那三人赶到。小贩心急如焚，几次试着要冲过去，都被乱棍打回。正在这时，后面的追兵到了！

四人将小贩团团围在了中间。

小贩急忙一弯腰，抓起了地上两块砖头，成了他手里的两面板斧！

“小子！”那使腊棍的汉子喊道，“我告诉你，冤有头债有主，你在市场卖的什么破玩意儿！假冒伪劣，差点儿电死了人！还不认账！今天揍你就是给你个明白！给我打！”

汉子腊棍一摆，早打掉了小贩手里的砖头。四人一拥而上，就像非洲草原四头母狮子撕扯一头倒地的野牛，拳头雨点般朝小贩身上打去。

小贩满脸是血，可他不甘心当野牛，更不想坐以待毙任人宰割。他的一双大手乱抓乱挥，情急之下摸到了一块砖头。他哇哇乱叫，他的砖头乱劈乱砸，不管死活，他比野牛还凶猛疯狂。他要拼命。

他站起来了！突然又站住不动了。

是另一块砖头，拍在了他的头上。

血，好多血，分成了好几股，就像外边雨水汇成的溪流，沿着额头，沿着鬓角，慢慢地，慢慢地，淌了下来。

他两眼一翻。

他努力地挣扎着想挺过这一关，因为他知道：只要咬紧了牙，保持头脑清醒，他就能挺住，他有经验。可是，这次，他不行了！

小贩直挺挺地朝前倒了下去，“扑通”一声趴在了水中。

这下那四人慌了神，知道惹祸了。那使棍的汉子手里的腊棍落到了地上。

“快跑！”四条汉子仓皇跑开了。

外面的雨柱继续狠命地敲击着马路，半空腾起了团团迷雾，不知是水汽还是烟尘。

第一章　一夜破产

一九九四年，这一年，李德信正好三十六岁。

李德信是相信本命年的讲究，所以妻子安娜给他买了一套大红：红内衣红内裤外加红袜子，这叫李德信挺高兴的。他相信红色，他觉得红色能给他带来好运。

电缆厂的家属院又在盖一座新楼。穿过家属院的大门垛子，往西走是一段斜坡。李德信现在走在这条路上是大摇大摆。自己给厂里开除又怎么了？他现在胯下的坐骑是“本田嘉陵”，有四个挡，可以要多快有多快。他觉着把厂里那些老老实实本本分分的“永久”“飞鸽”赶超过去是一种享受。特别是下雨天，能溅他们一身泥！哈，这年头有钱人就得屁股底下冒烟儿。解气！爽！那个叫来劲儿！国家不是鼓励万元户吗？我李德信已经达到了！

“呸，腐败！我看马上就完了！这么个整法儿，不出两年，电缆厂就得关门大吉！”回到四楼自己的家，瞅着斜坡上开过的“伏尔加”，李德信啐了口唾沫说。

“你快拉倒吧，德信，可别瞎说。你是叫厂里除名的，我和二弟还要在厂里干呢！”安娜这会儿回来了，她是厂里的统计员，可以定期不定期地开个小差。

“不是说伏尔加要换奥迪吗，三十万的？他个奶奶的！”李德信不但没有停止瞎说，还蹦起了高，“就这么个整法，呸、呸、呸！这又盖楼哪，分给谁去，刚进厂的那些七大姑八大姨？就电缆厂这点儿破家底？折腾吧！”

“行了行了，你咋就那么多牢骚呢！”安娜还是坚持纠正，举着红内裤的手放了下来，露出的一张俊脸眉头紧皱，“你干你的个体，人家当人家的厂长，各有各的道儿。你不本田也开上了吗？哪来这么多意见？！”

“关键他小日本的东西好啊！怎么，你也有意见？我开本田是凭我的本事挣的，管得着吗？”

“小日本小日本，嘿，你脑子有病是吧？！你忘了你爷爷怎么死的啦？”

安娜不爽，李德信只好也跟着没了脾气。楼梯里突然传来了噔噔声，接着便是敲门声。李德信两步就抢到了房门前。

“哥！”原来是二弟德福，德福的脸这时像纸一样白，“厂里开着伏尔加来报信啦！说爹他、爹他……”

“快说爹怎么啦？”

“爹快不行了！”

李德信觉得自己算是一夜破产了。医药费两万多，厂里的小会计竟然闭着眼睛说不给报销。呸呸呸，李德信真想啐几口唾沫把财务科淹了。怎么办？本田必须卖掉，不能骑着在斜坡上兜风了。还有库存的两部“雅马哈”，二手的。这两年小日本儿算是白倒腾啦！关键是不能报销？这才是大意外。呸呸呸，该死的国营厂长！

去厂里闹，大嗓门儿吆喝，跳着高踢厂办的门，再砸，咚咚咚！往财务科扔死猫死耗子，毒死的，吓得小会计尖叫着蹿到了楼顶。可是这些都没用。李德信突然间觉得钱什么的都不重要了，他现在需要的是静一静。他觉得除了悲伤更多的是内疚，觉得对不起爹，自己长这么大就没听过爹一句话。他忽然觉得都是他不对，因为他老是犟。他这时觉得爹其实每句话都有道理。他觉得爹最后的那句，他应该听一听。

这里没法活了，去蓝岛吧，回到咱们老家去。回李村，那儿有个李村集！就这些话。

他恍恍惚惚的，就好像一直在做梦。但直觉里他认为没有一千个一万个理由去拒绝，因为对爹的内疚。他其实是个孝子！

李村集！李村集！咚咚跳的心的最深处，李村集在呼唤他。

身上多了六百块钱，是安娜的私房钱。安娜也一直含着泪，把他送上了发往北京的绿皮火车。

先是北京，在这里转车；再是济南，再转一次；然后最后一站，在海边上的——蓝岛。

蓝岛的火车站对李德信来讲并不陌生，就好像梦里曾经来过。哈尔滨街头从来不缺的就是洋葱头式的教堂和十字架，那么蓝岛的火车站保留着浓厚的特色，哥特式，尖顶。再就是边上，附近的那几条街：中山路，广西路，也都是一样锥形的屋脊和圆拱的窗。看着看着，李德信的眼睛亮了起来，他觉着蓝岛其实非常熟悉。他对蓝岛开始喜欢了。

区别是海。这也是火车上他寻思着要体验一番的，或者说凭吊。这个时间他还找不着北，他觉着海应该在北边，那是家的方向。如果边上没有过路的，他真想跪下来磕三个响头，给爹。

“您好，先生，您吃饭住店吗？”

有人叫他。李德信回过头来，是个小姑娘，打扮得倒是清纯，脸上长着粉刺和痘痘，感觉也就二十岁不到。这一提醒倒叫李德信想起时间来。急忙抬手瞧了瞧，哟，原来已经十一点半过了。

“哎！在哪疙瘩呢？”

“就在前面呢，不远！”小姑娘笑出了两个小酒窝，朝边上一条街指了指，李德信也没看清。“我们店是刚开，”小姑娘接着说道，“位置上挺偏的。想以后请您多关照哩。不过饭便宜。您常来啊！”

“行啊，那看看去！”最后这句有吸引力，李德信跟在了小姑娘后头。

到饭点了他不愿意麻烦亲戚。他怕人家说：来了就吃饭啊，像个要饭的！人穷志不能穷，他有他的自尊心。

这时小姑娘在前头引领着，穿过了几条街，就来到了那个小吃店。一瞧，原来还是一座地下室，半截子的房间都埋在了地下，只露出了一扇圆拱的窗。这种样式的房子他在路上见过，李德信对此只是好奇，觉着新鲜，心想也就蓝岛才有这样的洋房，正好见识见识吧。

顺着侧面的楼梯下去，果然里面只有三间斗室，都是单间，潮气也扑面而来。房间也十分简单，就像外头招牌上的字：面条一块一碗。这正合李德信的意：穷家富路，省一分是一分。进了单间，四个圆凳一张圆桌。“来碗肉丝面就行，急着走。”李德信告诉小姑娘。小姑娘答应而去。李德信就在圆凳上坐着。等了十分钟，门开了，是一名女服务员，没敲门就进来了。

李德信“噌”地就站起身来。

他突然觉得眼前这位服务员非常面熟，关键是打扮：穿了旗袍，可又不是老家熟悉的那种，是连衣裙，大腿全裸，还露了半个胸！

“你闪开，我要出去！”

“哎哎，你急什么呀！你要的面条呢！”

“你这个小姑娘怎么能干这个？！”

正是刚才的小姑娘，这会儿摇身一变成了狐狸精。李德信早就明白了什么，急忙想跳出盘丝洞脱身。他也做好了最坏的打算，三十六年的饺子是不能白吃的。两人推搡起来，那狐狸精就往他身上蹭，抬腿往他身上骑，要把他堵回去。只听“哐啷”一声，面条掉地上了！

李德信夺路就逃！

“站住！”猛一抬头，一条大汉拦住了去路。

后面还有两条汉子，其中一人手里还攥着一条双节棍，下头的铁链来回晃悠呢！

李德信当然明白，好汉不吃眼前亏，他退了回去。

“你们想干吗？”

“哼哼，拿钱吧，好汉！”

“我没钱！”

“没钱你就出不了这个门！”

“你！”李德信朝为首的人眼一瞪。

“怎么？”那人眼里也露出了凶光，“哼！”

“那好吧！”李德信迟疑了一下，但是就一下，他颤巍巍地掏出了钱包。

这件事叫他刻骨铭心。后来当他回忆起这件事的时候，他总结是轻信了那小姑娘的单纯。所以，是大意了。这叫他付出的代价是丢了安娜给他的那六百块钱。理由是耍流氓。当然，在棍棒之下，怎么说都可以了。

不过狮子即便掉进陷阱也要知道猎人是何方神圣。因为日后他想报仇。

“你是哪个地方的？”他问道。

“哈哈！这个嘛……我干吗要告诉你？兄弟，识相点，我不要你命。所以，就别考虑报警！当然，报了警也没用——我们马上就走了，闯荡江湖的！哈哈！不过，告诉了你也无所谓，你应该清楚：我们不是你们山东人！哈哈！”

他现在给剥夺得一无所有了。这叫他绝望、沮丧。这弄得哪疙瘩的！但是他不会去跳海，因为他家里有儿子，还有母亲和安娜。再就是还有弟弟德福，他得为他们负起责，他是老大呀！他就是心里闷了一肚子火！打了这么多年雁，反被雁啄了眼！娘的，继续找亲戚吧。

不过，他把那家伙的笑声刻在了心上。他要找他报仇！他咬紧了牙。

公安局的会议室里乱哄哄的。这些身穿黄绿警服的孤胆英雄正在切磋。须知他们都是哈尔滨警队里的精英，都是实干家。他们头上有一道光环叫“刑警”，他们的荣誉都是把脑袋别在腰上，跟坏人一刀一枪拼出来的。只是并非警察无能，而是那年头匪徒太厉害，也会遭遇到滑铁卢。所以这些豪杰只要凑在一起就开始倾倒苦水，战友们降妖伏魔，共同的语言太多啦！

只听“啪”的一声，会议室棕色的大门突然开了，人群安静下来。只见一名大个子刑警，足足有一米九多，右胳膊吊在了脖子上，那只胳膊又缠着厚厚的绷带，出现在人们面前。

“请靳队长给大家讲两句！”后面跟着的警察叫道。

人群顿时鸦雀无声，目光唰地投向了这位靳队长。靳队长的脸色还是阴沉，可能是一直熬夜，那张脸像是涂了一层粉煤灰。他的背驼得厉害，中间的大鼻子像秤砣，他面颊上的肌肉抖动了两下。

“同志们！”靳队长高声说，可说出这几个字来他突然又打住了。他脸上的肌肉继续抖动着，很明显在这帮弟兄们面前他激动得了不得，他的心情很坏，是极度的沮丧、气愤。有好多的话，是心里的郁闷，要说出来，要释放出来。可坏心情叫他一时又不知怎么开口。他现在就是个楚霸王项羽！

“弟兄们，”他终于又开了口，“你们都看见了，我今天是带着伤来的！这帮王八羔子现在是越来越猖狂啦！不把咱哈尔滨警察放眼里啦！这暴露出什么？！暴露出咱有好多事儿要干有好多困难要克服！我现在告诉大家：即便我搭上这条胳膊这条命，我也要把他们全关进去！叫这些王八蛋全坐牢！”

“听靳队长的，”人群里有人高喊，“靳队长说怎么干就怎么干！玩命也保一方平安！”

“好！”靳队长叫大家伙感动得眼里泛起了泪花，那条断了的胳膊微微动了一下，“弟兄们也要注意安全。现在我介绍下案情，这桩命案导致死一伤三。我怀疑，策划者是一名叫李德信的下岗职工。这个人目前已经不在哈尔滨了。估计也不会躲哪里去！市局已经向省厅提交了通缉令，通缉他啦！我发誓：如果抓不到李德信，我以后还要是站在这儿，我就不姓靳！你们把我给抬出去！大家伙都听明白了吗？！”

“听明白了！！”

“好！！”

西藏路好像在西边。因为都是差不多的路和差不多的楼，方向上没有正南正北的。在这座楼底下李德信足足转悠了三圈儿。他觉得本地人好像都不怎么热情，最起码没东北那边的人实在。这座土黄色的筒子楼他也不喜欢，没他家里的四层楼气派。这时他忽然想念起电缆厂的家属院来，甚至是电缆厂，电缆厂里的厂长和工友，他们也没那么讨厌了。只是……唉！

回到现实吧。他在这座楼前差不多又端详了五分钟，应该是这儿，他掏出了小本子，照本子上的地址对了对。没错，就这儿了！

楼梯和走道堆满了杂物，拥挤不堪。屋子里收拾得倒是干净，木质的地板上还刷了深红色的油漆，走在上面咯吱吱响。只是亲戚好像不太爱说话。他爱人就是叫李德信吃干饭，大米，“德信，再吃一碗吧！别不好意思，来，再吃一碗！”嘿，把我当小孩子吗？

李德信没记错的话，那天他是吃了四大碗干饭。

他倒想吃几筷子炒菜，餐桌上也明摆着。可那老太的“热情劲儿”反叫他拘束起来，只好就着口水吃干饭了。

堵，是心里头堵！也赌气！

干饭也就吃了两天，李德信就告辞走人了。

“嗯，你去李村也好，那儿有大集，热闹，机会也多。去吧，呵呵！”亲戚还是不吱声，是老太替他说的。

“走啦！”李德信头也不回地走了。这倒不是一顿四碗的干饭，主要是父亲的话，烙在了心上，是他终极的希望：大集，去大集吧！当然，干饭叫他走得能早点儿。

百年的李村大集啊，你到底长得个啥啊！

叫李德信万万没想到的是：来李村的第一个晚上，他就遇到了险境。

第二章　初到李村

李村的牛叔跟以前的亲戚完全是两路人，老头热情、和善，当然也不失精明。他在河底的市场上有个摊儿，卖的全是土产杂品、锅碗瓢盆。李德信的第一份工作是在杂货铺守夜。

“德信啊，你来了怎么打算的？”牛叔问。

“叔，我以前在哈尔滨也做过小买卖的。这初来乍到的，也不了解行情。您给支一招也行。要不，就先在您这儿打打工吧。”李德信十分小心地回答，他骨子里生意人的精明叫他藏了个心眼儿，他心里有了戒备。再就是，他兜里弄没了本钱，他不想暴露出自己虚弱的一面。

“嗯，好啊。”没想到牛叔倒是直来直去，“我琢磨着，你初来乍到的，又没什么本钱。要不，就在我这儿先干干，熟悉熟悉。李村啊，你别看地方不大，事儿还挺多的！跟当地人多对付对付，结个人缘。然后过一段时间，我再帮你租个摊子。我看你也是块做生意的料。这市场上啊，我瞅了瞅，还没有卖节能灯的。要不，你就卖卖灯试试吧。”

卖灯，给弄个摊子！李德信的耳朵“嗖”地竖起来，不过之前吃过的亏叫他还是隐藏了自己的想法。“嗯，谢谢叔，您能收留我就感激不尽了！”

“客气啥呀！那这么着吧，从今天晚上开始，你就替我守夜！呵呵，杂货铺！”

就这么着，来李村头一宿李德信成了夜猫。地盘是那间杂货铺。他忽然觉得自己又不是在守夜，是守城。在把那张钢丝床安放在地下以后，他觉着自己是坐到了城中央，因为四周全是锅碗瓢盆，柜台是城墙，筷子是弓箭，拖把是长矛。看着看着，李德信忽然笑了起来。

他有种凄凉的感觉。

他想儿子，想安娜，还有自己的老母亲。

有一只长耳朵的花狗跟他做伴，再就是蚊子。李德信讨厌蚊帐，不过这是在河底。再就是来了就听人说，这里有一种花蚊子，叫海魂衫，是蚊子里的特种兵，厉害着呢！咬一口立刻就起一个大包，能痒死人。最关键是外国来的。那会不会传染艾滋病呢？李德信赶紧把头塞进了蚊帐里。

可是他睡不着，又乏得要命。他只好睁着眼睛。他现在能看见两座桥，一左一右，一东一西。再就是在两桥之间，那片河堤上架起来的房子。这两座桥白天他就想过去看看去。两座桥以外的，是什么景致？也是市场吗？他怀着无比的好奇。无非是没有腾出时间。可他又迫不及待，仿佛久旱逢甘霖。他觉得自己是蹦跶的鱼，而市场是水池。那边是不是还有更深更大的水库？所以他憧憬着。再就是白天牛叔的话：给弄个摊子！这成了他不得安睡的咖啡因。

河南岸这些房子他倒喜欢。从远处看他发现有点像教堂，可是比起教堂来线条又差得太远，就是眼熟些。这叫他感觉又不是很寂寞了。

远处有灯火，也是摊子上守夜的。只是大多数地方还是黑漆漆的一片。李村是睡了吗，还是河底市场？还有李村集，在哪儿呢？

远处有狗叫声，然后是更远处的，像是回声，也是呼应。

李德信觉得自己的眼睛还是睁着的。他又感觉摊子外头有个人，慢慢地向他靠近。他害怕起来。侧耳细听，他又觉得有个声音在远处呼唤。他害怕极了，他想坐起来，可又动弹不得。那影子好像并不带恶意，倒像是母亲，在自己要睡了的时候过来盖上被子。李德信放了心。

李德信猛地睁开眼睛，这才意识到，原来是一场梦。

突然，他觉得胳膊上痛痒难耐，哎呀，海魂衫的蚊子！他急忙拍胳膊。嗡嗡声，是好多，原来蚊帐决口了！李德信急忙又一阵乱拍，再拍，啪、啪，手上全是血。给咬了好多口。心下郁闷起来，好不容易把蚊子都赶走了，这才觉得还是困，眼皮耷拉下来，他重新躺在了钢丝床上。

他睡不着了。忽然又有一阵轻微的嘈杂声，还有人说话，是当地的崂山口音，还有外地腔，在暗处听得格外清楚，又非常亲切，是山东哪个地方的方言吗？对，是济南话。由远及近，嘈杂声越来越大。李德信爬了起来。

“咔嗒，咔嗒！”他又听见了机器响，非常有节奏的，好像就在附近。紧接着，一股醇厚的香味猛地灌进了他的鼻孔。

那股香味又越来越浓，是一种享受，叫人闻了还想再闻。没一会儿，便浸润了整个杂货铺里。

李德信不知是怎么了。他惊讶不已。

外面的嘈杂开始变成了喧哗。李德信走出了帐篷，猛一抬头，眼前的一切立刻叫他惊呆在那里。

不知从什么时候开始，也不知打哪冒出来的，河床上开始有人布置摊位。动作又非常轻柔，仿佛是在稻田里插秧，为的是避免打扰周围还在沉睡的人们。天空还是漆黑一片，只是夹杂着跳跃的星星点点，是手电筒，还有嘎斯灯。又都非常遵守秩序，摊位与摊位之间没有争吵，来得早了的不会跨越边界，又非常小心非常特意地给邻居预留出位置。来得晚了的也不会晚出去半步，也就一小会儿。仿佛有一种默契，仿佛有一种规则，就像是下围棋，或者玩俄罗斯方块。渐渐地，又是五花八门的，一个点变成了一条线，一条线然后又织成了一块布。

河堤北岸的滨河路也开始布置摊位了。摩托车的突突声，自行车的铃声，商贩的吆喝声，交织混合在一起。天就要亮了。

人人都在忙碌着，就像巨大的蜂巢在有条不紊地运转着，人们成了辛勤的蜜蜂。卖火烧的开始放喉咙喊了，剁饺子馅的菜刀咚咚锵。散客沿着过道走来走去。送包子送馄饨送冰块的穿行不止。

这是一幅活的《清明上河图》!

李德信就这样呆呆地站在那儿，忘了守卫杂货铺的职责，表情惊讶得像个木偶。

“嘿，你干吗呢，德信？”

胳膊给人推了一把，李德信这才清醒过来。急忙转身，是牛叔。“喂，我说，刚才我一直看着你呢，看了你有五分钟啦！嘿嘿，怎么，大清早的一直杵在这儿啊？”

“噢，牛叔，我刚才是在这儿看他们摆摊儿呢！”

“哎哟，你这都看了俩小时了。夏天的集呀，不到三点就开始上货啦，赶集摆摊儿的来得早。关键是人多，规模大了呢！”牛叔的语气明显带着显摆的意思。

“嗯，是啊，果然名不虚传！”李德信鼓紧了腮帮子。

这多少让他觉着有点儿嫉妒，但更多的是兴奋。他觉着他血管里的血涌动起来了，就像他第一次，在哈尔滨卖给一个朝鲜族人一辆二手的本田70，是一样的感觉！

“你看我抓了只什么？哈哈！”牛叔突然伸出手来，一根一次性的筷子上插了一只活蝎，尾巴和腿还在乱动呢！

李德信脸唰地白了，这可是要命的玩意儿！他给吓了一跳。

“卖活蝎的，盆里跑出来啦！河底也招这玩意儿。哇，个头还不小呢！不过没事儿，晚上小心点儿就行。”牛叔马上知道自己是嘴大了，急忙打了个圆场。

“叔，我刚才考虑好了。你帮我赁个地铺吧。我打算卖卖电器，节能灯、插座什么的。就按你说的。你放心，咱们不会有竞争的。相反，我还能给你介绍买卖哩！”

“决定干了？”牛叔放下了手里的蝎子。

“决定干啦！不过，还要从你这儿借点儿……钱。你放心，我给您打借条。”

“你想借多少？”

“先借……五百吧！”

“好，吃完饭我就帮你找龙三去！”

“那谢了，叔！”

“客气啥！不过，这只蝎子怎么办？要不，就炸着吃了吧？”牛叔又把活蝎举了起来。

李德信吓得一吐舌头，身上霎时起了一层鸡皮疙瘩。

就这么着，李德信的灯具经营部开张了。摊儿不大，两米见方，不需要多少流动资金，柜台就是牛叔赞助的钢丝床。当然到了夜里，李德信还得继续跟蚊子蝎子挑灯夜战，冒着生命危险值班。仓库也自然安在了牛叔的杂货城堡里。最主要的是灯，有好多种，需要他坐上公交车，两个钟头，往北，跑出去六十里地，去即墨，那里有好多灯具批发部，都是南方人开的，从他们那儿批发。好在大集还没有跟他竞争的。他的节能灯也便宜，符合大集一贯给人们的定价政策。

两个月，他就把牛叔的五百块钱给还上了。这算是他在大集赚到的第一桶金。

“这灯从哪儿来的？”这天突然来了一条大汉，站到摊儿前，气势汹汹的架势像要把他给吞了。

“你管这个干吗？”李德信最反感这些当头棒喝。

“喂，你这些灯，‘三无’你知道吗？”那人翻着他的灯，翻来翻去得就像翻一筐烂茄子，“没有地址，没有厂名，全是假冒伪劣啊！”

“嘿哟，大哥，请您别乱翻了好不好？您要是买，您就好好地挑。不买，咱就别乱翻个子！”李德信血管早就鼓得老高，但他还是极力耐着性子说。

“嘿，你还攥着理儿啦？假冒伪劣呀！”

“怎么假冒伪劣啦？都这样啊！”

“假冒伪劣不能卖！”

“行行行，你爱买不买！我就是卖假冒伪劣！你不买拉倒！”

“小子，差点儿电到人你知道吗？”

“这我哪儿知道啊！”

“你还不服气了是不是？”

“怎么不服气啦！”

“电到人啦！”

“电死拉倒！”

“你怎么说话你？！”

“我就这么说怎么啦！”

李德信记不清那天自己到底是怎么了，事后他也觉得后悔，这可是市场上呀！和气生财。可是那档儿就是犯了邪。他竟然也指着对方的鼻子，杠上了，没想到事情最后到了失控的地步。

他把人家劝架的推了一把。那是位长者。其实差点儿触电的正是这位老人。可是人家又非常善良，这位老者最后也没来讨说法。讨说法的是他侄子。

“这小子不讲理！”

“他没碰上吃生米的！”

“给他掀了摊子！”

人群围了过来。

“我看谁敢动！”李德信抄起一把水果刀就攥在了手中。

他的眼珠子红得要喷血，又龇出了锋利的牙，他要保自己的摊子。这是他在冰天雪地里学到的本领，或者说这才是他：野性，天生的桀骜不驯，吃肉，横行千里。这是他的本能。他以为这会儿他又回到冰天雪地里了，他其实是一匹来自北方的狼！

人群一下被镇住了。

“走吧走吧。”他忽然听人们说道，还是那位老者，是他把他们都劝离了。

但是这事儿根本就没完。那个血气方刚的侄子没有放过他。趁着雨天，他带人过来寻仇了。其实千不该万不该，李德信事后也想到了这一点，对着一群发怒的水牛，干吗要动刀动枪呢？这根本不在冰川时代。他只需道个歉，说上几句好话，可事情就这么邪门儿了。

于是就发生了开头的那一幕：他被打倒在水沟里。

他的灯和摊子，也彻底地给砸了个稀巴烂！

外面，疯狂的雨柱继续敲击着河床，污水夹杂在河水中间，滔滔地灌进了水沟里。

河床北沿儿的帐篷动了动，从里面探出了一只手，一只眼睛。

李德信还是趴在水沟边上，一动不动，旁边已经变成了一汪血水。硬汉仿佛要死去了。一只大手突然抓在他的肩头，只一下，闭着眼的李德信就给翻了个身。然后又一翻，他从水里被拉了起来。

第三章　独臂老爹

李德信睁开了眼睛。

他觉得这顶帐篷是他住过的最好的房子了，温暖、舒适，有种家的感觉，使他不想起床，宁愿就这么躺着，一直躺下去。但他还是环顾了一下四周。四周黑乎乎的。

光线暗弱。有外头的一盏路灯，正好立在边上，发出黄光，为这厚实的蒙古包里里外外提供照明。侧耳细听，帐篷外还有沙沙的响动，细雨如丝，还在下着。偶尔亮起的闪电，从帐篷的角落和缝隙里钻进来，转瞬又熄灭了。

李德信定了定神，知道是在做烩饼生意的独臂老爹的店里。在他身下，是一铺简易的木托打的地铺。

这个店他还算熟，来吃过两碗烩饼，有个外号叫“朝天锅”，潍坊传过来的，很有名。依着李村河的北岸滨河路，路沿儿支了个帐篷。李村河是自东向西，流经李村的这段河面不宽，也就五六十米，但却是商业的旺角，河底的市场就建在了这里。李村河平常基本断流，因为上游修了水库，只有一条水沟常年流水不断，相当于一条河中河。河的两岸各有一条路，分别叫滨河路和九水路。河面上又架了两座桥，东面的叫京口路桥，西面的叫向阳路桥，独臂老爹的店支在了河北沿儿，倚着河堤，两座桥一左一右，四四方方。桥与路组成的四方形正好就是他的大院了。

牛叔的杂货铺也倚在河北沿儿，不过靠近西边的向阳路桥，因此与老爹算是邻居。

牛叔曾经跟李德信说起过，独臂老爹这个人怪怪的。

李德信深有同感。他是觉得独臂老爹瞅他的眼光怪，就在那次去吃烩饼的时候。

“大叔，给整碗烩饼！”那天掀开门帘，李德信进去就一嗓子，其实他的嗓门也不大。可是他发现，弯着腰的独臂老爹身子哆嗦了一下子。

独臂老爹立即就用一种非常怪异的眼光瞅他。这吓了李德信一跳。

他不清楚那是怎样的一种眼光，他觉得复杂的眼神必有复杂的心思，他甚至怀疑独臂老爹是不是有精神病。反正，他留心了。

独臂老爹的帐篷大得像个蒙古包，里头是个“L”形状，有桌椅条凳、锅碗瓢盆。独臂老爹和他的老伴儿也住在帐篷里。竖着的那半拉当了餐厅。不过夏天一般人都坐在外头，折叠的餐桌外加马扎，大排档。听牛叔说，独臂老爹今年差不多七十多了，一头花白的头发。他老婆比他小了二十岁，是个哑巴。

李德信这时把头动了动，胳膊也试着要抬起来。突然，他感觉头顶一股钻心般的疼痛。

他皱了一下眉，没吭气。他知道，他现在记起来了，是头上的伤，挨了一板砖。

他立刻义愤填膺。头上的伤不那么疼了，只觉得伤口那儿的血管还一鼓一鼓的，有一股气在全身涌动。是这仨月受到的虐待，他想起了火车站的地下餐厅，还有昨天雨里的那场厮杀。他觉得他太无辜了。他现在要报仇。

两条胳膊动了动，还有腿，没什么大碍。一咬牙，李德信轻轻坐了起来。

他翻身下了地铺，轻轻地站起身来，衣服全在身上，弯着身子，他朝帐篷的尽头摸去。

他刚才看见了那只钱箱。他现在一分钱也没有了。他觉着他太冤枉了。他要找回来。再说了，铺子和灯都已经给砸烂了！

“你还不能出去，不能走！”

他听见一个声音，他不由得又惊又喜。

是东北那疙瘩的——独臂老爹！

可是他的心马上就一横。他倔强地朝钱箱摸去，他的手搭在了钱箱上。

“钱已经为你准备好啦，不用急！”又是东北味儿，不过这次声音严厉了些。

李德信这时手里已经抓到了一把钱。他的动作还是很轻，不管三七二十一，他把钱塞进了衣兜里。

“你不能走，流了不少血！”这句更严厉了。

这话叫他气恼。他是大内高手，这次却叫雁给啄了眼。他有心得手，单凭他自己的力量，他要证明给这老头看。他非常自负。他的自尊心高过了喜马拉雅山。

李德信一头就冲出了帐篷。后面再没有声音追出来，也没有人出来追赶。

外面还下着雨。李德信跑出两步，站稳脚跟，他是稳当的，他想先试一试。他觉着自己还行。伤口还在痛，血管也继续扑通。不管那么多了，他拔腿就朝远处的杂货铺跑去。

他的眼前突然一黑。不好！他又倒下了。

几乎是同时，后面的帐篷门帘打开了，独臂老爹脸色严肃凝重得可怕，在手里的嘎斯灯照射下，那头花白的头发熠熠发光。独臂老爹两步就跨到了李德信跟前。

嘎斯灯重重地放到地下。还是那只手，一把就把这个骄傲的汉子拽了起来。

李德信第二次睁开了眼睛。

“醒过来啦！哈哈！”他听见一个人轻轻地叫着，兴奋得像个孩子。是独臂老爹，还有哑巴婆子。两个人守着他。见他醒了，独臂老爹慌忙跑到一边，回来的时候手里已经多了一个白色的搪瓷缸子。“来，喝水！”老爹说。

喉咙里像塞了一团火，嘴唇干裂得出了血，一双眼睛血丝密布。独臂老爹举着胳膊，用他那唯一的一只手，把一勺勺温水喂进了李德信的嘴里。

“你这个孩子呀！”他轻声责备着。

李德信觉着自己从来没有喝过这么甘甜的水。这叫他永生难忘，他记住了：是崂山上的山泉水。

老爹又冒雨请来了在滨河路河北开了个仙美诊所的于大夫，替他包扎好伤口。头上用纱布缠了起来，幸好只是皮外伤，躺了两天，李德信可以坐起来了。

帐篷成了临时医院，老爹成了白衣天使。只要一有工夫，他就会过来守着他。李德信觉得自己简直成了独臂老爹的亲生儿子！

他产生了悔意。老爹在他身边的时候，他不敢看老爹，只好把眼睛闭着。因为羞愧。一个人的时候他就开始自责。他思想着这些日子里发生的事情。他忽然觉得自己是个贼！偷钱！自己是只人见人厌的老鼠！是头野兽！像得了狂犬病似的到处乱咬！我这到底是整的哪出啊！他在心里默默地念叨着。

不知不觉，他的眼泪流出来了。

他觉着对不起父母，对不起安娜，对不起儿子，更对不起自己！

就在一瞬间，他心里的念头转变了。

“你这孩子，出门要懂规矩呀！”

独臂老爹不知什么时候，已经走进了帐篷，来到床前，心疼地瞅着他，忽然又一笑。这目光射出来的热瞬间温暖了他，叫他阴暗狭窄的心田变得亮堂起来。李德信也笑了起来。

“在大集上做买卖要讲究信誉啊！”独臂老爹的话就像东边的崂山一样重，“特别是电灯电器之类的。你不讲究人家老百姓可讲究。这里的人实诚，也厚道，相信人。你的东西好，他们就过来照顾你。你不好，很快也就传开了。到时候你这买卖早晚不得砸锅呀！所以，也不能怨别人，总之口碑很重要！不过，唉，他们出手也太重了！”

“我知道，老爹，都是我自己惹的。其实那天他们来，就是想叫我道个歉，说两句软和话就完了。可我没跟他们好好说，还耍横，不讲理。所以就来找我算账！唉！”李德信这时完全被降服了。他把挨揍的根源全归咎到了自己头上。

“嗯，也好，长长记性吧！你能摆正这个理儿就很好。”独臂老爹赞许地看着李德信道，“先养养伤，等回头从河底再取两只鸽子来，给你炖上，喝几口汤，好得快！等差不多都好了，咱爷俩再唠唠，把大集上的事儿再讲讲。

唉，这孩子！”

说着，独臂老爹起身要走，李德信一把拽住了他，“老爹，你现在就讲吧，我想听！”

独臂老爹转过身来，他看着李德信，看了一会儿，突然大笑了起来，“好吧，我这就讲给你听！”

“哎！”李德信也笑了起来，他把头上的伤给忘了。

“这个李村大集啊，”独臂老爹说道，“差不多有整整一百年的历史啦！是从一八九二年开始的，比毛主席出生那会儿还早上一年呢！不过也有说在清朝的早期就有，是清朝的顺治年间吧。还有说在明朝的时候就有了。反正具体咱老百姓也闹不清。不过我听我爷爷讲，到了山东闹义和团那阵子，李村大集就已经发展得很大了……”

“您爷爷，为什么是您爷爷？”李德信奇怪地打断道，他有种感觉：老爹怕是没爹的孩子吧。

“主要是我爹早没啦！”独臂老爹听出了李德信话里的味道，“是我爷爷把我拉扯大的。其实从小我就没见过我爹呀！”

这话说得非常伤感，李德信触景生情，他低下了头。

“我是一九五〇年过来的。那时候正打仗，抗美援朝。我就从东北跑过来了，投奔了我爷爷。我爷爷其实就是我的亲爹啊！那时大集上人少，东西也不多。因为国家搞的是计划经济。不过以前我也来过大集，那是新中国成立前吧，在一九三几年的时候。那时候爷爷就在大集上了，做了个买卖，我就一直跟着他。当时是民国时期。不过蓝岛那时候是被日本人占着，这个大集上卖的很多棉纱，都是从日本人开的纺织厂出来的。当时滨河路河北，桥头那个基督堂也已经建起来了，是德国人建的。我当时大概十六七岁，所以，印象就特别深吧。”

“后来一九五〇年的时候您来了，跟我差不多吧？”李德信问。

“当然啦！”独臂老爹的目光变得深邃了，好像不愿意提一九五〇年这茬儿，有些避讳。李德信立刻打住不问了。

“三十年代，大集就已经很热闹啦。”独臂老爹继续说道，“当时我跟我爷爷在河底下做买卖，爷爷开了一间杂货铺，就像金宝现在的这个。卖的东西什么都有。有火柴，那时候叫‘洋火’。因为是上海货，火柴盒上就印上了‘上海’俩字，那会儿火柴每个人都用。我当时还背过一阵子烟盒呢！就是胸前挂上一个木盘子，里面放了好多香烟，在大集上一边走着一边叫卖。那些烟有‘哈德门’牌的，有‘老刀’，有‘红锡包’、‘大前门’，都是蓝岛卷烟厂出的。再就是这种上海老火柴，每集都能卖上一大包。杂货铺的边上是粮食市，什么小麦啦，豌豆啦，芝麻啦，高粱，豆饼，黍子，玉米，各种各样的庄稼种子，还有蔬菜种子，那时候就不少呢！他那个杂货铺东西也挺全的，不少是锄镰锨，庄户地里用的家什，都是下边胶县高密的铁匠们打的，质量可好呢！春天还卖潍县的风筝。东西可全啦！”

李德信兴奋地听着。他忽然觉得：老爹其实是喜欢对他讲，愿意告诉他大集上那些事儿。也许，老爹就是好久没有人陪他说说话了。

“我听我爷爷说，当时德国人在李村的时候大集就已经很红火了。多的时候好几万人呢！特别是腊月里的年集，人山人海的，都挤得走不动。差不多周围做买卖的全来了！主要是李村当时的位置好，蓝岛又刚开辟了码头，交通方便。当时大集主要是这一段：在现在的河底。南边的那条路叫九水路，‘九水’就是崂山上的那个九水。北边的这条路叫滨河路。那时候两座桥还没有架起来。东边的这座桥叫京口路桥，西边的这座桥叫向阳路桥。咱们现在坐的这个位置啊，应该是大集当时的最中心吧。那时候大集规划得也很完善了，分成好多行市，有粮食市、蔬菜市、鱼肉市、杂货市、布匹市、条货市，还有一个猪市，是专门交易活猪的。那时候的大集，可以说不比今天差。赶集的人也四面八方，做买卖的好多是潍县的，赶集来买东西的也数潍县的多。潍县就是现在的潍坊，隔着蓝岛很近。再就是当地的：蓝岛市里的，沧口的，城阳的，崂山的，即墨的，胶州的，平度的，莱西的，烟台的，黄县的，掖县的。还有临沂的，日照的，淄博的。逢上赶年集，半个山东都来啦！那个磨剪子戗菜刀的吕宝华，他就是临沂的，老家郯城，他老早就来啦！”

老爹说到了兴奋处，汗都出来了，连口水都顾不上喝，恨不得把知道的全都告诉李德信。李德信感觉很奇怪。

帐篷那头弯腰干活的哑巴婆子转身望了他俩一眼。

李德信忽然间明白了：老爹真把他当亲儿子来待了！

“大集在解放前就已经很有名啦！”老爹又开始讲了，“后来一段时间，大集曾经往北挪了挪，就是现在的古镇路少山路和京口路的那块儿三角地，在咱们正北。那是七十年代吧。不过当时国家是计划经济，也就比较萧条。其实大集真正开始红火起来还是这几年，进入到九十年代开始吧。所以说你来得正是时候啊！现在的大集规模是越来越大啦，两个桥之间的摊位全满啦，开成了河底市场，天天有人，是天天集啦！东头308国道桥东，据说要开一个二手车交易市场，专门买卖旧机动车。现在咱这边，也要开几个新的行市，你像向阳路桥西，要开花鸟市，河南沿儿九水路，往西要开工艺品市。大集搞的花样多了，机会也就多啦！不过有一条：做买卖，可千万要讲究诚信哪！”

“嗯！”李德信低下了头。

“老爹，您当时为啥来的李村啊？”沉默了一会儿，李德信忽然又抬起头来问道。

“唉，我现在告诉你吧！”独臂老爹忽然有些动情了，目光深切地望着李德信，“一九五几年我跟你差不多大，三十几吧，也正是血气方刚的时候。我为什么来？是在哈尔滨伤了人，才跑李村投奔我爷爷的。所以，跟你现在，是差不多吧！”

原来如此！独臂老爹是触景生情，怪不得对自己这么亲呢！

“我是路见不平，拔刀相助，把人眼给打瞎了，两条腿也打残了。唉！可那时候严啊，要当成反革命，就得枪毙啦！所以我快跑吧，就跑来了李村。我估摸着，你也是跟我差不多吧？”

“哦，老爹，我在东北是混不下去了，经济不好，下岗了。这边有个亲戚，所以就来李村了。”

“嗯，好，好啊！那你就在这儿好好养养。等伤好了，再考虑做个买卖。这大集啊，它养人，养人啊！干个买卖儿也容易，不用花多少钱就能租个摊子。都靠着大集呢！”

“唉，谢谢老爹了！”

“你放心，你把这儿就当自己的家吧！唉，其实我也没什么亲人了，唯一的儿子也死了。那个哑巴婆子原来是个要饭的，我可怜她，就收留了她。可她又哑又聋，也不能陪我说说话。咱们都是天涯沦落人啊！呵呵，咱们认识也是缘分，哈尔滨的小老乡！年纪跟我来的时候一样。你说怎么就这么巧呢！啊，老天爷，你是叫他陪我来做伴的吧！”

说着，老爹抬头向天，像是朝老天爷做祈祷，在心里默念着什么。末了，他抬手擦了擦眼睛。

他是喜极而泣。

李德信受了感染，一阵感动。终于明白：为什么老爹对自己这么好了，不让他走，还给他准备了钱。他是把自己当成感情的寄托了！

“李村人杰地灵，大集长盛不衰。从清末民国，一直到现在！这又改革开放了，就是有人气啊！在这里好好发展吧！”

“我明白，老爹，我肯定好好干！”李德信深深点了一下头，脸上露出了微笑。

第四章　张氏兄弟

李德信养了半个月，头上的伤好了。其他地方都没什么大碍，就是留下了一个疤，好在被头发给挡着，也看不出来。

李德信痊愈后想到的第一件事就是回牛叔那儿看杂货铺。

“要不你还是干你自己的吧，我这边……就不需要你了。”没想到牛叔的脸子拉得比他的烟袋杆还要长。

“外地人，他就不摸咱这潮水！幸好！你说要是电死了人怎么办？谁赔得起呀！哼，不摸潮水、不摸潮水！”杂货铺外头，牛叔婶子还咧咧地骂着。

“你少说两句行不行？！”牛叔一嗓子把牛叔婶子给憋回去了。

李德信马上明白：这影响到杂货铺的声誉了。

他知道在杂货铺是不能待了。一咬牙，他回到了独臂老爹的帐篷，他觉得这里才是自己的家。

“先吃碗烩饼吧，别凉了！”独臂老爹没看他，只是轻轻地说。

李德信心头一热。他知道，独臂老爹愿意叫他回来，只是没把他的高兴劲儿写在脸上而已。

“要不，你还是在我这儿先待上几天吧！”独臂老爹的声音柔得像四月的风，又似河里那股潺潺的溪流，“你现在也没了本钱，在我这儿可以打上一阵子工，帮我在大集上送送烩饼什么的，我管你吃饭。先积累积累，再就是熟悉熟悉。李村这儿啊，说简单也简单，说复杂呢也复杂。反正是急不得！”

“嗯，这次，我算是领教训了！”

“金宝他这人就这样：人是不错，就是怕老婆。你也别跟他计较。毕竟，影响到人家声誉了嘛！”

“我知道！牛叔其实帮了我不少呢！”

“嗯。这大集上的买卖，慢慢来。还有河底市场。总得有个过程不是？其实这河底呀，藏龙卧虎的。就拿水上漂下头那些贩海货的来说吧，哪个不是拿刀拼出来的？骑着‘大幸福’摩托车，一路窜到胶南，有的还到了日照。跑了三四百里，结果船上的鱼虾，都被当地的船老大硬给霸了。你说怎么办？这一趟白跑啦，吃了多少苦？肯定不行，那就得抢啊！”

“对，就得抢回来，不能叫那些渔老大给霸占了！”

“可是抢就得拼，真刀真枪地干，不是说句话那么容易的！”

“是啊！”

“所以说，这大集啊，它不单纯是个码头，你这艘小船可以靠岸，可以避风……风云莫测！这里头水深着呢！”

“嗯，我知道！”

李德信鼓紧了腮帮子。一股压力瞬间压在了他的肩头。他当然明白，闯荡江湖，都不是那么容易的。风高浪险，狼虫虎豹，大集是港湾，也是丛林！他也明白：独臂老爹是在这里委婉地提醒他。他深深地点了一下头。

“不过后来他们也不抢啦！这打打杀杀的，横行霸道，总归不是个买卖，时间长了，名声也臭啦，谁还去拿你的货啊？自己砸自己的锅！他们也知道了蓝岛小哥不好惹，干脆不打不成交，后来成朋友了。这真是一物降一物啊！”老爹又笑了笑说，看了李德信一眼，算是安慰他。

“是啊！”

“呵呵，以后一些事啊，我再慢慢讲给你听。”独臂老爹站起身来，很高兴，他知道李德信是听进去他的话了。“走，我领你看看张永喜的香油作坊去！”

“唉，好嘞！”李德信起身跟在了老爹身后。

张永喜的香油铺子就在旁边，也是贴着滨河路北沿儿依河堤而建，跟独臂老爹的帐篷在一排上，离着牛叔的杂货铺也不远。在路上独臂老爹说，他的加工点儿才搬过来。

老远，就闻见了一股香油味，李德信现在是真的明白过味儿来了——是张永喜三兄弟的香油！赶上香油出锅的时候，整个河底都闻得见！

“老哥，一会儿带回去两瓶尝尝，今早晨刚出锅的呢！”张永喜一见了老爹就高兴地说。

“嗯，好啊，正好我店里的香油也没了！走的时候带上。不过还是照咱的关系价啊！”独臂老爹答道，又指了指李德信，“我今天啊，是特意过来向你学习的！这是我的小侄儿，以后，也要在大集上干啦！”

“噢，好啊！”张永喜上下打量着李德信说。

“不过不是和你抢生意做香油哦，是向你学习，怎么来做买卖！”老爹又大声说，说完了呵呵地笑起来。

“那有什么可学的呢！”张永喜满口的德州话叫李德信听着挺温暖，那口音特别淳朴，跟济南话几乎就一个味儿，其实就是代表了山东话。张永喜显然很高兴，“看看，那就看看呗！反正最关键的是质量。质量上不去了都白搭！我这是祖传的秘方，到我这儿，都三代啦！”

李德信忽然注意到，张永喜的门板上贴着一副对联：诚信是金，信誉是本。他用心地听了下去。

“我是张永喜，排行老四。我是一九八六年来的李村呢！”张永喜说话就像开机关枪，速度特别快，“我还有两个哥哥呢，老大叫张永岭，老二叫张永芳，我和我二哥是一九八六年来的李村，大哥永岭是一九八八年来的李村，我们都是做香油的。我们哥仨是亲兄弟，都是德州夏津的。我这小磨香油，那是货真价实啊！芝麻采购全从两个地方：一个是河南驻马店，另一个是湖北鄂州。这俩地方呢，它们的芝麻，一年就长一季。所以才好呢！我那庄儿几百家，半个村子都做香油的呢！在夏津，那是远近闻名啊！我这香油可是百年工艺啊！爷爷那是干了一辈子的香油，打清朝就开始啦！”

李德信感激地望了老爹一眼。老爹这时捋着胡子，那条空荡荡的袖筒垂了下来，正微笑地看着他。他知道，老爹这是现场给他授业解惑，叫他把本领练得更扎实。老爹这是用心良苦呀！

“对质量的要求，那是非常严格的！质量是我们弟兄仨的信仰啊！滴假不掺，滴假不掺！你看着我那对联没？”张永喜说得兴高采烈。他把他们拉到了大门前，“‘诚信是金，信誉是本’，这就是我做买卖的原则，也是我做人的原则。为什么这么说呢？因为你的香油好人家才会来买啊！你对得起人家，人家才对得起你啊！我就把这副对联贴在门上！我加工香油的磨都是我亲自做的呢！三千里烧烤，夏庄路的小羔羊火锅，云霄路的徐家包子铺，都是用的我的香油呢！还有韩国人，日本人，大使馆的，也都来买我的香油呢……”

从张氏三兄弟那里他讨得了“秘方”，是做生意的“秘方”，不关香油。他也把这个“秘方”烙在了心里。

但是他心里掀起波澜的更是三兄弟。一九八六年就来了，是张永喜和张永芳先到，后来发展好了，又介绍了张永岭来李村……

到底为什么呢？他明白了。他不由得对大集刮目相看。

“他们一开始，是在河南村里的平房加工。每天早晨四点就起来了！”回到了帐篷里，独臂老爹沏了一壶茶，又说道，“咔嗒，咔嗒，你听机器发出这种声音，就知道该起床了。冬天是五点。他们还教育下一代：一辈子也不能做亏心事，永远要保持这个质量。其实大集，像张永喜、张永芳他们的例子还有很多。你像‘大乔水产’，也是靠信誉起的家，他那儿分量足，从来不欺客，虾、蟹子什么的，绝对不注水。再就是咱另外一个老乡，叫‘本沂水产’，做得也不错，也是靠信誉。”

“我看您烩饼就非常讲究，您也算一个吧！”

“呵呵，是呀，”独臂老爹捋了捋胡子，笑了起来，“其实我刚来的时候也是眉毛胡子一把抓，糊弄吧，想赶紧挣钱。我是跟他们学的，是大集教的我！”

“那李村脂渣，郑庄脂渣，锅贴铺，古镇路的炉包，张永芳的香油，这些大集上的老字号，都一个道理吧？”

“是呀，做生意其实非常简单！”

“嗯，我明白了！”

“你像旁边那个吕宝华，他磨的剪子戗的菜刀从来都认认真真，不骗人不哄人，价钱也公道。那些饭店啦，单位的食堂啦，都找他磨。能使得住，磨的质量就是好啊！”

李德信就这样听着，渐渐地，一个决定在他心里做出了。他攥紧了拳头。

他觉着开始喜欢这里了。这里有人气，有商气，有生气，有三兄弟，有熙熙攘攘的人流。有些人他可能永远不会认识。但是现在他爱他们，爱这个地方，爱大集！

他又被这股气息所感染，决心在大集闯出一番事业来。他决心在李村扎根了！

他当然明白这个念头的分量。他死里逃生，这可是他用命换来的！他觉得此时这个想法，简直比金子还要珍贵！他把它当成了一生的信条！

“对了，还有个事儿。”老爹忽然说道，“你初来乍到的，口音一听，就知道是外地的。想长期发展的话，最好把口音也改改。这样也有利于交往伙计们！”

“嗯，好！”李德信瞅着老爹的眼睛，感激地点了点头。

“再就是，滨河路东头有个‘啤酒馆’，里头那个钱二姐，你千万可别招惹她啊！”

“钱二姐，为什么？”

“嗐！你就别问啦！反正那娘儿们不好惹，别去招惹她！”

第五章 龙三大哥

山重水复，柳暗花明。就这么着，李德信成了九十年代大集最早的快递员。不过当时还没有“电商外卖”这个词。订餐是靠吼，吆喝两嗓子就行。吃饭的主顾一般都是河底市场上的商户，逢上赶集的时候更忙一些，有时候需要骑上一辆自行车。因为摊主忙生意都抽不开身。

龙三爷是老爹的常客，烩饼每天中午都要来一碗。龙三爷五十来岁，小眼儿，长头发，长得精干，不是什么虎背熊腰，可听说有一身功夫。他当时的身份是市场上最早的协管员，那时候也叫帮集工，就是八十年代帮工商所在集贸市场上收费的。后来就固定地在大集上混了，从工商所承包了一些摊位。工作性质其实差不多，还是帮着收摊位费，也叫地铺钱。再就是安置摊位，调解纠纷。租个摊儿一般都由他给张罗。所以龙三爷就成了大集上的大哥，或者说是河里的龙王，掌管李村河底。

在龙三爷小楼的三层，靠墙杵着一根腊棍。

这根腊棍叫李德信瞅着头皮不但发麻，伤口那儿也隐隐地有疼感。他知道，那天揍他的人，肯定与龙三爷有关。

龙三爷还有个爱好，就是每天中午都要喝上两口小酒，喝的还是白酒。席间也总少不了陪酒的酒客和江湖朋友们。

第一次，送上烩饼，就搁在小桌子上，混在那些琵琶虾和螃蟹中间。龙三连看他都没看他一眼。

他恭恭敬敬地站到了一旁。

龙三爷几个人旁若无人地大吃，“喝酒！”“来，干一个！”“哐”，杯子撞到了一起。龙三爷忽然瞧了他一眼。

“咦，他怎么还不走啊？”龙三是问旁边的弟兄们。

“噢，那我走啦，三爷！”

李德信脑子一激灵，他赶眼神儿，还不等那些哥们儿回话，他已经急忙应了一声，退了出去。

第二次还是这样，第三次还是如此。李德信快忍不住了。

他明白了龙三要的花样，他心底的那股子气终于要爆发出来！

他也曾经问起过老爹。老爹的回答很含糊，好像不敢得罪龙三似的。

“你就别问啦，管那么多干吗？反正啊，别收他钱！”

他觉得老爹说话挺古怪的，刚认识那会儿，说话就像哈尔滨松花江上发大水，到最后成了李村河底的这条河中河，越来越少快要断流了。

他只好不问。

但他还是搞明白了：龙三是吃霸王餐！这就是老爹说的“水深”吧。他理解了，可他心里又非常不服。只是有了上次血的教训，他掂量着自己怎么也算初来乍到，所以他不敢得罪这些人。虽然那根腊棍叫他看着眼睛就充血，叫他看着就想报仇。

可是，他马上又想通了。“我怎么还是这种想法！”他狠狠地扇了自己一个嘴巴子，“你还不记苦吗？！”他突然笑了起来。

他觉得还是应该感谢那根腊棍，必须感谢那根腊棍：吃了苦头，但也赢得了教训。

头上的大疤也不那么痛了。他这时觉得有这个大疤其实挺好的，痛的感觉也挺好的，可以时时提醒他。大疤成了能警醒他的“紧箍咒”。

可是他潜意识里的耿直又在反抗，叫他觉着憋屈。这使他有时情绪很不稳定，心里面很矛盾。但他觉得这也是对他意志上的磨炼。对！“吃得苦中苦，方为人上人。”所以每次送烩饼的时候他都加倍地对龙三恭敬，他是装出来的。但是当他转身的一刹那，他的眼里燃烧着的是火焰！

但是这样非常危险，幸好龙三从来都不看他。

“你小子，哪里来的！？”这天送完了烩饼，刚一转身，龙三突然喝住了他。他的心里一紧，慢慢转过了身子。

“哈哈，你是东北的吧？”龙三爷忽然转怒为喜，笑了起来，“黑龙江？哈尔滨？嗯，你小子干得不错呀！以后有什么事儿，尽管来找我，啊？哈哈！”

“好，谢谢龙三爷！”看来龙三没有察觉，坏事倒变成了好事。不过李德信还是不愿意多话，他退了出去。

有了李德信，独臂老爹现在可以当甩手掌柜了。他又叫李德信去河底肉铺买肉。从肉铺老板那儿，李德信知道了龙三跟独臂老爹的交易。

肉铺老板是潍坊人，结算的时候猪肉给打了八折。李德信很奇怪。

“他龙三爷为人还是挺仗义的，老爹的肉都从我这儿进，我给打八折。因为龙三吩咐过了：给独臂老爹必须这个价。”

“那你为什么这么便宜啊？你不吃亏了？”

“哦，是我弟。这不，边上，九水路开了个酒店嘛，海货都从龙三那儿拿。嘿嘿，也是享受低价。”

怪不得老爹每天都给龙三送一碗免费的烩饼呢！

这又是大集上的一条生态规则——互助。李德信恍然大悟了。他从龙三的身上又学了一课。

“老爹，我现在知道了，大集上的人，都是人帮人，人离不了人。这帮来帮去的，其实到最后都是帮了自己！”他喜滋滋地跑到帐篷里，向老爹汇报他的感受。

“哈哈，你明白就好！我当初为什么不直接告诉你，就是想让你亲自体会体会！这样记性深啊！”

原来如此！这又是老爹在手把手地教自己！李德信明白了。他一阵感动，望了老爹一眼，眼角有些湿润。

“不好意思，老爹，我还以为是龙三吃霸王餐呢！”

“是吃过霸王餐！不过都是以前啦！他年轻的时候。现在，他老了，也学好啦！”

“是啊！”

经过了这件事情，他明白了一个道理：大集上的道理。他从大集上淘得了一件法宝！这不仅仅让他变得更加成熟，而且，这件法宝也成了他日后指导人生和行动的指南！

他又开始捣鼓起那些灯的生意了。货还是那些，还是从南方人那儿进。不过这次，他换了一种方式。

他买了全套的检测家伙什：万用表，测电笔。灯进回来以后就做检测，利用晚上的时间，检测好了，就贴上一个小标签——“德信”。这是他的第一个商标。标签是他从滨河路于大夫仙美诊所讨的胶布，然后把“德信”用圆珠笔亲笔填上。

这样他的生意很快就有了起色。牛叔又过来找他看杂货铺了，牛叔婶子也不骂街了，还换上了笑脸。独臂老爹更是替他高兴。

他觉得他爱上了这个地方。他说话的口音变了，能说一口地道的崂山腔了。这天他又从即墨进了一批货，回来刚下公共汽车，突然听见了一阵鞭炮响。他一愣。

向阳路上锣鼓喧天，崂山百货和北方国贸的门前张挂起了彩带。不是李村集啊？他心里纳起了闷。跟人一打听，这才知道：蓝岛市行政区划调整，李村，还有李村大集，都划归了新成立的山海区！

这一天是一九九四年七月一日。

当地的老百姓都高兴得合不拢嘴。他心里也跟着喜洋洋的，他的眼角挂着泪。

回到了帐篷里，李德信刚想倒杯水坐着歇会儿，外头一个小伙子飞奔而至。

“德信哥，”是牛叔的儿子，叫八哥，“你的电报，老家来的，说……说出事儿了！”

“什么？！”李德信噌地从马扎上跳起来，“赶快给我！”

电报是：母危速归！

第六章　江湖恩仇

李德信没有再见到母亲。在以后的日子里这都令他挥之不去。当他踉踉跄跄地跪到母亲的遗体前时，他看见母亲的嘴是微张着的，似乎有什么话，要托付于他。这叫他更加哀恸不已，比父亲的去世不知要难过多少倍。最关键的是，他觉着人生中最重要的依靠失去了！

多少年来，即便已经成家立业，即便有了儿子小白，他还觉得只有母亲能为他遮风挡雨。母亲是李德信的精神支柱！

“德信，”安娜走到跟前，那双大眼也叫泪水给糊死了，“妈临终前让我把这个交给你。再就是叫我告诉你：一定要照顾好弟弟。凡事要讲良心！”

是一个十字架，母亲留给自己的遗物。

李德信默默地接过了十字架。

按照当地的习俗，葬礼要举行三天，披麻戴孝。李德信是家中长子。弟弟德福还没有成家。再就是安娜和上小学的儿子小白。哈尔滨的葬礼非常讲究，按照惯例，死者去世的当天夜里要守灵，第二天亲戚朋友们要过来吊唁祭奠。到了中午，还要招待客人。安娜娘家的七叔过来帮忙，充当葬礼的司仪，帮助招呼客人什么的。

第二天，快到中午头了，李德信和安娜、德福他们一起，仍旧是一身孝衣孝服，跪在了母亲灵前，盆子里烧着纸钱。忽听得外头一阵喧哗，人声鼎沸。李德信一愣，还以为是过来吊唁的亲朋。还未起身，只见一帮人，吆五喝六，不由分说，气势汹汹，已经闯了进来！

李德信急忙站起身来。

只见为首的男青年五短身材，披散开的长发乌黑发亮，皮肤白嫩，那模样倒是秀气，带着姑娘的气质。穿一件黑色的短袖T恤衫，下身是黑裤子，脚蹬一双黑色短皮靴，皮靴上长长的鞋带也披散开来，就像他头顶上的长发。这身打扮，不是地痞就是黑社会！

后面那四个小青年也是一样的打扮。

“李德信，”只听他喝道，“我今天是找你算账来了！”

一看就是过来滋事的。不待李德信搭话，安娜的七叔急忙迎上前去，“有话好好说嘛！今天是逝者安息的日子。咱大家伙坐下来谈嘛！”

“哼！”为首那小青年眼里射出一道凶光，“死了人怎么啦？我今天偏偏要和死人过不去！”

“金隆一，你不要嚣张！今天你胆敢闹事，你就试试！”德福早沉不住气了，在一旁指着对方的鼻子回敬道。

“哼，”金隆一斜了德福一眼，“我今天就是要找事！”

“你个王八蛋！我跟你拼啦！”德福太阳穴上的青筋暴得老高，他怒吼一声，一个箭步就冲了过来。

“你回去！”李德信一双铁手一把就拽住了德福，“别冲动！”

“哥，他这是明着在咱头上拉屎啊！”

“你给我住嘴，有话好好说！”

“哥，咱妈还没入土啊！他就……”

“我说闭嘴！”李德信瞪着德福的眼睛都要冒出火来。

“哥！可是，咱不能这么被欺负呀！我跟他们拼了！”德福的眼珠子也要爆炸了。

“没你说话的份儿，给我下去！”李德信死死攥住德福的手腕子，两人掰着手腕儿，手抖颤得快要不行了。

“下去！这个家我当！”李德信终于吼出一句，嗓门像轰天雷。

德福终于不敢说话了，他的手腕子简直要被掰断，但他没喊痛。只不过，他眼里的惊愕证明他的心里更痛，是不甘心！

李德信缓缓地转过脸来，这时他的脸色已经变得非常舒缓了。

“噢，”他竟然朝对手微笑了一下，“如果我没有记错的话，眼前这位好汉，是金隆一吧？”

“当然是！”金隆一理也不理，他抱起了胳膊，傲慢地答道。

“好！”李德信的脸色越发从容，这时外头看热闹的多起来，他看了一眼外头黑压压的人群，“既然这样，需要说明白的就是：今天是我母亲驾鹤西归的日子。按照我们哈尔滨的风俗：死者为尊，也就是不能惊扰了她。是不是？”

“这个倒是！”金隆一看了一眼李德信回答。

“好！不过哥儿位这么急着过来，肯定是有要紧事。这样给我个面子，咱到旁边的房间里，私下里聊一聊怎么样？”

“不行！”还不等金隆一答话，后面的随从高声拒绝道。

“李德信！”这时那为首的金隆一也开了腔，“我可以给你面子。不过你也给我听好了：今天为什么来，我们也不愿意来啊，我们家也有老人。问题是：你一直猫着不露面啊！”

“那是因为我不在东北！”

“你撒谎！你躲了！”

“我没撒谎！”

“你就是撒谎！”

“好！咱不用扯些别的，兄弟你刚才提到：家里也有老人，证明咱们想的，是一条道上的！这样的话咱们就可以谈。你说呢？”

“我不是你兄弟！”

“你！”

场面一下僵住了，因为谁都能听出来，这个朝鲜族人是放了狠话，而李德信是热脸贴了个冷屁股。

“也不用找房间，就在这里谈！”沉默了一小会儿，金隆一又补充道，傲慢得就像一头狮子瞅着绵羊。

“好，那好吧！但是，我想知道是什么事？”顿了顿，李德信也咬紧了牙回敬道。

“那次，你忘了，在松花江边上！”

“我知道了，我知道了！问题是那个男的不对。是他先动的手，出手又往死里整。我是仗义救人啊！”

“我不管。他是我兄弟！”

“兄弟？可是他出手也忒狠啦！”

“他是我兄弟！我说啦！其他的我不管！”

“你……好吧，你想怎么了断？”

“以牙还牙！跟你单挑！”

“可是今天不行！你说呢？”

“你为什么要跑？”

“我没跑！”

“那你去哪里啦？”

“我……”

金隆一这时一双眼睛死死地盯着他，就像饿狼。李德信突然感到，这个朝鲜族人是不相信自己。那么，这时也许只要一句话……

他灵机一动。

“我去蓝岛了！”他答道。

“我去蓝岛了！”他又大声说道，目光朝围观的人群望去，他是想叫所有人都相信，“我去蓝岛待了仨月。你知道，这里的经济快不行了。咋整呢？我又是被厂里开除的。我得活命啊！那边有个亲戚，我在蓝岛开了个买卖，在李村大集。你知道，那儿有大集，都上百年了……”

金隆一一直没说话，还是像狼那样看着他。不过渐渐地，他眼里的凶光消失了。末了，他点了一下头。

“好吧！我就相信你这一次，不过是看在了都有老娘的分儿上。李德信，你给我记住：我弟弟还在医院躺着！他的腿是你打断的。你给我听好了，七天，七天以后我过来找你，或者你去找我！咱们决一雌雄！到时候如果你不在这里，我就一把火把这儿给烧啦，听明白了吧！”

说时迟那时快，只见金隆一手一挥，一把明晃晃的匕首，插在了旁边的桌子中央。

“弟兄们，走！”

金隆一一伙扬长而去。李德信暂时松了一口气。

原来这还是以前结下的梁子：金隆一的哥们儿与李德信的哥们儿斗殴，李德信正好撞见。李德信劝架不成，不得已出手。谁知那人又太狠，动了刀子。李德信为了自卫，情急之下将对方打伤。因为双方伤得都差不多，李德信本以为就消停了，对方却不依不饶，双方结下了梁子。金隆一曾数次过来找李德信，均被告知不在哈尔滨。这叫金隆一就更加误认为是李德信理亏，故意逃避。这个金隆一又是个一根筋，听说李德信奔丧回家，就立马杀过来报仇了。

暂时避过了金隆一这一劫，李德信顾不上喘口气，急急火火地继续料理丧事。接下来是火化，安置骨灰盒。终于可以松口气了，第三天下午，七叔急急忙忙地跑了来。

“德信，快走吧。我刚才听街坊们说，他们派出所下了通缉令，说阿城的命案与你有关，通缉你呢！快出去躲一躲吧！”

“通缉我？”李德信一脸发蒙。

“通缉你呢！说半年前阿城的命案，后来经过审讯，说和你有关啊！”

“跟我有什么关系？！”

“哎呀，你就别想那么多啦，人命关天哪！赶快出去躲一躲吧。这事儿啊，搞明白了黄花菜都凉啦！有风就有雨。反正，警方认定了与你有关，怀疑你啦！也可能是抓进去的凶手乱咬人，找个顶包的。问题是现在通缉了啊！到时候把你抓进去咋整？依我看，还是出去躲一躲吧！”

“唉！那就听你的吧，七叔！不过，我打算过两天再走。你知道，跟那个朝鲜族有约定。再就是，得过了头七，给娘守守灵……”

“哎呀，德信啊，顾不了那么多啦，还约定，什么约定呀！你娘会原谅你的。车票我都给你买好啦！今天晚上就走！越快越好，走吧！”

就这么着，又是洒泪而别，李德信登上了发往北京的火车。

李德信的不辞而别叫金隆一恨之入骨，误会进一步加深了。

“大哥，李德信很可能跑回蓝岛啦！”手下人提醒金隆一。

“哼，不就蓝岛吗？”金隆一咬着牙根儿说，“也不远。我就追到蓝岛。到时候新仇旧仇一块算！”

火车在飞奔，铁道两旁快速倒退回去的白桦林仿佛时光在穿梭，哈尔滨渐渐远去了。往事就像一扇门，一下子被关在了身后，而李村这时仿佛成了另一个世界，一个商业的世界。这叫李德信的心情又变得快乐起来。他觉得对未来充满了希望。挣钱，这副充满喜悦的担子重新挑在肩头。晚上还要值班，要检测灯具，白天日里头要赶集，要卖灯，要给龙三爷送烩饼。生意上的事儿都忙忙碌碌的。这叫李德信忘记了想家，忘记了老婆孩子，忘记了对母亲的悼念。一切似乎回归平静了。

在灯上贴上标签“德信”帮他挽回了声誉。这天他又发现了另外一个秘密。

崂山百货大楼开始卖起了摩托车——“重庆雅马哈”，李德信忍不住想瞧两眼。他没有那么多钱，他现在兜里只揣着梦想和憧憬，他觉得能实现。要知道在哈尔滨他已经玩了好多年。

“师傅，这上面的字：‘监制’，是什么意思啊？”

“你说什么字？”

“就是这行字啊！你看：‘日本雅马哈自动车株式会社监制。’”

“这我哪儿知道啊！你问问别人吧！”

他想再追问下去，那售货员不耐烦了，要把他轰出去。可是他不死心，他把这个秘密揣在了心里。

除了灯，他又开始做起了开关和插座的生意，也是一样，都贴上了他的小标签儿，不过不需要每件都贴了。这样不出三个月，工地上的承包头开始找他订货了。又过了几个月，他的招数奏效了，因为他贴上了“德信监制”。他也体会到了什么叫“小生意赚大钱”。他的又一桶金慢慢积累起来。

“你是李德信吗？”这天正准备收摊儿了，突然一位身穿灰色制服的人站到了李德信的摊位前。

李德信一瞧，不由吓了一跳。他知道，这个人是工商所的，是专门查假冒伪劣的！

“是我，我是李德信。”

“邴所长叫我告诉你一声：明天八点，到所里走一趟！找你有事！”

第七章　假冒伪劣

经过一晚上的辗转反侧，第二天一早，李德信就来到了工商所。在门口他又杵了半天，他知道，这个衙门不好进，最起码在哈尔滨是如此。原来八十年代末九十年代初，个人做点买卖什么的都算投机倒把。何况李德信倒腾日本摩托车，更是严重的投机倒把分子。在哈尔滨那会儿就每天跟工商所打游击，没逮着但也给吓怕了，对这些人没好感。今天来全因为大集上有摊儿——跑得了和尚跑不了庙，所以只好霸王硬上弓，硬着头皮也要拱过去！

他又担心再遇上个犯邪的——吃拿卡要！以前也听说过也遇见过。黑自己！或者，是个狠角儿，把自己从河底市场给踢出去！

这样他就做好了准备：今天如果冲突起来，恐怕是一场恶仗！

敲了两下所长办公室的门，门其实是敞开的。里头说“进来”！然后紧贴着门板和墙皮，一点儿一点儿地往里蹭。李德信后来觉得自己当时就像老鼠，顾不上擦汗，心脏也咚咚地跳，每跳一下头顶上的大疤——他的紧箍咒——就鼓一下，似乎要撑破血管。他非常纳闷自己竟然如此的心虚和紧张。他马上明白了个中理由。他强烈地感觉到了：是那个“德信监制”。

因为此时他更担心，自己好不容易调制出来的配方不让用了，就像张永喜的香油——香油的配方。“德信监制”，这代表着质量，更是代表了他的未来！

坐在桌子里头的所长上下打量了他一眼。

这位工商所的郦所长虎头虎脑，理了一个平头，浓眉，一双大眼像铜铃，他的脸儿绷着，不笑腮上也有俩大酒窝。“坐吧！”他说。“唉！”李德信像个木偶似的机械地坐在了椅子上。

“邴所长，您，找我？”他两眼一动不动地瞅着工商所长，脸上充满了乞求和谅解。

“嗯！”

“是……有什么事儿？”

“当然了，没事儿我能找你吗？你让人给投诉了！”

“噢？”李德信又惊又喜，惊的是：有人投诉他，这是个麻烦。喜的是：凭直觉，恐怕不是“监制”惹的祸。

“实话跟你说吧，李德信，你在大集上摆摊儿卖灯是吧？你那都是假冒伪劣！”邴所长突然伸出拳头擂了下桌子，“上次我就听说差点儿电死个人。哎哟，这可不是小事啊！你说，咱这大集也开了不少年岁啦，你这突然冒出来一出。你说，我这个所长能坐得住吗？你说！”

“哦，所长，您先消消气、消消气。这事儿没那么严重，电死人说得也太玄乎啦！当然了，也是我处理得不好，激化了矛盾。反正，消费者也找上门儿啦，唉，把我那摊子都给砸了！这事儿啊，对我触动很大！反正，我一定汲取教训！以后这种事，我保证再也不会发生了，您放心、放心！这次，您可千万抬抬手，抬抬手！”李德信双手抱拳，非常诚恳地说，说完就把头又低下了。

“呵呵，你是东北人？”邴所长看着李德信，突然乐了起来。看来是李德信的诚恳打动了他，那对大酒窝也变成了两个大桃子。

“啊，是东北人，哈尔滨的！”李德信越发客气，乞求的目光仿佛粘在邴所长那俩大酒窝上了。

“哎呀，不过，这件事情不好办哪！”邴所长的态度缓和多了。

李德信的心里突然一动。

“邴所长，正好我有件事情想问问您呢。您知道‘监制’，是什么意思吗？”

“监制？噢，就是委托生产！一般情况下商家为了保证质量，要求工厂按照商家的要求进行生产，就叫‘监制’。监制的产品一般是质量有保证的！”

“我明白啦！那这次不是投诉的‘监制’？”

“怎么，你还有‘监制’？”

“哦，我明白了！”

李德信一阵心花怒放，他立刻明白了投诉的不是“监制”，也搞明白了监制的意思，肩头千斤的重担瞬间卸了下来。这也越发巩固了他把灯的质量做上去的想法和决心。他毕恭毕敬的态度奏了效。他心里的疑团解开了。本来他还以为郦所长要拿“监制”说事儿呢！

他的眼睛动了动，精明的头脑马上思考着要解决下一个问题。

“说实话，郦所长，我现在……我现在进的灯，我都逐个做了检测。然后再贴上我的标签。哪个都好使。安全质量保证是百分之百的合格呀！”

“行了行了！我看在你是东北人的分儿上，才不罚你。不过，你必须给我‘请’出去。不能再出现第二次啦！”

“郦所长，就算我求您啦！我这些灯，安全都合格呀！我真的都做过检测啦！”

“那也不行！你那些灯我都看了，一半的没厂名，再就是厂址，不是‘三无’是什么？这样的灯检测了也不行！”

“郦所长，您就高抬贵手。做个买卖不容易啊！”

“好了好了！必须撤！这么跟你说吧：你卖双鞋子袜子的没什么。咱说实话——照顾照顾。但是电器三无，那绝对不行！”

“消费者又来找啦？”

“那倒没有。”

“那怎么还……”

“怎么还？必须查你！你要是我，也得这么办！”

“郦所长！”

“怎么？”

“您就帮我这一回吧！回头肯定忘不了您！”

“不行！”

讲了半天也没有用。李德信从工商所出来的时候，觉得整个天空都是灰色的。

李德信耷拉着脑袋回到了河底。远远地，他就瞧见了独臂老爹在帐篷门口站着，还有哑姨。他不由加快了脚步，他这时就想见到老爹，跟他诉说诉说。他忽然觉得老爹能帮他想出好办法来。肯定能！

河底这时正一片忙碌，看着那些伙计人来人往，他的心情又变得快乐起来。

他走上前去，跟老爹先打了声招呼。老爹没吱声。他忽然发现老爹的脸色一脸凝重，跟平常不太一样。老爹又朝他使劲儿地递眼神儿，那意思是叫他快走。可他愣没瞧出什么。“我先吃碗烩饼，饿啦！”他喜滋滋地说。一掀开帐篷的门帘，他登时愣住了。

一位漂亮的少妇，大眼睛像桃花，正坐在地上的马扎上，闻声抬头冲他一笑。

那眼神儿也直勾勾的，充满了魅惑。他瞬间差点儿被她给勾住！

他正值壮年，岂不知里面的这位也如狼似虎。这少妇也就三十出头，面似桃花，浓妆艳抹，一双画着眼影的大眼勾魂摄魄。面皮白净，上头的胭脂超过了昆仑山上的千层雪。蛾眉弯弯，眼睫毛也弯弯，似乎蕴含着少女时代的幻想与梦。还未及身，那浓浓的玫瑰味香水便扑面而来。她能下榻独臂老爹的蚂蚁小店，恐怕不仅仅是为了品尝烩饼的美味而来吧？

“呃、呃，您好！”李德信尴尬地应了声，脸已经红到了脖子根儿，东北味儿的口音立马暴露出他心里的魂魄荡漾。

“嘻嘻！”少妇放浪地笑出了声，那双桃花眼也嗖嗖地转个不停，瞬间就把李德信上上下下看了个够。很快，她心满意足了。“老爹！”她轻轻地喊。她站了起来，这一站又把李德信吓了一跳，她竟然跟安娜一般的块头，足足有一米七多，即便站在大集的人海里，也能一秒钟给扒拉出来。亭亭玉立，鹤立鸡群！浑身又散发出成熟女人的韵味和诱惑——是特意穿的紧身牛仔裤吗？总之是性感。这时仿佛撒播出去的花粉强烈地招惹着蜜蜂。怎能不叫眼前这个男人心荡神移？

老爹好像没听见叫他。“结账啦，老爹！”她又大嗓门儿喊道，声音像银铃。独臂老爹好像不情愿见她，还是不吱声。“独臂老爹，结账啦！”她又喊，独臂老爹还是不动，是装着没听见。她只好掏出了一块零钱，放在了钱箱边上，“嘻嘻！”突然，她又偷偷瞄了一眼身边的男人，一步就跳出了帐篷。她快活得像头小鹿。

那少妇刚一离开帐篷，独臂老爹就走了进来。

“咳、咳！”独臂老爹咳嗽着，脸色阴得像要下场暴雨，李德信从来没有见过这样的脸色。“这娘儿们真讨厌，真讨厌！”老爹竟然开始骂骂咧咧的了，“这夜不夜晌不晌的，跑过来吃什么烩饼？讨厌，讨厌！”

独臂老爹也从来没有这样骂过人，李德信的心里长了草。

但很快，他就把钱二姐打出的火花扔到一边了，没有去多想。当务之急是怎么保住摊子，这可是生存问题。

“老爹，工商所的郦所长说，叫我撤摊子，说我卖的都是假冒伪劣。你看，能不能帮我想想办法？”

“我听说了！今儿一早，我就找金宝去打听了！郦所长那边我说不上话。金宝倒是能想想办法。刚才他那儿我去过了。他已经去找了，还没回来。一会儿你再过去找找他吧。”

“唉！”李德信点点头，原来老爹已经找过了！他一阵感激，眼泪差点流出来了。

他马上去找了牛叔。等了两个钟头，终于等到了。可是牛叔带来的却是坏消息。

“你知道吧，这个郦所长呀，他就好喝个小酒。一般有事儿求他呀，都请他吃个饭，他也欢天喜地地能过来。不过这次不行，一说是你这个事儿啊，他打死也不出来啦！唉，难啊！”

他只好赶紧把结果告诉老爹。老爹听了没说话。

“你先去给龙三送烩饼吧。”过了半晌老爹才说。

拖动的双腿沉重得超过了向阳路桥头炸油条那两口子的两口油锅，他知道这次真是遇上坎儿了。他仔细思量了一番，觉得人家郦所长说得也对，人命关天啊！叫谁谁能坐住了？对，那摊儿该收就收吧，撤了吧，另谋出路。

可是……

他又心有不甘，自己好不容易才打拼出来的！在心里他为自己大呼冤枉。他觉得即便是假冒伪劣，可他也做过检测，已经在灯上贴上了自己家的标签。这就意味着要为灯的质量负责，为人家的性命负责。他忽然想起了安娜说的：娘交代凡事要凭良心。可自己又哪里没有对得起自己的良心呢？

再就是那个“德信监制”。他觉着这四个字是他的事业，是他的追求，是他的精神寄托，甚至是他的命根子！

可是，必须撤出去！那就从此撤出去了吗，离开大集？！

一想到这儿，他突然就想起了安娜，想起了儿子，想起了母亲和父亲。他忽然觉得自己好可怜。这又叫他泪奔了。

“三爷，我想求您个事儿！”放下了烩饼，他的脸色依然阴沉着，他忽然说。

“有话快说，有屁快放！”龙三摇着蒲扇，还是不瞅李德信，仿佛眼前就跟没他这个人似的。

“啊，三爷，我刚来的时候，您曾经对我说起过，说有事了就找您。您这话我一直记着。这说明了什么？这说明您三爷能呼风唤雨，您仗义啊，三爷！所以，我今天还真有件事儿，先谢谢您啦，三爷！等您帮了我以后，我定会记着您的大恩大德的！”

“你少废话，有什么事儿快说！”没想到恭维话龙三根本听不进去，还是板着个脸。

这对李德信简直是侮辱。李德信其实最讨厌跪地求人了。刚才啰唆这半天也是大违其本性。不过他还是耐着性子，因为他知道，就只有龙三这最后一根救命稻草了。

“三爷，工商所邴所长叫我撤摊儿！”

“撤摊儿？凭什么撤摊儿？”

“说我卖假冒伪劣。”

“假冒伪劣？”龙三皱起了眉头，“这个，这个还真不好办啦，你那是电器啊！”

李德信顿时心灰意冷。只觉得一盆凉水从头到脚就浇了下来，凉得超过了冬天松花江上的冰疙瘩。

“走，先看看去！”龙三忽然又笑了起来，“问他什么意思。这小子，可是喜欢喝口小酒！”

“好！”望着龙三那副自信满满的样子，李德信也笑了起来。

“走，找他去！”

第八章　因祸得福

李德信和龙三两步就来到了郦所长办公室。龙三进门就开起了玩笑，看来两人熟得很。

“郦所长，”龙三一边给郦所长递烟一边说，“这两天怎么也不上我那儿坐坐啊？是不是弟兄哪里得罪了？哎哟，我可是想你哟！这不，我快赶紧过来看看吧。咱俩呀，那是虾找虾、蟹子找蟹子。再就是，不得经常向你请示请示工作嘛！”

“哈哈，老哥真能打哈哈！有什么事儿啊，打个电话就行。你这还得亲自来呀！”

“这大集上，能有什么事儿？这不还自个儿的弟兄嘛！”龙三故意看了李德信一眼。李德信急忙借机朝郦所长又点了个头，紧接着，他把打火机递了过去。

郦所长看来也十分客气，急忙配合地借火点上了烟，抽了一口，又说道：“哎呀，说实在的，今天早晨咱这兄弟一来，我这心里也怪过不去的。得靠买卖儿吃饭呀！不过电器是假冒还真是个麻烦，不是小事情。难办啊！我这儿都琢磨了一下午啦！哎，你看这样行不行：换批发商！”

“换批发商？”李德信的耳朵动了一下。

“对啊，很简单啊！”

“问题是，那些正规的灯它贵啊！”龙三接口说。

“不贵！我告诉你啊，现在南方的灯有两种：一种是你那种，什么也没有的，什么厂名厂址电话啦，它都没有，直接就是屁股溜秋的光腚猴子。另一种就比较正规啦，上头该有的它都有，完全是合格产品，不是‘三无’。但是价格它都一样。你听明白了吧？”

“这……”李德信迟疑起来，他是拿不准。

“就听郦所长的！”那边龙三听出了门道，大声地提醒道，小眼儿这时也睁得跟郦所长的牛眼睛一般大。

“好！”李德信马上拿定了主意，他非常果断。他抬头看着郦所长，目光里是满满的信任，他爽朗地说。

“我给你个名片。”郦所长转身拉开了抽屉，从里头找出一张名片，递给了李德信，“你联系名片上这个人。这个南方人我接触过几次，算是比较有信用的。当然啰，你也要留个心眼儿，每次进货的时候你都要查验查验，防止有漏网的。他的那些灯呀，我都检查过，非常正规。你卖他的货没问题。再就是，你不是还自己检测吗？这不就双保险了？”

“好嘞，我明白了！”李德信接过名片，他的心头一热。

“妥了！”龙三那边一拍李德信的肩膀道，“哈哈，没想到你小子是因祸得福啊！那晚上喝酒吧！”还不待李德信答话，他又转向了郦所长，“老郦，晚上喝酒！”

郦所长一听“喝酒”，那俩大酒窝就露了出来，“呵呵，可以！喝！”

“好，德信，晚上你就请个客，好好感谢感谢郦所长！”

“唉，明白！”

李德信马上电话联系了南方人。那南方人见是郦所长出面，立刻表态价格质量按最优。报价与原先李德信进的那些“三无”基本一致，李德信放了心。事情算是谈成了。就在龙三和郦所长坐着品茶论酒的时候，他突然觉得应该赶紧回去把这个好消息告诉老爹。

他急忙定好了饭店，又跟龙三和郦所长说了声，就赶紧跑了回去。

他觉得此时的心情就像是要告诉父亲：叫他老人家放心。其实在那个时刻，他就是把老爹当成自己的父亲了。

“好啊！”老爹在得到消息后立刻露出了笑容，“这个郦所长倒是挺会办事儿的。他推荐的人，应该没错。再就是南方的东西，质量也确实越来越好了。原来好多都是‘三无’，现在看来质量都上去了。不过，你也别一棵树上吊着，以后接触得多了，认识的老板也就多了。进谁家的灯你说了算！只要有了信誉，他们就会来求你的。”

“嗯，我明白！”

可独臂老爹的脸马上又阴回去了，他想到了另一件事情，“德信啊，再就是你记着：那个钱二姐，再找你可千万保持距离。明白吗？”

“钱二姐？”

“就是上午来吃烩饼的那个，小媳妇。”

“呃！我明白！”

李德信听出了门道，他这时心里也亮堂起来，对钱二姐的为人已经猜到了八分。他明白老爹对他是不放心，怕他再中招。这让他再一次感激涕零。

“你就放心吧，老爹，我不会跟她纠缠的！”他对老爹动情地说。

酒局安排在了郑庄脂渣店。那时候，郑庄脂渣店也就三间瓦房，不过里头拾掇得倒是干净，也设置了单间。那邴所长酒量奇大，李德信只好舍命陪君子。半路上邴所长又想起要叫南方人，马上点将。那南方人倒是机灵，随叫随到。这么着一直喝到了下半宿，随着酒酣耳热，邴所长话匣子也打开了。李德信就陪着吃，陪着聊，无形中跟他们的距离贴近了。

那南方人虽然精明，却胆小。李德信觉得倒是能交往下去，也就诚心相待。岂不知日后，这个南方人却给他带来了灾祸。

“德信啊，”邴所长挺着大肚子道，“其实今天这事儿不是我不帮你，确实是为难啊！你知道，差点儿电死人啊！如果是别的，你像服装鞋帽，假冒伪劣的话，都好说！这大集上假冒的多了去呢！社会主义初级阶段嘛！问题是电器，有危险！你想想，是不是这么个理儿？”

“对，邴所长，您这是给我上了一课。我完全理解，完全理解！”

“你得保证啊，下不为例，再也不能出现‘三无’了！”

“你放心，下不为例！咱喝酒！”

“再出现的话，不用你说，我就把他从市场上开出去啦！”那边龙三仗着酒劲儿，也诈唬道。

“放心吧，三爷，不会再出现假冒伪劣啦！”李德信觉着龙三说得太过分，心里不满，但还是很恭敬地答道。

“行，没问题！嘿嘿，龙三啊，我看德信是块儿做买卖的料！你好好培养啊，以后啊，肯定有出头之日的！”

这话说到了李德信心里，一个想法也在心里形成了。

“谢啦，邴所长！对了，现在大集和河底市场逐年扩大，我正想跟您商量商量，向阳路桥西边的那片垃圾场，如果没什么用的话，我想包下来，也开辟成市场。您看怎么样？”

“好呀！”邴所长想都没想就答道。

“那片地是垃圾场！你搞什么呀？”谁知龙三那边倒是不乐意了。

“哎，不对呀，龙三，市场就是扩大了。那片地当垃圾场也不合适，特别是夏天，苍蝇蚊子老鼠，臭烘烘的，也影响赶集啊！区局早就提出这个事儿来了。我上次不还跟你说起过。你还不愿意包！那儿开发是早晚的事儿啊！”

一听这话，李德信马上眼珠子转了起来。

“邴所长，既然上级早就想开发，要不，就让龙三爷开发吧。龙三爷财大气粗，有这个实力。”

他这是先把球踢给了龙三，他是欲擒故纵。

“哎哎哎，我不开发我不开发！”龙三果然中计了，连忙摆手道，“我两个桥之间这片，就够我忙的了！”

这下场面有些尴尬，看来邴所长想叫龙三接，毕竟是老关系，碍于情面，可龙三根本不领情。

几个人都沉默下来。

“既然龙三爷不稀罕弄。要不，我就赌一把吧！”李德信突然开了腔。

他刚才是察言观色。其实这件事他筹划了很久，他早就开始端详河底市场的规划了。他有这个意识，无非缺少机会。现在机会来了，他临门一脚，球进了！

“好，”邴所长满意地点了点头，“那就这么定了，这片垃圾场归你啦！”

“是不是要签一个合同？”

“嗐，什么合同不合同的！我说的话就是合同！明天我跟局里再打一个报告，还能帮你要一部分钱、拨一部分款！补助！你就瞧好吧！来，咱喝酒！”

“多谢了，郦所长！干！”

“嗐，什么郦所长？以后就叫大哥！”

“好，大哥！干！”

李德信站起身来，脸上带着十二分的虔诚与感激，连干了三杯。他这是用行动来答谢，用酒，也是抛出了一片心。但是谁也没有注意到：在干第三杯的时候，他的眼里满含着泪。

事情就这么成了，李德信回去以后又激动得一宿没睡。第二天一早，他马上组织人手去丈量土地。这就是他的精明和老到之处了，他就怕酒局上定的事儿不算数，也怕龙三再后悔。干脆先斩后奏，避免夜长梦多。又趁机把垃圾场边上的一块闲地也划拉了进来。对此郦所长也没说什么。

可是这块地简直就是个粪坑，死猫烂狗的什么都有。又是大夏天的，能熏死个人。没法儿李德信掏光了所有的银子，自然也搭上了老爹的。又跟牛叔借了点儿，才勉勉强强地开张了。

这的确是赌了，赌上了他全部的家当。这次的经历，叫他一辈子也忘不了。

他也突然明白：龙三爷为什么不接这块地了。也许，龙三还巴望着这次能整死他呢。

好歹这片地建成摊位租了出去。当然，还是郦所长的人过来收钱，然后双方分成。那时候工商所除了管市场还能建市场，有权参与经营。李德信这么做也是为了避免刺激龙三，因为在这之前，也就龙三有这个资格跟工商所合作收钱。

这段时期，李德信惨淡经营，一心扑在了摊位上。就这么着过了一年。

有了市场上的收入，这样隔三岔五陪着郦所长和龙三搓酒就成了家常便饭。李德信的酒量也就是那个时间练出来的，与市场的开发同步。蓝岛啤酒使得李德信的肚子发福了，事业也蒸蒸日上。这天喝酒结束得比较早，李德信从酒店里一出来，他忽然想去河底走一遭。

时间还不到晚上十点，夏天的河底还是一片热闹非凡。准备第二天大集要卖的，都在备货。卖脂渣的王二黑两口子正在摊儿上熬脂渣，老远就能闻见一股香味。别的还有花脂渣，就是从猪大肠里榨油，剩下的便是。张氏三兄弟的香油铺自然是不停歇，油锅边上的那盏灯一直亮着。菜市上更是热闹，传来阵阵三轮车的突突声，是又拉进来了一车胶州大白菜。拉土豆茄子的地排来来往往，一大包一大包的。肉铺的纪老板刚歇了，霍霍地磨着刀。水上漂下头海货市，有人在打扫卫生，一桶水一桶水地冲刷着螃蟹腿和淤泥。一大帮喝着散装啤酒的小青年正在水沟旁坐着马扎儿吃烧烤。空气里又弥漫上肉香蒜香，还有孜然味。

河底的空地上，已经撒下了一条条石灰白线。原来市场一天天扩大了，工商所为了防止商户拥挤，避免纠纷，所以提前做了规划。这一切，都显得那么欣欣向荣，那么生机盎然！

李德信漫步在河底。两边的九水路和滨河路上，街灯静静照着，守护着也是凝望着，为大集和市场做着无私的奉献。远处的村庄万家灯火，忽明忽暗。突然，李德信觉得眼前一花，视野蒙胧起来。

他觉得此时此刻，就像春节哈尔滨街头的焰火，火树银花一齐华丽丽地绽放，充满了蓬勃与向上的生机。他忽然又觉得袭来了阵阵暖意，一直暖到了心窝子里，是那么诱人。是这旺盛的人气，令他神往，觉得明天又充满了希望。

他不由低身坐在了河床上，索性，身子一仰，双手抱头，躺了下来。

沙土绵软，就像一条厚实的褥子。他仰望星空，觉得四周的灯火简直就像天上璀璨的星光。又是一场华丽无比的盛宴。

他感慨万千，此时终于感受到了大集的伟大。他觉得他是依靠着大集，大集给了他吃给了他穿，给了他每天乐意做的事情。也给了其他人，给了千千万万的人，养育了千千万万的人。大集是在无私地奉献着，谁都可以来，何时都可以去。啊，这就是大集！

突然，他的脑子灵光乍现，有了一个念头。他觉得，大集现在就是他的母亲。啊，妈，我又在您身边了！

李德信翻身爬起来，不顾地上的尘土，借着酒劲儿朝那灯火闪亮的地方磕了三个响头。在一瞬间，他对大集的感情加深了。

他现在是小有所成了。垃圾场的那片摊子收入非常稳定。他靠着这块儿钱，在李村河北书院路租了一间店铺，这就是日后李村建材市场的雏形。如今这里的建材市场，光商户就达到了一千家，成了蓝岛最大的建材市场。

不过他那时开的是灯具总汇，字号当然还是“德信”。

他把成功归于自己的勤劳和诚信。

“德信灯汇”一开张就红火，方圆几十里，凡是买灯的都来了。来了就找他，是相信他。再就是朋友托朋友，朋友介绍朋友。这样买卖一天比一天好。南方人脑子又聪明，又开发出不少新款新花色。买卖大了，牌子树了起来，就像独臂老爹预见到的：新的南方老板来找他了，签了合同聘他做“总代”。他的腰里挂上了摩托罗拉 BB 机——那年头老板们的奢侈品、身份的象征。他的买卖一天比一天强。

可偏偏天有不测风云。这天他刚从河底回到灯具店，突然发现门口停了一辆桑塔纳，喷着蓝色的标志，样子很奇怪。

“老板，”店伙计跑了出来，“工商局把咱家店给查封啦！说是假冒伪劣！”

“什么？”李德信太阳穴上的青筋鼓了起来。

第九章　栽赃陷害

一听要查封，李德信顿时火冒三丈。一来李德信觉得自己的灯没什么问题，是厂家直销，有厂家的品质保证书可以证明。厂长，李德信也见过，一起吃过饭。二来，是上次发生的打斗，因举报而起。头上那个疤，就像孙悟空头上的紧箍咒，时不时地疼两下，算是警告他，但也惹得他心烦。久而久之，无形中烧起了一股怒火，叫他心里觉着憋屈。

他现在做的都是合法生意，所以一听举报格外闹心。一个字：烦！

李德信一个箭步就冲进了店里。

只见五名工商人员，三男两女，正在柜台里分头查着。为首的是一位女工商。这位女工商三十来岁，中等身材，不胖不瘦，穿一件浅蓝色的制服短袖，下身是灰色的裙子，梳一头短发。看那脸色，大眼，蛾眉紧锁，不怒自威，颇有一副女汉子的神态，真是巾帼不让须眉啊！

“你们凭什么要扣我的灯？”李德信脸色铁青，也不管三七二十一，跟女工商一照面，劈头就问。

女工商上下打量了一眼李德信。

“你就是这个店的经理？”女工商问。

“那当然！”

“你叫李德信？”

“还用说！”

“李德信，我告诉你，你这个店卖的灯，侵犯了人家‘猴王’灯具厂的商标专用权，被厂家举报到了局里。你知道吧？！”那女工商见李德信来势汹汹，顿时也来了气，蛾眉倒竖，杏眼圆睁，瞪着李德信，非常严厉地说。

“嘿，假冒？怎么是假冒？刚才你说‘猴王’，我正好要告诉你：我这里才是‘猴王’，正宗的‘猴王’！有厂家的代理证书哩！”

“我正要看你的证书！请马上出示！”

“嘿嘿，先别急！你是干什么的？我怎么不认识你！把你的证件先让我看看！”

“你！”那女工商胸脯挺了一下，呼出一口粗气，看来叫李德信气得够呛，“好吧，我把我的证件先给你看看！”她掏出了工商局的检查证，“给，看吧！我们是区工商局经检科，经检科专门负责查处假冒！你可要看仔细了！”女工商的声音突然平静下来。

这一弄反叫李德信难为情，下不来台了。他一向认为好男不与女斗，刚才是阴差阳错。他知道是自己错了，那女工商也正是年轻气盛的年龄，是自己把人家先惹毛了。现在人家倒先克制住自己。不行，得变被动为主动。何况，既然是工商，必然管得着自己，做商业可不能得罪啊！

李德信一阵后悔。他突然觉得自己刚才的冲动简直愚蠢至极。他的精明告诉他要赶紧圆起场来，跟眼前这位女科长握手言和。

“哟，原来是连科长！啊哟，失敬失敬！刚才多有冒犯、多有冒犯！你千万海涵、千万海涵！来来来，连科长，请你先来我办公室坐。有什么事儿，咱慢慢谈！我是那什么、大集上的，往外租了几个摊儿。后来发展起来了。这不又搞了这个店嘛！呵呵！”

李德信满脸堆笑。一边招呼，一边双手奉还了连科长的检查证。但这番话里却是软中带硬，绵里藏针，表面上是谦虚客套，实则是告诉女科长：他可是有一定实力的，大集上有买卖！他的口音此时也改成了李村话。

哪知这位女科长脸子一沉：“对不起，李经理，我们是执行公务，就不麻烦了。你这个事情嘛，很简单：是侵犯了‘猴王’的商标专用权！案情，已经很清楚了。请你配合！这些灯，我们要查封！”

她的声音不高不低，不卑不亢，这的确对李德信构成了杀伤力。

“连科长，我觉得你是不是搞错了？这些灯，都是正宗的‘猴王’呀。我是独家代理，有代理证书为证。所以，呵呵，你要查封，还是请慎重吧！”

“那就请出示证书吧！”

“这个……”

这下戳中了李德信的死穴，他挠了一下头发，“哦，是这样、连科长，证书因为已经过了有效期了，刚寄回厂家换新的了。”

“换新的？李经理，”女科长冷冷一笑，“那就对不起了！你这个店，是举报人亲自到我办公室进行举报的。举报人又提供了证据，并且强烈要求我们查封！所以，根据《商标法》，我今天是必须要查封呀！”

“强烈要求查封？”

“对！”

“也就是说你们必须查封就是啦？”

“那当然！”

“不行！”

李德信的嗓门儿突然高了起来，这一是刚才说的举报人，把他给惹恼了。再就是骨子里还是带着欺负女科长的味道。再者说了要查封，这是砸场子呀！那面子上能好看？在他的观念里，这简直是不让他活了。好不容易才搞起这个买卖来呀！

“不能查封！”他又大喝道。

“那就由不得你了！同志们都过来！”连科长毫不示弱，她朝身后把手一摆，她手下的兵将们噌地就跳了过来。

“我看谁敢？！”李德信眼睛喷火，他大吼一声，伸开双臂拦在了门口。

“我就敢！”连科长厉声喝道，“看谁敢拦！”这清脆的一嗓子虽然带着脂粉气，但是号召力足够。后面那四名工商，包括另一名女工商，呼啦一下把李德信就围在了中间。店里的空气要爆炸了！

里面那三名店员一见这阵势，个个面面相觑，觉着李德信平时对自己不薄，这可怎么办？犹豫片刻，他们相互一递眼色，也呼啦一下冲出来，站在了李德信身后。双方剑拔弩张。

“李德信，我告诉你，你今天敢拦挡，全部后果自负！这是举报人的打假证明。”连科长喊道，手里举起了一封举报信，“今天必须查封！我们都掌握充分证据了！”

“你！”李德信瞪着女科长，牙关紧咬，握着的拳头微微颤动着。女科长也圆睁二目，毫不退让。双方怼了起来。

“老板！”后面一名店伙计低声说，身子都要把李德信的肩膀头子给压垮了，“咱上吧！”

李德信当然明白什么意思，那就是一个字：打！

“慢着，都不准动！”李德信突然把胳膊一抬，挡在了冲动的店伙计胸前。

他继续瞪着连科长，眼睛一眨不眨。当然连科长也瞪着他。对峙了一会儿，李德信突然大笑了起来。

“哈哈哈！好，连科长，我配合，我配合还不行吗？哈哈！”他说。

紧急关头李德信没干蠢事，这正是他最大的变化。当然，这里面也有他的精明。关键是他从老一辈那里得到了传承，或者说这是大集给予的。他按要求在查封公文上签了字。但是，他也没有示弱。

灯具给查封了，贴上了封条，店只好打烊。连科长他们一走，李德信立刻回到了老爹的帐篷里。

他这时就想见到老爹。现在老爹就是自己的亲爹了！

独臂老爹听完讲述，眉头一皱。

“德信呀，”独臂老爹想了想才说道，“我看，这个事情没这么简单。不过，幸亏今天你跟人家工商没冲突起来，来硬的就麻烦了！”

“是呀，我也这么想的。不过，当时真把我给气坏了！”

“千万要冷静、冷静啊！你想哪，人家工商局没事儿能找你去？这要是干起来，你那真就名声在外了！把人家工商都打了，以后谁还敢去你那儿买东西啊！所以说还是信誉最重要，做人最重要！幸亏呀、幸亏呀！”

“唉，老爹说得对！”李德信呼了一口气。

“没了信誉咋整？一切都完了呀！做买卖最重要的就是信誉，要讲究信誉，讲究诚信。我不是说了吗？千变万变不离其宗啊！”独臂老爹又啰唆道，是不放心，把东北腔都带了出来。“这其中还包括尊重人、善待人，这也是一种信誉。咱不欺负人家，更不能强迫人家。打人那更不行！是不是？这就叫作和气生财啊！”

“嗯！”

“记住啊，德信，记住啊！”

“我知道，老爹！”

李德信点点头，他完全理解。他忽然想起了连科长今天说的：举报人。他突然灵机一动，“老爹，我感觉，这次，恐怕是与同行有关。我觉着就是同行举报的！”

“同行举报的？你能确定？”

“嗯，能确定。我有感觉！”

“那就是恶意举报了！”独臂老爹弓着身子走到桌前，他要倒水。李德信急忙站起身来，抢上一步，给老爹的搪瓷缸子添满了水。

“嗯，很有可能啊！”老爹又想了想说，“现在做灯具的也多了，觉着赚钱，就想出了这些歪门邪道。这样吧，德信，你还是赶紧去找一找邴所长。他跟连科长是一个局的，他们是同事，估计肯定能说上话。那个连科长不是说了：是有人当面向她举报吗？你就详细地问问，多了解了解举报人的情况。知己知彼，方能百战百胜啊！”

“对，我也正想去找老邴！”李德信会意地一笑，“我这就找他去！”他走出了帐篷。

李德信找到老邴，老邴满口答应帮助协调。不过老邴又叫他先接受调查，“德信，你这么着：她叫你去你就去，不去也不好。去了先摸摸情况，听她怎么说，回头赶紧告诉我。我再想办法帮你弄！”

“好嘞，哥，有你这句话，我就放心啦！”

第二天一大早，李德信就来到了工商局，见过了连科长。那连科长也不跟他啰唆，把他关在了一间屋里，叫手下人给他做笔录。李德信一看便慌了手脚。这怎么成？这是要录口供，肯定要挨罚，灯还得没收，假冒伪劣呀！

没法儿赶紧又联系了郦所长。

老郦叫他先等会儿。过了一会儿，老郦才打来了传呼。李德信忙回电话。

“哥们儿，笔录你先做着。她怎么问你就怎么答。我问了我们的法律专家，说你这种情况，不能算违法！这里边估计是有什么事儿呀！她那边也搞不清。不过你放心。真的假不了！假的也真不了！还有我呢！”

对呀！真的我怕什么？！李德信开了窍，刚才怎么就没想到呢？他真想往自己脑袋上擂上一拳。

他的心脏忽然又一紧！问题是我跟连科长不熟呀，她能主持公道？万一她不主持公道怎么办？我可是把她给得罪了！他放下的那颗心又提上来了。

“老郦，”他忙又找了个公共电话给老郦打过去电话，“连科长你没找找她呀？约她吃个饭，熟悉熟悉，咱得叫她主持公道不是？可现在我这不认不识的，怕说不上话！”

“不用找！她这个人……哎呀！”那边老郦有点儿急了，好像是有难言之隐。“好好好，我就找找她。等约好了通知你啊，没问题！”老郦又信誓旦旦地说。

“好嘞，哥，就这么定了！等约好了时间马上告诉我啊，我好订饭店。咱不见不散！”

“哦！”

李德信兴奋地挂了电话，心放下了。转念一想，他又觉得老郦好像是在敷衍他。

“老郦办事，肯定靠谱！讲诚信，别去瞎想了！”他自言自语着，“对了，我再去找找连科长，正好探探她的口风！”他信步朝工商局的大门走去。

李德信打定了主意，这回硬着头皮主动过来找连科长。这回连科长也亲自过来询问了。是怕他再跑了。嗯，这个女人倒是挺认真的。不过真的假不了，我就实话实说！李德信暗想。

那连科长确实认真，笔录做完了看了又看。很快签上字，连科长把李德信叫到了她的办公室。

“连科长，昨天实在是不好意思，有眼不识泰山，冲撞您啦，实在是抱歉！希望您千万不要介意！有什么事儿，比方说买灯，您尽管找我就行。再就是，看什么时间，您定个日子，咱坐一坐，一起吃个饭，熟悉熟悉。邴所长是不是已经告诉您了？呵呵，就是向您赔礼道歉！”李德信到底是精明，刚一进屋，见没外人，赶忙利用这个机会，把软话说了一大筐。说完了，又毕恭毕敬地把一张名片搁在了女科长的桌上。

“这是我的名片！以后店里您常来，帮着给指导一下。买灯呢，给您打五折！呵呵！以后生意上，还要请您多多关照哩！”他又堆着笑脸，非常谦卑地说。

连科长这时正专心地看着证据，对这些搭讪的话理也不理。这个武则天，软硬不吃呀！李德信心里埋怨道。“噢，连科长，”他又忙说，“邴所长是不是已经给您打过招呼了？这些货，就是真的！错不了的！这次啊，确实是被人家给冤枉啦，您看，代理证书都寄过来了，没错！是真灯，正宗的猴王呢！连科长，您千万要主持公道啊！”

一听这话，连科长才抬起头来，但看他的这一眼目光非常冷淡。

李德信心里一紧，他觉着是不是她又要竖起蛾眉来批斗他了。他瞅着这位女科长，屏住呼吸不敢说话了。

“你不用这么客气。”思考了一会儿，连科长忽然说，瞅着他的眼睛不是那么冷淡了，“你也不用找邴所长。这事儿啊，我看确实有点冤枉啊！”

“噢？”李德信一阵窃喜，他不由感激地看了连科长一眼。

“这个案子有点儿疑问。不过你放心，如果是栽赃陷害的话，我们不会助纣为虐的。肯定要尊重事实、秉公处理。不过，我倒是要提醒你：这件案子背后的原因很复杂，要想短期内洗脱罪名恐怕也不容易。我建议你也可以暗中了解了解。这里面，恐怕是有人在暗中栽赃啊！

“栽赃！”李德信挠了挠头发，不由得倒抽一口凉气。

第十章　女中豪杰

从工商局的经检科出来，李德信在楼下想了半个小时。

他还是搞不明白。但他有种直觉，老郦肯定没找连科长。是俩人不熟？还是迫于举报压力，不敢帮他呢？问题是我卖的到底是不是假货？连科长到最后也没个结论。真真假假，假假真真。问题是三人成虎，都说是假的，那就是假的了！他现在是没底了，他不知道他卖的到底是不是真货了。

李德信没回河底，而是一溜烟儿跑到工商所抱起了老郦的大腿，叫他组织饭局。他现在只认一个理儿了：关系——得有人！他还是怕工商局的连科长不主持公道。老郦满口答应。李德信叫他务必请到连科长。老郦支支吾吾。李德信说不管用什么法儿，连蒙带骗也好，反正交给你了，一定要把这尊菩萨请到。李德信又给龙三打了电话。龙三前两天刚置上一部手提电话。李德信当时撂下个话，说哪天给烧一烧，就是庆祝庆祝。龙三高兴得合不拢嘴。手机在那个年代叫大哥大。

饭局安排在了饺子楼，在沧口。沧口是在李村的西边，是原来老沧口区的一部分，现在属于新成立的山海区了。由此说来山海区就是李村的“山”，加沧口的“海”，组合而成。沧口当时算是市里，李村却是郊区。那边人说话的口音跟李村也不一样，因为好多居民都是从市里来的，计划经济时代跟着厂子搬到了沧口，跟老蓝岛人是一个味儿。女人说起话来像银铃一般悦耳，男人的声调抑扬顿挫。是带着英语的重音吗？有那么点儿。反正跟李村的老崂山话是泾渭分明。不过李村话当时也是南腔北调，主要是离着老蓝岛近，市内的跟郊区的一块儿杂居。许多年轻人说话都学蓝岛话，早已经变成了老蓝岛。沧口有一项专利或者说特产是够级扑克，这叫沧口名扬海外，不亚于蓝岛啤酒。主要是够级的打法就是在沧口发明的，六个人一起玩儿，三人组成“联邦”，就像踢足球，要讲究配合和团队精神，三人全赢了才叫赢，一人夺了第一没有用。所以打够级的时候，“联邦”之间必须配合好，不是打乒乓球，也不是四个人一起搓麻。沧口的够级，在当时就是扑克里最早的中国中超！

九十年代沧口比较出名的还有几个国有大厂，就是刚才说的在计划经济时代落户在沧口的。有蓝岛啤酒四厂，欧式花岗石的大门垛子，跟台东老啤酒厂登州路56号是一样的。再就是六厂、七厂、八厂、九厂，都是国营的棉纺织厂。最早还是日本人建的，建厂也得有一百年了吧，在九十年代非常红火。厂里至今还有几栋日式洋楼，盖得十分精致。其他几个大厂有碱厂和钢厂，现在都是上市公司了，属于楼山后区域，在沧口的北部。搁在整个山海区的话就是西北方向了。其实山海区是由三部分组成：李村，沧口，楼山后。其中楼山后最小，沧口占到了不足三分之一，剩余的大部分还是李村。

沧口又有几道名吃，基本都集中在沧口广场这块儿。有三盛楼的羊肉蒸饺，锅贴铺的小宴锅贴，饺子楼的鲅鱼海鲜饺，这些在清朝就有。再就是后起之秀的民联，做的菜也非常好。沧口广场就是刚才说的够级扑克的发源地。新的山海区一成立，这几个饭店的买卖就特别好。李村的商户们都赶潮流，相互学着来沧口吃饭了。这在当年也是一种时髦吧。

饺子楼那会儿就在沧口广场的东侧，两层的楼房非常简朴。不过饺子遵循了当时的宫廷传统，有牛肉蒸饺，三鲜虾仁，海鲜饺，鲅鱼饺，鲜虾饺，等等。还有其他菜品，做得地道细致，正宗的鲁菜风格，又加上了蓝岛本地的海鲜特色。其中一道菜：京酱肉丝，是龙三爷的最爱。

李德信搭上一辆海牛出租车，这种车最早是一批来自捷克的进口原装“斯柯达”，是当时蓝岛市第一批出租车。他跟邴所长和龙三爷一起，早早地就来到了饺子楼。沧口广场那会儿也是个市场，此刻刚收摊儿，空气里还弥漫着一股蛤蜊和海蛎子的海鲜腥味儿。三人上楼坐定，龙三爷问连科长怎么没来。邴所长笑着不答，就是叫点菜。李德信说等一等吧。又等了一会儿，还不见连科长来。李德信就问老邴：到底说好了没有。邴所长说你管那么多干吗，点菜！李德信马上明白没戏了。那就点菜吧。三下五除二，点了六个菜。很快菜上齐了，三人开喝，河东蓝岛二啤的原浆，厚墩墩的，像果汁，老郇超喜欢。很快酒过三巡。其间李德信去了一趟洗手间，回来一看，房间里突然多了一个人。

只见来人坐在上首，在郇所长和龙三爷中间，一头蓬松的乌云在灯下闪闪发亮，是打了摩丝，蓬松而不乱。再看下面，那张粉面恰似崂山顶上的千层雪，多娇又妖娆，两只大耳环增添了魅惑的力量，是勾引男人的利器。一双眼影鬼魅，再加上丰挺的双乳，秀丽的腰身，浑身散发着性感和风韵！

这不是钱二姐是谁？

李德信一怔，忙低下了头。

又一想不对，他突然记起了老爹的话：离这女人远点！对，快跑！一转身，他低头就要逃出去！

“哎、哎，李老弟！”那边龙三眼尖，急忙招了招手，“就这儿，没走错！来来来，我给你介绍个人！哈哈！”

李德信停住了脚步，有点犹豫不决，末了只好转身。一抬头，钱二姐含情脉脉，正一脸微笑地看着他呢。

李德信只好坐了下来。

“哎哟，我的李老弟呀。”那边龙三又开了腔，“咱今天来得正好，虽然工商局的连科长没请得动。不过也算没有白来，认识了一位妹妹。呵呵，我给你介绍一下：这位，就是咱大集上的第一美女：‘倩儿姐’，哈哈！”

“哦！”李德信敷衍地应着，忙又低下了头。

“怎么，德信。”龙三那边倒是不高兴了，他看出了李德信心里怎么想的，“我给你介绍个朋友你还不愿意呀？”

“啊，三哥。”还不等李德信回话，钱二姐那边忙接口说，“他不是不想认识，是有点儿不好意思。嘻嘻！”

“什么好意思不好意思的？都四十的人了！来，喝酒。”龙三脸儿一沉，端起了杯子。

老郦那边却不说话，只是拿牛眼睛一直翻看他那汉字显示的摩托罗拉BB机。

“我说妹妹呀，”龙三看来跟钱二姐非常熟，跟她又谈起了生意，“上次我帮你介绍的钢厂，那批钢材你吃进去没有呀？”

“那批钢材资金太大。再说了钢材一天一个价。钢厂那边不是我们女人做的。我又转给朋友了。当然啰，回头谈成了肯定给三哥提成！不过，楼山后那边的关系，三哥你也多担待点儿，多给罩着，按时给帮忙协调协调。到时候叫妹妹请客你就说！事儿得办，咱关系也必须处理。不能抹了三哥的脸不是？”

“哈哈，好！妹妹办事牢靠，有男人气，哥我放心。哎，对了，二姐，我忽然想起来了：你向阳二支路上的那个门头，租出去了没有呀？”

“这就不劳三哥费心了。那套房子，我准备卖掉……”钱二姐说着，不经意地扫了李德信一眼。李德信还是低着头。

李德信现在听出来了：钱二姐说的是蓝岛味儿，那嗓音简直像银铃。而龙三爷，就是崂山话了。

“噢？二姐，如果要卖，你一定先想着你三哥啊，先卖给我！啊？我给现金！明白吗，现金！”

“哦，我知道了。”二姐又瞟了李德信一眼，那眼神有些迷离，她开始心不在焉了。

龙三仿佛瞧出了什么。他眼睛一亮，举起了酒杯，“来，德信，今天也是缘分，跟钱家的二姐认识了。二姐在李村街上也是能呼风唤雨的人物。咱这么着，喝一杯，喝个认识酒！以后生意上有什么事儿啊，互相通个气。有钱大家伙儿一块儿赚嘛！哈哈！”

还没等李德信举杯，那钱二姐就已经端起了杯子，她冲李德信一笑，“我们其实已经认识过了，在独臂老爹那儿。这次是一回生二回熟，咱就加深下感情呗！”

见李德信没有动的意思，她又扑哧一乐，身子也朝李德信那儿挪了挪，“德信哥，我最近认识了二啤的厂长，给他们代理原浆呢！像饺子楼、锅贴铺、三盛楼什么的，这些饭店都是我送。沧口的啤酒我全包！还有楼山后片上的。过一段时间，我还想把李村的都拿下来：脂渣店，紫晶。你如果想做的话，我可以保证给你的价儿最低！或者咱们合作也行，你出一部分资金，咱们合伙！你看怎么样？”

说着，钱二姐又把酒杯也送了过来，仿佛那张樱桃小嘴也跟着过来了。

李德信勉勉强强地端起了杯子。但他的眼皮却始终低着，目光半点也不敢跟二姐接触。他这时还是牢牢记着老爹的话：不能跟这个女人走得太近！

“哈哈，你们两个，还真是一对呀！”龙三在一旁大笑道，“我看，德信，你现在老婆也不在身边，二姐也算是离了婚。你们正好可以做个露水夫妻呀，如何？”

“这是什么话！”李德信勃然变色，他朝龙三眼一瞪，砰地放下酒杯，转身就走出了房间。

他这一走不要紧，那边钱二姐也不乐意了，“三哥，你说你这是唱的哪出呀！”不过很明显，她其实是在这里撒着娇，龙三的话正是说到了她心里。她根本没生气。过了一会儿，找了个借口，她也离开了。

李德信估摸着钱二姐走远了，这才回到房间。老郇正在那儿数落龙三爷。

“老三啊，我可提醒你啊，有些玩笑，可不能乱开啊！你说，你没事儿乱点什么鸳鸯谱啊！”

龙三有些尴尬，“呵呵，我这不就开个玩笑嘛！说着玩儿呢！”

“开玩笑？你都什么年纪啦？这种玩笑能开？关键是戳人家钱二姐心里头那伤疤呀！正好德信也在，咱统一起意见来啊，以后，这种玩笑不许开，都听好啊！”

“钱二姐她是有什么事儿？”听老郇这么一说，李德信倒是好了奇。

“她老头判了死缓。”那边龙三答道，“她也是个痴情的女子，一直等着他，寻思着能减刑。后来听说，前一阵子，她老头在监狱里又打了人。恐怕是活不成了！唉，也挺可怜人的！”

“原来是这样啊！”李德信听罢心一沉，他开始同情起钱二姐来。原先对钱二姐的印象也一下子扭转过来。他能理解钱二姐的苦衷了。

当然，他也明白了独臂老爹的良苦用心。

“所以说，也不能说是开玩笑，”龙三忽然又高兴地说，“我给你俩撮合撮合，钱二姐这个人也挺好的。一个人也不容易，很早就没父母了，姊妹们就她一个。我说德信啊，你来了都两年了，也算是逐步逐步扎下了根。娶个……呃，不，应该说找个，找个当地的也没什么。呵呵！唉，刚才我问她，她说要卖房子了。估计是没钱啰。女人，她得有人帮啊！”

李德信低下了头，在心里他是说了“不”。突然，他开始想念安娜了。

“好啦好啦，你快别瞎叨叨了，喝酒！”老邴岔开了话题。

两人就是喝酒。李德信心里还在担心着灯的事儿。话不投机，李德信只好走出了房间。

他走到走廊尽头，想看看今晚的月亮。他是想家了。

“单独聊聊吧，李老板？”暗处一个声音突然幽幽地说。

李德信吓了一跳，急忙转身。旁边的雅间里黑着灯，依稀坐着一个人影。定睛一看，竟然是钱二姐！

“呃，就不啦，他们还等着我呢！”

李德信转身要走，他还是坚持原来的想法：不想招惹钱二姐。刚迈出两步，没想到钱二姐腾地从暗影里站了起来，“哎，德信，你回来！我知道举报人是谁！”

李德信马上停住了脚步。略一迟疑，他回过头来。

“想听，就跟我来，咱们房间里单独谈。”钱二姐这时笑吟吟的，目光充满了期待。

李德信相信了钱二姐。他跟钱二姐回到了雅间。那钱二姐倒是大方，打开了灯，两人坐下。钱二姐亲自给李德信倒上了茶。

从钱二姐的嘴里，李德信得知了举报的内幕。

“举报你的人，估计八成是厂家的业务员……”

原来钱二姐在大集摸爬滚打多年，人脉关系极广，可谓八面玲珑。她认识这个业务员。这个人常驻李村，是“猴王”灯的厂家总代。不过此人不太厚道，在拿着老板薪水的同时，还玩起了“老鼠仓”——搞点自己的！可谓胳膊肘子严重往外拐。最缺德的是：此人私底下卖的这些假冒伪劣，竟然是假冒东家的“猴王”！

“这个家伙竟敢这么搞！”听到这里，李德信不由惊叫了起来，“我的那些灯，有些就是用的‘猴王’商标，就是从他那里进的货！”

“对，他给你送的货里掺上了假冒！”钱二姐也咬着牙说。

“回头还举报我！这个王八蛋！”

“那就是啦！你买卖干得这么大，叫谁谁也眼红啊！”

李德信如梦方醒。怪不得呢！看来是商战了。这么说自己是错怪了连科长。连科长当时就告诉过他：他卖的那些灯好些都不像是真灯。他又看了钱二姐一眼，一股感激油然而生。

他觉得钱二姐现在简直就是女中豪杰！

忽然间，又有一股子恨，突然就涌上心头。他记起来了，他觉得那个人自己虽然未曾谋面，只在电话里通过话。但是跟两年前自己在火车站遭抢的那次，几乎是一样的口音！难道是一个人，是他！？他攥紧了拳头。

蓦地，他又产生了一个念头，他知道怎么搞掉对手了。

李德信的“德信灯汇”关张了。四个大字蒙了起来。门上打出了“处理库存，跳楼大甩卖”的广告。很快，店里的灯所剩无几。好端端的一个灯具店，红火了没几天，就这样门庭冷落鞍马稀了。

过了没几天，又传出龙三爷要把灯具店盘下来的传闻。龙三爷还到店里去转悠了几次。李村街太小，大集上的人又多。很快，李德信破产，龙三爷接手的事儿，全李村都知道了。

“德信灯汇”的门前不知何时来了一个朝鲜族人。此人鬼头鬼脑，里里外外四处踅摸，引起了店伙计的注意。

是金隆一。

但李德信并不知道自己被金隆一盯上了。他的心思在业务员身上。经过暗中寻访，他终于发现了这个销售假冒伪劣的神秘卖家。

第十一章　将计就计

大清早，在龙三的家里，龙三正拿着大哥大打电话，还说的普通话，不过极不标准，比水里掺了酒还难喝（听），“喂，我说哥们儿，咱做买卖儿可要讲究诚信啊！说好了的今天拿货，你可不能叫我白等啊！不行，我不能闲着老母鸡不下蛋！店马上就开张了！反正我不管，钱我已经付了！你今天必须给我发货！行行行，我自己去提！”

扣了电话，龙三一脸得意。他转过脸来：“德信啊，鱼儿上钩了！”

李德信这时正坐在旁边的沙发上，刚才电话里听得清清楚楚！

原来李德信为了查出这个幕后的举报人，故意玩了一手“引蛇出洞”。他把自己的店铺歇业，伪装成倒闭的样子。又大肆宣扬出去，说龙三爷要接手。然后根据钱二姐提供的电话，叫龙三向举报人进货。不出所料，那边果然答应送货。李德信甩给龙三爷五千块钱，作为进货的本金。为了不引起对方怀疑，又把款子打了过去。

这是一场赌博，他把宝押在了这个人身上。他认准了八成就是这个人：未曾谋面，给他发货却又举报把他给坑了！当然，他这也冒了巨大的风险，因为那五千块钱很可能会变成肉包子打狗。但他非常胆大，他相信那个人还不敢得罪龙三。

叫龙三钓他出洞，也能增加这笔“交易”的信誉。

但他还是捏着一把汗，把钱打过去以后，他三天三夜没合眼。须知这五千块在当时不是小数，相当于他全部的家当。再就是，他担心咬钩的这个人不是举报人。

叫龙三出面也颇费了一番周折。不过龙三是最合适的人选了：生意在明处，又是李村的名人，接手“德信灯汇”完全符合逻辑。当然，最关键的是“钱”。

剩下的问题，就是靠运气了。

一切似乎水到渠成。在龙三的一番咋呼下，那人果然也着了急，叫龙三派车去仓库自提。这正中李德信的下怀。

“三哥，那咱就赶紧派车过去提吧。别时间长了引起警觉，再变卦！”李德信站起身来，着急地说。

“慌什么？”哪知龙三不慌不忙，他把“大哥大”轻轻往手机专用的黑皮兜里一塞，“兄弟，你放心，我都安排好了，这事儿啊，我好人帮到底！肯定帮你翻牌！”

“我想在路上就通知工商局，争取一锤子就把买卖儿搞定！”

“好！这个你拿着，好给连科长打电话！”龙三把“大哥大”递给了李德信。

这时，在工商局经检科的办公室里，连科长正在处理一起投诉。

消费者是一名朝鲜族人，坐在了连科长对面的沙发上。此人五短身材，精瘦，白嫩的小脸上一对小眼儿几乎看不出来，细皮嫩肉的脖颈上系了一条金链子。此人正是金隆一。

“领导，”只听金隆一说道，“这可太欺负人啦！明明租房的合同上都写好啦：只要交上定金，合同订立，就马上交房子！谁知这家人说了不算话，收钱的时候倒是挺痛快的，问题是钱收了不给房子。最后拖了半个月，说给钱叫走人，房子不租了。他说不租就不租啊！？俺们这些外地人也不容易，叫俺们睡大街上啊！”

“好啦好啦，你先别着急。”连科长急忙安慰道，“这么着吧，这事儿我差不多已经给你调解好了。收的钱给你要回来了。再就是又赔了你一个半月的房租，按照合同。这个房东还算守信用的。这样的话你的损失也补上了。你就别生气了，赶紧再想法子另找房子吧。”

“他要给我多少补偿？”一听有补偿，金隆一立马脖子抻得像长颈鹿。

原来这两年东北的经济开始陷入萧条，日子已经非常不好过了。金隆一属于社会闲杂人员，在哈尔滨靠出租场地开个饭店糊口。经济下滑，厂子纷纷倒闭，他的饭店也跟着关门了。于是他只好辗转来到蓝岛，投亲戚门下，租了个房子，想慢慢等机会找个行当。哪知房东最后又不租了。

这只是当时东北大下岗的开始。不出三年，东北的大厂纷纷倒闭。这促成了改革开放以来的一次大移民，足以载入史册。至少一千万的东北下岗职工奔赴全国各地，这其中大部分来到了山东。而来山东的，又有相当一批来到了蓝岛，来到了山海。当然这是后话。

所以一听说有钱补偿，工商局能讨回说法，金隆一顿时两眼放光。因为他兜里已经快没钱了。

“补偿要根据合同来。”连科长这时答道，“按照合同约定：一个月的房租是八十。这样双倍赔偿你：就是一百六。再加上耽误了你半个月，再赔半个月的房租：四十。加起来正好就是两百。两百，你满意了吧？”

“不行！按合同是按合同。问题是现在房租涨啦，现在是一个月一百啦！”

“我也跟房东要求过，说现在房租都涨了。房东说就这样了：根据合同约定的。再就是他还说，你当时签合同的时候不是签的你本人的名字，用别人的名字冒用的。他这样赔偿你，已经很讲信用了。他还说，杨哥庄那边房子比较便宜，你可以去那边租，吃不了亏的。”

“那好吧，”金隆一一脸郁闷，“谢谢你啦！唉，都什么呀？主要俺们都是东北那疙瘩的，没工作，所以他才不租，怕不给他钱呗！唉，问题是还要重新找地儿！这出门在外的，难啊！”

“那你现在住在哪里？”连科长问。

“现在？就河北那疙瘩跟人合租的，仨人睡一个炕上。外头还有一家，也就十平方——我们老乡。夏天，热死啦！”

“唉，确实挺不容易的！”

“关键是没工作！有活儿干不就好了？没活儿，没收入。俺们是朝鲜族人，得去那什么韩国的厂子。这儿没有，还得靠自己。老乡说给找，答应了，还没找着呢！”

“那你想怎么办？”

“继续等呗。钱快花完了。不行就给人家饭店打打工，听说咱李村开了家‘三千里’，韩式料理。让我老婆去，碰碰运气，估计也不好找。李村的朝鲜族人也不少啦。没办法啊！”

那金隆一又嘟嘟囔囔，发着牢骚。发得也差不多了，这才站起来转身要走。他这一番话倒叫连科长心里紧缩起来。

“这样吧，你到李村大集去。那儿有个叫李德信的个体户，是东北人，来李村快两年了，发展得不错，人挺仗义的。你去找找他。你们是老乡，我估计他肯定能帮你。”

“李德信？”金隆一这回眼睛睁得像铜铃了。

“嗯，你去了，就说我说的就行。”

“他现在发财了？”

“怎么，你们认识？”

“噢，不认识不认识。”金隆一小眼睛一骨碌，“我就随便问问，呵呵。那他买卖做得挺大？”

“嗯，是挺大的。在书院路开灯具店呢，叫‘德信灯汇’，就是他的。不过关键是他人很仗义，肯定能帮你！”

“好，我找他去！”

金隆一给连科长鞠了个躬，就离开了工商局。他心里怀上了鬼胎。

金隆一刚一离开，连科长桌上的电话就响了。连科长接起电话：“喂，是我！”

且说龙三带着几个弟兄，开车扮客商来到了指定地点。原来是位于东南山边上的一间仓库，在一个大院里。仓库又有好多间，全部用来出租的。那销售总代以前见过龙三爷，虽然狡猾超过了狐狸，可这次智者千虑，竟然看走了眼，以为龙三在明处，压根儿就没想到龙三敢举报他，下套子叫他往里头钻。岂不知龙三爷这次是拼命三郎，不管那一套，拼了老命也要帮朋友。

两人在仓库的大院里见了面，互相寒暄了几句。龙三爷以前不认识这个业务员，这业务员倒认识他。业务员的脸上罩着一副大墨镜。

“你贵姓？”龙三问。

“啊，龙三爷，免贵姓黄。”

“哦，黄老板。咱们以前见过面？”

“见过、见过！”黄老板一笑，“不但见过，咱们还一起吃过饭呢！在紫晶大酒店。龙三爷是贵人多忘事呀！”

“噢？那我想不起来了、想不起来了！”龙三继续装着糊涂。

“龙三爷，请到我办公室里坐一坐吧。”

“呵呵，就不啦。”龙三摇晃着脑袋，“赶紧装货吧！租的车哩！赶紧把灯拉回店里去，好几家装修的承包头儿都急着要货呢！你放心，货款一共一万，剩下的五千我马上给你，都带过来啦，赶快装货吧！”他拍了拍腰上缠的黑腰包。

“好，”黄先生看了眼黑腰包，脸上也乐开了花，“三爷果然是爽快人。这样咱们就直接去仓库？”

“去仓库！那边都等不及了！我做的都是大买卖，跟工地上玩儿！这点儿钱！小 Case！赶快点儿！”

龙三谈笑风生，戏演得有声有色。黄先生眨巴着小眼儿信以为真。岂不知就在他们旁边，李德信扮成了另一拨做买卖过来提货的，跟在了他们的后面。

找到了放灯的仓库，库门子一打开，李德信就立刻给连科长打了电话。

不出十分钟，连科长带人神兵天降，桑塔纳执法车直捣黄龙，一脚油门儿扎进了仓库中间，把龙三连人带车给堵在了里边。假冒伪劣一锅给端了！

“都不许动！所有的灯具要进行检查！”连科长大喝。

那边龙三还装着糊涂，继续演双簧，“这干吗呀？我们是来进货的，有事儿找他们老板去啊，跟我们无关！”

原来龙三早就计划好了，演出了一场苦肉计。这样也就不会得罪人，最起码挡挡活人眼。不愧是老江湖！李德信又学了一招。

“找他们老板去，别在这里瞎嚷嚷！找他们老板去！和我们无关！”龙三继续咋呼着。

再看那黄老板，这时早没影了！

李德信已经冲进了仓库，他想捉住黄老板，看看到底是不是那个人。好好地教训教训他，也算是报一箭之仇。结果那黄老板却不见了踪影。李德信正在纳着闷儿，忽听得仓库的角落里一阵窸窸窣窣，像是闹老鼠。一抬头，猛然发现旁边堆放灯具的箱子在来回抖动，急忙飞步上前，只见一个人影，已经快速钻进里面箱子尽头的一条走道，眨眼又钻进了一处角落。再上前看时，那人已经不见了。

这小子真是一只老鼠，只留下一个背影。原来角落里有一道暗门，小子闪进暗门跑了！

这下真相大白：为什么跑？肯定是造假无疑了！

连科长拊掌大笑，假冒的“猴王”灯具查了整一仓库！

“李老板，”扣押完毕，连科长紧握着李德信的手说，“这次多亏了你啊！你不但立下大功，也证明了自己的清白，消除了巨大的消费安全隐患啊！”

李德信也开心地笑起来。他觉着帮工商局是做了一件实事，相当于一下子帮了好多人，心里头充实极了。

原来，上次在工商局，李德信听连科长说有可能是栽赃时，又去拜访了一次连科长。李德信坦诚相见，说了自己曾经因为假冒导致的教训。连科长听李德信讲完，完全相信了李德信。两人定下计谋，要引蛇出洞。于是李德信就制造了自己的店被查封的假象，又让龙三接盘，对外宣称是被工商局罚倒了，使得这位“黄先生”误以为真的把李德信给整垮了。这时黄先生才敢明着站出来，明目张胆地搞假冒，意图取代李德信，没想到最后却栽了。

“连科长，这次大获全胜，说什么晚上也要一起吃顿饭了，庆祝庆祝！”李德信还是紧握着连科长的手说。

“好，是该庆祝庆祝！不过，还是你们喝吧。让邴所长代表我就行！”

李德信再三邀请，连科长却一再婉拒，没法儿李德信只好作罢。通过这次联手查假冒，李德信与工商局的关系加深了。这为以后他的市场进一步发展打下了基础。

李德信的“德信灯汇”重新开张了。重新开门纳客这一天，连科长、邴所长纷纷过来道贺。工商局领导的到场就意味着信誉，区电视台也进行了报道。李德信的生意比以前更好了。

这次反败为胜必须庆祝一番，再加上店面重装开业。最后龙三爷建议：二合一。李德信一听马上说好，一来为了表示答谢，二来为了扬眉吐气。一跺脚，他把酒席设在了峰山路的紫晶大酒店。

紫晶大酒店当时代表了最高档次。各路朋友这时也都来了。李德信又邀请了李村商界的名流：三千里，飞拉利，达翁，河北商城，星光大道。再就是三大商场：维客，利客来，北方国贸。这些都是商业巨贾。借着这个机会，李德信打入了他们的朋友圈。这为以后的发展铺平了道路。

“这次能把他窝儿给端了，龙三爷是立了大功啊！”宴席上，李德信拉着龙三爷的手，感激地说。

“不过德信啊，这次端是端了，今后还得防着点儿。这小子我听说不姓黄。他给咱说的，肯定是用的假名！就怕日后这小子记仇，回头再报复，所以得提防啊！”龙三爷不无担心地说。

“是啊，这家伙说是个业务员。可业务员跟业务员也不一样。你别看他就是个业务员，在李村那可是一手遮天啊！从他办公室查出的资料来看，这小子有资格代表厂里鉴定假冒，还可以卖厂里的‘猴王’灯。从他抽屉里找出的收据看，这小子一天的经营额还不小呢！”那边老邴也忧虑地说。

“所以他一看德信做得好就眼红。跑过来瞎搅和，想把水搅浑，一棍子打死德信，然后李村灯具的市场，就是他一个人的！”

“栽赃，栽赃啊！也是商战！”

“行，德信，这次连科长带着手下把假冒的窝点一举查获，你的名誉获得了澄清，‘德信灯汇’重新开业，真是可喜可贺呀！”

“不过还是要居安思危，居安思危啊！”

朋友们纷纷建言献策。“居安思危”，这句话倒提醒了李德信。他的目光一呆，又陷入了思考。

是啊，后头确实有好多事情要做。这个所谓的“黄先生”，会不会卷土重来呢？听他的口音，很像那个在火车站抢劫自己的人。不，不可能，不会这么巧吧？那这个人到底是谁呢？

李德信把酒盅里的“龙涎春”一饮而尽。放下酒盅，他感激地朝大家伙一笑，“来，吃，咱们大家今天尽兴！”

“好，来，喝，今天一醉方休！干！”众人举起了杯子。

单间的门响了一下，李德信一抬头，是牛叔的儿子八哥。

“哥，”八哥把嘴凑到了李德信耳边，“外头有个人，东北来的，说是认识你，要和你见面！”

“他叫什么名字？”李德信一阵紧张，汗毛都竖了起来，他是感觉到了：仇人！

“他没说。他就说他是个朝鲜族人，是你的同乡。他说在你面前一提是老乡就行。”

“噢，朝鲜族人？好吧，我出去看看！”

李德信有了底，他不慌不忙，又敬了两杯酒，过了大约十分钟，这才一脸从容地走出单间。八哥在前面引路，李德信来到了紫晶的大厅里。

正是金隆一。还是穿了一身黑色，大夏天的脚上也蹬着他那双俄罗斯的短牛皮靴。他这身打扮是故意的。他额头上的头发奋拉下来，用眼睛余光看到了李德信。他转过头来，眸子里闪动的凶光就像一个鬼！

李德信收住脚步，脸上掠过了一层阴云。

第十二章 敲诈勒索

李德信没有靠前，而是离着不远停了下来。他是要先观察一番，然后再见机行事。再就是，他还要摆出一副成功人士的样子。他的事业现在蒸蒸日上，他要得意扬扬，得有气场。他现在必须刻意摆出这种气场，目的是亮给对手看，把对手给威慑住。

这个金隆一，的确很棘手！他暗想。

金隆一也感觉到了他的到来。他抬手喝了一口茶，样子显得很放松，其实心里在怦怦跳。高手之间过招，表面上波澜不惊，暗地里却是杀机重重。这会儿就是《射雕英雄传》中的华山论剑！

没有一丝声响，气氛却剑拔弩张。两人都留心着对方，脚步和每一个细微的表情都慎之又慎，生怕一招不慎满盘皆输。双方又是在比气场。因为都知道，气场若是败了，那就必败无疑了。

对峙进行了三分钟。

“啊唷，是金老板啊！”李德信突然率先开口说道，态度非常爽朗，脸上春风满面，一边走上前，手也伸了出来，“在李村这个地方与家乡人见面，真是令人感动，不容易啊！”

他是主动求和。经过观察以后，他当机立断。而握手的动作非常之巧妙，因为在这一握手间，也许就相逢一笑泯恩仇了。他是诚心以待。当然这也是策略。

哪知金隆一抬起头来，目光冷冷地看着李德信。他的手并没有伸出来。

李德信马上意识到这一点。他的反应就是快，脸色依旧，手却顺势拐了个弯儿，变成了请的姿势，“哈哈，金老板，今天难得呀，一是咱们老乡又见了个面。再就是，正好有些朋友，今天一起来庆祝新店开业。哈哈，请赶快入座，一块儿来认识认识吧！”

“李德信，我是来找你算账来了！”没想到金隆一第一句话就是一个下马威。

李德信脸色一变，是惊讶，但他早就料到了金隆一会来这套，所以马上又阴转晴，换成了笑脸，“啊，有事咱们慢慢谈，先一起吃饭好不好？你这一来，我很高兴哪！大家怎么着也是老乡嘛！对了，咱弟弟的伤，这几年应该恢复得差不多了吧？”李德信还是笑脸相迎。

“呸，你少来这套，猫哭耗子！我告诉你，你干的这些事儿，得给我个说法！”

“兄弟，咱能不能换种方式谈这个事情。对于弟弟我很抱歉，可是我当时不知情啊！这样好不好：今天伙计们都来了，给我贺喜，都是生意上的一些朋友。你得给我个面子啊！”

“哼，关键是你不守信用。我问问你：当年你为什么要不辞而别？咱都说好了的！”

“这事儿咱回头就谈，好吧？先喝酒！”

“不行，今天必须做个了断！”金隆一抱起了胳膊。

就在这时，牛叔从单间里出来了。他是上厕所，看见了他俩在这里杠着，觉着不对劲儿就好奇地走了过来。

李德信和金隆一还在僵持。

“怎么回事儿？”牛叔凑了过来，“这怎么过来找事儿啊？”

李德信知道牛叔有时嘴上没数，急忙把牛叔给拦住了。

“哦，牛叔，是这样：这位是我东北的一个老乡，今天过来找我，没事儿！以前有些误会，一会儿就说清楚了。”

“那单独说，到房间里谈去！这在外头像个什么事儿啊！”牛叔绝顶聪明，马上瞧出气氛不太对劲儿，善意地提醒道。

实际这也是给双方找台阶。明眼人一眼就能看出来：这是个对双方都有利的解决方案。可是此时如果谁先主动，做出让步，那就等于谁败了。因此谁也不愿意先开这个口。

“不用，就在这儿谈！”李德信突然高声说，“我李德信行得光明磊落。要么不谈，改日。要么就谈出来，不怕！咱光明正大的！”

他的话掷地有声，这下反倒镇住了金隆一。金隆一突然觉得自己渺小了许多，仿佛面对着一个巨人。他急忙反扑，他的眼珠一动不动地瞪着李德信，想找出对手的虚弱之处。可是在对方的眼里他看到的只有强大的内心和坚强的意志。他希望的破绽没有找到。

“好吧，”金隆一终于开了口，“那就边上房间里谈！”

“请！”李德信推开房间门，金隆一大摇大摆地走进了屋。

“德信，要不叫几个弟兄？”牛叔在后面跟着，他是怕有闪失。

“不用，我能行！”李德信微笑着关上了房间门。牛叔没进去。

“好吧，那咱就好好地谈一谈，做个了断！”进房间一落座，李德信就开门见山地说。房间是一个十人间，非常大，边上正好有两个单人的欧式皮沙发，还有茶几。李德信是特意选的这个大房间，当然这还是为了增加气场、增加底气。

“呵呵，李老板，你现在是发了呀！”哪知金隆一居然一笑。说完，两腿又交叠着架起了二郎腿，放松了。

“发，倒是谈不上。不过我做事一向讲信用，要做商人，首先做人！所以，一路上朋友们都挺帮衬的。出门靠朋友！总之，生意场上，算是有点儿起色了吧！”

“好，李德信，你有种。可两年前你为什么要跑呢？”

“咱们之间其实根本不需要谈！你兄弟伤了，是他自己找的！”李德信没有理会金隆一，倒是有些发怒了。

“他是自找。可咱们讲好的呢？必须遵守约定啊！但是你呢？你走了呀！难道，这就是你做人的信用？”

“你！”李德信被问住了，他瞪了金隆一一眼，但他又敢怒不敢言。他是怕金隆一知道，两年前被通缉那茬儿。七叔的话又响在耳边：到时候说不清啊，德信，快跑吧！所以他非常顾忌。可是又说不出，此时真是哑巴吃黄连。

服务员推门进来送了两杯茶。李德信气得鼓鼓的，他端起了茶杯。

“好啦，李经理！”金隆一一见占了主动，又诡异地一笑，“我看这样吧，咱长话短说：今天是你喜庆的日子，我得给你面子不是？你刚才说了：都是老乡。老乡见老乡，两眼泪汪汪，我不能叫你难堪呀！难堪对我也没什么好处。我就一件事：听说你在李村大集上开发了一些摊子，你得给我安排一个摊位！”

“这个好说。”

“还有，你还得给我一笔启动资金！”

“多少？”

“两千！”

“你……好吧！”

“再就是，你还得给我租一间房，俺们是仨人……”

李德信“哐”地把茶杯丢到了茶几上，他的脸色一沉，“金隆一，你要的也太多了吧！我告诉你：第一，你兄弟的事儿，我很抱歉，我当时不知道是你弟弟。再就是，当时是他先拔出刀来的，我们是自卫。这事儿自有公理，算是扯平了，老天在上头看着！我不欠你的！但是，你过来找我，咱们是老乡，谁都有落难的时候，我觉着该帮你，所以才答应给你弄个摊子。可是，这都是钱啊！拿蓝岛话说，谁的钱也不是大海上潮来的！摊子给你，你以后得按月交钱。不过，钱你可以先欠着，算是我借给你的……”

“呸，你少跟我扯这些没用的！”还不等李德信说完，金隆一“蹭”地就从沙发上跳起来。他眼珠子一瞪，粗暴地打断道：“必须照我的条件，要不然……”

“我为什么要答应你？”李德信一脸正义，横眉冷对。

“哼，你必须答应我！”

“为什么？我欠你的吗？”李德信冷冷一笑，他拿过茶杯，慢条斯理地品起茶来。

“你……”金隆一眼珠子都红了，一个输光了的赌徒这时哪怕为一块馒头也会拼命，“你不答应我，我就向公安局报案！抓你！”

李德信的心里“咯噔”一下，他马上明白：金隆一这是知道了。转念一想，这么久了，金隆一不可能不知道。不过金隆一现在是山穷水尽，就是想以此讹诈，不会搞到鱼死网破。

他的脸色平静得像一泓池水，丝毫看不出慌乱的样子。屋里静得出奇，只有金隆一呼吸的吭哧声。李德信继续慢慢地品着茶。

“我没有犯罪。”过了一会儿，李德信才平静地说，但此时他把金隆一只是放在自己的余光里，仿佛对方就是一名乞丐，他根本就看不起他，又说道，“更没有杀人。所以说，我不怕你威胁……”

“那你就等着警察抓你吧！”金隆一腾地站起来，一头就朝房门扎去。

“慢着！”李德信突然大喝一声。

金隆一停住了脚步。

“你的条件我都答应。但是，你要是说出了一个字……”

“怎么着？”

“我就要你命！”

“一言为定！”

“一言为定！”

第十三章　下岗大军

金隆一掀起的这场风波就这样摆平了。李德信被迫给了金隆一两千块钱，还给金隆一在滨河路靠近河底那块儿租了间房子，又无偿提供了一个摊位，地段还比较好。金隆一倒也守信用，对天盟誓说不会说出李德信受通缉的事儿。李德信暂时放了心。

但这件事在他的心里蒙上了阴影，使他久久不能平静。特别是夜深人静的时候。虽然忙了一天了，非常疲累，但有时他就睡不着。“管它呢，没做亏心事，不怕鬼叫门！去他二大爷的，不管了！”李德信拽过被子就蒙在了头上。他把这件事抛在了脑后。

哈尔滨市公安局刑警队的办公室里，大鼻子的靳队长正一边抽着烟，一边翻阅着案卷。案卷里贴着一张犯罪嫌疑人的黑白照片，照片下面，用钢笔写着“李德信”三个字。

“你能确定李德信是去了蓝岛吗？”靳队长看了一眼旁边站着的侦查民警说。

“报告队长，”民警回答，“是听李德信的街坊邻居们说的。其中有一位街坊说，曾经在蓝岛看见过李德信。不过叫他签笔录的时候，他又说不敢确定。所以具体是不是去了蓝岛，暂时还不好说。”

“那必要时就得考虑去趟蓝岛了……”靳队长嘴里的烟卷耷拉下来，他若有所失地自言自语道。

“可是，万一呢，万一黑白颠倒了怎么办？唉，真麻烦！”

李德信也自言自语，在夜里。他又开始担心了，他推翻了自己原先的决定。因为他老琢磨七叔的话，越琢磨心里头越怕。这成了他心头挥之不去的梦魇和心病。

他觉着他得解决这事儿。他非常聪明，很快就想出了一个主意。“嗯，这个办法好！”

他觉着他得使劲儿干，必须使劲儿干，必须闯出个名堂来。只要发展好了，买卖做大了，有了钱，到时候就能给自己申冤！对！他打定了主意。

于是担心和忧虑反倒成了他前进的动力。当然，他也闲不住。李村的商业此时就像早晨八九点钟的太阳，伸了个懒腰打了个哈欠，站起来开始正式张罗买卖干活了。再就是东北老乡的下岗大军，浩浩荡荡地杀奔山东、杀奔蓝岛而来：黄岛，城阳，浮山后，李村。李村是首选。因为有大集，需要大集的乳汁来哺育这群嗷嗷待哺、饿得发慌的孩子。俺们东北人会做大拉皮儿！还有四平的熏肉大饼、东北的锅包肉。大集开始膨胀了，吃的是草，挤出来的是奶。大集又是一块海绵，似有无穷无尽的水可以挤出来。你拥抱她，她就接纳你。

这一年，是一九九七年。

这一年东北的下岗潮达到了顶峰。计划经济的神话彻底破产了，工厂倒闭，矿山关门。为了讨生活，无数的东北儿女离开了那片黑土地，到全国寻找机会。因为他们是北方人，大多数又是山东人的后代，所以他们大多投亲奔友来到山东。而山东最发达的地区当数蓝岛。他们来了！

这是共和国成立以来的一次人口大迁徙，又是为了生计，为了填饱肚子。这次大迁徙，足以载入史册！

李德信又承包下一片河床。

“伙计们都加把劲儿啊，中午咱吃锅贴铺的锅贴，牛肉的，还有带虾仁的！”李村河底的市场工地上，李德信朝工人们招呼着，一边又往手心吐了口唾沫，拽过一把铁锹和起了水泥。冬天了，干活儿的人手不够，他每天都要跑跑龙套，客串个小工。

市场南边的九水路上，一辆喷着“12315”的工商执法车停了下来。车门打开，一位身着工商制服的女工商下了车。

“走，大集上看看去！”连科长朝开车的小刘招了招手，“李德信说又开发了一片市场，咱去给他鼓鼓劲儿！”

李德信扔下铁锹，陪着连科长在河底走了一圈儿。

“连科长，谢谢您能来！说实话，您这一来呀，大家伙干劲儿更足了！本来，这次是咱工商又帮助给协调了李村镇政府，把这片河床开发成市场。所以，这心里头啊……感谢的话都说不出来了，反正是感谢啊！”李德信的眼里噙着泪花，联想到以前跟这位女科长的误解，到最后不打不成交，一起渡过了难关。他现在心里是感慨万千。

“行了，李老板，就不用客气啦！这也是形势需要。市场发展了，也有利于社会稳定，养活了老百姓，解决了吃饭问题。这也是工商工作的职能啊！”连科长微笑着说。

“好、好啊，连科长您就是谦虚！咱认识这么长时间了，您也不赏光吃个饭！反正啊，一个篱笆三个桩，你说我李德信怎么这么有福呢？认识了这么多好兄弟好姐妹，支持我帮助我！”

“李老板，你太客气了！”

两人一路前行，忽然看见前面一条汉子，长头发都耷拉到脸上，冬天了还穿着一双单薄的老北京布鞋。正是龙三爷。

“他妈的，都给我好好干！”龙三爷在那儿喊着，“李老板对你们好，那是李老板，我可没那份儿闲心！这个月底就得把摊子给我弄好啰！年集就得租出去。谁他妈偷懒，我就扣他工钱。都给我好好干！”

“龙三爷在那儿当监工呢！”李德信笑着介绍道。

“你李经理确实厉害啊，上次龙三给你当卧底，这次又给你打工啦，呵呵！”

“连科长过奖了！”

两人走到了近处，龙三爷远远就瞅见了连科长，急忙过来打了声招呼。

“哎哟，连科长，亲自过来视察啦！你这一来好啊！男女搭配，干活不累！德信这市场啊，噌噌就上去了！哈哈！”

“关键有你龙三爷在这儿扛着啊！”连科长朝龙三爷一笑，“亲自在这儿监工，你这个兄弟不发都不行了！”

两人继续往前走着。那一排排的摊位，实际就是一行行的水泥垛子，分成了几大溜。因为建在了河床上，中间的过道还是土路。无非已经挖深了基础，正等着硬化呢。

“李老板呀，”连科长忽然问道，“你这次的投资不小哇。这么多的摊位！我担心，就怕别到时候，再租不出去呀！”

“没问题，连科长，我已经统计过了，现在来李村发展的东北老乡越来越多，都是亲戚奔亲戚。再说了，现在李村的商业蒸蒸日上，一天比一天好。你放心，有大集呢！”

“那些老乡都和你签过合同了？”

“签什么合同呀？都是东北的老乡。东北人，就是山东人，实诚着呢！再说了，要是没钱租，合同签了有什么用？没用！”

“这倒也是。”连科长琢磨着，点了点头，“哎，李老板，你这摊位，多少钱一个呀？”

“怎么，你要租摊位？”李德信笑了起来，“你租，不要钱，免费，送你一个！”

“我不是那意思。我是说，你这里的摊位，你是怎么收的钱啊？是半年一交，还是按月？”

“哦，是这样：因为前期摊子的投入比较大，也借了些钱。为了赶快把钱还上，把投资收回来，我打算摊位费一年一收。”

“那，交不上来怎么办？”

“交不上就没有、不给。租给别人呗！”

连科长脸色唰地就变了。

“德信呀，我觉着，你这个办法不妥呀！”

“噢，怎么不妥？”

“不知你了解过没有：你觉着所有的老乡都有那么多钱吗？是不是他们还

得留点儿，当流动资金？”

“对呀！”李德信一拍脑袋。

“我看这么着，”连科长笑了起来，“你可以根据情况：老乡愿意呢，你就租长摊儿，一年的，两年的，都可以，有的还愿意长呢！但是那些没钱的，你可以仨月一收，实在不行，一个月一收也行。”

“我明白啦！”李德信把手放在额头上，“问题是投资……”

“只能这样啦！人跟人情况还不太一样。但只要摊子能租出去，那就是钱，不能闲着。同时，你这不也降低了风险嘛！”

“嗯，好，这个主意好！”

“不过我就是建议哦！”

“嗯，我再考虑考虑！”

李德信采纳了连科长的建议，将一年一交地铺钱的老规矩改成了三个月，甚至是按月收。在此基础上，他又想出了一记奇招：那就是以“拍卖”的方式进行出租，根据地段的好坏，租金各不相同，把钱收在了明处。这种营销策略很快得到了商户们的响应，一时间摊位卖得红红火火，但也触动了一些人的利益。

“哎哎哎，大哥！”临近春节了，这天一清早，李德信正准备上市场买点鱼虾之类的，给龙三等几个老伙计送去，突然看见八哥风风火火地跑了过来。

李德信一看是八哥就没好气，因为他一来，准没好事儿。之前母亲过世，还有工商局过来检查，都是八哥过来报的信儿。所以八哥现在不是“八哥”，简直是“黑乌鸦”了！

那这次呢？

“什么事儿，八哥？”李德信问。

“大哥，我刚才去了趟河底。咱那些摊子，全给、全给掀了！”

“什么！”

第十四章　美救英雄

龙三爷的“龙王府”在滨河路的西头，靠着李村河北沿儿，建的一座三层楼。一层也算是负一层，开门就是李村河底，直通市场。二楼开北门，开门是滨河路。三爷把这两层都租了出去，也都是门头房，临街的旺铺。三楼，四面都有窗，三爷把它作为自己的龙宫。

“龙三，李德信的摊子是不是你砸的？”

一清早，三爷正在刷牙，眼睛正盯在鸟笼里的金丝雀上，突然门咣当一声开了，一声大吼震得龙三爷身子一哆嗦。

“咳！”呛漱口水了！他急忙把水喷了出去。“咳咳，这谁呀这是？”急忙定睛一瞧，原来是钱二姐，柳眉倒竖，正一脸杀气地立在门口，一双桃花眼凶狠地瞪着他。

“嗬，是你！”龙三叫道，“干吗这是？”

“我问问你，”钱二姐上前一步，“李德信刚修的摊子是不是你砸的？”

她这么不分青红皂白，龙三的火噌就上来了，刚才差点儿呛水。“嘿，我砸的怎么啦？就该砸，砸了我乐意。谁叫他坏了规矩的！”

“你！”龙三这么蛮横，钱二姐奈何不了他。只好一屁股坐在竹沙发上，气得不言语了。场面有点僵。龙三就看着钱二姐，围着她转了两圈儿，手心里的核桃也转转转，他在想主意。他忽然看见，钱二姐眼里的泪出来了。

“怎么了？”龙三说道，不过声音低了下来，“你这是替他打抱不平？还是动着你的韭菜葱啦？问题是他眼里有我吗？他李德信眼里早没我啦！”他的声音高起来，“他小子翅膀硬了啊！要反客为主啊！一个月一交地铺钱，也不跟我通个气儿，啊？我给他个颜色看能怎么了？该砸，就该砸，砸得还轻了呢！”

“你！”钱二姐猛地抬起头，一双大眼射出了火焰，“难道不是哥们儿了？跟自己的弟兄较起劲儿来了？有火发出来啊！有意见当面提啊！干吗搞些背后的！这是你龙三吗？”

“我……”龙三叫二姐一顿数落得没词儿了，只好干瞪眼，又解释来解释去，像是绕口令，“也该砸！是德信他得罪人了呀！跟别的市场抢客源，他坏了规矩，不能分期付款嘛！哎呀，这都是竞争啊！”

“问题是也不能砸摊儿呀，那摊儿不还是你监的工吗？”

“问题是……他不能坏规矩！他是得罪人了！”

“什么？”钱二姐站了起来，“那摊子不是你砸的？”

“我……”

“那砸摊子之前你就知道了？”

“我……他……”

“到底是不是你砸的？”钱二姐的目光像闪电。

“我……”龙三支支吾吾，那核桃也不敢转了，最后他点了点头。

“你去死吧！”钱二姐转身就朝大门走去。

“你回来！”龙三在后面大叫，“你干吗去？”

“我告诉李德信去！”钱二姐已经出了门，“我还要告诉我老公，叫他宰了你！”

钱二姐走了没多会儿，李德信正好也过来找三爷。

“三哥！”

“啊，是德信啊！快进来坐！”

“三哥，今天大清早，八哥就过来找我，说咱那些摊子，叫人给砸烂了！这事儿我觉得蹊跷。我就想来问问您……”

“怎么啦？”龙三勃然变色，腾地跳起来，“是我砸的！砸了怎么啦？你小子找我来算账啊！”

“你！”

原来龙三叫钱二姐刚才一顿抢白，男人的尊严全无。龙三是爱面子的人，顿时恶从胆边生。他以为李德信已经从钱二姐那儿知道了。这会儿李德信过来，龙三迁怒于人，直接把火爆的炮弹全打在李德信身上。

“你小子，翅膀硬了啊你！地铺钱还一月一交，不想叫这帮人活了！你出风头啊！你眼里有我吗？我问问你！你来李村我帮了你多少啊！这倒好，这还强龙压住地头蛇了！”

“三哥，您别生气！你听我说。我这不找您商量嘛！”

“就我砸的怎么了？就我砸的！”龙三跳起高来指着李德信的鼻子骂，“这个市场谁是老大，你还压了我啦！呸！你小子，你还嫩着哪！”

李德信火噌地就上来了。这大清早的，劈头盖脸的一顿骂。最关键的是，摊子竟然是龙三砸的，自己被出卖了！还这么嚣张！李德信鼓起了腮帮子。

但他还是强压住怒火。

“三哥，咱有话好好说吧！”

“滚你个蛋吧！”龙三一甩门，扬长而去。

李德信到底还是没有发出火来。他忽然觉得事情有点蹊跷：不会是龙三砸的。可是，龙三都承认了，再就是根子也找到了，是因为自己坏了规矩，一个月一收，触动了龙三的利益！

他思索良久，终于明白，在利益面前，哪怕是再好的伙计，也会翻脸不认人，何况龙三这样的江湖朋友。肯定是自己的市场越开越大，龙三看着眼红，所以暗里就开始兴风作浪了。

李德信攥紧了拳头。

砸摊子的事儿不小，因为快年关了，要赶上这一波年集的收益。但关键是牵扯到信誉，商户们需要的是安全。谁也不想在大集上被梁山好汉劫了生辰纲。所以李德信必须赶紧想办法。他灵机一动，第二天就跑去了镇政府。

他从镇里获得了支持。镇领导答应帮忙，协调派出所夜里派出警员值班。李德信放了心。

那些摊位也抓紧时间修复了起来，继续出租。因为是年集，僧多粥少，还都租了出去，收益也比较理想。可是很快就到年关了，派出所民警巡逻的任务更重。这样人家一看没什么事儿，晚上也就撤了。

怎么办？

他决定亲自守摊儿。他可不想有人再来找碴儿。

他给自己置了一身行头：狗皮裤，大马靴，还有蓝颜色铜纽扣的海军军大衣，就差一把冲锋枪了。要不然像个民兵，他对自己调侃着。漫步在河底，河床上空荡荡的。不远处，焚烧过的垃圾还冒出了一缕缕青烟，裹挟在雾气中，又混合了市场上烂菜叶子的味儿。这边是向阳路桥西，出去很远，是张永喜的香油味无法到达的地方。

他在摊位间穿行，脚下的土路坑坑洼洼。间或还有绊脚的石块儿，被他的大马靴一脚踢开。脚上没有感觉，是大马靴太厚太硬，还是他已经麻木了？

他忽然害怕起来。

河底起风了，冬天的西北风畅通无阻，刮在脸上就像针扎似的。四周漆黑一片，他突然觉得自己又回到了哈尔滨，十年前，夜里在厂里值班，看仓库。是一样的夜晚，可是没有这么冷的风。那时的月亮好圆，仿佛带着温暖。

他想起了安娜，想起了孩子。老婆孩子热炕头。他的眼泪流出来了！

李德信一连值了七个晚上。奇怪的是并没有遭遇所谓的黑社会。很快明天就要过小年了，估计不会再有人来捣乱了。李德信稍微放了心。

沾着年集的光，东西没有卖不出去的，老乡们的生意火得不得了。人们把注意力都放在了数钱和卖货上，砸摊子的阴云慢慢地散去了。

可李德信还是不敢掉以轻心，他这时表现得非常谨慎。他生怕最后一个年集（腊月二十七）的时候，再遇上意外。那样的话这年也过得不安生，又会影响到明年开春。他可不想正月里一脸晦气。

黑社会就是不露面，商户们也波澜不惊。李德信心里不安，腊月二十七这个集一早，值完了班，顾不得上午补觉，李德信就找到一个道上的人。在独臂老爹的帐篷里，请了烩饼，又上了两盘虾。

“哥们儿，你知道吧，是钱二姐，她帮你摆平的。没事儿啦，你就放心吧！”

“是钱二姐？”李德信的脑子乱了。

钱二姐的小吃店，李德信觉得该去看看了。是的，必须亲自拜访。老爹的警告先不管了！

他觉着心里头非常感激，这是萍水相逢啊！可人家钱二姐一次次帮他。再就是……

他来到“大乔水产”，挑了两盒上乘的水产礼盒带了过去。

这是今年春节前的最后一次大抢购，腊月二十七，是最后一次盛会和欢宴。河底早已黑压压一片，听不见叫卖声，只有一片喧闹的嗡嗡声。个人的声息早已淹没在这人类伟大的交响乐里。人人脸上又都洋溢着喜气，一走进这幅图，受到她的感染，便成为其活生生的一员了。

河底与滨河路之间有一段斜坡，此时也摆上卖对联的。边上又见缝插针，塞上两个卖帽子的。滨河路上的人流来来往往。向阳路桥头，那个卖茶叶蛋的老太太还在坚守阵地，寸土必争。边上的笼包铺升起了团团白雾，是又一屉笼包新鲜出炉了。再边上有于大爷的电烤箱，他的鸡腿鸡架都是现烤的，非油炸，算是创新，味道也不一样。三官庙里的废品店给堵住了门，只好废品回收先歇菜——公家的要照顾到小个体，让门前卖袜子的赚最后一个集。又边上，福建永泰茶庄门前更是堵满了人，茉莉花，大红袍，正山小种，都是春节的必备。这家茶叶店当时也是最早的福建茶庄。古镇路路口有磨剪子戗菜刀的吕宝华，前面提到过，是独臂老爹的老友，现在成了大集上的王麻子和张小泉。那头靠近书院路，又坐了一排算命先生，蒲团前都排起了八卦，口中也念念有词。卖冰糖葫芦的推着自行车从他眼前经过，上头的冰糖晶莹剔透，使李德信想起了哈尔滨的冰灯。靠河的这边新建起了一排门头房，打头的这家叫“阿卜杜拉”清真面馆，是李村第一家兰州拉面，男人都带着白色小圆帽，女人头上缠着黑色的头巾。兰州拉面门前又有一家卖虎骨膏药的，有两片虎骨，泡在酒里，盛酒的玻璃瓶有一厘米厚。五毒神贴，九毒王，小喇叭广告着俄罗斯望远镜，推着三轮车的是“全锅端灭虫药”。还有前面，前面的前面，韩国化妆品店，朝鲜族的狗肉馆。总之是摆不完的摊儿，看不完的景儿。而他，就是这人海里的一条帆船。

二姐的小吃店在京口路东头，过了桥便是。这边是老基督堂。走着走着，李德信的心里猛地激灵了一下。

他在琢磨那件事。

他纠结起来，仿佛这个问题是一道解不开的方程式。到底是打破惯例好呢，还是照规矩出牌？摊子被砸就是出在这儿。要是当初不听连科长的就好了！唉，这个连科长！可问题人家就是建议，随口一说而已。那，还是照规矩出牌，一年一交？那就不会得罪行业里的人了。只是……

那些东北老乡！他忽然想起了老乡们，那一张张淳朴善良的脸。他们要吃饭呀，唉！

可是，我不能老考虑照顾他们呀！我也得吃饭，还得养活老婆孩子！那就照规矩！他心里定了下来。

可是当他确定要按规矩出牌时，他觉着良心又站出来抗议了。这叫他继续犹豫不决。他忽然又想起了安娜说的：妈说了，凡事要凭良心。唉，到底怎么办呢？

这个结成了他好久的心病，直到多年以后他才找到答案。

李村河北滨河路的一座两层楼的院子里，金隆一左手一只烧鸡，右手一瓶老白干，哼着小曲儿提着酒肴回到了自己的家。

他老婆正在院子里做辣白菜。儿子也在家，放寒假了，在李村小学上三年级。金隆一夫妇都是在东北土生土长的朝鲜族人，他老婆辣白菜做得非常地道，也干净。首先是选用上好的白菜叶子，放在坛子里腌，然后加上韩国辣酱，味道可口，送给三千里等韩式风味的料理店，都说好。也在大集上卖。应该说是买卖干稳当了。不过他老婆这时却一脸愁容。

“隆一，咱是不是考虑该还人家李德信的钱了？”这位朝鲜族的家庭妇女放下了手里的活儿道。

“还李德信的钱，还什么还？”金隆一一听就没好气。

“唉！钱，当初是咱借人家的。该还！怎么能说不还就不还了呢？”

“呸，你再说我可揍你啊！是当初李德信欠咱们的！原因我都跟你说了多少遍啦！他就应该赔咱们！”金隆一朝自己老婆瞪着眼说话。

“可问题是，咱当初来李村多难啊！没房子住，都要搬到大街上流浪了。可人家李德信，二话没说就收留了咱们。你还……”金隆一老婆还想再争辩几句，她觉得良心上过不去。

“你给我住嘴！找揍！”金隆一一抬手，伸出了两根手指头，吓得他老婆赶紧闭上嘴不说话了。原来金隆一还真打老婆，他观念里那种传统的封建意识太浓。

“是不是，儿子？”这时正好屋里的儿子跑出来，金隆一见到儿子转怒为喜，一把就把儿子抱了起来，“嘻嘻，儿子，你说，老爸做得到底对不对，为了咱这个家，为了你能上学。你妈还帮着外人说话呢！”

“爸爸，欠人家钱就应该还，我们老师说的！”儿子呼出的热气喷在金隆一的脸上。这时他老婆一听也抬起头来。

“你再这么教育孩子，我连他也打！”金隆一抬腿就朝他老婆身上踢了一脚。他老婆默默地挨着，不敢吱声。金隆一恼羞成怒，丢下孩子，一脚踢开了门，走进屋去。

他还是继续钻他的牛角尖儿。但是当他坐到了沙发上，打开黑白电视机，看了一会儿新闻后，他的心里触动了一下子。

“李德信……”他自言自语道。

第十五章 以身相许

钱二姐的小平房冒出了袅袅炊烟。原来是冬天生了煤炉。这间小平房茅檐低矮，李德信走进去还要低一下头。里头的地面比外头滨河路还要矮上二十厘米。地面也没有硬化，灰不溜秋的。仔细一看，其实是早年的水泥地表皮已经磨没了。墙皮也是一样的黑咕隆咚。只有桌椅还带着点儿浪漫，像以前火车车厢里的那种硬座高背椅。只是腊月二十七的年集还冷冷清清，一个吃饭的也没有。李德信一愣。

“吃饭呀，嘻嘻！”高背椅的尽头响起一个声音。李德信急忙循声望去，正是二姐，笑吟吟地瞧着他呢。

“快过来坐呀！”她又伸手招呼道，好像眼角都笑出了泪。

“哦！”李德信应了一声，突然拘束起来，不知道该说什么好，“啊，您这都忙完了啊？”过了一会儿，为了打破尴尬，他只好寒暄一句。

“唉，店干得不好，年集了，也没个买卖儿。寻思着过了年，盘出去算了！”

钱二姐有点儿伤感，李德信听出来了。他知道，这个钱二姐从小就没了娘，是她爹把她一手带大，从小没人调教，也就比较野。她爹当年又打打杀杀，早早就死了。找了个男人，又关进了大狱。李德信忽然同情起她来。他坐到了钱二姐的对面。

“怎么，你找龙三啦？”钱二姐问。

“嗯，我去找了他。他说是他砸的。还教训我，叫我照规矩出牌，别管那些老乡。地铺钱要一年一收，反正不能一月一收，不能坏了这里的规矩。”

“那你准备听他的呀？”

“不，我不想听他的。那些老乡咋办？再者说了，市场是搞经营，没个准点儿。一个月一收还是一年一收，都行。那些做买卖租摊位的，得养，不能来了就一刀给宰了。有他们吃的才有我们吃的，是不是？现在大集上做买卖的这么多，真正有钱的还是少数，都是做小买卖儿的。得养活这些人啊！”

“那你定下了？”二姐的眼里流露出爱慕的光。

“不，我还没决定好。我还是考虑，找个两全其美的法子吧。”

“嗯，也是。也不能得罪这些人啊！”二姐的脸上忽然浮现出春色，年轻了好几岁，变得容光焕发了，“算了，咱们还是换个话题吧。谢谢你能来看我！不过，我这屋子，成天也不拾掇，破罐子破摔，乱七八糟，黑咕隆咚的。唉，叫你笑话了！”

“哦！”二姐说的是知心话，李德信不知怎么回答好了。

钱二姐眼中突然涌出泪水。

“都是那个挨千刀的，学着我爹，打打杀杀。到头来还不是进去了，赚了什么好？为了他那些弟兄们，把我一个人扔外头，跟守寡一样。我有时候觉得，还不如死了好！”钱二姐伏在桌上，仗着屋里头没外人，放声大哭起来。

李德信想安慰两句，又不知说什么好，只好陪着叹息。突然，他想起了独臂老爹说的，他不想惹麻烦上身。他准备抽身离开。可是当他要站起来的时候，良心又把他给摁下了！

“那些混蛋，想占我便宜，不安好心眼儿的。夏天晚上十二点都不走，还在这里吃喝，外头边上不远就站着撒尿，叫我连人带酒给抓出去啦！这不就是家里没个男人嘛，欺负我！一想到这我就恨！要不就吃白食！好端端的一个店就这样败了！”

“好啦，钱二姐，你的事情我知道。我非常能理解。不过，今天我是特意过来表示感谢的。谢谢您！我……”

“我们俩一块儿过吧！”钱二姐抬起头来，泪水已经把一张俏脸模糊得不成样子了。

“我……咱别开玩笑。我是有家的人。我跟她之间关系也挺好的。问题是，他，你男人，他什么时候能出来？”

“这辈子是出不来啦、出不来啦！”钱二姐又大哭起来。

李德信只好陪着。钱二姐哭了足足有十多分钟，眼泪都哭干了，这才停下来。“对不起，我刚才是冲动了！不过，”她揩了一把泪水说，“我其实对你是真心实意的。早在三年前，我其实就喜欢上你了。你跟他长得非常像。有一次你差点儿被打死，你忘了，在那个下雨天，夏天？是我去找的独臂老爹，他是东北人。他救了你！”

“噢？”李德信心一沉，不由抬头感激地看了钱二姐一眼。他终于明白：原来救他的除了老爹，还有钱二姐！

“我这里有几套门头房，是我爹留给我的。再就是银行还有二十万的存款，你也可以拿去用。他这辈子是出不来了，我不能等他，这很正常。我觉得我已经对得起他了！十年了，我就他一个男人，女人最好的时候啊！我现在也快四十了，好时候不会再有了。但最关键是我想有个家，要个孩子！如果你愿意的话……”钱二姐抬起头来，她那双美丽的桃花眼这时多了点妩媚，仿佛幸福就要抓住了。她伸过手，紧紧地握住了李德信的手。

李德信没有躲避，任她抓着。他知道，这对她来讲是一种安慰，她现在需要这种安慰。但是，他还是低下了头，没有迎接二姐的目光。

他明白：钱二姐是已经绝望了！

“好吧？”二姐抓着的手又摇了摇。

“我没别的人。”见李德信不吱声，二姐又说道，声音带着凄惨，“你别看我大大咧咧的，那是没办法！怎么办？你得活啊！李村街上这么多人，做买卖赚钱，离了谁都不行。所以，就得跟他们交往。怎么办？就我一个人啊！要是我家里有男人，我也想着每天逛逛商店逛逛街，买东买西的……可是，不行啊！”

李德信没有吭声。

“好吧？”二姐又摇了摇手，抓得也更紧了。

“不，我有我的老婆孩子！”沉默了一会儿，李德信终于答道，他抬起头来，他的脸色是严肃和认真的。

“你！”

“现实是现实。”他又说，望着她，目光充满了力量，“但我还是要建议你——不，你应该这么做！也值得这么做！你要等到他。叫他好好改造！我相信，会有这么一天的！”

这话说得铿锵有力，钱二姐听出了里面的坚决。她苦笑一声。末了，她把手抽了回去。

“好了，二姐。”李德信站起身来，“以后你就是我的妹妹了，有什么困难，尽管开口！再就是，没准儿还真会找你来借钱呢！当然，利息按市场价！”

说着，还不等钱二姐回话，李德信起身就走，两步就迈出了小吃店。

“哎，你站住！”钱二姐在后面喊道。

李德信停住了脚步。

“摊子不是他砸的，你再去找找他吧，请他吃个饭，跟他和好。记住：千万要给他面子，他相信面子最重要！”

不是龙三，钱二姐的提醒倒叫李德信纳起闷来。那到底是谁砸的呢？

他决定去找龙三了，把事儿说透、说开，解释清楚。本来他就打定主意：一定要跟龙三搞好关系，为了大集上那些摊子，哪怕自己吃点亏。

正好也借着过年，需要走动走动。李德信又从大乔水产提了两盒鱼虾，让小伙计跟着，给龙三送了过去。

“哟，兄弟来看我啦！”龙三一开门，见是李德信，不由吃了一惊，不过马上露出笑脸，“我就知道，你肯定要来看我，哈哈！”他又抬手点了点李德信，“你呀你呀！”

“呵呵，这不过年了嘛，来看望三哥是应该的。不过忙集忙得有些晚，三哥可千万恕罪啊！”李德信也笑容满面，爽朗地说。

“哪里哪里，都忙年。大集上那些事儿都忙不完呢！你这还抽出宝贵的时间给我来送礼。哎呀，这就是弟兄们啊！你那摊儿不是我砸的啊，不是啊，上次那是开玩笑！快进来快进来！”龙三把李德信请进了屋。

进屋落座，龙三亲自给沏上茶，屋里暖烘烘的。龙三老早就安上了土暖气。

“我已经知道不是三哥砸的。”李德信望着龙三，诚恳地说。

“上次是误会、误会啊！那什么……”龙三挥了挥手里的核桃，“我估计二姐都跟你说了，上次她是先怀疑我，过来找我算账。嘿，这娘儿们，把我给气的，我说就我砸的，怎么啦！不过啊，这事儿你老弟做得也不对，不能蛮干，要注意江湖规矩，一个月一收也不是不可以，提前说一声嘛！再就是你得找个理由啊！其实怎么着都行。你的摊位你说了算！嘿嘿！”

龙三这么一说，李德信顿觉豁然开朗，这解了他燃眉之急。那些老乡安全了！他心说。他浑身上下立刻放松下来。

“谢谢三哥支持！”李德信马上拱了拱手。

“不过嘛，”龙三忽然缩紧了眉头，“哎哟啊，兄弟，哥哥其实也对不起你哟！说实话，砸摊儿这事儿我提前知道。是他们找过我，给我打了声招呼。对不起呀！”

什么？李德信眼皮跳了起来。

“哦，没事儿，三哥，你也是身不由己！”他马上控制住自己的情绪。不能冲动，不能冲动！他心里暗叫。一定要跟龙三搞好关系，他又一次在心底打定了主意。

李德信能做到这点，就已经不是三年前的李德信了。他成熟了。这才是一个大老板应有的气度。

“说实话，兄弟，这事儿我答不答应，他也得给你砸。我觉着，这事儿，没那么简单！肯定是前有车后有辙啊！不过，我现在还是觉着很后悔呀！我当时该跟他们争啊！唉，瞧我，这事儿办的。我该死，我该死！”龙三说着，连扇了自己三个大嘴巴。

李德信急忙抬手阻拦，“你干什么呢，三哥！”龙三扇完了嘴巴，又吩咐自己的婆娘，把一个皮包从里屋取了出来。

“兄弟，对不起，”龙三说道，“我还收了人家礼金。这些都给你，算是三哥我对你的补偿吧。”

“三哥，你今天能说出这样的话来，咱兄弟们是没说的！”龙三如此坦诚，李德信感动得差点儿掉泪了。他紧紧握住了龙三的手，“这钱还是你留着，给我就见外啦！”

“嘿嘿，兄弟，还有一样钱，是我收的回扣！”

“回扣？”

“市场那摊儿，我监的工，水泥的标号不够。唉，没办法呀，也是道上的人，你惹不起呀！本来我是给你分忧，结果反中了人家的计，钱必须得收，水泥必须得买。不过摊子的质量就下来了，冬天还好点儿，夏天那雨水一冲，肯定就酥了。所以，砸了就砸了吧！重新再弄！哈哈！”

“原来有这么些道道儿！”这里面的水深着呢！李德信打了一个激灵，他不由得对龙三爷刮目相看。

“当然了，德信，还是必须对得起兄弟们。跟他们周旋来周旋去，不能叫自家的兄弟吃亏呀！”

“三哥，以后你就是我的左膀右臂！有我的，就有三哥的！咱弟兄们没的说！晚上叫上老郦，咱喝酒！东山的小羔羊！再就是，从今天起，市场上摊位，十个就有你一个！或者，你现在要上十个摊位也行。摊儿你随便选！”

“哥们儿仗义！”龙三笑得眉毛都跳起来，“不过不用啦，德信，还是我对不起兄弟。这样摊位我不要，钱我得拿，就是这次拿的这些回扣。算是对你的补偿，重新建设摊位。我看这样吧：你要给我股份，也行，我求之不得呢！不过那是以后，就按你说的：给百分之十。不过，我必须入股，要投钱。从今以后，市场，就跟你玩儿了！”

说着，龙三亲自进了里屋。不一会儿，他从里面找出一个兜来。拉开拉链，他从兜里拿出了五万块钱，“先拿着。如果要成立公司，就算我百分之十的股！”

“好！”李德信紧紧地握住了龙三的手。

“好兄弟！”

经过这番周折，李德信与龙三重归于好，两人皆大欢喜。龙三又告诉李德信：说市场要管办分离了，河底和大集要专门成立一个市场服务中心，属于企业性质，工商局以后就不管地铺钱了。这是机遇，要早做打算。李德信记在了心里。

两人坐下来想再喝杯茶，忽听外头有人在杀猪般号叫，紧接着一片喧哗。是大集！李德信急忙站起身来，他一步就跳到了窗前。

只见下头人群一阵大乱。一个人正在前面逃命，后头有人在追赶。前头那人满脸是血。眼看着就要追上，要报以老拳了！

李德信打开房门，一个箭步就冲下了楼梯。

“都住手！”他大喝道。

第十六章　以德报怨

三层楼的楼底下正好是一段斜坡，从河底能通到上头的滨河路。那人从河底夺路而逃，直奔斜坡而来。猛一抬头，李德信像一座铁塔似的站在了面前。

后面追赶的五条汉子这时蜂拥而至，竟然都是河底做买卖的东北老乡。

被追赶的这个人头发散乱，脸上全是血，估计是打破了鼻子。他踉跄两步扑倒在地，一把就抱住了李德信的腿：“救救我！”

后面那五条汉子此时已把他们团团围住，看热闹的也围了过来。因为人多，顿时把他俩围得水泄不通。“揍他，揍他！狠狠地教训教训！妈的，瞎整！揍他！”人群高喊。

地下那人身子抖得像筛糠，声音也有气无力：“哥，求您，救我，求您了！”手抱得更紧，他被吓坏了。

“大家不要吵、不要吵！安静、安静！”李德信高举双手朗声制止道，人群安静了下来。“有什么事儿，咱慢慢说。都是东北老乡，犯不着动手。这样吧，咱先把事情查清楚。金隆一，你先说说吧！”李德信朝地下的金隆一看了一眼说。

原来被打的是金隆一。

“我、我……”金隆一这时身子还在筛糠，他目光散乱，结结巴巴地说不出话来。

“他整天讹我们！”其中一位追赶的东北汉子高声说道，“根本不考虑老乡不老乡的。太不老实啦！他本来不有一个摊位吗？他老婆在那儿卖辣白菜。可他不务正业，今天跟这个要，明天跟那个要。算什么东西啊？！”

“对，”边上另一位老乡帮腔道，“整天偷鸡摸狗，赊这个赊那个。先要，要不成就赊，赊不成就抢！咱东北人是这样吗？！丢咱东北人的脸！在老家还嫌不够，都丢到蓝岛来了！”

“就是！”旁边围观的老乡们齐声附和。

李德信只觉得一股怒火慢慢从胸中升腾起来。

他用眼睛余光扫了一眼地下的金隆一。金隆一这时眼里满含着乞求，可怜巴巴地望着他，那眼神儿是愧疚，是懊悔。李德信没有看他，又抬起了头来。

“他说他是你哥们儿，”那位老乡又说道，“所以俺们一开始都挺关照他的，都瞅你面子，拿了就拿了吧。可他也太嚣张了！这个年集都明抢明夺的。你不能纵容他是吧？”

“金隆一，他们说的都是真的？”李德信压下嗓子，对金隆一低声问道。这时龙三也从楼上下来了。

金隆一轻轻地点了点头。

“妈的，这小子当初来时我就瞧着不是个好种！”旁边龙三一把揪住了金隆一的头发，拖了起来。刚才他在楼梯上就听见了老乡说话，顿时明白了什么。下得楼来，他马上就要对金隆一施以惩罚，给他一顿暴打！

“揍他！给他点儿颜色看！不能叫他再这么下去了！”人群七嘴八舌，立时炸开了锅。

“我去你的！”只听“呼”的一声，是运气的声音，龙三爷的拳头举起来了！

“哎呀！”地下的金隆一一抱头，身子更是蜷缩成了一团。妈呀，拳头就要落下来了！

“别打！”李德信一把攥住了龙三的手腕子。

龙三不解地看着李德信。

“三哥，先不要这样，先别动手！”李德信看着龙三道，那眼神已经清楚地表达了什么。龙三略一迟疑，举着的手放下了。

“乡亲们、乡亲们！”李德信撇开金隆一，急忙上前两步，朝围观的老乡拱了拱手道，“大家都静一静、静一静。还是需要大家帮衬，多帮帮忙！就算是我李德信求大家了！求大家了！”

人群安静了下来。

“各位老乡，这次确实是我的不是，”李德信还是忙着拱手，“没把我这个兄弟管好，我向大家赔礼道歉了！”

他说“兄弟”二字，地下的金隆一身子一颤，诧异地望了李德信一眼。

“老乡们，”李德信的声音都开始颤抖了，“为了解决好这件事，首先，咱们大家这多半年给拿的东西，我李德信替兄弟照价赔偿，是多少钱就多少钱！一分钱也不能少大家的。我说话是守信用的。如果我不给钱，那大家下几个月的地铺钱就可以不交！总之，这件事情要公正。对不起大家了！请大家原谅吧！”说着，李德信一弓身子，摆出一个下跪的动作，眼看着就要跪下了！

两条汉子一个箭步，外加龙三，急忙上前，一把就托起了李德信。“哎哟，使不得、使不得！李老板，这哪能行！”汉子们齐声大喊，龙三也拦阻李德信。李德信站直了身子。

“哥们儿，”一位年长的汉子叫道，“李老板今天的话大家伙都听见了，够义气！你说咱们能叫他下跪吗？肯定不能！这样大家伙都散了吧！”

人群说散就散。李德信又急忙伸手，要拦住大家，他想再解释一番，替金隆一给大家伙钱。“就不用啦！”刚才那位说话的汉子道，“李老板，今天，俺们本来是要抓住他，把他扭送到派出所，俺们不会胡来，也不想给你惹麻烦。俺们平常都受你的恩惠，念你的好，想报答还来不及呢！这样老乡们就不追究啦，以后把你这个兄弟管好就行。俺们东北人出门在外的，又是回到了山东，俺们是讲信用的！俺们也不愿动不动就抬手打人，俺们还是想老老实实本本分分地做生意！不过这种人，整天偷鸡摸狗的，筐里不该留这种烂杏！哥们儿，走啦！”人群呼啦散去。

“走，你小子！”龙三揪起金隆一就朝楼上拖去。

回到三楼，龙三抬手又要教训金隆一，被李德信拦了下来，“三哥，还是给他一次机会吧！”

原来金隆一恶习不改，这半年在市场上敲诈勒索，横行霸道，还打着李德信的旗号，结果引起市场公愤。今天是最后的年集，他又来这套，谁承想却点燃了火药桶。

揍一顿不成，龙三叫金隆一蹲在地上。金隆一还真听话，乖乖地蹲下了。

“金隆一，你整天讹人，”龙三又掐着腰喝道，“你以为我不知道是吧？其实我早就听说了！市场上有人告你状呢！我就寻思着你他妈的能改过自新，不想给德信添乱。你他妈不算完了啊！你说，你这不是败坏德信名誉吗？你以为你是德信的兄弟？你算什么兄弟？刚才德信没拆穿你！叫市场上人知道了不打死你啊！”

“是、是！”

“你说你还是人吗？”龙三继续教训道，“你当初是怎么来的？你屁股溜秋，穷得就底下郎当着根棍儿啦！德信给了你房子，给了你摊子，还借给你钱，呃、不，是借给你不用还啦！你上哪儿找这样的好人去？天上掉馅饼啊，你得报答人家啊！你怎么报答的？你就用这个，在市场上胡作非为、败坏人家的声誉？”

“啊，是啊、是啊！”

李德信没说话，用怜悯的目光看了金隆一一眼。

“啊，是啊、是啊！”

金隆一不停地说着“是啊、是啊”。他突然顿足捶胸，号啕大哭起来。“是啊，是啊！是坏人指使了我，我是受了坏人的指使啊！”

龙三奇怪地瞅了李德信一眼。李德信正在侧耳细听，他的脑子猛然一激灵。

金隆一继续顿足捶胸，“我是受了坏人的指使啊！我是为了败坏德信的名誉啊！”他突然发狂了。

“你说什么？”李德信一把捏在了金隆一的肩膀上，死死的，“败坏我的名誉？是什么人？”

“是那个姓黄的，姓黄的叫我下手干的啊！”

“姓黄的！”李德信捏着的手又紧了些。过了一会儿，他的手松开了。

他坐回到椅子上，如梦方醒。他现在知道这些前因后果了。看来是把那个人给得罪了，那人是存心来报复啊！他不愿意弄这些东西，他讨厌人与人之间的斗争，更不要说结下梁子了。他只想做他的生意赚他的钱！

可现在既然已经结了仇，必须有所防范。只能这么着了！看来，下一步又会是一场恶斗。

他仿佛看见了那张面孔的狰狞，听见了那些刺耳的说话声。他一时愣在了那里。

“我说兄弟，”龙三凑过来，附在他耳边，“当初砸市场摊子的时候，那领头的小哥也支支吾吾。我问是谁指使的，他说具体是谁，也不太清楚。他那副样子是不愿意说。估计也是这个弄灯的。这说明了什么？冤家宜解不宜结啊！”

李德信神色坦然，他看着龙三，没说话。但在心里，他已经把这两件事情联系在一起了。

“都是我的错！我现在知错了！”金隆一还在号啕大哭。

是的，金隆一现在是实实在在地拧过弯儿来了。人都是有良心的，这金隆一虽然是一根筋，也带着一身痞气，但是心眼儿并不坏。李德信这么一次次帮他，一次次向他示好。他就算再倔，也架不住日久天长，总有一天有他明白的时候。今天他老婆孩子叫他还钱，他其实也考虑了一些，他也感动。现在李德信又以德报怨，挺身为他挡枪，把他从大集上无数的拳头下面给抢了回来，这算是救了他一命。他现在就是被李德信这个诸葛亮擒了七次又放了七次的孟获。他现在是彻底服了。

“起来吧！”李德信拉住了金隆一的手，又拍了拍他的胳膊，一笑，“这件事就这么着了！谢谢你能告诉我！”

“你这是把我当兄弟了？”金隆一凝视着李德信，他简直不相信是李德信说的。

“嗯，”李德信又笑了笑，点了点头，那眼神也饱含着热量，“我以前就说了，我们是兄弟。这说明咱们有缘啊！这个问题在咱们第一次见面的时候我就感觉到了。你忘了，在东北老家？”

“是我对不起你，大哥！”金隆一动情地说，眼泪又流出来了。

“嗯，别哭了！”李德信抓住了金隆一的胳膊，用力握紧了，他这时眼里也涌出了泪花，“我们都是患难的兄弟，都是从东北出来的，不打不成交！其实第一次见面，你就能相信我！这说明咱们肯定是兄弟！”

“哥，是我对不起你！”

“别说了！”

“今后你就是我的哥了！”金隆一喜极而泣。

“好，我是你哥，永远的哥！”李德信双手紧紧握住了金隆一的手。

就这么着，不打不成交，经过金隆一大集上这一闹，一对当年的仇人终于化干戈为玉帛，握手言和。李德信又多了一条臂膀。

不过金隆一觉着在大集上待不下去了，最起码眼前是混不开了。他觉着应该维护李德信的名誉。这时正好他舅舅从韩国来了信，说可以去韩国发展，去打打工。于是金隆一琢磨了半天，还是决定离开李村。李德信想挽留他，叫他做个帮手，因为大集继续扩大。再就是照顾老婆孩子也方便。可金隆一说还是去韩国发展吧，挣了钱再回来，在这儿没脸见人。李德信一想也对。他为金隆一准备了一笔路费。在码头上，两人洒泪而别。

“哥，我那老婆孩儿就托付给你了啊！”朝船上走出几步，金隆一又回头大喊。

“你放心吧！弟妹和侄子我会照顾好的！发财了早回来啊！”李德信朝金隆一使劲儿挥开了手。

一声汽笛响，船开动了。迎着海风，他发觉自己也流泪了。他突然觉得自己回到了三年前，刚来蓝岛的那一刻。惺惺相惜，知己天涯。这一别重逢又不知何日。李德信百感交集，他顿觉自己仿若大海上的一叶孤舟，不知要漂泊到何处。

“我该把安娜他们都接过来了！”他擦了一把面颊上的泪水，自言自语道。

第十七章　告别大集

回东北这趟可以说是衣锦还乡，不过李德信还是尽量保持低调。家里头也简单：厂子垮了，弟弟德福也正式下岗了，安娜是待岗，唯一的儿子小白在上高中，可以转学，已经办好，就安置在新成立的蓝岛五十八中。再就是亲戚朋友们听说李德信回来了，仿佛是抓住了救命稻草。在他们眼里，李德信是发了！

房子都交给七叔打理，然后是打包，给爹娘的坟头烧纸上香。李德信突然觉得自己这次胜利大逃亡仿佛是背叛了祖国，伤感，故土难离啊！自己从小在这里长大的，是这片黑土地养育了他。他的泪像断了线的珠子。

可是一回到火车上，那股兴奋劲叫他一晚上愣没睡着。他渴望着，恨不得立马插上翅膀飞回李村。就像新婚小别的夫妻，大集是他另一个家。他有太多的事情要做。他每天都离不开赚钱。

他特意安排店里人开车来接，为的是叫安娜高兴。“嘿，哥，你现在都置上车啦，真成老板了啊！俺们跟你真是沾光了！”四个人挤在李德信刚买的“松花江”微型面包车上，那是当时最普及的微型面包车，弟弟德福按捺不住兴奋，高兴地说。

“那还用说吗？”李德信这时心也飘起来，“大小也是个老板。不过德福啊，来了山东讲话可别‘俺们俺们’的，叫人听着笑话！改改啊！”

“瞧你，人家德福都二十六七的人了，还用你教啊！”安娜一听就不乐意了，在后面推了一把李德信说。

“我不也为了他好吗？这说话它土啊！”

“土也不用你教！”

两人拌了一下嘴。李德信不言语了。“哎，改，改！”德福倒是机灵，急忙爽快地应着，心里却噘开了嘴。

滨河路的东头，东北庄刚开发了一片新楼。李德信买了一个套二，又租了一套，一样的结构，离得非常近。他就把买的这套给了德福住，自己一家三口住租来的。德福还没有女朋友。

小白送到了学校，五十八中都有学生宿舍。这样就都安排妥了。从德福那儿一出来，夫妻两人就回到了自己的家。

“你这一来，就把我儿子给弄学校里去了，你也太狠啦！”进了门，安娜就嚷嚷了起来，嗓门大得能把房子掀翻，“嗨，你说你这当爹的，出去都四年了，四年跟儿子也见不了几回。这一见面，又把儿子给打发了。你怎么想的啊！”

“锻炼锻炼嘛！学校那儿条件不错，再说了隔着也近，就在河对岸，想啥时候看，啥时候过去看就是了！”李德信倒是不同意。

“那也不能一见面就安置了呀！德行！”

“我这不是没时间嘛！市场上好多事儿呢！”

“好多事儿、好多事儿！那你不想儿子呀？你就先让他在家住一段日子呗！你不想，我可想儿子哩！”安娜说着眼泪就流出来了。

“行行行，赶明儿就接回来，住几天，听你的！”李德信哄安娜道。

安娜这才破涕为笑。李德信压抑不住心里的兴奋，就想把这几年自己的收获分享给媳妇。他把安娜领到了阳台上。

“瞧，这视线多好，五楼，第一排，清清楚楚的。下头这河，你看，对岸就是五十八中，原来叫崂山一中，蓝岛市最好的学校哩！”

“好什么好，这赶集呢，全是人，乱哄哄的！”

“大集好啊，不瞒你说，就是大集才叫咱发起来的。我愿意看大集，习惯了大集。大集天天赶才好哩！”

“去！这么多人，把人都吵死啦！咱那儿多安静啊！都是一个家属院的，也认识。这儿乱七八糟的，什么人都有！找个人唠个嗑都麻烦！”

“你想唠个嗑还不容易！这集上，百分之四十，都是咱东北老乡，有黑龙江的，有吉林的，东北那边人多了去啦！这儿呀，就像到了咱自己家，一点儿也不陌生。再就是边上，租的这些住户，全是东北人。这地方，你马上就会喜欢啰！”

“哎，我说德信，你不是说咱买的新房吗，怎么这房子是装修过的，二手房呀？”安娜突然四下里瞅着家伙什，怀疑起来，“你在这里养了一个小啊？”

“说什么呢、说什么了呢，嘿嘿！”李德信马上又哄安娜，“这套不是租的吗！买的那套，不是给德福住了吗！也是二手的！咱住这套是租的。”

“嘿哟，你要是敢骗我，我可是能杀了你啊！”

“你个老娘儿们！嘿嘿！”

“好好好，那就给德福，先住着！”

“为什么把房子给了弟弟，咱自己住租的房子，主要是为了咱爹咱娘。咱们呢，都老夫老妻啦！等以后再买。你说呢！”

“嗯呢，行！你说了算！”

“安娜，你刚才怀疑我在外面养小呀，那你不查查呀？”李德信忽然盯着安娜的身子，不怀好意地说。

“回家都已经查了，放心！”安娜没听出李德信话里的意思，有点儿大老粗。

“不想再查查呀？嘻嘻！这几年，我看你真变成俄罗斯大妈啦！瞧你，腿都跟大象腿似的了。”

“去，你坏！”安娜吐了下舌头，朝李德信扮了个鬼脸。

“你个老娘儿们！”李德信上前一步，不由分说，一把就抱住了安娜。安娜大声尖叫了起来。李德信抱起安娜就走进了卧室。

两个人都很激动，仿佛一下子回到了十几年前刚结婚的时候。

二十分钟后，夫妻俩躺在了床上。

彼此都没有什么话，但都在打算以后的日子——新生活。

旁边床头柜上的“大哥大”响了，李德信拿起来。在电话里，李德信跟市场服务中心的人约了明天见面。

“他们找你干啥？”安娜忽然发现李德信的脸色不对，不由担心地问道。

李德信的确有些忧虑，“嗯，说想把咱的摊子都盘过来！明天上午见个面，谈谈！”他皱起了眉头。

这时，在旁边那套买的房子里，弟弟德福和儿子小白也正在说房子的事儿。

小白是想从学校里出来转转，对李村熟悉熟悉，没敢回家，就到了德福这儿。

“你爸这几年发展得挺快的，都买上房子买上车了！”德福眼睛发亮，他摸着厨房里的冰箱，羡慕地说。

“我爸把好房子都给你了，他自己住破的。就怕我妈别有意见。”儿子小白倒是挺细心。

“他得照顾咱俩呗。特别是你，你妈能有什么意见？你妈不还得听他的？咱家，你爸是老大呀！”德福的语气里带着不满和揶揄。

“行了，叔，当初爷爷和奶奶都有病，又都死得早。我爸从小操持这个家，也够辛苦的，你就别有意见了！”

“我能有什么意见？”德福不屑地看了小白一眼，“我还敢有意见吗？”他又顿了顿，“说起操持家，他不操持谁操持？他还得给你和我每人买一套房子呢！你是他儿子，我是他弟弟。你忘了你奶奶临咽气时怎么说的吗？要照顾好我！明白吗？”

小白没接话，脸上却露出了愁容。

“好啦好啦，我的大侄子。”德福这时才意识到刚才说话有点冲，于是上前拍了一下小白的肩膀，“咱现在是正式的蓝岛人啦，下一步，还要在当地娶个媳妇呢！你在学校里要好好地学。等我娶上媳妇了，就让你那个蓝岛的‘嫂子’啊，给你也找一个女朋友，也是当地的！呵呵，你等着啊！”

小白脸一红。他现在懂事了。他跟德福才差七岁，李德信不在家的时候都是德福领着小白。因此情同手足，几乎就是兄弟了。

第二天一早，李德信如约跟市场服务中心的人见了面。

对这些人他没好感，甚至说还带有敌意。很简单一个道理：他的饭碗给人抢了。从他自己做生意的角度，这简直比砸了他的摊子还可恨。

不过他还是去了。他觉得他必须遵纪守法。他不是以前的小商小贩了。这是政府行为，因为河底的所有权是属于国家的。这一点李德信非常清楚，关键时候他能掉过这个理儿来。

再就是，他还担心自己头上顶着的那顶紧箍咒——申冤。

这件事龙三之前早就告诉过他，说工商局管办分离了，成立了市场建设服务中心。市场建设服务中心是专门发展市场的。山海区，甚至整个蓝岛市的农贸市场都要大发展。他们对此还津津乐道，把这事儿当成了一个机遇。不过出乎他们的意料：市场现在却要统一收回。

他懂得割舍。他知道无法扭转。不过他现在脑子里正在琢磨着另一件事。

“李老板，你好你好！”市场服务中心的这两位主任一高一矮，一胖一瘦。胖的这位高个十分热情，一见面就友好地主动握手，看来对他十分尊敬。李德信对他的印象不赖。

落座，沏茶，双方很快就切入了正题。

“这大道理咱就不讲了吧，李老板，是区里的统一政策：工商局呢，以后是管市场。我们市场服务中心呢，就是建设开发市场。按文件的说法，就是实现农贸市场的市场化运作。国家要搞市场经济了嘛！不是原来有计划的商品经济，更不是老的计划经济啦！呵呵！”胖的高个甲主任笑呵呵地说。

“这我理解。不过嘛，就是补偿条件……”李德信瞅了一眼这位甲主任，慢条斯理地说。

“啊，李老板，”甲主任答道，“我正想和你说这个事儿呢！关于摊位补偿问题，你放心，我们已经进行了充分的研究，又跟区里打了报告。这样吧，你提出的条件，我们完全答应！对你的补偿，就按当初你投入资金的二点五倍进行。然后在此基础上，再给你增加三万元的安置费。你看这样可以了吧？”

“哎呀，这个标准啊，现在看来是有点儿低呀！”李德信脸上霎时愁容满面，实际他是故意装出来的。他马上在心里拨拉了一下算盘。他觉得对方还能再往上加。

他是想多争取。这是生意，他心说，要讨价还价，也必须讨价还价！

“两位主任，”他又说，“我忽然想起来了：上次计算，是按照四年以前的，当时物价比较低嘛！可现在呢，水泥钢筋都翻番了呀！所以，我考虑，是不是补偿款能再加一加呢？”

“你想加多少？”

“六万吧！”

“最多四万！”

“四万不行！”

李德信突然觉得自己这时就像古代穷人卖孩子，他的心里颤抖起来。这不是钱不钱的问题，市场上那些摊儿现在是他的孩子，他舍不得！

可是又必须卖掉。他咬紧了牙。

“最多四万！”

“四万不卖！”

“李老板呀，”甲主任正色道，“咱说实话，政府也不是唐僧肉呀！你看，我们这个市场服务中心刚成立，各方面也需要磨合。前期投入很大呀！像咱河底这个市场，补偿费用，也是建立在专家评估的基础上。所以，还请你多理解。这补偿，不能狮子大开口呀！”

李德信不言语了，他觉得甲主任说得有道理。再就是：这番话叫他心里又有所触动了。

他也希望河底市场的明天能继续好下去。

“那好吧，四万就四万！成交！”他说。

这些市场上的摊子此时又成了他嫁出的女儿！

两位主任相视一笑，在心里都为李德信竖起了大拇指。

李德信忽然又想起了另一个问题。

“两位主任，在补偿方面我就不再有什么要求了。不过，在人员安置上，我还有一个条件，你们可得答应啊！”

“什么条件，李老板就说一说呗。”甲主任笑着说。

“我是东北人，我是靠大集发展起来的。这大集啊，确实对我有感情。可以这么说：是大集养活了我！为什么说大集能养活我呢？它便宜，它各方面都便宜。做个买卖它比较容易啊！所以，不知道你看到没有，现在多少下岗的？全是东北人，全东北人啊！都扑着李村来的，都扑着我来的！我呢，我也仗义接待，我帮亲戚朋友们安顿。以前相当一部分都安置在了大集和河底。所以，两位领导，这次，我也希望能安顿好他们。这个要求我觉得不算高。以后，归你们管了，给我们东北人留点儿摊位！东北人优先考虑！帮帮他们吧！”

李德信这番话充满了感情，他自己也没有料到。可就这么巧了，鬼使神差，他把多年的心里话喊了出来。

“这……”甲主任沉吟不语。他看了身边的同伴一眼。

李德信满怀期待地看着他们，盼望他俩能说出“是”来。

“不行！”是那位瘦的乙主任，刚才一直没吱声，这时突然打断道。

李德信看了这位乙主任一眼。

“老李啊，”只听这位乙主任说道，“你的想法好是好，我们也深受感动啊！问题是我们大集和河底摊子不是无限的啊！我们也想照顾到咱们老乡。可问题是，摊子不等人，不能空着啊！”

“说的是，”甲主任这时也接话道，“老李，这你能理解。现在来李村创业的实在是太多了！不但有咱东北那边的，蓝岛郊区的，外地的，比如说潍坊的，太多啦！我们已经准备再开发一些摊位，能暂时缓口气儿。但就怕过了一段时间，还是供不应求啊！”

“不行！”一听这话，李德信猛地一拍桌子，站了起来，“必须按我的条件来，要不然没法谈！”说着，他头也不回地朝门口走去。

“哎，李老板，别着急嘛、别着急嘛！”后面的甲主任也站起身，离开了座位，“咱们再一起想想办法嘛！”

“那好吧！”李德信停住了脚步。

其实这正是他的计谋，他明知道这两位主任说的句句在理儿。但是，他就是要挤压他们。他是为了他心中的那个神圣的目标。

两位主任低声商量了一下。

“这样吧，”那位甲主任上前一步，笑着说道，“老李，你的心情我完全理解。现在呢，东北的确迎来了下岗潮，下岗职工纷纷拥向蓝岛。不过呢，市场经营也有它的困难。应该一视同仁不是？要不然不好办啊！我看这样：咱们之间可以搞一个联动——咱经常联系着，我这边有了摊位，就及时和你沟通。你那边呢，老乡要来，也提前说一声。咱尽可能安置东北老乡。再就是，我们啊，还可以往别的市场输送！你看，我们除了大集，除了河底，还有峰山路的市场，李村东山市场，还有沧口那边的市场，还有楼山后那边的市场。这些都可以帮助安置嘛！这样问题不就解决了？你说呢？”

“这个办法我看行！”后面的乙主任也站起身来说。

“你们说话算数？”

“当然算数！”

“可不能反悔？”

“当然不能反悔！”

“好，那就这么办！”李德信心花怒放，他笑了起来。一步就跳过来，紧紧地握住了甲主任的手。这正是他的条件。他的目的达到了。

“就这么定了！”

“成交！”

“不过呢，李老板，市场上一些管理工作，还需要你多支持啊！毕竟你管理了这么多年，有威信，他们都听你的。现在换人了，可不能瞎捣乱哟！”

“你放心，我都答应：肯定支持你们，不会捣乱的！”

“好！说话算数！”

“一言为定！”

回来的路上李德信的心里沉甸甸的，胸中是满满的收获。他忽然想起要给龙三和老邴打个电话，一起喝个酒，庆祝庆祝。两人都痛快地答应了。约好了，放下电话，他的心里又猛然一沉。

他突然觉得心里头空荡荡的。

拿到了补偿以后，李德信现在手头上的钱可以在李村买两套房了。但他心里考虑的不是买房，而是另一套想法。

“德信灯汇”的生意蒸蒸日上。李德信决定把灯具店交给德福打理。

“德福，灯具店这块儿现在经营得不错，我考虑就把它交给你吧。正好你也熟悉熟悉。”这天在灯具店的办公室里，安娜也在场，李德信把德福叫了过来，告诉了自己的想法。

这些日子李德信其实就已经把德福安排在了灯具店，先是卖货，站柜台。其实把灯具店交给德福，李德信也老早有他的打算了。

“哥，我还是从零开始吧！我年轻，我也想闯一闯呢！”

“闯什么闯？”李德信突然勃然变色，事后他也非常奇怪：怎么突然就来了那么大脾气呢？“我说怎么着就怎么着！”他大声说道，“你刚来想法还挺多呀！叫你干什么你就干什么！你来李村才几天呀？”

这话说得太伤自尊。李德信在亲弟弟面前也习惯了家里的老一套。岂不知一次次的伤害，却为日后埋下了祸根。

原来李德信和德福相差了整十四岁。他今年四十，德福才二十六。所以李德信打小拿德福就像自己的儿子一般。再加上德福还没有成家。因此当着家人的面，训斥德福，对李德信来讲就没有什么好奇怪的了。

德福气得脑门子上的血管一鼓一鼓的，毕竟血气方刚，自然不吃这套。好在他也习惯了在家里挨老大踢，马上不言语了。他低下头，但在心里却攥紧了拳头。

“好啦好啦，”安娜急忙上前安慰德福道，“你哥这也是为了你好，一步步来！你哥就这性子，对自己人，都是直来直去的，他这脾气啊，也该改改了！”说着，安娜故意瞪了李德信一眼，她这是安慰德福，是故意做给德福看。

“哎，我能理解！”德福一笑，其实他这是阳奉阴违，他的性格非常灵活。他知道，当面顶撞李德信没他好果子吃。他转移了话题，“哥，那河底补偿的事儿，算是谈妥啦？”

“啊，谈妥了吧。”李德信这时的声音缓和下来。其实他心里也内疚。他知道，刚才的话叫德福伤心了。这么对待德福实在是过分，不公平。他想解释一下，可德福马上扭转的笑脸叫他把带着歉意的话又咽了回去。

“其实啊，哥，咱可以借着这个机会，狠狠地勒他们一下子！他们是政府！再说了，你市场投入了多少精力啊！钱咱先不说。这倒好，市场上摊位，就这么白白送给他们了？你的要求也放弃了……”

“怎么是白送？有补偿款！我是觉得，市场统一开发是政府的行为，咱不能跟政府过不去是不是？所以，早晚市场和大集都是要交给政府的。这样咱们拿了补偿款就行了。咱还有灯具店不是？大不了从头再来。至于那些老乡，我又考虑了一下，其实也是给他们市场服务中心添麻烦。人家开市场，摊子不等人，这我完全理解。再说了，谁也不容易。那些来李村创业的，有潍坊人，有咱东北人，还有些南方人，都不容易，都得吃饭。所以啊，机会均等，看个人的运气了。来得早的，摊位早拿，来得晚了，那就没了呗！这是个人的命。所以我才打电话跟他们说，叫取消了。给人家添乱！只要是能公开公正就行。他们说你放心，大家伙都监督着呢！那两个主任都挺好的。”

“你哥说得对，”安娜也接口说，“这摊子上的事儿啊，就是不等人。人家不可能叫摊位闲着。再说了已经退出了，也就退出吧，嫁出去的姑娘泼出去的水！管那些干啥？”

安娜说的是实话，不过这话听起来叫李德信有些伤感。他沉默了下来。

“那你以后打算怎么办啊，哥？”过了一会儿，还是德福打破了沉默。

“以后、以后……”李德信顿了顿，这才虚弱地答道，他忽然觉得浑身上下一点儿力气也没有了。从大集上退出确实是抽了他的筋。这时疼痛发作出来，几乎把他给整垮了。他对大集充满了感情。

“没了大集上的摊子，以后日子恐怕不好过啰。”德福又郁闷地说。

“走一步看一步吧！”李德信勉强地撑起身子，“其实我当然不愿意。但是没办法。现在手里剩下的就只有这个灯具店了。所以啊德福，你要好好经营。其实我是想叫你历练历练……”李德信终于把心里话说了出来。

可这话这时说又错过了时机，误会已成，德福已经根本无法领会李德信当大哥的良苦用心了。

“怎么办，也不能守着一大堆钱……”李德信自言自语着，就仿佛一位老人。他的神色黯然，愁云也开始悄悄浮现在他的脸上。

“还有这个灯具店的房租！”安娜补充说。

“唉，慢慢再等机会吧！”李德信叹了一口气说。

这时，楼下灯具店的玻璃门突然开了，一条大汉风风火火地走进了店里，是八哥。

“德信哥，区里商业总公司的人来了，说要跟你洽谈合作办市场的事儿！”

“合作办市场？”李德信的眼睛一亮，他腾地站起来，“他们在哪里？快请他们进来！”

在李村京口路，一辆警车停在了利客来大酒店的门前。车门打开，一位穿着西服的人，在一名警察的引导下，走进了酒店。

“请，靳队。”只听那位警察说道，“今天你就住在这里吧。有什么需要的，你尽管说！”

“好，谢谢您啦！”那人用浓重的东北话答道。

是哈尔滨公安局刑警队的靳队长，他是为李德信而来。

第十八章　进入商圈

李德信急忙起身迎接，跟接财神似的，把商业总公司的那主任请进了自己的办公室。

那主任四十多岁，个儿不高，穿一条灰色的西裤外加一件白色的短袖衬衣，黑皮鞋黑皮带，鼻梁上架一副金丝边眼镜，长头发，一双大眼非常有神，甚至说是水汪汪的。那气质一看就是高人一等，见识过大场面，认识过大人物。一见面，倒叫李德信觉着有些自卑了。

“那主任，我这个店……当然，是个小店儿啦，再就是在李村发展，还得请那主任给罩着，多多关照啊！”进屋落座，沏上茶，李德信非常谦虚地说。他是觉着对方来，是给他带来了机遇，内心非常强烈地想抓到手，因此就赔上了小心，同时言语上也不免谦卑起来。

“哪里！李总客气啦！咱们是合作。一起开发李村的商圈儿。这里面有利益也有风险。李总可得事先考虑好啊！”哪知那主任倒是直言不讳。

“好说，好说啊！对了，那主任，我好像记着咱俩以前见过，一起吃过一次饭？”

“马总那次嘛！星光大道市场里的马总。在锅贴铺！”

“对对，我记起来啦！当时是马总组织的饭局。原来早就认识，哈哈！”

“我跟李总还是老乡呢！不瞒李总，我父亲也是东北人，后来就业，才来的李村啊！”

“噢，这么说那主任是满族人？”

“对对！不过我一出生就在李村，也在李村长大。东北，就没怎么回去过。哈哈！”

有道是一回生二回熟，既然喝过酒，双方又都是老乡，有共同的目标，所以李德信与那主任一见如故，很快就把关系融洽起来。会谈的气氛十分热烈。李德信有心结交这个人，因此就格外客套，他是为了能拿到市场。而这位那主任，看来也愿意跟李德信拉近关系，告诉了他好多商业上的事儿，这叫李德信觉得这个人挺实诚的。

“不瞒李总，”那主任笑着说道，“这次来呢，主要是商业总公司考虑，要培育李村商圈儿的事儿。区里面也有相应的规划。现在李村发展的大环境很好呀！你看，首先是区位上的优势，山海区自从成立新区以来，从位置上看，正好在蓝岛市的中心地带。南边，有市南、市北、四方三个区，不过这三个区的面积都很小，总共才不到一百平方公里，加起来也就山海区这么大。东边有崂山，北边有城阳区，西边有黄岛。山海区现在是市中心哪！再就是交通上的优势，现在李村的交通是四通八达，往各个区的交通都非常方便。再加上原来就是老崂山区的政府驻地，交通有这个基础、有底子。再就是，我们有李村大集，我们有大集啊！”

“对！”那主任最后的这句说到了李德信的心里，他激动起来，一把就抓住了那主任的手腕子，“关键是大集，大集能吸引住人气。都是为了大集而来啊！”

“你说得太对了！”那主任笑了起来，“你看，现在维客打出了广告：逢二排七李村集，崂山百货大楼欢迎你。这什么意思？先打大集的牌，后面再跟上崂山百货。这个广告非常成功嘛！”

“是呀！现在商圈儿这块，三大商场：崂山百货，利客来，北方国贸。这三大商场应该说有一定规模了。不过也是依托大集，上大集来买点东西，顺便再逛逛商场，其实对大家都有利，相互都照顾买卖了！”

“应该说目前还是以大集为依托吧。你看，现在市北区的老台东是一个商圈儿，也很繁华。但是比起李村来，你觉着哪个能更繁荣呢？”

“当然是李村啦！”

“对，还是李村。李村有什么？有大集呀！还是大集！”

“是呀！”

那主任这句话意味深长，在李德信的心里掀起了波澜，虽然他来了没几年，可凭借天生的商业头脑，对大集的了解已经超过了父亲对儿子的了解。

“那主任，”李德信想了一下才说道，“实话告诉您吧，我虽然来李村没几年，但正好赶上李村的商业开始发展的时候。大集，可以说是我亲眼看着它蹿起来的。也是这两年啊！应该说，我赶的是个好时候，我跟大集有缘！我考虑这么着：依托李村大集，其实咱们还有好多文章可做呢！”

“好，我也这么想！”那主任高兴得一拍大腿，“咱说实话，李老板，比起其他地方来，李村的商业，潜力非常大，后劲儿也非常大！问题是，你想不想在市场培育上投投资呢？”

“当然想啊！”

“对河北商城感不感兴趣？”

“可以啊！”

“龙海宾馆呢？”

“它准备出让吗？”

“你怎么知道的？”

“呵呵，我当然消息、信息灵通啦！”

“好，就是这个龙海宾馆。现在它经营得也不好，准备寻找合作伙伴呀！”

“噢？这个地方，如果继续开宾馆，那它还是一局死棋啊！”

“那怎么办才好？”

“开市场！只有开市场才能救活它！”

“怎么讲？”

“龙海宾馆紧靠着大集，下边又有公交车站，全李村的公交车都在这儿啦！位置上再便利不过了。再就是有三条路：古镇路，向阳路，京口路，这三条路直插大集。步行不超过三分钟就可以到达河底，是跟大集连成了一片啊！问题是大集上的摊位，现在都满了呀！还有不少人等着抢着要摊位呢！现在有一种思路，是大集上的摊位要沿着河再往西发展，但这恐怕地段就很偏了……”

“对，往西太偏了！”

“东边更不行，开上二手车交易市场了！只有往北：龙海宾馆这个方向！”

李德信说得兴高采烈。再看那主任，反倒犹豫起来。李德信忽然感到：到关键时候，他开始掉链子了。

他有种直觉，这位那主任似乎并不是真的对与他合作感兴趣。而在意的，是自己对龙海宾馆的看法——能不能开市场，开市场能不能成功。或者说，就是想听一听，自己对这个地方的评估意见。

“哦，那主任，我这在大集上，在河底开市场，开了四五年啦！”李德信笑着对那主任说，他是给自己做广告，增加竞争力。他这次留了个心眼儿，他没把自己从大集上撤出来的消息告诉那主任。

哪知那主任对此毫不理会。“你确定行？”那主任忽然不安地说。

“我看行，没问题！”李德信的脸上继续热情似火。

“不过这里面也有风险啊！”那主任又开始打退堂鼓了。

“哈哈，那主任，是有风险！问题是干什么没有风险？关键是怎么对待风险、化解风险，得靠经营啊！”

“哈哈，好，我相信你，李总！不过……”

“不过前景非常广阔，这个市场，龙海，我认为没问题的！”

说着，李德信站起身来，走到窗前，朝东边的书院路望去。那边正是龙海宾馆的方向。虽然不在视线里，但他独特的商业眼光这时已经具备了穿透力。他也有这个嗅觉，能穿越到未来，知道这个地茬儿的好与坏，知道它是不是聚宝盆。

沉思了一会儿，李德信猛地转过脸来。

“龙海宾馆，准行！”

“好，李总。”那主任也站了起来，“有你这句话，我心里就有底了！回去，我马上向领导汇报一下，看怎么把龙海宾馆给盘出去，把资产搞活了。李总，你有什么要求吗？”

“我没什么要求，我的条件就一个：摊位，让我来经营！”

“好！那是不是你得过去瞧瞧去？”

“我这就去！”

这时，在另外一间办公室里，在“德信灯汇”的楼上，三楼，有人也正在谋划接手龙海宾馆的事情。

这间办公室装修得十分奢华，巴西虎斑木包的墙裙和门边，连上家具和地板。中间一盏斗大的莲花水晶吊灯，使得这间拥有四十多平方米的客厅显得更加雍容华贵。

屋子的主人也是一身西式打扮。他个头不高，也就一米六不到，干瘦，穿一条灰色的纵纹西裤，没扎腰带，两个吊带勒在了肩膀上。上身穿一件立领的白色长袖衬衫，领口袖口和纽扣都镶上了金边。再看脸，此人皮肤白嫩，眼窝深陷，下巴尖尖，鼻梁上架了一副圆镜片的无框眼镜，头型理了个中分。一看，就是个精明的生意人。

再看旁边一个男人，个头稍高一点，也是精瘦，也穿了一件白色的长袖衬衫，还扎了一条蓝色领带，大夏天的有些不相称。好在旁边春兰空调呼呼地吹着，看起来倒是非常文明。

“黄总的办公室够气派呀！”只听高个的“蓝领带”说道，语气里带着恭维。“啊，哪里，”那矮个答道，“主要是跟保险公司合作的啦，所以才装修了一番，小意思的，也用不着我掏钱！”

“呵呵！”两人大笑了起来，又一起举杯，品尝着黄总刚从法国波尔多带回来的红酒。又说笑了一会儿，黄总的手机响了。接完电话，黄总的脸色突然一变。

“这个李德信，”他说道，“看来真要跟我对着干啦！”

“他要承包龙海宾馆？”高个问道。

“嗯，商业总公司来的消息，说李德信对龙海转成市场很感兴趣，当场就拍了板。接着又一起去看了呢！叫他这一掺和，收购的价码有可能就加上去啦！哼，这个李德信！”

“那你准备怎么应对啊，黄总？”

“商业总公司的条件不够优惠啊！招商开始仨月就想收租金，哪有这么搞的啊？最起码得养它半年嘛！再说了，我这边客源不够呀！这么着：就让李德信先接招吧。等他装修好了，招完商，哼哼……”

“黄总的意思是？”

“咱再找个理由，把他给搞走！他种树，咱乘凉！叫老那先过去忽悠忽悠他。探探他的底！”

这个那主任果然是有备而来——尔虞我诈！

矮个又说道，“三个月的装修，再三个月招租，半年，商业总公司就要收租金了。到时候我看他李德信怎么搞！叫他先接招，他不行咱再上。到时候，还可以跟商业总公司再压低条件！”

“黄总高明！”

“这在蓝岛的‘够级’里叫什么？叫‘专打没有头的’，哈哈，叫‘联邦’。先铆他一阵子，最后咱再上！跟我斗，他李德信还嫩了点。龙海宾馆是我的！来，干杯！”

两人的酒杯碰在了一起。

第十九章　釜底抽薪

李德信跟着那主任去龙海宾馆看了看。这是一座六层楼，在古镇路和向阳路之间，距河底大集一百米不到。下头紧邻着书院路。这个地段，无论放到一九九九年还是现在，都是李村商圈儿核心里的核心。

李德信这台超级电脑启动了。他马上做出了预算和规划。他的野心膨胀起来，一个大胆的决定马上形成。

由于长期的闲置，大楼里早已破烂不堪。每层楼的窗玻璃早烂了，楼道里变成了公共厕所，大个的绿豆蝇在里头嗡嗡乱撞。下水道全堵了。打开房间门，一股浓烈的霉味扑面而来，差点儿把李德信给熏倒。

瞅着这一番凄凄惨惨的景象，李德信皱紧了眉头。

但他还是打定了主意。

"那主任，这个项目我包了！不过工期要延长，三个月是绝对不行，每层楼要全部改造。再就是，招商工作要提前准备，商业总公司要承担一部分广告费用。同时，招商时间也要延长。"从这座破楼里一出来，李德信对那主任斩钉截铁地说。

"呵呵，李老板，果然爽快！不过，费用，商业总公司可是半分钱也拿不出来呀，有困难，只能靠自己解决了！"

没想到那主任摇身一变成了和珅，李德信提出的条件一件没答应。这倒叫李德信起了疑心。但现在他顾不了那么多了。因为他听说还有别的大鳄要参与投资，他怕被人给抢了去。下午，他就跟那主任签订了合同。

"三个月时间的装修，外加三个月的房租全免。也就是说，明年的一月份、半年以后，李老板就得向我们交房租啦！哈哈！"签完了合同，那主任阴阳怪气地说。

“好，成交！”李德信拍了板儿。

商业总公司的人离开以后，李德信在龙海宾馆又整整待了一个下午。

他太爱市场了，他觉得自己的大集又回来了！他心里装着满满的喜悦，晚上竟然一宿没睡。第二天九点才起床。他做了一个好梦。

起床洗漱完毕，李德信忽然想起要告诉老爹一声。这么大的事儿，竟然没跟他说！匆匆扒了口饭，李德信来到了河底帐篷里。

“老爹，我把龙海宾馆给盘下来啦！”他的眼里闪着兴奋。

他把签合同的事儿告诉了老爹。老人听着，脸色慢慢变得严肃起来。

“德信啊，”李德信叫老爹瞅得心里直发毛，“开办市场是好事儿。问题是：条件也太苛刻了呀！你当时先别急着和他签就好啦，放他两宿，他就会把价码降下来了！”

“老爹说得对！我当时也考虑过。不过我觉得这个条件能完成。再就是，大集上老乡越来越多了！好多都找不到摊子的。没法儿只好练野摊儿。那样巡警还管。天天跟巡警打游击。有时候还给巡警没收啦！都急得快不行了呀！所以，商业总公司叫三个月就完工，我其实也想，早点弄利索啰，好叫老乡们都进来，有个安安稳稳的地儿。你说呢！”

老爹没说话。

“当然啦，”李德信又说道，“我承认是急了点儿。唉，其实呀，老爹，这主要是心里有个结。大集这不是收回去了吗，是，给了咱补偿，还不少！问题是闲着这些钱有什么用？唉！其实，我当时是真心不愿给收回去！我心里是想着大集，我做梦都想在大集上干出一番事业来啊！我这感情啊，嘿哟！可现在这手里没牌了不是？什么也没有了，我干着急啊！所以，现在有了这个市场，我的心又活过来了。我开心呀！不瞒你说，我昨天这梦做得，做了一晚上梦。就梦见市场又开起来啦！老乡们一个个都乐开了花。这新市场，它就是大集呀！”

老爹还是没说话，他是在品李德信话里的味道。过了一会儿，他抬起头来，朝李德信看了一眼，他的眼里闪着亮，“你小子！”他看着李德信，嘿嘿笑了起来。

这就是默许，这就是心有灵犀了。老爹理解李德信，就像知子莫若父。这笑里有默契，也是支持。

李德信也看着老爹笑了起来。

老爹突然又脸色一变。

他扔下李德信，慢吞吞地回到了里屋。过了一会儿，他手里捧着一瓶茅台走了出来。

“把这个拿上！”他说道，脸色还是很严肃，“给那个叫什么那主任的送去。这瓶酒也放了七八年了，是头几批的陈酿。你送给他，叫他把时间再宽一宽。或者别的，反正看有什么能帮到你的，能通融的。叫他看着办！”

“不用啊，老爹！”李德信又惊又喜，“这是合作呀，你情我愿的景儿。咱干吗要求他？再说了，送礼也不合适呀！”

“你拿着！”老爹坚决地说，“现在时代不一样了。事儿要办成，得走后门儿。你就听我的吧！”

的确如此，老爹说得对。李德信把茅台接了过来。

李德信提着酒回去了。老爹慢慢回到椅子上，又沉思了起来。

正好八哥走了进来，“老爹！”

“来，你拿着这些钱，给买两瓶酒去！”老爹把一沓钱塞到八哥手里。

原来独臂老爹在李德信走后，沉思良久，觉得李德信表面上答应，实际肯定不会去送礼。他担心坏了大事，就准备了五百块钱，叫八哥从维客崂山百货再买两瓶茅台送给老郇。然后通过老郇，再把酒转交给商业总公司的那主任。目的是叫那主任对市场改造能多宽限几日。老爹是用心良苦啊！

八哥依计而行。连忙去崂山百货买了两瓶茅台，都是顶级的敦煌飞天。买了后拎着回到了杂货铺，刚一进门，正要再欣赏一番。还没打开看，牛叔从外面慢慢走了进来。

“八哥呀，今下午我就觉着腰疼，八成是脊椎骨又掉下来啦！你快开着车，拉着我去古镇医院看看吧！”牛叔皱着眉，手扶着腰说。

“什么？”八哥的脸上也失了血色。

他把茅台扔在了那堆破箱子里。

八哥急急忙忙拉着牛叔看脊椎骨去了。这几天把送酒的事儿愣给忘了。

且说李德信，从老爹那里获得了支持和正能量，喜滋滋地拎着酒回家。一进门，安娜见是茅台，不由大叫了起来。

“这是给我的？”

“老爹给的。不过你就省省吧。留着，放两年，给老爹做寿。马上，八十大寿就到了！”

“你这人，你说你拎回来干吗呢！这不馋人吗？”

安娜的母亲是俄罗斯人，一半的遗传基因里就好这口。这叫李德信顿生厌烦。“去去去，你还是回东北老家喝你的伏特加去吧！”

李德信把茅台收进了壁橱里。

这时，商业总公司那主任的家里，那主任还真如独臂老爹所猜测的，在家里等着李德信送礼呢。

“妈的，这个李德信，怎么还不来！”

“估计，是不肯来吧，别傻等了。”他老婆过来挖苦道。

“哼，他要是不来，我就给他好看！三个月的装修期，到时候我就给他断水断电，看他怎么整！叫这小子眼里没我！”

“哎哎哎，你不是说还有一个黄老板吗？他不也想接龙海吗？我看这个人倒是挺活泛的。第一次来咱家就送了那么大的礼。你当时顺水推舟，把项目给他不就是了？”

“你懂个啥？叫李德信干那是区里的意见。他在大集上待的时间长，有威信，领导对他有好感，相信他。关键是姓黄的这小子他没钱啊！把项目给他瞎了也白搭。你别看他送那么大的礼，回头他都得拿回去。区里这次是催得特别急，还要保证民生工程，保证质量，不能豆腐渣！所以，只能交给李德信了！要是给了姓黄的那小子，不用半年，楼就得塌了！”

“说的也是。”

客厅里的电话响起来。那主任走过去接起了电话。

是黄老板。那主任跟他在电话里合计了半天。两人定下了一个阴谋。

“哼,”放下电话，那主任对老婆说道，“这样就按商业总公司定的政策，半年后就收房租。李德信把整个楼都改造完了，要是交不上房租的话……那就别怪我不客气了！”

李德信一直也没有给那主任送茅台，他压根儿就不想。他的心思都在市场建设上。改造开始了，工程量巨大。要把大楼里原先的内墙拆掉，外墙保留。然后再重新分割，划分成一间间独立的商铺。这叫李德信差点儿蜕一层皮!

主要是赶时间，他心里装的是东北老乡。因为这时的老乡们，就像暴雨过后水库里上涨的水，一天比一天多起来。没有房子，河北河南两个村的房租已经翻了一番，铺子要是竣工的话，好歹可以有地儿睡觉了。

“我估摸着，夏天时间长，白天干十二个小时，晚上再加加班儿，这样差不多三个月，肯定就竣工了！”这天又是熬了一个通宵，早晨李德信揉着通红的眼珠子对德福说道。

“哥，问题是钱不够了！上个月已经砸出去五万，全买了水泥瓷砖，还欠着工钱呢。这次已经加了不少班儿，包工头张大拿说，这个月必须要结算一笔，要不然干活的都吵着要回家了。上个月麦收，打工的就回家了一半多。现在泥瓦工不好找！”德福望着李德信，不无担忧地说。

“必须如期完工！”

“可工人们说，再不给钱就不干了！”

“不能叫他们停工，钱我再想想办法！”

李德信顾不上补觉，赶紧出去走访了一圈儿。凡是李村沧口能认识的，能借到钱的，都跑遍了。龙三那里，牛叔，都借给了他一万。老爹所有的钱都拿出来了，连烩饼帐篷里的钱箱也翻了个遍。安娜的大耳环和项链卖给了万宝银楼。一九九几年的时候不好从银行贷款，只能靠亲戚借亲戚，朋友借朋友了。

钱二姐送来的五万，放在了老爹那里。她听说了，可她有她的自尊，没露面。其实也就缺这五万了。李德信犹豫起来，他想拿过来先用着，然后回头照民间借贷，给利息。别人是一分，给钱二姐要一分二。老爹说这么处理对。

趁他走了，老爹在帐篷里烧上了香，默默地为他祈福。老爹的手心儿为他捏着把汗。

“葛总，真是多谢了，你这是帮我，雪中送炭啊！我李德信永生难忘啊！”在“德信市场”刚刚装修好的办公室里，另一位开建材市场的福建人葛总，这天主动过来参观，还提出可以贷款。李德信大喜过望。

“我知道李总的为人，说话算话啦，重感情讲义气。所以才伸出手来助推一把啦。再说了李总的事业如日中天。待日后发达，可要拉小弟一把啰！呵呵！”

“哪里哪里，葛总过奖。都在李村这个商圈儿混，肯定要互相帮扶实现共赢啊！”

“是啊！不过李总，我是商人，这五万块，我可要收利息啦！”

“那是自然，应该的！肯定要给葛总利息。葛总能及时贷款，就已经感恩不尽了！”

“呵呵，好！不过，我的利息要比旁人高啦！”

“多少？”

“两分！”

“两分？”

李德信不由倒吸了一口凉气，这就意味着，等一年以后，给葛总还钱的时候，五万就要变成六万了！

“哈哈，李总，我是和你开玩笑啦！”没想到葛总突然大笑起来，“这五万块你尽管拿去好了，一年以后还给我就行。利息是零啦，我说话算话，不是和你开玩笑了！”

“好，那真是感激不尽了！”李德信紧紧握住了葛总的手。

“李总客气了！你还记得四年前，在大集上摆摊儿卖茶叶的那个小伙子吗？你有三个月没有收他的地铺钱，给他省下了，因为他家里阿爸去世了。那个人就是我了！”

“噢，还有这么一回事儿？哎哟，我都记不起来了！”

“这次就权当给我一次机会，让我给你来报恩啦，哈哈！”

滴水之恩，当涌泉相报，这句话在李德信身上显灵了。李德信愣了一下子，不过，他已经记不清当年那码子事儿了。他现在需要的是钱。很快，他心里又有了个念头：钱二姐那五万不需要了。

有了大家伙的支持，市场也如期完工了。为此李德信虽然掉了二十斤肉，但他觉得值。因为他的梦想终于要实现了。

这时在暗处，黄老板和他的一干爪牙正盯着李德信，盯着他的市场。

“大哥大哥，不好了！”这天那个蓝领带急匆匆地闯进了黄老板的虎斑木办公室，手里还举着一份《蓝岛日报》，“你看，李德信的市场开起来了，还很火呢！”

报纸上有图有真相，李德信的“德信市场”开张大吉了！

“妈的！”黄老板把手里的哈瓦那雪茄朝桌上一丢，狠狠地咬了咬牙，“是时候给他点颜色看啦！找个人，给他捣捣乱！”

且说老郈，这几天在家睡觉睡得不安稳了。他也是担心李德信。本来，从龙三那里，他得知李德信需要钱，他也想借给李德信。可因为李德信没找他，自己老婆又说人家借就借，这种事儿别太主动。于是心里学雷锋的这个想法就只好先窝下了。说来也巧，李德信借钱也没找他，愣把他给忘了。

市场开张的那天人来人往，老郈和李德信也就照了个面儿。李德信忙得满头大汗，只喊了一句“自家都好哥们儿啊，先忙着啊”，没顾得上他。八哥也是，又继续健忘。酒也好好地趴在了杂货铺里。因此商业总公司和给那主任送茅台的事儿，就没怎么交流。就这样先搁下了。

“哎哎哎，你们店里怎么没执照啊？是不是都假冒伪劣呀？”这天市场上刚出摊儿，商户们正有条不紊，又赶上是大集，客流比平常都多。一个小姑娘，留一头短发，穿一条紧身裤衩，模样像个假小子，冲一卖高跟鞋的商户大声喊了起来。

“我怎么没执照？这不市场上刚开业，正在办着哪！”商户说起话来也大嗓门儿。

“嘿，那就是没执照！没执照你也敢卖？怪不得上次买的凉鞋，两天就断鞋带儿了呢！你得给我退呀！”

“怎么断鞋带儿啦？你一跺脚一使劲儿，它能不断吗？”

“就是断啦！不信你瞧！”假小子从随身带的兜里掏出了一双白色凉鞋，举着来回晃悠着。这时看热闹的围了过来。

两人争执不下，假小子不依不饶。那卖鞋的店家也是东北的老乡，自然脾气火暴，又给扣了个黑店的帽子，哪能嗓门不高。这一吵吵，人群马上聚拢过来。那假小子一看人多了，噌的一下，蹿上了旁边一个柜台，手里高举着凉鞋，大声嚷嚷了起来：

“大家伙都注意了！黑店，没执照的黑店啊！你们看：穿了两天就断啦！全假冒伪劣呀！”

她这一闹，人群也跟着吵吵起来，“找他评理去！”“叫他给退钱！”“举报他，没执照的黑店，叫工商局查他去！”人群大喊。

一见这阵势，老乡顿时慌了手脚。假小子又继续嚷着要看执照，老乡实话实说，说没有，正在办。那假小子又去了隔壁，也一样。假小子继续大吵大闹。市场上顿时炸开了锅。

“没执照也敢开啊，黑店呀，赶快关门吧，关门！”

“不关门就叫工商所查他！”

这可怎么办？老乡们哑巴吃黄连，都没主意了。“走，找李德信去，怎么搞的？连个执照都办不好。干的什么经理呀！走，找他去！”

李德信正要出门，被老乡们严严实实堵在了屋里。

“德信，你赶紧给俺们办执照啊！外头那消费者要举报了！”

李德信一脚就踏进了商业总公司的大门。

“那主任，请你立即给我们出具场地证明吧，没有场地证明，我们市场里的商户不好办执照啊！”

没想到这位那主任冷冷地一笑。

“李老板，对不起了，你的租金还没有交上。按照合同，这证明，我们先暂时不能出！”

“什么，不能出？不能出咋办执照啊？我们是合作，当初都说好了的！我可是已经投入了大笔钱啊！”

“钱，我们有！到时候实在不行，我们可以把市场转出去。或者，我们自己开！”

“你！”

李德信顿时怒发冲冠。

“不信，你再看看，李老板，合同上白纸黑字明明写着呢！”

李德信急忙拿出了合同，哎呀，可不是，合同上就是写着如果租金没有交上，证明就不能出。至于商业总公司必须协助提供场地证明办理执照，没有！

中计了！原来当时签合同的时候这家伙留了一手。李德信拿市场心切，愣没注意这茬儿，现在倒搬出来说事儿。这个卑鄙无耻的小人！李德信真想冲上去给他一拳。

事儿没办成，全是扯淡。李德信垂头丧气地回到了市场。此时已是下午三点钟。来到二楼，忽然发现，市场上冷冷清清，就有三三两两的几家商户开着门，其他的都上了锁。而顾客们，早已经不见了。

“德福，这怎么回事儿？”他急忙把德福叫了过来，“怎么一个买东西的也没有，人都上哪儿了？”

“哥，那个小妮子下午还在这里闹来。又传出说咱这个市场不合法，办不成场地证明，以后也办不了营业执照。老乡们全信了，反正房租也没有交，说要退。我怎么劝也劝不听。老乡们可能都到别的市场去看了。唉，你说怎么办呀！”

李德信没言语。他盘腿坐到了地上。他的思维突然间麻木了。

第二十章　千钧一发

市场的水泥地冰凉冰凉的，这叫他又清醒过来了。他现在明白这是一场阴谋了：卸磨杀驴！可他又太累了。他这时就想好好歇一歇，就像刚刚打退了鬼子一次进攻的八路军战士，他现在需要的是喘一口气。

难道要再次退出吗？难道要半途而废吗？出让出去，把投资收回来？这些问题他已经想到了。

不行！这几个月的日日夜夜不能就这么白费！

可是……

他想再看一眼这个市场。自打市场建好以后，他还没来得及好好欣赏它呢。他觉着这是自己的作品。他拖起了两条腿。

他慢慢地走着，依次经过一间间店铺。那些店铺就像接受检阅的仪仗队，是他的士兵，凝聚了他的心血，甚至说是他的孩子！是他花了三个月时间一手拉扯起来的。他现在就想看一看。

德福在后面跟着，一脸茫然，他不知道大哥要做些什么。

这是人生的一个坎儿，是李德信的艰难时刻。要转给别人吗？自己的果实，叫别人横刀给夺了去？他觉得自己整个人都要崩溃了！

钱，那些借的钱！什么时候能还上？他忽然想跳楼了。

这时，在河底市场，老爹走出了帐篷。

老爹正愁容满面，严肃的脸子像块黑铁。他现在还不知道李德信陷入了危机。但他一直为他捏着把汗。他是感觉到了。

天空突然传来一声鸟叫，很凄惨。老爹手搭凉棚，用他那唯一的一只手，他颤巍巍的。他看清了，是半空中掠过的一只乌鸦。

市场二楼侧面的楼梯突然冒出来几个人。

这几个人个头都很矮，也就一米五不到。又是扎堆儿过来的，样子很滑稽，仿佛电视里的蓝精灵，又感觉很奇怪。李德信还没来得及纳闷儿，其中一名女子已经走上前来，后面还跟着一位。来人有五十多岁，一看就穿戴不俗，花枝招展，浓妆艳抹，手指上涂着黑色的指甲油，嘴唇上的唇膏也是黑色的。手腕上的镯子金光闪闪，耳环，戒指，珠光宝气。一看就是有钱人的打扮。却又不是本地人！

“这位先生，请问市场的办公室在哪儿呀？”一听就是东北的口音。

李德信一愣，还是没搞明白咋回事儿。倒是德福反应快，忙问，“你们是过来找李德信的吧？”

“对，还真是过来找他呢！”

“是过来租店铺的吗？”

“我们先要见到他。是韩国的一个朋友介绍来的。”

“你们是朝鲜族？”德福的眼睛一亮。

“是啊，我们是朝鲜族，过来租商铺呢。你是李德信吗？”

“哥，他们来找你呢！”德福使劲儿摇着李德信的胳膊喊道。

但李德信这时还在恍惚。他看着她们，不知道她们在谈些什么。

“你就是李德信啊？啊呀，太好啦！”为首的那女人一笑，伸出了涂着黑色指甲油的手。

李德信非常茫然地握住了对方的手。但是很快，他的手又松开了。

“我们是从韩国来的，我叫金英姬！”那朝鲜族女人又笑着说道，很热情，眼睛里闪着亮，“是金先生，金隆一介绍我们来的。我们好多店呢，好多好多，人也有好多好多，都在韩国，为韩国人服务。现在韩国人又来这里，在蓝岛开厂啦。好多好多的韩国人哟！所以我们也来啦！我需要租你的店。我们一起合作吧！”

“好，好！”李德信还是云山雾罩。倒是德福反应快，急忙上前握住了金英姬的手。

“金先生说了，”那金英姬又说道，“李先生讲究信誉，人也非常厚道。所以我们来投资是没有问题的！”

“那就先看看店吧！”那边德福兴奋地叫道。

那金英姬也不管俩兄弟，自顾掏出一部小巧的爱立信手机，打起了电话。只听一阵清脆的高跟鞋响，转眼的工夫，十几位朝鲜族妇女，也是金英姬一般的个头，从一楼的楼梯走了上来。

“李老板，”金英姬冲李德信笑着说道，“你这里有多少店啊，我们想全包了！”

泪，剩下的还是泪，也只有泪。当明白了怎么回事儿后，李德信一下子说不出话来。

天上掉下一个大馅饼，李德信被砸中了！

“我们是为韩国企业服务的。好多好多的韩国企业噢！在城阳，在黄岛，李村的也有。还有我们朝鲜族人自己办的厂子。我们现在需要的是地方。哇，我们卖给韩国人的，有辣椒酱，辛拉面，麦斯威尔咖啡！好多好多的东西！所以你的市场我可以全部租下来。合同要签三年，至少要三年的，最好是五年的。房租要全部交上。再就是必须要有合同。你不能过一年就给我们涨房租哟！”

“行，成交！”

金英姬她们说话算话，非常讲信用。一签完合同，立即就付了房租，还一下就交足了三年的。李德信大喜。这真是救急啊，救了燃眉之急！也许那主任一听说房租都交了，立马就回心转意了呢！

他兴冲冲地提着现金跑去了商业总公司。

“那主任，龙海，我房子都租出去啦！全部租给了朝鲜族。过来给您交房租，一交两年的！”

“嗬，房子都租出去啦，还一交交了两年的？你可真会吓唬人！嗬——”谁知那主任对李德信只瞧了一眼，就立马转过脸去，不再理会。李德信热脸贴到冷屁股上了。

那主任又自顾用“博士伦”隐形眼镜清洗液，一种药水，清洗他的隐形眼镜。原来他这双水汪汪的大眼是这么来的——眼镜后头有眼镜！

“我有事儿、有事儿！”在优雅地佩戴上了“博士伦”以后，那主任理也不理，径直走出了商业总公司。李德信被晾到了一边。

后面几天也是如此。李德信连着被贴了几个冷屁股，无功而返。而那主任早已跑到了一个阴暗的角落里，跟黄老板商量起了下一个阴谋。

“他就是孤身一人，来咱这儿闯荡的，你不用怕他，没什么后台！”是黄老板。

“他眼里有我吗？根本就没有！”那主任在暗处的那两片眼镜片发着绿光，他是心疼他应该得到的那两瓶茅台酒。至少是茅台，或者五粮液，他做梦都盘算过。

“那就这么办！”

“就这么办！整死他，把他从李村挤出去！叫他破产！”

“哈哈，那些朝鲜族的富婆们，租了三年的。就全归我啦！”

“你小子，赚大发啦，李德信的桃子都叫你摘啦！”

“你放心，那主任，咱五五开。有我的，就有那主任的！”

“嗯，这还差不多。”

“绝对不能给他开场地证明！跟他解除合同！然后合同归我！”

“你放心好啦！”

“哈哈！”黄老板的眼镜片也发绿了。

三天了，房租那主任还是不收，李德信心里也明白了个八九不离十。他强打精神。他觉着事情也许会出现转机，但也许呢？希望渺茫啊！他喜忧参半，整晚上都睡不好觉。但他没让外人看出来。他觉着应该分散点儿注意力，正好市场上刚开业，事儿多，他把心思就全部用在给市场上金英姬她们服务了。

他没把困难告诉老爹。这正是他最错的一步。关键时候他掉链子了。

老爹继续在他的帐篷门口外面站着仰望天空，饱经沧桑的脸上愁容满面。李德信这几天不来，他在心里察觉到了什么。

一清早，八哥正在收拾杂货铺，把铺子里的家伙什儿都搬出去。老爹出现在他的面前。

“八哥，龙海宾馆的房租，德信给他们交上了没有？”

“听德信哥说，那主任他们不收！”八哥叫老爹瞅得发毛，挠了挠头发回答。

“噢，那你把酒送啦？”

“酒？什么酒？”

“叫你买的茅台啊！”

“哎呀，我想起来啦！”

八哥一个箭步扎回了杂货铺。那两瓶飞天茅台，正好端端地躺在烂箱子里睡大觉呢！

“老爹，你看！”八哥的眼睛里闪着亮，“那天我忘了，给我爹去安脊椎骨啦！”

“嗯！”老爹眼睛里的光彩却淡去了，脸色也更严肃了。他心里明白了一切。

“你赶快去，找到郦所长。把酒给他，让他想想办法！这事儿啊，要交上房租，拿回证明，得花额外的钱啊！”

“好嘞！”八哥马上明白了，他提着酒走出了杂货铺。

“你等等！”八哥刚走到车旁，老爹从后面气喘吁吁地赶了过来，“我跟你一块儿去！”

就在这时，那主任正在向阳路金孔雀大酒店豪华的包间里，接受黄老板的宴请。

“呵呵，那主任，我寻思着，咱今天最好趁着李德信还没明白过味来，把合同给签了！你说呢，呵呵？”黄老板给那主任倒满了一杯金色的蓝岛啤酒，雪白的泡沫溢了出来，他小心翼翼地说。

“哦、哦，行啊！”那主任没看黄老板，脸上的表情是皮笑肉不笑。

两人其实是心知肚明，互相都不信任，尔虞我诈。黄老板答应的条件一样没兑现，也没有茅台酒。那主任是不见兔子不撒鹰。

八哥开车拉着老爹，两人顺利地找到了郇所长。老郇一听就暴跳了起来。

“妈的！这个该死的姓那的！欺负德信外地人是吧！他多大的官儿，就敢这么弄！我 × 他八辈子祖宗！”

这时在酒桌上，黄老板的小老鼠眼儿一骨碌，马上明白了那主任不是吃素的。略一思索，他把一个红包放在了那主任面前，“那主任，这是孝敬您的！”

“噢！”那主任立时眼睛睁得雪亮，“哈哈，正好，我合同也带过来啦！”

“那咱们签？”

“签，立刻就签！再也不能给李德信这小子机会啦！”

“哈哈！”

与此同时，老爹也把郇所长请到了古镇路上的一个单间里，不过是个小酒店，确切说是小吃店。老爹和老郇要暗度陈仓。

“这么说，现在的形势是千钧一发啦？”老爹用那只独臂捋了一下自己的胡子说。

“千钧一发！形势应该说是非常危急啊！你看，德信现在是一天三次找那个姓那的交钱。就是不收！这什么意思？送上门来的啊！再说龙海宾馆改造也改造完了。这是明摆着要赖，要跟德信解除合同啊！”

“解除合同？他敢！不是已经签了？”

“签了又怎么样？随便找个理由！就可以把德信给开了！欺负你们外地人没根啊！”

“这是要置德信于死地啊！”

“这里面有阴谋，绝对有阴谋，卸磨杀驴！”

“那怎么办？你得帮帮德信啊！找找人！这个市场，可是德信的命啊！”

“先别急，办法我再想想！”

李德信的确是被逼入死胡同了，他非常清楚目前自己的处境。金英姬她们带来的喜悦淡去了。他知道他就要卷铺盖走人了，但他没有跟这些朝鲜族女商人解除合同。一清早，他就来到了市场办公室收拾自己的东西。

德福走了进来。

“哥，怎么办公室定的桌子又不要了？”

“嗯，先退了吧！”

李德信面无表情，他欲哭无泪，脸色苍白像一张纸。

这时在小吃店里，老郎已经想出了主意。

“这么办。这么办就成了……”老郎把嘴趴在了老爹的耳朵上。

“好！”老爹不停地点了点头。

计划已定，看来老郎胸有成竹。还有最后一件事！老爹心里头明明白白的，他把茅台提溜到了老郎面前，“那你把这两瓶茅台酒收下！”

“嗐，不用！上我这儿你怎么还带酒啊！”

“你给帮忙了呀！”

“那也不用！这是帮德信！再说了，咱大集上就得互相照应着！”

老郎非坚辞不受，推搡起来。末了，老爹只好把酒又拿回去了。

第二天。商业总公司的总经理办公室里，又高又胖的老郎穿着一身制服正在教训他们的总经理。

“我说老于呀，我就不明白了，怎么李德信把钱给你们了，你们还叫他撤摊儿呀？你这是典型的卸磨杀驴呀！你们的信誉哪去了？咱们共产党人为人民服务的精神哪去了？咱这不丢国营企业的脸吗！”

“呵呵，老郎，消消气、消消气！我这不也没办法嘛！公司党委决定了的。说弄了些朝鲜族人不好，会把李村的商业搅和乱了。所以才……”

“朝鲜族人不好？哎，我说老于，你这可是典型的民族歧视呀！说到这儿问题就大了！我问问你：朝鲜族人哪儿不好啦？能不能办执照？肯定能，我给发！没你们场地证明我也发。那既然有证了你们怎么还不要？”

“这……”

“老于，我不管，我就信一个理儿：要公平公正！我今天赖也赖你这儿了，谁叫咱们早就认识呢！反正这事儿你必须给我摆平。李德信的市场必须要开起来！朝鲜族人的店必须要转起来！不能耽误人家经营啊！合同也签了，我看了，一点儿问题没有！反正，你看着办！”

“老郦，你看，你又要横了！”

“我不管，我就要横！怎么了，欺负人家外地人啊！钱交上也给开走啊！这横要得有理！我再告诉你，这事儿要是办不成我马上找咱家郑区长，我直接找他。到时候我看你怎么跟郑区长交代？！”

老郦甩脸而去。过了没几天，这位于总亲自带着场地证明过来找李德信赔礼道歉了。

“对不起啦，李总，差点儿耽误你大事啊！”

就这样，老郦出马，大闹天宫，李德信的市场又王者归来。

那位那主任也没讨着便宜，跟黄老板签的合同签了也白签——摆不上桌面，一个姑娘不能嫁两家，只好灰溜溜地把红包又退给了黄老板——赔了夫人又折兵。

李德信绝处逢生，化险为夷。金隆一介绍来的这些朝鲜族妇女都是常年在韩国打工的，个个财大气粗，又背靠着韩企这棵大树。三年的房租一把儿拿下，叫李德信狠赚了一大笔。不但交上了商业总公司的房租，借的钱也一把儿还上了，再就是立刻实现了赢利。黄老板闻听恨得咬牙切齿，把手里的高脚杯连同波尔多红酒狠命地摔在虎斑木地板上。

“妈的，这个李德信，因祸得福，还硬是挺过来了！哼，下一步，我再搞搞别的市场，我再给你布一局棋。你要是敢伸手……哼哼，到时候，新账旧账，咱一块儿算！”

他抓起了电话。

第二十一章　得饶人处

金英姬的这一单让李德信赚大了。要知道，二〇〇〇年那会儿，正是韩国经济陷入低迷的一段时期，资本严重过剩，老百姓兜里虽然有钱，可不知道往哪儿花。这时中国的改革开放进一步加大，作为韩国的近邻，文化和社会习惯都非常接近，因此，中国是韩国最理想的资本转移之地。于是乎大量的韩国人拥到了中国淘金。而绝大部分来到了山东，确切说是来到了山东半岛——威海和蓝岛这两座城市。因为隔着最近，蓝岛飞首尔的航班跟飞北京差不多，顶多五十分钟。所以韩国人从蓝岛的大港码头一下船，飘着太极旗的厂子立刻就遍地开花。而跟着韩国人玩的朝鲜族大军更是浩浩荡荡。他们有的是很早在韩国打工，像金英姬她们。有的是东北的亲戚，也想出来闯闯。于是也跟大多数东北人一样，亲戚奔亲戚，来到了蓝岛。他们大多数都是靠韩国企业讨生活，靠山吃山，靠韩国人就吃韩国人。因为有共同的语言，都知道阿里郎。再就是共同的饮食生活习惯，都喜欢泡菜和狗肉。他们算是东北人口大迁徙的一部分。

韩国人来了需要填饱肚子，朝鲜族人就准备了冷面和泡菜。李村的韩式料理多起来。“三千里烧烤”是这时候最火的店，主打韩国料理、石锅拌饭、牛肉铁板烧。大集不少摊位卖起了韩国辣酱，都是朝鲜族人开的。牛叔的杂货铺也摆上了烧烤炉和液化气罐，小瓶的，烤肉专用。大集的肉摊上开始挂上狗肉了，龇牙咧嘴的能把人吓一跳。还是得益于李村在蓝岛的市中心，有发达的商业，有大集。所以就成了朝鲜族人的天堂，是他们最密集的地方。因为他们就是干买卖的。

韩国是“亚洲四小龙”之一，很早就确立了市场经济制度。他们不但把

“诚信”写进了法律，做生意的时候更是严格遵守。他们知道：不守诚信将付出代价。所以，金英姬们一来，就定了五年的长期合同，并且是一下子交上了三年的房租。这是策略，他们考虑的是长期发展，需要长期合作。他们房租这块儿不差钱。他们将这五年，甚至五年以后，能赚到的钱都已预料到了。他们是担心铺面的不稳定，搬来搬去的影响生意，又担心再涨房租。所以他们做的是长久的打算。

对于这些朝鲜族人，李德信算是找到了生意场上的知己。

有五年的合同，甚至，他也展望到了，还会有下一个五年，再下个五年。这足以确保他财源滚滚。并且眼下，三年的租金已经装进了兜里。那么他的野心也像爆米花一般膨胀了。

他一口气又拿下了两个市场。

这两个市场当然都在李村，也都半死不活。按照海尔总裁张瑞敏的说法，叫吃“休克鱼”。这两个市场关在体制的笼子里马上要休克死了，李德信拿来给救活了。李德信从此成了李村名副其实的市场大王。

那个黄老板呢，他又慢了半拍。精明的头脑使他习惯于精打细算。这能降低成本。但好奇害死猫，坏习惯也能整死人。锱铢必较做小买卖可以，做大买卖却降低了效率。而李德信是大手笔，豪爽中不失精细。他的眼光这时早已站在了李村北山电视台的塔尖上。他手搭凉棚，火眼金睛，眼光就能看出去十万八千里。他早就看到：书院路，京口路，夏庄路，古镇路，向阳路，峰山路，啊，这些是李村的路，路上有这些人！但在他的眼中这不是人流，是装着金子和人民币的口袋与行囊！人流从这些路向河底汇集，又从四面八方汇集而来。公交车一辆一辆，出租车满载而来又满载而去。人们从各方拥来，从沧口，从四方，从崂山，从城阳，从市北，从市南，从即墨，从胶州，从平度，从莱西，乃至从跨海过去的黄岛和胶南！从潍坊，从淄博，从烟台，从威海，从临沂，从日照，从整个山东省，甚至从韩国。

大集是摇钱树，李村河是聚宝盆！

李德信要吃下第三个休克市场的时候，市场的东家采取了拍卖的方式。

拍卖会在峰山路的紫晶大酒店举行。那时候紫晶还不叫紫晶，叫“河北大酒店”。这名字，起得厚道！源于河北村的村名。河北村，顾名思义，就是在李村河之北的意思。后来因为与河北省重名，酒店才改成了“紫晶”这个名字。

红色的地毯，蒙着白色台布的长条方桌。台下坐得密密麻麻，商圈里开市场的大佬们几乎全来了，手里清一色地拎着一个黑皮包：装的是大哥大。台上拍卖师挥舞着金黄色的小木槌。旁边还端坐着工商局的连科长，她是过来监督的。

黄老板这时混在大佬的队伍中间，他那双贼亮的、藏在眼镜后面的眼珠子也四下里踅摸着，他是在寻找李德信。李德信叫他又惊又怕。但他扒拉了两三圈，也不见李德信的影子。他不由得纳起闷来。

这时，在要拍卖的那个市场上，一个高大的身影正从一间炸鸡店前走过。

李德信没有去参加拍卖会，而是来到了这个市场做最后的研判。拍卖会现场他叫德福去了。

看着市场狭小的空间，李德信眯起了眼睛。

这间市场的确不大，三面是门头房，中间有两行卖菜的地摊儿，西南角一个厕所就占了四个商铺的位置，这的确是太浪费了，又没有停车场。李德信眼睛眯得更小了。

他现在嘴唇上开始留胡子了。

再看这边，拍卖会刚刚开始。拍卖师亮出了底价，但举牌的寥若晨星。黄老板急忙脖子来回扭动，见应拍者稀稀拉拉，他不禁暗自得意起来。

对他来讲这次志在必得，但狐疑的本性使他对底价还是犹豫不决。他更担心害怕着一个人——李德信。

李德信忽然眼前一亮，他看到，市场不远有一个公共厕所，这可以替代，市场上的厕所就可以拆了。再就是，他看到了京口路，那儿有两座塔吊，正在盖住宅楼。他的心里猛地一沉，急忙一转头，他又看到了不远处的少山路，向外延伸出去，朝着西山方向，那是山海区住宅小区的发展腹地。他的脑子继续画着未来城市大海遨游的航海图。他猛地一拍大腿。

他看见：面前的市场突然沉陷下去，变成了一个数十米深的大坑，里面有工人在浇筑地基。他看见：大坑逐渐逐渐合拢，楼层一层一层地拔地而起，就像一棵树苗，慢慢地长成了参天大树！

“不过，它现在就是一根儿排骨呀！”他的喉结动了动，自言自语地说。他掏出了摩托罗拉手机。

这时，在拍卖会的现场，人越来越少。一位梳着平头的浙江人对他的伙伴说道，“咱们走吧，李德信没来，快别看了。肯定这块地儿不怎么样！”“走吧，没戏！”

三人成虎。黄老板的心里也扭起了麻花。他左看看右瞅瞅，生怕自己再成了光杆司令，或者像股票那样给套牢。只有几位大佬还在这里坚持着，不过都是观望。黄老板的汗下来了。

德福走进了会场。这时拍卖师开始第三轮举牌：十五万！一年的承包费十五万！李德福举起了牌子。

空气非常的沉闷。马上进行下一轮：十八万！无疑，这是在拖延时间，为下一步二十万做好准备。

拍卖师去了一趟洗手间，暂时休息了五分钟。利用这个时间，德福赶紧给大哥打过去电话。

“二十万以内，咱就拿下来！多了不行。”李德信在电话里说道。

“好，明白！”

拍卖师重新上台，拍卖继续。谁承想现在是五千五千地往上加码了。而且加码的都是一个人——黄老板。德福不免焦躁起来。他马上明白：这是黄老板搞的阴谋诡计！那些个大佬，都是黄老板忽悠过来帮着他凑热闹的。真正的竞拍者只有两人：他和李德信。这个黄老板果然邪乎啊！

黄老板当然是有备而来。为了这个市场，他不惜投入了全部的血本。这时在场外、李村大集的旧机动车交易市场，他的那名手下蓝领带先生，正在帮着他把一辆二手的天津夏利轿车给卖了。蓝领带已经成交。

“黄老板，车已经卖啦！两万，是现金！你看这钱……先给你银行里存上？”蓝领带请示。

“不能存银行！你赶快把钱给我存进拍卖的账户，马上二十万就到啦！”

“好！”

“再就是商业总公司那笔钱，要回来没有？”

“说下午才能到。”

“不行，你马上告诉那主任：马上！钱必须立刻送到，十五分钟之内！也是存拍卖的账户！”

“刚才跟他联系了，他说……”

“他说什么？”

“他说……够呛！”

“不行！你马上再打给他，你告诉他，必须还上钱，十五分钟之内！要不然就把他跟他小姨子的事儿给抖搂出来。听见了没有！”

“好！”

“一定办到！”

“我明白！”

这边黄老板放下了大哥大，牙关还是咬得紧紧的。他看了一眼台上，“十九万！”拍卖师正好喊出了新价。“十九万五！”黄老板眼珠子一瞪，“噌”地一下站直身子，举起了牌子。

德福急忙再请示李德信。

电话没接。再打，还是不接。哎呀，德福焦躁起来，哥这是怎么啦？怎么关键时候又掉链子了！

李德信这时正站在市场旁边一个工商银行储蓄所的门口，心里还在盘算着这笔交易。

他的手里捏着一个红色的存折，已经打开了。上面的余额是三十万元。

其实他拿下这个市场的底价是三十万！

那边黄老板抛出了十九万五以后，眼珠子都要红了，这主要是旁边坐着的德福刺激了他。因为那些江湖大佬此时早已陆续离开了拍卖会，就剩下他俩了！

实际是跟李德信。两个人要一决雌雄！

这次又是真正的面对面，狭路相逢。所以，仇人相见，分外眼红，黄老板那一口白牙都要咬碎了。

他马上又给蓝领带打过去电话，他的手哆嗦得像得了鸡爪疯。

“赶快，再叫保险公司给拨过来五万，凑齐了二十五万。二十五万差不多就到顶啦！”

“我知道的。”

“马上！”

“是！”

“就说用咱那套房子做抵押！回头保证一个月就还上。”

“可咱拿什么还啊？”

“这个你不用担心！我早考虑好啦，用房子做抵押，从银行贷款！”

“可是大哥，你能保证赢吗，就这个市场？”

“现在这个市场就是我的命！我必须拿到！”

“命？我知道啦！”

“马上操办！”

“好，我马上去！”

德福这时也急得抓耳挠腮。他又不停地打电话，说也巧了，李德信的大哥大竟然占线。德福急得如热锅上的蚂蚁，坐在椅子上浑身难受，简直要抓狂了。

眼看着就要成交了，李德信打来了电话。

“就让黄老板拿下吧。”李德信在电话里简短地说。

“什么？哥，现在才十九万五啊！”德福还以为听错了。

“十九万五就十九万五吧。给他就行了！”李德信话还是非常简短，但吐出来就像是往地上钉钉子。

“哥，咱这不是白送给人家吗？”李德福急得差点儿从椅子上蹦起来，

“哥，你觉着这块地不好吗？”

“不，我不是觉得不好。当然，从短期看，市场改造需要投入的资金会很大，长期看没什么问题。主要是：咱们已经吃下了三块牛排，就把这块儿连着点儿肉的骨头让给他吧！”

“让给他？”

“对，是让给他。”

“哥，你开什么玩笑啊？商场就是战场啊！”

“我知道。就听我的，咱不拍了。”

这时在台上，拍卖师喊出了第三遍“十九万五”。

“哥，咱不是还有钱吗，是钱又不够啦？”

“不是钱的问题。咱钱够用。我准备了三十万。原因回头再说。总之，先放弃吧！”

“你怎么想的啊？”

“怎么想的回头再告诉你！”

“嗐！你这都整的咋回事儿啊！”李德福狠狠地扣了电话。

第二十二章　兄弟离心

京口路桥以东的那段河中河已经结冰了。上游的河水冲了过来，给冻住了。又覆盖在旧的冰块上头，一层一层的，像一大块玉石，又像横卧在地上的一座大冰雕。一个人坐在河边的一块大石上，一动不动，也像一座冰雕。

在这个人背后，一个蹒跚的身影走过来，是老爹。

“快回去吧，天开始起风了！”老爹喊道。

“唉，老爹！”李德信转过脸来。

“你说你都坐了俩钟头啦！”老爹边走边说，有些喘吁吁的，“这天寒地冻的。河底下虽然不深，可是湿气重。一会儿要起风了。别感冒了什么的。快走吧，德信！”

“哦，老爹，我再坐会儿，还行。这蓝岛难得有个下雪天。这个天啊，在哈尔滨早就大雪封门了！这河也结冰了！挺好玩儿的。我再看看！”

“你还有这个闲心啊？”老爹停了下来，站住了脚步，“我听说，峰山路那个市场你不要了？”

“算是……让给黄老板吧！”

“我听说了，德福为这事儿还想不通呢！你没跟他再解释解释啊？你不是说当初必须把这个市场盘下来吗？连龙三都替你可惜啊！你是最后才改主意的吧？”

“嗯，老爹，最后我改主意了。”李德信看着老爹，笑了笑。

“好，我倒是想听听。”老爹在旁边另一块石头上坐了下来。

“老爹，我实话告诉您吧。当时，我的确是想拿下这个市场。不过后来，我心里忽然闪过了一个念头，我觉着还是放弃吧。干吗一个人全吃了呢？

留一口吧，给别人也吃上。哪怕对方就是对手，是敌人。我当初就是这么想的。”

“你当真是这么想的？”

“对！”

“好啊，哈哈！”

“这个念头到最后，其实我也纠结了一下子，到底拿不拿呢？我问自己。我已经有了三个市场了，并且这些市场，都是李村街上地段最好的，多少年的租金都会有保证。怎么办呢？我记起当初曾经答应过自己的：一定要对自己好。那问题很简单：再把这个市场拿下来！那就拿下来！可是转念一想，我已经有了呀！我又说，我也要对别人好，都在这个商圈儿里混，给别人也留一口，最起码留口汤！那应该怎么办？那就放弃！不拍了，留给他们吧！”

“所以你就留给了黄老板？”

“留给他吧！”

“可他又是你的敌人！”

“敌人就敌人吧，敌人也是人！”李德信淡淡地说。

老爹又呵呵地笑了起来。

李德信也笑了起来。他立刻明白，他做的正是老爹心里希望的。他心里暖暖的，感觉非常充实。他又为老爹与他的默契和共振感动。他忽然有些害羞了，低下头，又抬起头来，看了老爹一眼。老爹的眼里饱含着鼓励。

“孩子，你看，在大集上，有太多太多的摊子，卖什么的都有。但是从来没听说有哪一家，为了自己这一行的生意，就把其余的同行都挤出去。相反，他们还团结得好好的，互相帮助。所以，你也坚持了这一点！这是做人哪！”

“我明白，老爹，你今天又给我上了一课！”

“你不用谦虚。你早就从大集上学会了！”

“哈哈！”

两人又相视一笑。

老爹忽然站起身来，“不过这件事情，你还得给德福解释清楚了，弟兄们别为这闹别扭啊！”

“是啊，我看德福是有些情绪。我抽空得跟他唠唠，叫他也理解。你放心吧，老爹！”

“唉！再就是，我建议你多给德福点儿自主权，别老压着他。他这也快三十的人了，媳妇也有了，就是还没有正式成个家罢了。要知道弟兄们早晚要分家呀！”

“我明白了。我会有安排的。建材这块儿，我想叫德福管。”

李德信站了起来，朝河边走了几步，捡起一块石头。手上一使劲儿，那石头贴着冰面飞快地滑了出去。他大声说道：“是叫他独立的时候了！”

那么李德信放弃竞拍把机会送出去会使黄老板放下屠刀吗？不能。恰恰相反，黄老板借助这个市场，日后对他发起了另一波攻击。

李德信听从了老爹的劝告，来找德福聊聊。中间有事儿耽误了一会儿，来到灯具店的时候，已经快下班了。

店里空荡荡的，只有一名收银员在收银台里坐着。李德信不由皱起了眉头。

“李总好！”一见李德信推门进来，收银员白琳噌地就站起身来，人高马大的块头倒把李德信吓了一跳。

白琳也是一位朋友介绍来的，老家是鸡西农村的，身上也有俄罗斯的血统。刚来了不到仨月，干活表现得非常朴实，力气活儿能顶个男人。她这一站，笑颜如花，叫李德信不由想起了刚认识安娜的那会儿。他的目光一呆。

他从来没有仔细瞧过白琳。他情不自禁地上下打量了一下眼前的年轻人，突然发现：这不一个活生生的二十年前的小安娜吗！

“噢，嗯，我过来看看！德福呢？”李德信急忙转过脸去。

“李副总说，他去娜拉姐的洁具店了。”白琳看着李德信，略带羞涩地说。

“噢，那我回了！”

“李总您没什么事儿吧？”

“没事儿！”李德信头也不回。

“那李总再见！”白琳朝李德信嫣然一笑，略一颔首，看着他走出了灯具店。

这时，德福正在女朋友娜拉的店里，跟女朋友约会。

两家已经定了亲。这桩婚事还是牛叔婶子给张罗的。实际德福和娜拉也早就认识。娜拉是本地人，就住在西山。老爸也是做生意好多年了。前两年娜拉老爸转行在达翁建材市场开了一个瓷砖店，专门倒腾墙砖地砖，洁具卫浴是德国科勒的总代，因此算是业界的老大。德福当时接手灯具店的时候就经常接触瓷砖洁具，双方没有竞争，还可以相互介绍生意，能优势互补。这样一来二往就熟了。两家结亲，也算是门当户对。

德福也是经过了这场拍卖会的惨烈厮杀，过来放松一下。

“你看，娜拉，”德福掏出了一个小巧的塑料袋说，“用这个塑料袋来盛螺丝，方便得很哩！”

“不会撒出去吗？”娜拉正愁卫浴的小螺丝小配件什么的丢来丢去。德福想着这事儿，今天给她弄来了。

“不会！你瞧，这种塑料袋厚度大，撕都撕不烂。再就是上面有一个封口，打开的时候稍微使点劲儿，一拉，它就扯开了。装上东西的时候，只需要再用点力，一摁，它就关死了。非常方便！”

说着，德福又演示了一遍，把几枚螺钉放进了袋子里，合上，又打开。娜拉开心地笑起来，“以后卫浴洁具的小配件就可以放进去啰，这不很方便吗！”

“那当然了！”

“不过，这些塑料袋都是进口的，很贵吧？”

“对，是鬼子的东西。你看，印着日文呢！”

娜拉是张老大的爱女，比德福小了三岁，今年芳龄二十五，是独根苗。她爹叫她负责卫浴这块，也是想把以后的生意交给她。这娜拉从小在蜜罐里长大，自然出落得花枝招展，美丽动人，一张甜甜的脸蛋早把德福的魂儿给勾去了。受到老爹生意经的熏陶，她那小算盘也拨拉得溜精。

“哎，德福，这次你哥拍卖怎么到最后放弃了？到底为什么呀？”

“嗐，别提！我寻思着，是我哥那菩萨病又犯了！你说，你跟老乡讲菩萨，你跟朋友们讲菩萨，你跟那姓黄的那种人讲什么菩萨呀？唉，真不知道我哥是犯了哪门子邪劲了，害得我白白费了半天工夫！他说，让给那黄老板了！”

“让给他？哎，我说德福，你可不能这么说呀，他跟黄老板那可是竞争对手啊！什么让给他，我看八成是黄老板给了他什么条件！或者，是有什么把柄，攥在姓黄的手里吧！”

“我也觉着蹊跷。这生意上的事儿，还真说不准。”

“我跟你说啊，肯定是你哥有什么事儿瞒着你。所以，咱也得留个心眼儿啊！”

“别瞎说，”德福皱起了眉头，“我哥对我，那可真是一条心。不过，就是老压着我。凡事都他做主张，从小到大都是。把我当小孩子似的。”

“就是啊！他那是不相信你。弟兄们迟早要分家，你得留个心眼儿呀！”

“行行行、行了，你这还没过门儿呢！哪那么多话！”

德福噘起了嘴。不过说者无心，听者有意，德福往心里去了。

“德福，我这个月没来……”见德福不高兴了，娜拉也噘起了小嘴道。

“你咋整的！”德福急得跳了起来。

滨河路的基督堂哐哐地响起了钟声，今天是星期天。这条路是李德信的必经之路。每天从楼上下来，穿过京口路桥，就到了基督堂前。他早晨第一件事是过去给老爹请安。旁边还有一座三层的崂山照相馆，也是民国时候建的，欧式风格。经过基督堂时李德信有时候会停一停，听一听钟声，看看那些做礼拜的信徒。因为这可以叫他回忆起哈尔滨。

今天李德信没有驻足，他匆匆朝河底赶去。

一名壮汉跟在了李德信身后，大鼻子像秤砣，正是刑警队靳队长。

第二十三章　夫妻反目

原来李德信大清早就接到八哥电话，说安娜在河底下又跟人吵吵起来了。这种事之前就有，发生过两回。原来李德信家离着河底市场近，安娜就隔三岔五地去河底市场买菜、买日用品什么的。市场上业户对李德信没有不认识的，有时候就不要钱，贵的东西适当收点儿。反正基本都打折，让安娜享受贵宾服务。对此李德信早就料到，也叮嘱过安娜：不能常去河底买东西。但安娜不听，没当回事儿。这样日子久了，造成了误会，老乡还以为安娜是故意来蹭便宜的。再说了，长此以往，人家老乡做生意也受不了。这样价格就提了上来，没有优惠了。个别小心眼儿的，在背后还议论。

这时安娜也不高兴了，女人都爱计较，觉着是不是老乡们多挣了钱？这样日子一长，免不了心里头疙疙瘩瘩的。稍微有点儿火星子，一句话不入耳，声音接着就高起来。

老远，就听见一个大嗓门儿，在那片五颜六色的棚子底下咧咧地骂。李德信急忙朝这边赶。他攥紧了拳头。

“你们这群没良心的，忘了当初怎么来的李村啦？！简直是一群穷要饭的！一个个哭哭啼啼的，连口饭都吃不上，连个睡觉落脚的地儿都没有！要不是当初俺家德信啊，你们还能有今天呀？吃水不忘挖井人，做人要厚道，要知道知恩图报，要懂得知足！”安娜正掐着腰，狠狠地数落道。

“嘿，他家大嫂子，话也不能这么说呀！是，当初是亏了德信，帮了俺们那么多忙，给俺找上了房子，还给俺儿子找了上学的地儿。这恩情，俺们是一辈子也忘不了啊！可俺该还的也都还了呀！你要是这么说话，可有点儿忒不讲理了！不就是要买两根葱吗？给你，这钱俺不要了，这样中吧？”有不服气的反驳安娜道。

“瞧你这话说的，”安娜的嗓门儿又高了八度，“我是为了你那两根葱吗？我们家现在有了钱！你也不李村街上打听打听，就差你那俩钱儿？！也太小瞧俺们家了吧！我说人要知恩报恩！”

其他老乡不敢吱声，但已经开始了低声议论。“瞧她那话儿说的！”“真丢德信的脸！”“德信怎么有这样的媳妇！”

李德信早就在旁边听见了，“跟我回去！别在这里丢人！”他一把揪住了安娜的手腕子。

“哎哎，干啥呀！”岂不知安娜也火了，她猛地一甩腕子，挣脱了，“我偏不走！德信，你今天就得给我撑起腰来！我哪儿错了？”她掉转枪口朝李德信吼了起来，“市场上哪个老乡不是你帮的，哪个不是奔你来的，哪个不欠你的人情？现在倒好，一个个的都翅膀硬起来啦，都忘了当初光着脚板儿的时候了？忘恩负义呀！”

“你给我回去！”李德信又要抓安娜的手。

“我偏不回去！”安娜那犟脾气也犯了，又朝老乡开了火。她的手指头比画着，“我告诉你们，我今天就是要叫你们知道知道，当初，都是俺们德信给了你们今天。做人要懂得知恩图报！”

李德信用嫌恶的目光看了安娜一眼。

他忽然觉得这个女人没之前那么可爱了。那双美丽的、画着眼影的长睫毛大眼睛这时变成了恶毒的巫婆，裙下那对雪白丰腴的胡萝卜腿此时也变得极度龌龊，令人恶心。他觉得夫妻感情瞬间咫尺天涯了。

“跟我回去！”李德信最后这下，把安娜的手腕子几乎拧断。“哎哟！”安娜痛得大叫了起来。

回到家中，一进家门，屁股往床上一蹾，两人忽然间都不说话了。李德信就觉得屋里温度“唰”的一下降了下来。空气里像结了一层霜。

“他们欺负我！”过了好一会儿，安娜才说道，眼泪簌簌地流了下来，“他们就是欠你的！当初多难啊，你差点儿把命都扔这儿了。是你给他们打下的桩，他们一来才有了根。现在倒好，翻脸就不认人啦！我买他们点儿东西，能怎么了？！”

“你的心不好。人家谁容易啊！”李德信大吼道。

“你还向着他们呀！那你跟他们过去呀！”安娜一把把枕头扔了过来，又呜呜地哭着，“咱们现在是风光起来了，还在他们面前低三下四呀！不都跟你混吗？凭什么还叫我低人一等？我这些年跟着你，都得到什么了？当时咱们穷，你没本事，还给厂里开除了。你知道，我当时多丢人吗？在厂里见了个人，我就得主动打招呼。她们冷言冷语的我也得听着受着。那个死沈老头子，他仗着是管工会的副厂长，他还想占我便宜！咱家现在是扬眉吐气啦，咱们腰板儿就得直起来！叫人欺负了就得欺负回来！难道我做得过分吗？再说了你帮了老乡那么多忙，怎么就不能要要威风啦？”

“你……不能这样！”

“我偏要这样！”

“你跟咱们老乡道歉去！”

“道什么歉？！我欠他们啦？是他们欠我们！”

“你以后不准在市场上买东西啦！”

“我偏要买，你还管得了我啦！”安娜的嗓门儿越发跟打雷似的。

“你！”李德信只觉得一股气流直冲脑门，那脸色也顿时铁青。他狠狠地瞪了安娜一眼，一咬牙，心一横，头也不回地摔门而去。

一道鸿沟，就像南极冰川裂开的裂缝，瞬间把他们夫妻分开了。

两人打起了冷战，隔阂也越来越深。正好这几天老爹身子不好，李德信索性搬到河底的帐篷里去住了。

不过家庭矛盾归家庭矛盾，丝毫没有影响到经营。市场上一切照旧。李德信这几天也一直在考虑一件十分重要的事情。

“哎，德信，你看这种拉链式的塑料袋。就是方便！不过市场上都是朝鲜族人在卖，价格呢也忒贵，不好整！”这天老乡又跟他提起包装袋的事儿，一脸羡慕的表情。

是啊，能引进一批拉链式的塑料袋就好了，价格要非常便宜的。市场每天的需求量都很大。他暗暗打着包装袋的主意。他心里想的是为老乡们提供方便。

李德信在帐篷里一口气住了仨月，正好儿子小白也没回家，高三了，功课紧。李德信就是去学校看了几次，借口是顺道。看完了接着就走人。因为五十八中就在河底市场的边上，九水路的南侧，走路最多十分钟。儿子也就信了他。至于老爹那边，一直是卧床休息，买卖也撂挑子了，也没怀疑什么。

市场上也一如既往。这天龙三忽然打来电话约吃饭。“德信呀，弟兄们好久没一块儿撮一顿了，晚上盛世桃源，喝酒哦！”“好嘞！”李德信痛快地应下了。

他需要醉一次，他想把心里的郁闷都发泄出来。正好老爹的身子骨也见好了，能起来活动了。

“老爹，晚上龙三请客，我去喝个酒。晚了，我就不回来了啊！”

“你去吧！都是不错的伙计们！我这也好多了，起床吃饭的都可以。你就不用担心我了。叫你哑姨照顾我就行，安心去吧！”

“唉，老爹！”

第二十四章　儿女情长

叫李德信万万没想到的是晚上饭局白琳竟然也在！

她今天刻意打扮了一番：初春的天气在蓝岛略显寒意，她就穿上了一条茄花色的连衣长裙，刚好没过膝盖。裙子下头是一双小巧玲珑的黑色高跟鞋，衬托着那一截雪白丰满的美腿。上身是一件长袖镂空的浅蓝色外套。再看脸上，一张混合了东西方的美人脸仿佛是蜡做的，有西方的棱角分明，高鼻和大眼，略略陷下去的眼窝。脸更似凝脂，又有着东方的含蓄之美，恰似一尊雕塑。额头宽宽，肌肤充满弹性，青春的活力洋溢了出来。黑眼睛内黄色的瞳孔开合两下，外头那圈长长的眼睫毛仿佛要说话。在披肩的黑发衬托下，这张美人脸更显楚楚动人，惹人怜爱。

她落落大方，进得屋来，外套轻轻地一脱，准确说是张开双臂，任其滑落了下来。霎时蜂腰毕现，那朦朦胧胧的美背和香肩，更是惹人意乱情迷了。

龙三那俩眼珠子顿时涨得血红。

“我先去趟洗手间！”她轻笑一声，仿佛舞台上的白天鹅，自顾出去，把两个男人扔到了一边。

“你怎么把她给叫过来了？”白琳一离开，李德信马上趴在桌子上问道。

“怎么，叫她来不好吗？”

“不是……还有其他人不？”

“没别人啦，就咱们仨！怎么，白琳你不喜欢？那，要不，我把钱二姐给你叫来吧。”

“嗐，你这弄了些啥呀？怎么还喜不喜欢的！”

“呵呵，”龙三笑了起来，“你这瞎正经些什么呀，这出来喝个酒能怎么了？哎，我说兄弟，你是觉得白琳是小姑娘是吧？要不，还是叫钱二姐来吧！”

“你这瞎整些什么呀，胡说八道了不是？这还没喝酒呢！”

“呵呵，兄弟，哥跟你开个玩笑、开个玩笑。不过呢，我得告诉你啊，这钱二姐，你就别瞎惦记着了，没景了啊！”

“什么惦记不惦记的！不过听你这意思，钱二姐最近是有情况了？”李德信耳朵一动。

“嗯嗯，”龙三应着，伸筷子先夹了一颗花生米扔进了嘴里，“实际是这么回事儿：这不前两天我帮白琳租了个房子嘛，她一个人住着，比较方便，价钱上也很便宜。人家白琳是感恩的人，为了答谢，所以才请个饭呗。我一开始说请什么饭呀？非请，不欠我这老头子人情。这不快叫着你来吧。”

“你刚才不是说钱二姐？”

“哦，说钱二姐呢！你就别惦记着啦，她老头快出狱啦！”

“噢，快出狱了？”

“对，他立了个功。不过容给毁啦！唉，也合着他走运。本来，费了老大的劲儿，给改判了个无期。这不又伤了人，在审理期间，不过幸亏不重。这本来要转移监狱的，正好临时收押，临时关在了看守所里。这天不知怎么突然起了把火，这火老大呢，整个看守所的房子都着了！消防车全出动了！把所有的水都喷出去也不管用。你猜她老头怎么着？”

“她老头怎么了？”

“她老头冲进了火里，还有好几个人没出来呢！她老头那时真是不想活了。不过胆子大了人就是厉害，快赶上武松打虎了！不过这一冲进去，人是救出来了，模样可就给毁啦！不过不管怎么样，救了两条人命。算是立下大功了！”

“好啊！”李德信的脸上露出了喜色。

“救了的那两个人还有一个是副监狱长，也是冲进去救人的。所以他立的功还不小呢！”

“那就是了！”

“救了人命，为国家挽回了损失。这样上面特批：保外就医，还改判为十五年的徒刑。这样基本就算是出狱回来了。所以说，你就不用惦记着了！”

“我惦记什么？这是好事。难为钱二姐等他等了这么多年。这事儿啊，咱哪天还得见一见这位大哥，给钱二姐庆祝庆祝呢！”

李德信放了心，他忽然有一种如释重负的感觉，觉得钱二姐这么多年总算有着落了。为钱二姐感到庆幸，就像他自己的亲人从狱中归来一样。在他虔诚的心里，他对每个人都充满了牵挂。

“来，咱们喝杯酒吧！”龙三端起了杯子。

三杯啤酒下肚，一股悲怆感突然涌上心头。是钱二姐老公的归来搅动了他。他忽然觉得，自己是形单影只了。

“你们这都喝了三杯了！”白琳推门进来，一步就跨到了李德信跟前，“老板，今天你能赏光过来，真是给我面子。来，白琳今天是第一次跟您喝酒，您又是我老板，以后还得靠着您、需要您关照。这样我敬您八杯！我先干为敬，我全干啦！”

白琳酒量过人，那嗓门儿又格外大。这种粗犷和豪放叫李德信感觉仿佛回到了黑龙江，回到了东北的那片冰天雪地。他感慨万千，不知不觉也拿起了酒瓶：“来，全干！不，咱吹瓶！看谁吹瓶吹的时间最短，一醉方休！”

“好，吹瓶！要不，哥，咱喝白酒，喝白酒吧！”

“好，上白酒！”

李德信喝得晕头转向，那龙三也给灌得东倒西歪。白琳倒是毫无惧色，搀扶着两个男人出了酒店。那龙三忽然说去唱唱歌，白琳也喜欢唱歌。三个人打了个出租车来到了一处歌厅。

走进歌厅，找了个房间坐下。那龙三毕竟年纪大了，坐了几分钟就倒在沙发上呼呼睡了。李德信倒是还有点儿清醒，想点两首歌，吆喝几嗓子醒醒酒。那白琳绝顶聪明，急忙坐到点歌机前点上了歌曲。

“哥，再要点儿酒什么的？”白琳瞅着李德信，叫起哥来了。

“不用不用！”李德信用手比画着说。

唱了两首歌。那白琳非常机灵，也没喝醉，就是殷勤地给李德信倒茶。

还要了果盘，送到李德信面前，叫他多吃点，解酒。

李德信又胡乱地唱了两首歌，胸中的郁闷吼出了一些。可是屏幕上那些缠缠绵绵就像爆竹，噼噼啪啪地在他心中炸裂，使他越发烦闷了起来。

那双修长美丽的双腿在他面前任意晃动，一头瀑布般的黑发垂了下来，天使般的脸庞，来回顾盼的眼神儿。他望着白琳，渐渐地，渐渐地，一个念头在他心中升腾了起来。

“李总，您再来一首吧！”白琳低下身子，把麦克风递了过来。

“就不了，”李德信一笑，摆了摆手，“要不，咱们歌就不唱了。说说话吧！”

“好啊！”白琳甜甜地一笑，坐到了李德信的身边。

“呃，你知道吗，最近，我家里遇到了一些烦心事儿……”李德信把手搭在了白琳手上。

李德信不知道，他其实就是想诉说诉说，把心里的郁闷一吐为快。岂不知酒虽养性还乱性，酒后诉衷肠，无形中与白琳建立了感情，也为日后的危机埋下了祸端。

第二十五章　山田社长

太晚了，李德信夜里就睡在了公司的沙发上。第二天醒来已是上午九点。这才觉得昨天晚上喝得太多了，依稀记得好像跟白琳说了一些知心的话，不觉好笑。打了一个哈欠，一挠头皮，他把这些都抛在了脑后。

他马上投入到工作中。他的办公桌上堆了一堆大大小小的自封袋。

他开始研究起这玩意儿。这是一项发明，他心说。他发现也有更便宜的，不过都是山寨版，开合几次就废了。那些质量好的还是太贵。他就去金英姬那儿取经，这些朝鲜族女老板们说的意见又不一致，各种版本满天飞。有说是韩国的好，有说日本的好，也便宜。他给弄得一头雾水。没法儿他拨通了金隆一的电话。

“大哥，是自封袋啊？哎哟，这两天我就想找你呢！我现在在日本，后天我就飞蓝岛。咱见面就聊聊自封袋！”

原来金隆一现在给一家日本的公司做外贸，正好有自封袋的出口。两人一拍即合。

第三天一大早，李德信亲自开着普桑，到流亭机场接了金隆一。路上少不了叙旧。金隆一嘻嘻哈哈，像个孩子似的。说现在给一个叫山田的日本人打工，待遇还不错。山田原来一直在大连跑，在中国也待了五六年，能说一口流利的汉语，是个中国通。最近山田想到蓝岛发展，也想认识一些蓝岛的朋友，回头可以介绍一下。李德信说认不认识的倒无所谓，有你金隆一就行。关键是自封袋的价格，能不能考虑长远合作，把价格降下来，细水长流。金隆一马上打过去电话，在电话里叽里咕噜说了半天。放下手机，金隆一高兴地转过脸来：

“哥，山田说下周就来蓝岛，他对李村很感兴趣，想过来考察考察。再就是，他手里现在就有自封袋的订单！”

“好呀！”李德信的眼睛一亮。但随即他的心又猛地往下一沉！

李德信不喜欢日本人。不过看在自封袋的面子上，他对这次会面还是做了充分准备。山田来这几天来，他列了一份详细的陪同清单。宾馆安排在山东路市政府边上的香格里拉。就餐如果在山海的话就去锅贴铺或者紫晶，为的是品尝山海的特色。然后又赶紧把订的奥迪从车行里提回来。这车本来准备下半年再买，也是为了公司的形象需要。为了去机场接山田，只好把日子提前了。

很快到了这一天。早上李德信起来，把胡子刮得精光。这些日子他还是睡在办公室里，有时候就胡子拉碴的。手下员工知道怎么回事儿，也不好问。倒是白琳一直挺关心的。不过李德信对此没在意。

吃过早饭，他们三个人：金隆一，还有一名司机，开上刚挂上牌的奥迪100，直奔流亭机场而去。

对于见山田，李德信没有激动，有的只是冷静和沉着。

去机场非常顺利。那日本人比金隆一高些，笑容可掬，也是嘻嘻哈哈得像个小孩子。就是不停地鞠躬点头叫人受不了。他穿了一套灰绿色的休闲西装，戴一副黑边粗框眼镜，样子跟李德信在书上看到的蔡元培差不多。这时已经是六月份了，蓝岛的天气已经开始热起来。大热天的还穿西服，李德信觉得这日本人很另类。他又背着一个黑色的大挎包，大挎包感觉非常沉重。再就是日本人手里拿的手机，也另类，是索尼的Z1，那个年代，手机的牌子里还有索尼！也是非常高端的一款，天线非常长，耳麦像一支口红，可以来回旋转，小巧玲珑。这叫李德信看着更是眼里来气。

再就是眼镜。他不喜欢眼镜。

那日本人坐在了后排，跟金隆一有说有笑。他们说的是日语，李德信也听不懂。汽车在308国道上飞奔。他渐渐觉得，这其实纯粹是浪费时间，这场合作根本就没有意义。他心里的仇恨占了上风。他忽然想放弃了。

李德信咬紧了牙。但他又想到了大集，想到了那些老乡，想到了自封袋。他的脸色又舒缓下来。

金隆一不知在后面跟山田说了什么。接着，只见他把脸朝前一探，“啊，李先生，大集哟，咱们去看一看吧！现在就去，吃饭的不着急！现在就去吧！”

李德信一愣。

奥迪100停在了滨河路上。今天正好赶集，大集上自是人山人海。那山田顾不得天气炎热，还是穿着西服，也不管路上穿短袖的人们抛来的奇怪目光，自顾沿着河底从东走到了西。又往南绕过去，然后再折回到东边，最后又朝西边转去。他看得非常仔细，一双眼珠子在宽边眼镜后头咕噜噜地来回转。他看来体格非常好，走了仨小时也不见汗。那金隆一倒是大汗淋漓，不停地拿手帕抹脸。李德信就这样跟着，心里头疑疑惑惑的。

山田又拿出了一部佳能相机，找地儿拍照。又用中国话跟卖辣白菜的一位朝鲜族妇女闲聊，汉语说得非常流利，还是大连口音，一点儿也看不出是个日本人。聊的内容大体就是每天自封袋的使用量，哪几种自封袋是否经常使用，等等。又比对那些自封袋，还往一个精致的小本子上记。对此李德信暗暗思忖。

走到张永芳的香油坊，那日本人的眼睛突然一亮。

他马上看起了那些香油，他的一双小眼儿恰似摄影机。正好张永芳的机器锅子在现场，山田很感兴趣，又提出来要拍照。张永芳憨厚，就让他拍。山田大喜。他反反复复把那些搅拌轮子看了个够，又从各个角度拍摄。噼噼啪啪足足折腾了一个多小时。汗都出来了，这才罢休。

山田又坐到板凳上，从随身背着的大挎包里掏出一台笔记本电脑，打开，在里面写了许多东西，全是英文的。引来许多人围观。那山田也不理会众人，不慌不忙，把佳能相机里的几幅照片传到了电脑上。又掏出那个叫李德信看着眼红的索尼手机，接在电脑上。他活动着键盘和鼠标，是发电子邮件。李德信不懂，他只看见鼠标一动，一个像信封一样的图标飞了出去。

他心里有些明白了。

他看了一眼那台笔记本电脑，是黑色的。他记下了上面的三个英文字母：IBM。

“老哥，当心这个人偷你做香油的手艺！他是个日本人！”趁山田不注意，李德信偷偷拽了一下张永芳的袖子，用本地崂山话低声说。

“你放心，他偷不去，方子在我这儿呢！”张永芳也用崂山话答道。

两人相视一笑。

那山田折腾了半天，又跟金隆一用日本话嘀咕了一会儿，这才转向了李德信，他鞠躬道了个歉，又朝张永芳满脸堆笑，“你这里的香油，我全部买下吧！向你表示感谢！”

原来山田觉得淘到了一件龙宫里的宝贝，觉得必须酬谢张永芳。他把张永芳库存的五六十瓶香油全买了下来。

李德信看了一下表，已经是下午两点半了。

“山田先生，”他朝山田笑着说道，“是吃饭的时间了，要不，咱们先吃饭吧！”

“哦，吃饭的不着急，咱们再看一看。这个市场好热闹。今天收获很大啊！”

“噢？”李德信正不知怎么回答，那日本人已经头前走了出去，他索性把西服也脱了下来。走出几步，他忽然回过头来：

“李老板，晚上我请你吃饭，在海天大酒店，好吧？我想和你谈谈在蓝岛生产自封袋的业务。我打算投资设工厂。我有生产自封袋的专利许可！”

“那敢情好啊！”李德信心头一震，情不自禁笑了起来。

山田从张永芳这儿“学”技术提醒了李德信。他开始打起了自封袋专利的主意。

原来山田经过大集上一番考察，马上意识到这是一个巨大的市场，自封袋每天的需求量简直是天文数字。为了抓住先机，他决定立刻就在蓝岛投资设厂。他是想找一位合作伙伴，这个人既能在蓝岛当他的代理人，负责管理他的工厂，最好能投一部分资金，成为股东。这样就可以降低自己单独投资的风险。他考虑得非常周全。

李德信也有他的如意算盘，他开诚布公，把自己的想法全部端给了山田听。这样在晚上海天大酒店的饭局上，双方基本就合资合作的框架达成了协议。山田见李德信这么爽快，不由得大喜过望。合作达成，心也就放了下来，山田被李德信带去的军供茅台给灌了个烂醉。那茅台还是去年，去海参崴做生意的哥们儿捎给李德信的，李德信没舍得喝。“德信君，下次来蓝岛，还是跟你一起喝酒啦！哈哈！跟你合作非常爽快！果然是你们东北人啊！”在奥迪车的后排，山田喷着满嘴的酒气，从后面搂着李德信的脖子说。

李德信没有回答，在他的心里是喜滋滋的。他的脑子里这时正在规划着一幅蓝图。

他忽然想回家一趟。

先把山田送回了香格里拉，然后和金隆一一道儿回李村。金隆一买的房子在西山。都送回去以后，李德信在峰山路的南头下了车。

他是想走一走。他从峰山路河边的石头台阶下来，从河底向东穿了过去。

夜风凉丝丝的，温柔地拂在脸上，舒服极了。远处还有灯火，是河南九水路上的小饭店正在打烊。更远处偶尔传来两声狗叫，两座桥上不时有车经过。吹来的风中隐隐有月季的香味，是白天花市的余香。李德信瞅了一眼河对岸，迈开大步，兴冲冲地朝滨河路东头家的方向走去。

冷战有四个多月了，李德信本以为安娜能主动给他打电话，或者来店里发一通脾气，砸他两拳，然后破涕为笑，冰释前嫌了。可是，这次却没有。

他没有往歪处想，这不是他的性格。他就想直接回家，就像什么也没发生一样，脱衣服，睡觉，甚至，来个那事儿。在他耿直的心里，夫妻之间的战争已经结束，风平浪静了。

走到楼下，五楼还亮着灯，是自己家的。李德信朝上瞅了一眼，直奔单元门而去。

上到五楼，还没走近房门，忽然听见里面传来了抽泣声。

“你叫我回来，爹却不见了！你这不是骗我吗？”是小白的声音，带着哭腔。

李德信急忙停住了脚步。

“儿子哎，实话告诉你吧，是你爹不要我了。也不要你了。娘这不心疼你么？娘也是没办法呀！”是安娜在哭着说。

李德信只觉得一股气，从肚子里一下就冲到了脑门子上。他转身就走。

已经走到楼下了，肚子里还是气鼓鼓的。他忽然想上去，跟儿子见个面，他也有一个多月没跟小白见面了。他又想对儿子解释清楚了，可又不想看到安娜。他愣在了那里。

李德信转身就朝河底走去。

他是想回书院路的公司办公室，忽然又好想把心事告诉老爹，可又担心老爹已经睡下了。他犹犹豫豫地徘徊在滨河路的河沿儿。

老爹的帐篷里还亮着灯。老爹没睡。

李德信来到了帐篷前。

他忽然想起了什么，急忙掏出手机。他是给司机打电话。

“格子，你记着：明天你就把车停了。然后打出广告去，把咱那辆奥迪车给卖了，价钱上最低九折。牌子能卖出去更好，三连号的888，肯定能卖上好价钱。反正是越多越好！再就是下个集，你再去大集上买辆二手的，普桑就行。也不能耽误了，明白吗？”

他是想把奥迪车给卖了，因为新成立的自封袋公司需要钱。那司机格子不太情愿，当然也由不得他。打完电话，李德信掀开了帐篷的帘子。

昏暗的灯光下，老爹一双炯炯的黑眼珠正瞅着他。不知为何，那张饱经沧桑的脸显得异常阴森可怕。

“老爹！”李德信脸上露出了笑。

“德信，跟日本人合作开厂，我不同意！”

李德信急忙收住笑脸，他吃惊地望着老爹。

他可是从来没有见过老爹这么生气。

哑巴婆子也是一脸惊恐地瞅着老爹。

老爹只是用余光看了李德信一眼，把烟灰磕在了地上，“我等你等到这么晚，就是想告诉你：不能跟日本人合作！”

第二十六章　抵制日货

老爹这一关给卡住了。但李德信还是耐着性子，晚上在老爹这儿住下了。他不想惹老爹生气。他这时打算来一个瞒天过海，或者说阳奉阴违。他又急急忙忙地想主意，想从脑子里抠一个万全之策。为此一宿没睡。老爹呢，担心着他，也没睡好。

第二天一早，李德信就来到了公司。他要开一个股东会，大家伙研究研究。

他现在事业发展得是非比寻常了。三个市场加起来，一年的收入能达到几百万。再加上德信灯汇，一年也能赚个四五十万。去掉费用，纯收入一两百万是有了。这四个地方都分别注册了公司，也都独立核算。这几个公司李德信都是控股股东。不过李德信仗义，凡是跟他混的弟兄们都当上了小股东，大家伙有财一块儿发！股东里有龙三，有弟弟德福，还有几个老乡也加入了进来。哈尔滨的七叔也来了，也投入了股金，是股东之一。这样按照连科长的建议，这四个公司都作为新的自封袋公司的股东，作为中方。然后那边山田作为日方，成立一个合资企业。

这次股东会，他把地点安在了九水路。因为九水路正好开发了几个楼盘。为了保值增值，在七叔的提议下，李德信把多余的钱都投到房地产，买下了两千多平方米的商铺。刚好交房，还没装修。

股东会准时在商铺的二楼召开了。气氛有些沉闷，大家伙都不说话。李德信把方案简单地说明了一下，主要还是打气。他明显感觉到了大家伙的抵触情绪。

“都说说吧！”李德信赔着笑说，期待的目光依次从大家伙脸上划过。

股东们正襟危坐，谁也不吱声。

“既然大家不说，那就我说！”李德信高声说道，“这个合资合作的好处，我就不用说了。关键是大集和咱市场上，需求量大！你像调味品啦，五金件啦，干海货啦，核桃仁核桃酥啦。凡是零打碎敲的东西它都得用这种自封袋。所以，这个合资厂的效益是没说的！肯定能整出名堂来！再就是我考虑到咱们市场上的商户。现在批发自封袋的有几家，都是韩国代理的，是朝鲜族人和韩国人在那儿卖！不过大家伙也都知道：这价太高！我考察了一下，主要是韩国那边的原因：进口，它的成本高呀！所以说……”

“行了，德信，它再好咱也不做！”

李德信正说得兴高采烈，突然被一个人厉声给打断了，是七叔。

会场上顿时鸦雀无声。这里头谁都知道，也就七叔有这个资格，他是长辈，在哈尔滨那会儿就是李德信的军师兼参谋长，李德信好多事儿都得听他的。其他人要么年龄小，要么是新手，再说了也都是小股东，因此都没说话的份儿。而李德信开这个会，实质是争取股东们支持。李德信早就知道：东北这边没一个同意的。除了龙三。他也给龙三提前打了招呼，龙三也表了态：对他要支持。

“为什么不能做？”李德信换上了笑脸，“七叔，是觉着没有前景，还是风险有问题？要不，您再给详细谈谈！”

“这还用说吗，德信？”七叔脸上的肌肉抖动起来，“问题是他山田是日本人啊！是的，你这个厂肯定有效益，就按你刚才说的。其实你不用告诉我们你是怎么考虑的，你就一句话，我们就听你的！问题是你跟日本人合了资，你觉着你死去的爷爷能答应吗？！”

“这……”

“你爷爷和你二爷爷怎么死的？难道你忘了吗？给活埋了呀！”

“对，哥！”那边坐在角上的德福忽然高声说，“七叔说得一点儿没错！其实我本来不想发表意见。问题是，哥，你这么做，老乡们真把你当汉奸啦！”

德福说完，又依次看着大家伙的脸。众人马上齐声附和，你一言我一语地议论起来。这气氛在李德信看来，德福现在才是会议的主角和老大，是大股东和抗日英雄。而他自己呢，反倒成了势利小人和日本人的狗。李德信不满地看了德福一眼。德福没看李德信，他把脸转了过去。

“三哥的意见呢？”李德信不动声色，他又和颜悦色地看了一眼龙三道。然后紧接着，他又以极快的速度给龙三递了一个眼色。他现在把龙三作为最后一张牌了。

“依我说，”龙三斜着身子，小眼儿眨巴了两下，这才不紧不慢地答道，“德信啊，这事儿，我不想掺和。不过呢，还是多参考参考老乡和弟兄们的意见吧，你说呢？有句老话说得好：听人劝，吃饱饭啊！嘿嘿！”

妈的，这个龙三，真会见风使舵！谁也不得罪！李德信狠狠地瞪了龙三一眼。

龙三这一表态，人群又开始乱哄哄了。李德信突然灵机一动。

“大家伙静一静！”李德信敲了一下桌子道。人群安静了下来。

“大家伙的心情可以理解。”李德信朗声说道。他的脸色非常严肃，目光充满了威慑，他这时必须把比分扳回来，“但是考虑到市场上需要，要把自封袋的价格降下来，我的意见是：只有采取合资合作的形式！这是一项互利互惠的买卖。所以，还是决定跟山田合作吧！希望大家伙都回去多考虑考虑！我相信大家伙是能想得通的！”

话音未落，只听椅子“嚓”的一声，是七叔，已经拉开了椅子，头也不回地走出了会议室。

李德信最终力排众议，决定与山田合资建厂。合同的签字仪式在海天大酒店举行。对此区里极为重视，一位副区长到会参加，再就是外经局的人，还有工商局的连科长。签订合同的全过程都参与了进来，给把了关。

“李董事长的效率和爽快令我印象深刻呀，再就是态度极其诚恳，令我非常感动呀！”签完了合同书，山田紧紧握着李德信的手，笑着对李德信说，“预祝我们合作愉快！”

“合作愉快！”李德信莞尔一笑，“不过山田先生，我可是生意人，我是要考虑我的效益最大化哟！”

“都是如此！中国有句古话：无利不起早。我们做生意的，肯定要追求利润最高嘛！呵呵！”

“好，痛快！其实我也很佩服山田先生。刚考察完市场，马上就进行了投资，可谓雷厉风行啊！有眼光！这样你以技术入股，占百分之二十。剩下的资金对半，各占百分之四十,百分之六十的出资归日方。对此我完全同意。我也感谢山田先生的信任，把整个工厂都交给我来管理……”

“是啊，德信君，不过我必须强调一点：自封袋必须使用我们日方的商标和厂名。不要以为我不在工厂，就可以乱来哟！”

“那是自然，合同书上都写好了嘛！”李德信瞅着日本人，山田还是一张兴奋的脸。瞅了一会儿，他给山田献上了一个笑脸。

他不动声色，实际在心里是打了一个主意。

这时在大集上，李德信跟日本人合作的消息，就像长了翅膀，一下子在市场上传开了。

“听说呀，他要跟日本人合资，挣咱老乡们的钱呢！市场上这块自封袋的需求量大，他瞅上啦！”

“赚钱是应该的。不过跟日本人合作，不怕挨骂呀！”

“哼，他祖上还跟日本人有仇呢！亲爷爷都给日本人活埋了呢！”

“真是忘恩负义的王八蛋！原来李德信是这种人，见利忘义！”

家里人也一致反对李德信。星期天一大早，德福就跑到安娜那儿开始叨叨了。

“嫂子，不好啦，”他看起来还挺着急，“我听说呀，我哥这次要跟日本人合作做生意啦！老乡们都哗然啦！唉，我哥这次整的啥玩意儿呀，他们都议论说，他是汉奸卖国贼啊！”

“汉奸卖国贼？”安娜“噌”地就站起来，“老乡还说啥啦？”

“老乡们都要抵制日货！”

里屋正在复习准备高考的小白听见了他俩说话。他虽然没有表态，但在这孩子的心里，却把这事儿给记住了。

老爹也病倒了。

李德信一听说，马上去看望。但在心里，他揣上了一只兔子。

他没敢告诉老爹，他是阳奉阴违。上次老爹表示愤怒以后，他就一直瞒着老爹。他又吩咐八哥：跟山田合资的事儿对老爹要保密。谁承想老爹竟然知道了。

老爹不可能不知道。老爹是从大集上邻居们那儿知道的。

李德信心急如焚。一来到帐篷门口，帐篷的门帘儿合着，哑巴婆子站在了门口。哑巴婆子的脸色很焦急。

李德信刚要掀门帘儿，哑巴婆子急忙拦住了。哑巴婆子又咿咿呀呀，手也忙着比画。李德信明白：是不让他进。

“李总，早晨我过来时，老爹就放了话：说你来，他不见你，不让你看！”后面跟着的八哥说。

“噢！”李德信的脸色一变，心沉了下去。

在门口站了一会儿，李德信还是走进了帐篷。

老爹躺在里面的木板床上，面如死灰。李德信小心翼翼地靠近了他，“老爹！”他叫道，眼睛里含着泪，“你怎么样啦？都是我不好，惹您生气了！”

谁知老爹却转过了脸去。

李德信明白：这是老爹气极，所以才不说话。他的心里一阵内疚。但很快，他的心里又平静了下来。

“八哥，你赶快把仙美诊所的于大夫请来，给号号脉。这肯定是我气的。叫于大夫给开两服好的中药。给老爹理理气！”

八哥答应而去。李德信怕再惹老爹生气，不敢停留，急忙离开了帐篷。走出帐篷，他的眼泪“哗”地流了出来。

他叹了一口气。把心一横，他朝九水路的公司走去。

且说那位黄老板上次把市场拿下以后，也暗自思忖，觉得让李德信让了他一招，良心上也有过掂量。不过很快，他觉得这无非是老天爷发给他的一块馅饼。是李德信懦弱，不敢对他赶尽杀绝。又一想商场如战场，哪有那么些慈悲为怀？把心一横，仅存的那一丝感恩很快便烟消云散了。

这小子又不甘心闷声发大财，红眼病一直治不好，非得整出点儿事来。于是就时时事事盯着李德信，巴不得人家出点儿幺蛾子。这天在李村派出所里，他终于叫逮住了机会。

他去拜访派出所的欧阳所长，为了自己市场上被人纵火的事。欧阳所长正忙，请示报告的民警也进进出出。黄老板一时半会儿搭不上话。那欧阳所长有事儿，就请他在所长室里等会儿。人家那是客气。不过这黄老板关键时候还真瞪不起眼来，就大大方方地坐在了沙发上。欧阳所长只好离开了办公室。

坐了一会儿，还不见所长回来。黄老板觉得无聊，就站起身，想观摩一下所长的办公室。桌上放了一沓子案卷。这黄老板不知深浅，信手拿起一份看了看，看完又拿起了另一份。全是杀人抢劫案件的卷宗。那黄老板突然眼前一亮!

底下一份黄色卷宗赫然跳出一个人名：李德信!

黄老板又惊又喜，他以为是逮住了条大鱼！他的手指头颤抖着，急忙翻看了下去。

里边的材料里三层外三层，全是些笔录和捺的手印，还有杀人现场的照片。黄老板认字不多，也搞不明白。不过有一条他认准了：李德信必是涉案嫌犯无疑!

下面有一份通缉令，是六年前的，这黄老板认得。“嗖”的一声，他把通缉令抽了出来。

边上就是一台复印机。这姓黄的眼珠子一转，见没什么人，两步就抢到了复印机前，他把通缉令给复印了!

没等到欧阳所长回来，他赶紧把通缉令揣进怀里，像个贼似的逃之夭夭了。

很快，李村街上就传出了消息，说李德信是通缉的杀人犯云云，还有通缉令的复印件为证。一时间河底和大集人心惶惶，老乡们都不正眼看李德信，大有风雨欲来的势头。消息也很快传到了李德信耳朵里。

在九水路董事长的办公室里，李德信一脸阴郁地瞅着桌子。桌上是一份复印件，正是黄老板偷出来的那份通缉令。黄老板又把它复印了若干份，趁着夜色，在大集上散发了。

“八哥，你信这些小道消息吗？”李德信抬起头来，眉头已经舒展开了，“估计，又是别有用心的人炮制出来的幺蛾子，你说呢？”

“说别人是杀人犯可以。说李总，一千个一万个我也不信。”八哥笑着说。

“那就是啦！”李德信笑了起来，“我李德信身正不怕影子歪，别人爱咋说就咋说吧。咱生意还照常做！走，陪我去楼山后工厂看看去！”

“别老乡们再瞎议论吧？弄得人心再不稳。要不李总，咱去大集上看看吧，顺便说明一下，叫他们看看：咱人还好好的哩！”

“没必要！流言蜚语，过两天自然就平息了。走！”

李德信站起身来。

八哥跟在李德信的后面走出两步，忽然又想起了什么，“噢，对了，李总，白琳昨天辞职了。打了辞职信，德福已经同意了。”

“噢，”李德信愣了一下，“辞职就辞职吧，年轻人嘛！李村机会多，出去闯闯也好！”

他头也不回地走出了办公室。

第二十七章　请君入瓮

这时，在紫晶酒店的包房里，黄老板正在宴请欧阳所长。跟欧阳所长一起来的，还有刑警队的靳队长。黄老板请客的理由是感谢欧阳所长秉公办案，又快又好地抓住了市场上的纵火犯。

“哎，靳队长，我正想问你一下，你们通缉的这个李德信，是不是就是‘德信灯汇’的那个东北人呀？”酒过三巡，黄老板仗着气氛比较热了，突然问出了自己的想法。

“哦，差不多吧！”靳队长答道。

“噢？那他是什么案子，是有案底，是杀人？”黄老板得寸进尺，话像连珠炮。

“这个……”靳队长笑了起来，“噢，黄老板，到底是有没有案子，我这里也不方便说。不过你放心，我们肯定会秉公执法的！”

“对，就得秉公执法，我相信你们！呵呵！不过这个李德信呀，是李村的一霸！大集上摊位都叫他给抢去了，还强占了好几个市场！霸道呀，霸道呀！真要是有什么违法的事儿，什么杀人放火的，我看他能干出来，绝对能！反正，叫你们给逮着了，一定要严打！给我们这些老老实实做生意的人出出气！”说着，黄老板伸出手去，做了一个“杀”的动作。

“好，你放心，黄老板，我们一定会秉公执法的！”靳队长还是笑着回答道。

八哥开着破普桑拉着李德信来到楼山后的工厂。原来跟山田订立协议以后，工厂那边马上就紧锣密鼓地开张了。日方考虑得很周密，各项工作细致严谨地进行。租了村里工业园现成的厂房，材料都从国外进。剩下的主要是设备和人员，从日本请来了两位工程师，就住在了厂里。设备先是从日本的工厂拆了一台旧的来，第二台新的也很快从日本运来了。日本的工程师非常敬业，调试只用了三天，高品质的自封袋就哗哗地从流水线上淌了出来。

李德信抚摸着生产线上的自封袋。他的心里是喜悦的。他又仔细地观察它们，忽然发现，在自封袋的封口处都有一小行日文，再就是山田公司的LOGO。看着看着，李德信微微一笑。

轻轻地，他把自封袋放了回去。

十天以后。在山田的大连公司里，一名朝鲜族职员急急忙忙地敲开了社长办公室的门。

“报告山田社长，蓝岛公司发来的电子邮件说：蓝岛公司的销售出现了严重停滞，库存已经出现严重积压。原因是自封袋使用日本的商标和厂名，当地已出现抵制日货情况，甚至发生自封袋在李村大集上大量被烧毁！”

“什么？”山田站了起来，“我马上去蓝岛！”

对于山田的到来，李德信早有准备。他不慌不忙，还是亲自去接机。山田也还是笑容满面。但从流亭机场下了飞机，他们没有去工厂，而是直接来到了九水路李德信的办公室。

“德信君，这是怎么搞的，竟然出现了抵制日货？！”

一进办公室，屋里只有李德信和山田两人，山田突然高声问道，气势汹汹，叫人想起了当年的日本兵。

李德信的火噌地就上来了。

但他强行压住了怒火。他看着山田，看了一会儿，他笑了起来。

“我怎么能知道？”他摊开了双手，无奈地说，“我也不希望发生抵制日货的情况。可它就是发生了。这你我都没有想到哇！现在你来问我？我不也蒙受了损失吗？”

李德信说得句句在理儿，日本人无话可说了。

“好吧，好吧。”山田想了一会儿才说道。他终于明白，眼下更需要依靠这个中国人了。但是隐隐约约，他有种中计的感觉。他觉得这个人非常高明，他是遇到对手了。

“你说，应该怎么办，有什么好办法，让我们渡过难关？改成出口吗？我看不行。加上海运，成本就太高啦，甚至都无法跟韩国的产品竞争！只能就地消化了！”山田耷拉下了脑袋说。

“我看这样吧，”李德信想了一下，这才朗声说道，“山田社长，其实问题的根源在于自封袋是日本货，所以大家才抵制。那么，是不是改成中国货，就可以了呢？”

“你是说：要叫我撤资？”山田眼镜背后“唰”地射出了一道不信任的光。

“啊，不，不是，山田社长，您是误会了。当初你费了那么多精力和时间。如果撤资的话，对您就太不公平了！也不符合我李德信做人做事的原则。我的意思是：工厂要改名字，改成中国人的公司名称，不能使用你山田的名字了。”

“这个……可以！”

“再就是，今后自封袋一律要使用中文的商标，商标我正在申请。那边工商局也已经答应帮助审批了，很快就能办好。有了中国的商标和厂名，那就是中国货。这样他们还会抵制吗？”

“有道理！”

“还有一个问题：自封袋上要印上英文的‘MADE IN CHINA’，中国制造，这样会更好些。”

“我明白啦！这样就不会出现抵制日货啦！”

“不，山田先生，这还是第一步，还需要再改。”李德信望着山田，他极力掩饰着心头的兴奋。对这只已经关进了笼子的野兽，他忽然有些可怜山田了。

但他马上把心又一横，“山田先生，我是爽快的人，不希望拐弯抹角。我的意思是：抵制日货，是关系到企业生死存亡的大事。既然发生了，就必须从根本上解决问题！所以……”

“你还是要叫日资退出？！”山田低声咆哮起来。

“不！”李德信一双沉稳的目光看着山田说，“我刚才说了，那对你就太不公平了。我的意思是你退出一部分，由我占到控股地位，我做大股东。那这个公司和产品不就是中国的了……”

“那不行！”

“那，你有什么好方案？”

“我……我没有好方案！”

“那只能这样啦，山田社长。要不，您再考虑考虑吧！”

山田思忖了半晌，果然想不出好办法，李德信说得句句在理，又都句句找不出破绽。蓦地，他觉得自己就是中李德信的计了。

“好吧，德信君，你说怎么办吧？”又权衡了一会儿，山田才咬着牙说。他明白，他这时已是黔驴技穷，只能无条件投降了。

“我会给你一个公平的对价。”李德信见时机成熟，这才斩钉截铁地说道，态度依然不卑不亢，“山田先生，中国有句老话：叫买卖不成仁义在。也就说，我还是想继续和您做生意。那这么着：我打算收购您百分之二十的股份。你看如何呢？”

“好吧！”

“我还想把自封袋的专利权买下来。但是出价，只能是原来的四分之一，不可能更多。至于原因，我想您当然是清楚的……”

“那好吧。”

原来李德信早就安排了金隆一，联系日本的朋友调查了山田的专利情况，说还有三年就失效了。这是一种实用新型专利，有效期最多十年，三年后就会成为社会公共财富，也就说谁都可以用，不用再支付专利费了。这样价钱自然就大打折扣，根本达不到山田当时出资作价的六十万人民币。山田当时是故意把作价抬高了，这也算是一种欺骗。现在李德信是按照市场价来收购，这是一个对谁都公道的价格。又没有戳穿对方的西洋镜，山田理应感激还来不及呢。

“好的，德信君，就按您说的：按照市场价，重新来评估专利权出资。”

果然，这次山田没有反驳，他是聪明的。

“好，这样我再追加一部分投资，最终我的出资是百分之六十，日方占百分之四十。这样，我们大家就都皆大欢喜了！”

“呵呵，德信君真是神机妙算哪！我现在是被你降服了！”山田伸出了手，随之脸上展露出来的笑容也变得灿烂起来。

“好，咱们继续合作！我相信经过这次安排，就再也不会有抵制日货的情况发生了！”

原来李德信策划了一场请君入瓮的好戏。他明知与日本人合作会遭遇抵制，大集和河底可都是东北的老乡啊！但考虑到市场上对包装袋的需要，只能冒着枪林弹雨勇往直前了。再就是他考虑的是技术，必须从日本人那里搞到手。于是他就借力打力，利用山田看中李村这个市场的机会，叫山田投入了巨额资本。而山田一开始也料到可能日货不受待见，可他智者千虑必有一失，又老想着放长线钓大鱼，觉着凭借侥幸就可能蒙混过关，最关键的是大集的需求诱惑巨大，不知不觉就把家底挪到了蓝岛。但突然遭遇抵制日货，东北人团结起来在大集上焚烧自封袋。这大大刺激了他。但事已至此回天无力，只能听凭李德信宰割。岂不知李德信顺势利导，又给了他一个公平的价格，没有把他扫地出门。于是在山田的心里彻底被李德信降服了！

李德信完胜，工厂和自封袋终于姓“中”了。至于在三年以后，李德信把全部的股份收购过来，使之完全成了中资企业。那是后话不提。

李德信的计策成功了，老乡们的误会也得到了澄清，反在大集上成为美谈。老乡们更加佩服李德信。至于通缉令那档子事儿，随着时间的推移，更觉着是捕风捉影，渐渐地被淡忘了。

这天，李德信又来到了河底的帐篷里。

“老爹！”

“唉！”

“您好啦？”

“好啦，全好啦！解放啦，你把日本人给打跑啦，抗日成功啦，你说我能不好吗？我不好就不对啦，哈哈！”

李德信的计划老爹现在知道了，也理解了，身子骨自然也好了。

“你呀，你小子，现在比我有能耐啦！哈哈！”老爹大笑着，“来，扶我起来，咱爷俩出去河底转转去。”

“好！”

李德信大喜过望，他小心翼翼地扶起了老爹。老爹笑容满面，一手扶着腰，突然一使劲儿，“哎哟！”老爹突然叫了起来。

“怎么啦，老爹？”李德信急忙问道。

“没事儿，是老毛病，腰不好。”老爹手继续扶着腰说。

李德信的脸色突然又一变！

是哑巴婆子。他看见，哑巴婆子脸色蜡黄蜡黄的，不停地咳嗽着，手捂在嘴上，指缝里渗出了血。

“唉，你哑姨身体很差啊，就怕没多长时间了！”老爹叹了口气道。

逼迫日本人成功，李德信心头卸下了一块顽石，放松下来。他又组织了一次酒会，答谢一下自封袋工厂的股东和老乡们，也要把计策的来龙去脉和前因后果解释一番。酒局安排在了紫晶大酒店，李德信把龙三也请到场。

“当初开股东会的时候，还幸亏三哥投下反对票呀！”

“兄弟你别作践我了，是哥对不住你呀！”龙三羞愧得简直想找个窟窿钻进去。

李德信爽朗地一笑，这事儿就两清了。正说着，手机突然响了起来，李德信急忙接过来一瞧，竟是白琳的！他不由一愣。

“李总，我是白琳，我……有点事儿呢，能不能见你一面？”

“这……要不等我给你打电话吧。我现在非常忙。”

第二十八章　婚宴惊魂

弟弟德福与娜拉的婚事终于要操办了。这对李德信来讲是一件大事。为此他使出了浑身解数，因为他觉得自己这次要扮演一位父亲。

这一年是二〇〇二年。

婚礼安排在蓝海大酒店。蓝海大酒店在京口路，当时和现在都是蓝岛市规模最大、档次最高的酒店。酒店的大厅差不多能摆开八十桌，正好满足了人多的需要。原来德福的岳父在本地做买卖多年，也是人脉关系深厚。至于李德信，那就更不用说了。下请帖的时候李德信犯了难，都发给谁呢？大集跟市场上的老乡成千上万，基本都是亲戚连亲戚。最后只好决定不发，把消息发布出去，谁愿意来就来吧。这样有好些不知道的，但也有好些知道了的、临时主动过来参加的。要知道这是在大集上，谁要是结婚，五分钟就全传遍了。

除了比较近的亲戚和经常来往的朋友，来贺喜的老乡大多是亲戚的亲戚。他们有的平日里受了李德信的恩惠，觉得想报答报答。有的是借此想跟李德信拉近一下关系，日后有事儿可以有个照应。总之都备了红包。李德信对宾客都一一招待，大厅和单间里爆满。

婚礼又依着哈尔滨的风俗。实际哈尔滨三分之二是汉族，又基本都是从山东过去的。这样礼仪跟蓝岛当地的几乎没什么两样。二十二道主菜特意加上了哈尔滨大红肠，红色也是图个喜庆。七叔在海参崴的朋友捎来的伏特加也派上了用场，在桌上与茅台比肩。面食除了崂山王哥庄的大馒头，又加上了俄罗斯的大列巴——安娜的娘家人亲自给做的，空运过来，是为了展示哈尔滨的特色。

这也是娘家人的态度：为了安娜。不过李德信跟安娜还是隔着一道坎儿。晚上也是分床睡，场面上貌合神离。

中午十二点，婚礼开始。霎时鞭炮齐鸣，锣鼓喧天，礼炮山响。人群热热闹闹，好多客人都站了起来，雅间里的也拥出了房间，一起来看新娘子。场面不亚于大集。这时只见一个瘦小的男人，戴一副黑边眼镜，分开人群，一溜烟地朝台上跑了过来。

正是黄老板，这小子是过来搞事儿的！

这时在酒店的停车场，一辆警车开了过来。车停下，车门打开，四名身着笔挺公安制服的人民警察，齐刷刷地朝三楼的大厅走去。

李德信在台上正跟司仪交代什么，忽然有人拽了他一把。急忙转身一看，只见一双单眼皮的小眼睛，躲在黑边眼镜后头，正恶狠狠地瞪着他！

“原来是黄老板，失敬失敬，”李德信马上露出了笑脸，“弟弟与弟妹大婚，黄老板能亲自赶来捧场，真是多谢呀！”

“呵呵，李老板，”黄老板冷笑一声，皮笑肉不笑，“过来捧场，倒是不敢当，主要是这么多年，有件事情，一直压在心头，今天，终于可以扬眉吐气了！不过，我真是佩服李老板，戏能演得这么好，一个东北的杀人犯，竟然混成了堂堂的大老板！嘿嘿，我真是得佩服你呀！”

“噢，原来黄老板不是来参加婚礼，是来给我拜年呀！不过这年，拜得有点儿早了吧！”李德信是故意气黄老板。

“哼，李德信，我不跟你扯些没用的！你和我争斗了这么些年，今天，咱要把账算清楚！啊，哈哈，其实不用我算，树倒猢狲散，你马上就完蛋啦！警察就在楼下，不过你跑恐怕是来不及了。我倒是想奉劝你一句：最好在婚礼前束手就擒，乖乖地跟老乡说清楚，然后戴上手铐走人。这样还不能耽误德福的婚事。要不然……”

“要不然能怎样？”李德信眉毛竖了起来。

“要不然，我就替你说！然后，再叫警察把你带走！”

“你休想！”

他俩在台上斗着嘴，下面其实什么也听不见。只有边上的八哥和司仪，听黄老板这一顿咬牙切齿，俩人都信了。八哥不由拿眼睛直瞪李德信。司仪更是目瞪口呆。

“哼，敬酒不吃吃罚酒，那就让我来替你宣布吧！”黄老板一把夺过了旁边司仪的话筒。

李德信顿时恶从胆边生，血都顶到脑门子上了。他真想一把薅住黄老板的衣服领子，把他给扔下去。可又怕在台上起了冲突坏了婚礼大事，一时抓耳挠腮不知怎么办了。

这时台下人越聚越多，都在平心静气，拭目以待新郎新娘的闪亮登场。

李德信急忙看了一下表：十二点十分整，仪式还有八分钟了！

“八哥，你赶紧下去通知德福，先不要入场，时间改成二十八分，或者三十八分也行！”李德信拉过八哥低声说。八哥应声而去。

“朋友们，朋友们，静一静，静一静！”黄老板开始捣乱了。李德信瞪了他一眼，但是又没有办法制止。人群变得安静下来。

“我要在今天这个场合，替李老板——李德信，宣布一件大事，那就是关于李德信的真实身份问题！”黄老板高举双手，把台下目光都吸引到自己身上。

李德信急得眼珠子都要裂了。这虽然是胡说八道，可这枚炸弹真要是扔出去，自己一时半会儿也洗刷不清。但是现在对方已经站在了台上，聚光灯罩住了他，现在采取措施已经来不及了！

猛一转头，四名警察正分开人群走了过来。难道这是真的，来抓人？李德信脑子要炸了！

“李德信到底是什么人物？呵呵，说来话长！他其实就是一个……”那黄老板继续摇旗呐喊，眼看着就要把谣言说出来了！

“等等！我来说，李德信是啥人！”

大厅里突然响起了一句东北口音，这句话又恰似半空炸响了一个惊雷，震得人耳朵嗡嗡嗡直响。话音未落，只见一个高大的身影，噌地跳上台子。一身绿色的警服英姿飒爽，肩上扛的警盾在聚光灯的照射下发出耀眼的光芒，照得人眼睛都花了！

“那啥，我是哈尔滨公安局的，我姓靳，我是刑警队的队长！”

正是靳队长，满口的东北话立刻抓住了老乡的耳朵。

“我来宣布一下：首先，这个人。”靳队长一指身边站着的李德信，“这个叫李德信的人，他没犯什么法，更不是杀人犯！为什么这么说呢？因为前段时间，李村大集整出了一些通缉令的复印件，闹得满城风雨。所以正好借着这个机会，在这个场合，跟咱们东北的老乡澄清一下！”

这几句话，非常简短，但已经再清楚再明白不过了。霎时，台上台下爆发出了雷鸣般的掌声。

李德信的眼泪都流下来了。他急忙拍起了手，他又说不出话来，他只是望着靳队长。靳队长走过来，伸出双手，紧紧地握住了李德信的手。

“谢谢你！”

“谢谢你！帮了那么多的老乡，叫他们都吃上饭！”

两人紧紧地握着手。那靳队长又不忘解释整个事情的来龙去脉，说以前李德信是被诬告，是坏蛋在监狱里乱咬人，是自己的工作没做好，才误发了通缉令。实际经过侦查，李德信啥毛病没有。又说为什么穿着警服来，是为了用身份来证明李德信的清白。靳队长最后又说，他是来喝喜酒的！

原来这段时间黄老板一个劲儿地撺掇抓李德信。靳队长和欧阳所长看出了两人积怨。欧阳所长跟靳队长说了李德信的为人，靳队长有心帮李德信。正好黄老板定下毒计，忽悠靳队长在婚礼当天来抓捕李德信。靳队长将计就计，也是为了恢复李德信的名誉，答应婚礼这天展开行动。黄老板不知是计，得意忘形，于是想先羞辱李德信一番。没想到李德信咸鱼翻身，自己倒成了跳梁小丑。

婚礼继续了，正好是十二点二十八分整。大厅响起了婚礼进行曲，德福和新娘徐徐步入。再看那黄老板早窜得没影了。

这次婚礼上的过招算是商战的继续。这一仗李德信虽然打赢了，但是仇恨却进一步加深。再就是双方的矛盾，也变得公开化了。

第二十九章　瓜田李下

“冤案”得以澄清，悬着的石头终于落了地，李德信实实在在松了一大口气。他的眉头舒展开来，在大集上腰杆儿更直了。下一步是处理德福婚事的一些人情往来。对此李德信事必躬亲，安排得妥妥帖帖。这工夫安娜也回过神儿来，是听了家人的劝：入乡随俗。主动担当起迎来送往，也不敢多说话，凡事看李德信的脸色行事。不过这种认罪态度又过于诚恳，反叫李德信更生嫌恶。主要是生的气一直没消。

德福婚事处理得差不多了，市场上生意也相安无事。李德信觉得该了结心里的那桩私事了。

他在办公室里考虑了半天，这才拨通白琳的手机。

“李总！”白琳在电话里兴奋得像只燕子。

“我今天过去见见你吧。我过去接你。”

对白琳的感情，李德信觉得就是自己一时的冲动。根源在于他跟安娜的感情鸡蛋正好裂开了个缝，又恰巧被白琳这只小蜜蜂给落上了。但李德信是成熟的，他还是牢牢恪守着他做人的传统道德。他不想花精力花时间花金钱去赶什么时髦。何况，那样耽误人家的青春呀！

他这次去就是要斩断这条绳索。把事情挑明了，叫白琳死心。

上次白琳打电话约他，他一直没和她见。但他立刻意识到这姑娘是投入了感情。他不想给白琳机会，所以就通过不见面这种冷处理叫白琳知难而退。可白琳又打了几次电话。李德信倒是奇怪，怎么自己一次小小的谈心，竟能点燃白琳的熊熊爱火？但他知道：事情必须当机立断！

奥迪 100 停在了书院路北方国贸的停车场入口处。李德信把奥迪又买回来了。

过了有十分钟，才见一位女子，穿一身白色的短裙套装，脚上是白色的高跟鞋，裙下裸露的大腿丰满肉感，一头乌发披在脑后像黑色的波浪，一路飘摇地走了过来，正是白琳。

“咱们去哪儿？”白琳低下身子问道。

“先上车吧！”李德信没看她，简短地说。

白琳上了车。李德信一打方向盘，车子朝东李的青银高速收费口开去。

在路上李德信也不说话，只顾开车。那白琳就不停地搭讪，脸红红的。李德信只好嗯嗯地应着。车子上了青银高速，往北朝城阳即墨的方向开去。最后在桃园、靠近城阳区的一个废弃的路口停了下来。

“李总，你拉着我来这儿干啥呀？”白琳觉着有些受慢待，不由噘起嘴来撒娇道。

李德信还是不说话。他转身从后座上拿过了一个黑色的皮包，打开，他把皮包递到了白琳面前，“给，拿着！”

里面有一万块钱。

白琳扑哧一声笑出了声来。

“李总，你这整的啥呀？”白琳说道，“咱俩又没什么事儿。你这一弄，反叫我不好意思了。”

李德信的这一举动，非但没叫白琳知难而退，她心里的喜欢反而更足了。

“以后别再给我打电话了！”李德信目视着前方说，“你还年轻，以后的路还很长，我都半大个老头子了。再说了我是有家的人。你别想些不实际的，看那些乌七八糟的电影没什么好处。给你钱，是叫你找个老实本分的人，安个家，好好地过日子吧！”

“人家偏要跟你怎么办？”

“听人劝！我是过来的人了，我什么不懂？！人在年轻的时候都会有梦，可早晚梦会醒的！再说了，我还有好多事儿呢！”

“好、好、好，李总，你的事情我不会打扰。但我怎么想，你就不用操心了！这样行了吧？”

“你！”李德信转过脸来，狠狠地瞪着白琳，“唉！”他叹息了一声。正好白琳一双脉脉含情的眼睛也瞅着他。李德信急忙转过脸去。

“好吧，好吧。”过了一会儿李德信才说道，“我不跟你讨论这些浪漫的，还是现实点。这样钱你拿去，以后不要再给我打电话了，我很忙！”说着，他把钱一把就放在了白琳身上。

他这么说，那白琳也越发执拗。沉默了一会儿，白琳拿起钱来，转身就丢到了后座上。“钱我不要，我凭什么要你钱！钱，你还是拿回去吧！”

“那就当是给你补发的奖金！”

“奖金早发了。一分也不少！”

“那算是辞职的补贴。”

“辞职也是我主动辞的职。还要什么补贴？”

“那就当我借你的吧！”

“借我的？我才不稀罕你借！”

“那好吧。我还有事儿，我把你拉回去。以后就不要再纠缠我了！”

“你！”

白琳眼圈儿瞬间就红了。她瞅着李德信，目光一动不动，可李德信理也不理。他发动起奥迪。

再没有一句话，李德信径直把车开到了下一个收费站，然后从出口出去，拐上了黑龙江路后返回李村。

李德信还是把车停在了书院路北方国贸的停车场。

“好了，话谈完了。钱要拿着就拿着，不拿就拉倒！有困难可以找李总，其他的，免谈！再见！”

他的态度如此坚决，甚至可以说是强硬无比。白琳再没说什么，她也没拿那些钱，甚至一眼也没看。她默默地下了车。她的眼里含着泪。

岂不知在旁边，一辆贴着太阳膜的黑色现代轿车里，有人悄悄地盯上了他们。

白琳没有回头。李德信也没有做丝毫的停留，一脚油门，奥迪飞驰而去。但在开出了两公里后，来到了西边曲戈庄的重庆中路，他把车停了下来。

他的脑子有点儿乱，他想整整头绪再走。突然，他觉得心里空落落的，就像丢了什么东西。

却说白琳黯然回到了住处，还是放不下李德信。这姑娘本来就是情痴，一个人出门在外的，要独自面对人世间的风雨和刀枪剑戟。她觉得李德信能给她带来安全感。再说了又是扑着李德信来的，李德信是她老板，所以时时事事都依赖李德信。那次阴差阳错，李德信见了她眼里擦出了火花，后来又酒后吐衷肠，这姑娘以为李德信是喜欢上她了。日子久了慢慢动了情，早已芳心暗许。

白琳左思右想，心里那股自私的爱情占有欲越发升腾起来。她咬了咬牙，坐到了梳妆镜前。

嘴里咬着簪子，双手轻绾。她给自己做了一个高挑的发髻，又非常仔细地画好眉毛。那张荡漾着青春活力的俊脸不用擦粉也充满了妩媚，纯净得就像一块洁白无瑕的玉。修长的眼睫毛更加惹人怜惜，那双睿智的慧眼要向心爱的男人诉说自己的柔情和蜜意。

她决定放大招，使出女人的撒手锏来征服这个男人。

梳妆完毕，白琳又换了一套衣服，这才背上新买的坤包，来到了利客来酒店的宾馆里。

“给我开一间房！”白琳把身份证放在了宾馆的吧台上。

开好房后，白琳刷卡进了房间。坐在床上，她给李德信打过去电话。在电话里她告诉李德信，她决定要那一万块钱了。再就是老家来了一个亲戚，给安排在了利客来酒店宾馆。问能不能过来给交上押金，说自己的钱不多了。安排好这一切后，白琳把内衣脱掉，坐在宾馆的沙发上等着李德信。

李德信接到电话迟疑了一下。随即，他拿上那一万块钱，就朝利客来宾馆出发了。

车没有开，九水路办公室的正北方向就是河底市场。穿过了河底，沿着古镇路走上两百米不到，利客来宾馆就在眼前了。

他何尝没有想到是白琳的计谋，但他更相信自己的定力。他也知道：白琳不会跟他玩邪的。所以，决定权在他自己！

他就是想再一次说服她。他相信自己的能力。

转眼走过了书院路。书院路与九水路、滨河路及李村河平行，都是自东往西。书院路、古镇路这一带，此时一派热闹非凡。新华书店楼上的大世界和一加一商场刚刚开业，狂热的迪斯科正撬动着人们的购物热情。书院路“亨得利”的边上，又开了几家南方眼镜城。少山路、古镇路交叉处早已演变成一片时装的女人世界。化妆品，首饰店，鞋店都摆的是阿迪达斯和耐克，琳琅满目。崂山百货大楼也加入进来，商场的外墙都改造成了橱窗，里边竖起了巨幅的浪琴和欧米茄广告。摆摊的游商浮贩比比皆是，烤地瓜，煎饼果子，绝味鸭脖，九九排骨米饭，目不暇接。李德信欣赏着这一番旺盛的商气，心里美滋滋的。他忽然觉得，这就是大集，大集已经朝这几条路延伸过来，迈出了两只脚。

猛一抬头，利客来宾馆几个大字映入眼帘，在向阳路与京口路的交叉路口。李德信呼了一口气。

他给白琳打了手机，知道她已经在房间里等候了。

坐观光电梯上去，他的心忽然忐忑起来，他觉着自己要把持不住劲儿，他的自信心瞬间崩溃了。他只好又坐电梯下来。反复上下了好几回，他还是拿不定主意。

咬紧牙，再咬紧牙，握住自己的拳头，他走到了吧台前。

“服务员，我要到608房间。你帮我查一下，房间的客人是什么时候入住的？”

吧台的女生当然认识李德信，急忙给查了起来。

“李总，是刚才入住的。也就一个小时不到。”

“是一个人？”

“对，一个人，是一位女士。”

李德信顿时明白了一切。略一沉吟，他立刻拿出钱包，掏出了信用卡。

在卡上刷出一万块钱以后，他马上就转身离开了。

离开宾馆回到了店里，他给白琳又打了一个电话，告诉她从吧台上支取一万块钱。白琳在电话里哭了。

“不能做这些瓜田李下的买卖！”放下电话，李德信吁了一口气。他放松了。

岂不知他在吧台刷卡的时候，从他进入宾馆，到在吧台刷卡，再就是站在吧台前的动作，都被停在外面的一辆黑色现代轿车里的一架摄影机给录了下来。

手机响了起来，李德信掏出了摩托罗拉。

是八哥，“德信，听说少山路、八医门口要改成商铺出租，你感不感兴趣？”

“好啊，”李德信笑了起来，“不过不知道他们出租的条件怎么样啊？”

“这就得谈！不过德信呀，现在李村的商业是越来越火，先下手为强！再就是我听说呀，现在是政府支持上马这个项目。李村依托大集，要在发展商圈儿上做文章。初步要以维客、利客来、北方国贸这三大商场为三个点，再规划几条购物的步行街，以点带面，把整个李村的商业都搞活呀！以后的租金肯定会越来越贵，早下手啊！”

“是啊，我也听说了，少山路和向阳路要改成步行街。这两条街本来就挺繁华的！”

“回头考虑考虑赶紧出手吧！”

“呵呵，你跟我想到一块儿去了！”

第三十章　德福中枪

李德信决定扩大生意的规模。他看好了李村这块比萨饼。李村河自东向西，河底的大集把这块比萨一分为二。而滨河路、夏庄路、京口路、书院路、万年泉路、枣山路、九水路，就是大集这把刀在比萨饼上切出来的沟。这几条大路差不多是以基督堂的位置为中心辐射出去，把人流和商流都汇集了过来。这几条大路算是纵轴和经线，中间又有横向的小路相连。特别是李村河以北这块儿，从里到外分别有古镇路，向阳路与大崂路，峰山路与源头路，青峰路与果园路、南崂路，君峰路，一圈儿一圈儿的像蜘蛛网，把这些经线连接了起来。其中夏庄路和京口路又隔开了三座小山包，分别是东山、北山和西山。这一半比萨就是现在的李村商圈儿。它又有点像一把桃花扇。而李德信，就要做这把桃花扇的扇坠。

这一年是二〇〇四年。

“德福，最近跟朋友们吃饭，多留点儿神。特别是你丈人那边，多听着点儿消息。现在李村商圈儿，政府开始培育啦！向阳路和少山路要改成步行街，以这两条路的交叉点为中心，要打造成山海区的中心商圈儿。你看，在这两条路附近不到三百米的地方，分布着维客、利客来、北方国贸这三个老字号。再就是飞拉利、一加一、河北商城、星光大道、巴黎春天，这些新来的。还有它们附近的几条街，客流量非常大，非常密集。我听说呀，这就是李村商圈儿的雏形。然后还要再往外扩，向外辐射出去。空间非常大呀！我琢磨着，既然商圈儿往外都是好地方，我打算再建几个专业市场。或者在古镇路、向阳路的中心位置，再深入挖掘一下，看能不能翻建改造什么的。眼下呀，先筹备一个建材市场，这块儿等建好了，还是让你管！”这天李德信带着德福，在古镇路和向阳路转悠了一大圈儿后，李德信对德福郑重地说。

“嗯，我明白，哥！我听说商圈儿这块儿政府是铆足了劲儿，肯定要搞出点儿名堂来。咱可要抓住机遇！”

“对，加油干吧！”

这时，在江浙蓝岛商会的办公室里，两位来自南方的商人，也在谈论李村商圈儿的事。

南方人在李村的发展由来已久，主要是南方人有着经商的灵气和敏锐嗅觉。改革开放的东风刚一刮起来，聪明的南方人就已准备好了借箭的草船。他们是最早完成资本原始积累的人。随着资本触角的延伸，他们很早就抢占了李村这个制高点。

他们好多是做茶叶生意的，这主要是福建人。山海区所有的茶叶市场，里头的商户，大部分来自福建。他们有的也是依靠大集收获了第一桶金。滨河路最早一家卖茉莉花茶的，就是来自福建永泰，老板姓叶。再就是向阳路头上，楼底下的那个夫妻店，两口子年纪轻轻的就有了两个孩子。后来东李茶叶市场排名第一的陈师傅长乐茶庄，他的安溪铁观音当数第一。因此李村的福建人，只要一报家门是福建的，那十个里头有十个就是卖茶叶的。福建人一度成了蓝岛“铁观音”和“大红袍”的代名词，也成了茶叶市场的代名词。他们的茶叶市场和茶叶店，不但开遍了山海区，还以山海为中心，朝四周辐射出去，在整个蓝岛市遍地开花。最典型、最著名的当数位于城阳区东流亭的“青闽”茶叶市场。这个茶叶市场还有一个特点是背靠一个文化园。说起这个文化园，那可真是大名鼎鼎，在整个蓝岛市无人不知、无人不晓，叫“胡峄阳”文化园。胡峄阳是清朝顺治年间的一位仙人，在崂山修过道，可以说是蓝岛市的“丘处机”。蓝岛有一句名言，叫“千难万难不离崂山”，就是他说的。因此福建人借着“胡峄阳”的名气和东风，顺势而为，开办了蓝岛市最大的茶叶市场。可以说这正是福建人的精明之处。

其实除了福建人，李村街上还有不少善于做生意的人，那就是李村的江浙人。有那么几个老字号眼镜店，比如书院路上的“吴良才眼镜”，就在亨得利的边上，始于清朝康熙年间。其他还有百姓眼镜直通车、眼镜城、视康眼镜等等，都是南方人开的。飞拉利的老板是温州人，他是从电器开始起步，经过了数年的积累，最终称雄于李村的手机市场，成为手机和数码领域的老大。占据的位置也是李村最好的地段，在新华书店和电影院的下面。所以有这么多的大鳄，李德信着急，是理所当然的了。

李德信急，南方人更急。今天他们正一边喝着铁观音，一边研究着李村商圈开发的事儿。

为首一位老板仙风道骨，大眼睛，双眼皮，有个六十多岁的年纪，脸上已经长出了老人斑，不过神采奕奕。他穿了一件大红的唐装，上面绣着中国传统的吉祥图案，那年头曾经很流行。只听他对身边一位小个头的老板说道：

“葛总，我听说啊，李德信现在把手又伸到建材这块了！这对你的建材市场，恐怕会产生影响吧？”

“哦，还可以吧！”这位葛老板急忙恭敬地答道，“我现在就是把地给买下来，还要等等看。具体搞什么市场，还要根据行情，暂时还不会有影响。不瞒叶总，我目前是想拿华隆这个项目。华隆商厦现在经营得不好，已经和我接洽了。”

“噢，呵呵。”被称为叶总的老板急忙赞许地一笑，“葛总果然有眼光啊，华隆商厦就在京口路的桥头，相当于在大集上了。不过我听说他们是经营得一塌糊涂。光去年就亏了三十万。葛总能接手，天时地利人和，这肯定是一棵摇钱树啊！呵呵，恭喜葛总了！”

“哪里哪里，个人有个人的道儿吧。听说叶总最近看上了交通宾馆，再就是向阳路、京口路那几个国营的百货店？这几个店的位置是没得说啊，要抓住商圈，肯定要走这步棋！叶总该不是有什么计划吧？噢，它们正等着叶总盘下来呢！”

“还是葛总有眼光，英雄所见略同！不过资金是关键。我现在最担心的是李德信啊！”

“那咱们江浙商会最好能联合起来！不过我这边最近周转也比较困难，华隆商厦那边价格还没有敲定，一直还悬着呢……”

“不忙不忙，先等等，交通宾馆这盘菜需要联合再说。不瞒葛总，我这边正等着黄老板给我的消息呢！”

“黄老板，哪个黄老板？”

“就是上次大闹李德福婚礼的那个黄老板。”

“原来是他！他不是病了，一直在家里歇着吗？”

“他没病。他给我打过来电话了！”

“那他能带给你什么消息？”

“呵呵，是李德信的底牌，他收购交通宾馆的报价！”

“噢，这个黄老板现在又改行做这种生意了？还真是想不到……”

这个葛总，就是前面提到过的，曾经雪中送炭、借钱给李德信的葛总。但是他并没有把知道的告诉李德信。

在一家韩国人开的狗肉馆里，李德福正在跟两位朋友喝酒。这两位朋友也是在李村做生意多年，做的都是建材上的买卖。德福一来早就跟他们认识，二来考虑到日后李德信要把新的建材市场交给自己，算是自己的企业了，所以就格外上心。跟朋友们交往，也是联络感情，为以后自己的发展积攒资源和人脉。

岂不知这两人都是走惯风月场的，也都是三十开外的年纪。时值中秋，秋高气爽，在韩国人开的这个馆子里吃的狗肉有点儿多，再加上喝的药酒，鹿鞭鹿茸，也是大补。酒至半酣，话题也慢慢扯到那些风花雪月的段子上了。其中一哥们儿就大聊特聊他去国外玩儿的经历。那德福是老实本分的人，又是新婚，不由听得面红耳赤。那人瞧上了眼，就边聊边不停地撩拨德福。另一人也不停地劝酒。德福面子上过不去，也仗着酒量大，只好感情深一口闷。岂不知几杯酒下肚，却中了对方的奸计。

“走，德福，咱们做个足疗去！拔拔罐，刮刮痧，解解酒！这个店里就有，还是韩国的技师呢！”霎时喝得杯盘狼藉，其中一人站起身来，打着嗝说。

“嘿嘿，你们去吧，我回家去！”德福也站起身来，转身要走。没走出两步，不由得天旋地转，头差点儿撞在门框子上。

“走吧！”另一人一搀德福胳膊，架着他就进了旁边的按摩室。

原来这两人正是坏人安排的卧底，设下圈套叫德福往里头钻的！

两人把德福扶进了竹格子的滑道门榻榻米，里面早有一位“小姐”跪在蒲团上等候。德福躺下，他半推半就，一来是觉得这两人跟自己已交往多年，不可能害自己。二来也是德福年轻，太实诚，没经历过。三呢，是心里的那个孽障在做着怪。

媳妇娜拉怀上了，七个月了，德福有点饥渴。

狗肉枸杞，鹿茸人参，都是大补之物。德福此时只觉得浑身发热，必泄之千里而后快。

那“小姐”果然是做这行的。就这么着，轻车熟路，一个愿打一个愿挨。很快事情完毕，德福酒也醒了。他猛地坐了起来：“我那两个伙计呢？”

“他们在隔壁房间。”

“他们也是一样的服务？”

“呵呵，先生，您就放心吧！他们都一样：288 的按摩。”

德福放心了。岂不知同样是潇洒，他的却被录了像，成为日后长久的噩梦。

一个月以后，有人才给德福打来电话。电话里的这个人直言不讳，说是要做一笔交易，叫德福拿出李德信收购交通宾馆的底价，来交换桃色录像。德福如果从了的话，就可以一笔勾销。德福一听就暴跳如雷，马上要找对方算账。没想到对方一声冷笑，说如果不交出底价，那录像带就会在三天之内寄给德福的老婆娜拉，还有他的老丈人。哼哼，到时候看谁鸡飞蛋打。德福顾忌到自己新婚，妻子娜拉又有身孕，怕妻子知道了再无法承受。再就是，万一岳父大人怪罪下来怎么办？他考虑日后还要继承岳父的产业。不得已，德福屈从了。

“好，李老板，如果有变化再随时通知。录像带的事，你就放心地接收吧，不会传出去的！哈哈！”对方在电话里笑得像个乌鸦。德福狠狠地扣了电话。

此人打的这个电话正是时候。此时李德信收购交通宾馆正在紧锣密鼓地进行，并打算在日后改造成小商品市场。可就在洽谈的时候，没想到对手已经掌握了自己的底牌：那位浙商大佬叶总，贴着他的头皮报出了价格。就差那么一点点，交通宾馆失手了！

李德信当然不知道，是有人从德福那儿拿到了底价，转手又卖给了叶总。他的阴谋得逞了！

另一个“劳动宾馆”也是如此。李德信大惊。

他马上怀疑是内部人走漏的风声，而底牌也就德福和八哥掌握。德福最近老躲着自己，那目光也游移不定。李德信立刻明白：是自己的亲弟弟，被对手收买了！

他不动声色。在后面的争夺战中他自己一个人把握着分寸。他又亲自到实地考察，调查分析周边商铺的房租和销售情况。过了一段时间他又把山田请来，请他一起协助。他拿捏得又恰到好处。山田是个中国通，所谓惺惺相惜，被他的诚意感动，也能理解他的想法。经过调查后，山田拿出了非常精准的报价。

李德信把远低于自己底价的报价透露给了德福。

第三十一章　握手言和

“我们的合作到此终止！”在浙商蓝岛商会的办公室里，叶总强颜欢笑，在电话里敷衍了几句后，狠狠地挂断了电话。

“简直是乱弹琴！一连几次，都被这小子给忽悠了。市场没拿到不说，还险些坏了我的名声！”叶老板转过身来，朝沙发上坐着的葛总愤愤地说，“算了，不听这个小人瞎忽悠了！合作终止！”

“呵呵，叶总，你终于做了一项明智的选择！”葛总拊掌大笑，“我说吧，李德信也不是省油的灯，他肯定会想到，是内部人走漏了消息。其实真正要做大买卖，就不要顾忌这些小事了吧。”

“葛总说的是，大行不顾细谨啊！当时我也是一时糊涂，怎么能听信了小人的谗言？唉！”叶总捶了一下自己的脑袋说，“其实格局越大，圈子越小。都在这个圈子里玩，下一次等我见到李德信，还真不知道他要怎么笑话我了呢！”

“对，李德信肯定早就知道，是叶总在里面呼风唤雨。不过商人的做派是为了逐利，叶总此番与江湖上人交易，算是中了小人的圈套。幸而叶总能戛然而止，也无伤大雅。李德信肯定能理解。再就是根据李德信的为人，他不是一个吃独食的人。我担心的是：你们两家长期斗下去，就怕两败俱伤啊！”

“对，葛总分析得很有道理。”叶总点头道，“我也担心为了拿市场争地盘，最后和李德信再激化矛盾。做生意虽然是各为己利，但长长远远，要在李村街上长久地经营下去，还是以和为贵呀！这样吧，葛总，我其实很早就考虑要跟李德信和好。大家共同发展，钱一起赚啦！这样你牵个线，安排一下，看哪天见个面，吃个饭。我记得你曾经说过，你跟李德信有过几次合作，当初在他困难的时候你还给李德信借过钱，收购华隆商厦也是你根据李德信的提议。这样看来你们的交情匪浅啊！这样就请葛兄出出面，协调一下，如何？”叶总拱起了手，脸上也随之一笑。

“没问题。”葛总站起身来，“我看这个事情我能办成！有道是‘合则两利，斗则俱伤’。实不相瞒，我自己也曾受过李德信的恩惠。关键是李德信有东北人的豪爽仗义，不记仇。再就是他为人也宽宏大量，讲究诚信。咱们几个一块玩，是没有问题的！”

“哈哈，好，那就这个周六,一起吃个酒！我做东，东李的萃丰堂，吃他们的招牌菜：炸大虾仁儿！你看可以吧？”叶总大笑了起来。

“好啊！不过叶总，有个事儿我一直闹不明白，你说是黄总给你透露的消息。我前两天曾经遇见过他，还一起喝了茶。说起来，他没说跟你有合作呀！”

“呵呵，这种事儿他能说？”叶总的脸上红一阵白一阵的。

“不过据我了解，黄老板为人是邪一点，跟常人玩不大进去。但这种事情，恐怕也不是他能做出来的吧？！”

“呵呵，行了，这事儿就过去了，别再分析姓黄的能不能做啦！不过在李德信面前，咱可是不能再提这茬儿了啊！”

“你放心，这事儿咱不提，不提了！”

“攻守同盟！”叶总把手伸了过来，他是半开着玩笑。当然也是为了叮嘱葛总。

“攻守同盟！”葛总也伸出了手来。两人握到了一起。

葛总肯定是不会告诉李德信了。但黄老板怎么竟然干出这种事儿？那到底是不是黄总？葛总心里打了一个问号。

在葛总的调解下，李德信与叶总在周六萃丰堂的聚会上坦诚相待，把酒言欢。李德信给叶总送上了一只八两的长白山人参。叶总笑纳，回赠了一件价值万元的玉如意。双方握手言和。

李德信与叶总又共商李村商圈儿的发展大计。经过几轮博弈，李德信与叶总几乎平分了李村河以北的市场，双方也算打成了平局。至此叶总建议下一步对商圈儿共同开发，不要再斗下去了。李德信双手点赞。

他觉得，他为大集和大集上的老乡又找到一个新家。

转眼秋去冬来，在接下的日子里，李德信和叶总又分别出面，组织东北商会和南方商会的老板加盟李村商圈儿，共谋发展大计。全国各地的大老板纷至沓来，区商务局的贾局长也参与进来，力助商圈儿发展建设。此举为李村商圈儿的大发展锦上添花。水到渠成，五一劳动节这天，山海区商会也宣告成立了。在商会的成立大会上，众人纷纷表态，要推举李德信为首届商会会长，李德信却坚辞不受。

“不不，会长还是请叶总担任吧，我就算了。谢谢朋友们、谢谢朋友们！我充其量就是跑跑腿儿，干点儿事儿。别说会长，理事我都不当。需要捐钱了找我，需要贷款了找我。这个官儿啊，我是一辈子不想当！”

众人见他态度坚决，也只好不再勉强，另推叶总作罢。

李德信为什么不当这个会长呢？这还是十年前电缆厂开除的影子在作怪。不过此时他又有了新的想法，那就是他觉得，现在闲着的资金该寻找新的出路了。

从区政府的会场里一出来，他忽然想去书院路的电器商城看看。这家店刚开业，李德信觉得很好玩。

其实这时他已暗暗打起了数码家电的主意，这也是受到葛总的启发。他的这个想法，最终在日后，促使他开了几个家电大卖场。

手机突然响了起来，是安娜。

“德信，你在哪儿呀？”安娜在电话里喘吁吁的，“哎哟，你快回来吧！老乡们都到咱家里来了！”

“什么事这么急？”

“哎呀，你还不知道呀？老乡们说，大集要拆了，是区政府组织的，马上要拆。是为了抗洪！”

“什么？！我这就回去，叫他们都等着我！”

第三十二章　拆迁魔咒

大集要拆？这无疑在李德信头顶上炸响了一个闷雷。李德信脑袋也差点儿被劈开。怎么可能！真要拆了那绝对不行，那是命啊！李德信急急忙忙朝河底赶去。

时至初夏，刚下了一场雨，从滨河路一下来就泥泞不堪。河底市场早已搭起了成片的棚子，这些塑料布五颜六色，就像片片彩云，一是遮挡风雨，再就是遮挡阳光。塑料布又乱搭乱拉，恰似万国旗。从底下往上看去，绿色的尼龙绳横七竖八，又像满天的蜘蛛网。脚下深一脚浅一脚，雨水和着泥巴灌进了鞋子里，痒痒的，像有无数的海魂衫蚊子在叮咬。李德信忽然觉得，大集好像没那么可爱了。

京口路桥和向阳路桥两边不知啥时候都竖起了巨幅的商业广告牌，上面画着肯德基的老人头和麦当劳叔叔的丑角脸。这李德信知道，是政府为了遮挡河底下的那片彩云——怕影响市容。还有九水路和滨河路边上。这难道是一个贫民窟吗？他朝那些牌子狠狠地瞪着眼。

一下到河底，老乡们便围过来。“德信，你可来啦！你可得为我们做主啊！这政府真是瞎整，你说这市场能拆吗？都指望着这个市场做买卖，得活命啊！”“德信啊，你说这平白无故的，好端端的一个大集怎么要拆了呀，让不让人活了？”“德信，你可得帮帮俺们，刚来蓝岛，摊位费都交上了，过了这半年买卖刚有点儿起色，这咋就拆了呢？政府整得这啥玩意儿啊！”“德信，你跟他们说说理去，这大集怎么能拆了呢！”“德信，俺们不愿离开大集，都有生意啊！你可一定要为老乡们主持公道啊！”

“好，请老乡们放心，这事儿，肯定要有个说法。肯定要找到政府的领导给评评理！大集这好端端的咋能拆了呢！”李德信不停地跟老乡握手安抚，他觉得老乡们的手都特别有劲儿，舍不得放，仿佛他的手就是“俺们”的命根子。

他的心情何尝不汹涌澎湃？老乡们眼里有泪，他心里在流血！

他忽然觉着得去老爹那儿看看。老爹不会也闹情绪吧？告辞众人，他赶忙朝老爹的“朝天锅”走去。

去年哑巴婆子死了，现在老爹是一个人。

老爹还是笑眯眯的老爹。李德信觉得一进了帐篷，又回到了哈尔滨父亲曾经的热炕头。

“来，我给你下一碗锅儿！正好也中午了，没吃饭是吧？”老爹古铜色的堆满皱纹的脸上带着慈祥的笑。

“唉！”李德信咽下一口唾沫。

很快，热气腾腾的朝天锅端上来了，大海碗里漂着熟悉的韭菜叶，香气袭人。李德信大快朵颐。老爹就坐在门口的马扎儿上，闷闷地抽着烟，在想什么心事。现在就剩下老爹一个人，恐怕他是太孤独了！李德信心里内疚起来，他觉得有好久没有来陪老爹了。

“这天不好，今年的雨水还挺大的。沟子里都满水了！”老爹在外头轻声说，像是自言自语。李德信觉得老爹像是说给一个漂泊了好久从远方归来的儿子听。

“德信呀，”老爹突然回过头来，“他们是不是叫你出面，去找政府啊？闹着要拆迁呢！”

“嗯，我就是为这事儿来的，老乡们都说别拆了，叫我去说说话！”

“你答应他们啦？”

“哦，这哪能拆啊？都指着大集吃饭呢！再说了，好端端的一个大集，怎么就给拆了呢！”

“好啊、好啊，去说说吧。现在大集上，咱东北来的得有一半了！唉！”他叹了一口气，呼噜地吸了一口烟，“不过，这大集，我看，早晚得拆啊！”

“谁说的？大集这么好，好端端的怎么就拆了呢！”李德信端起碗来，把最后一口汤喝了下去。

“嘿嘿，”老爹苦笑了一下，声音很轻，不想让李德信听见，不想叫他伤心似的，“早晚的事儿，就像我这把年纪，早一天晚一天的。唉，都到这把年纪了！”他最后一句声音低了下去。

李德信想吃口火烧，一听这话，火烧举到嘴边，又放了回去。

“老爹，你说什么呢？”

老爹只是笑，没再搭理他。

一个写着“李小白亲启”的蓝色包裹，悄然寄到了儿子小白就读的北京外国语学院。

原来小白从小就懂事，又聪明伶俐。在跟李德信经历了这么多的风雨以后，从哈尔滨一路到蓝岛，深深理解到父辈们创业的不易。于是小白小小的心灵里就暗暗下了决心：一定要学出个名堂来，帮父母一把。再加上蓝岛五十八中又是山东省的重点高中，自然是师资力量雄厚。因此小白如虎添翼，不负寒窗三年，一举考上了“北外”。

这是小白入学的第三年，再过两个月就该放暑假了。这时小白正跟一位女生商量着看晚上的歌咏比赛。女生兴高采烈，看来对小白有点儿意思。而小白呢，也挺喜欢。要知道这是初恋。这时学生公寓的传达室通知小白，过去领包裹。

打开包裹的包装，上头写着“李小白亲启”几个字。再打开，里面是一盘 VCD 影碟。

小白误以为是家里寄来的录像，也不避讳女友，拉起女友的手就扎进了电教室，“走，一块儿看看去！家里寄来的，怕我想家呢！”

进门打开电脑，插进去光盘，一看，竟是李德信那天去利客来宾馆，给白琳结算的录像和照片！

里头一个男人走来走去，正面侧面的镜头都有。站在吧台前刷卡买单，看不清结了多少。这不是“开房”又是什么？！

李小白惊得目瞪口呆！

他不相信父亲能干出这种事情。但他成熟，联想到去年在家里，父亲母亲之间发生的冷战。小白蒙了。

“嘿，”这时那位女孩儿歪着头道，“这个人倒是挺像你呀，是你家里人吗？”

女友天真，一时没瞧出来。可这话就像鞭子一样抽在了小白身上。他气炸了。

等不到放暑假，小白坐上火车就回到了李村。他误以为李德信有一个情人。他是回来兴师问罪的。

幸亏这孩子老成，没那么莽撞。他左思右想，觉着还是婉转地从侧面了解一下为好。他把影碟藏了起来，没有交给安娜。

“妈，爸是不是外面有个人啊？”回到家里，陪妈说了会儿话，假装是开玩笑，小白跟安娜调侃地说。

“有人，有啥人，是啥意思？”

“就是那种人啊！呵呵，妈，我是好心提醒你，咱家现在不比以前，有钱了。我是怕爸在生意场上遇到坏人，交些个不三不四的朋友，再学坏了什么的。反正，你得防着点儿啊！”

“呵呵，你这孩子老成，想得还挺多啊！”安娜笑了起来，眼角堆了一圈儿皱纹，“唉，不过，谁知道啊，我管那么多干吗？你爹能把钱挣回来就行了。”

“哦！”小白若有所思地点了点头。

“不过你爹现在也不是原来的你爹啰！”顿了顿，安娜又有些失落地说。

安娜是说气话，还是因为发生过的冷战，女人都小心眼儿。岂不知说者无心听者有意，安娜不经意说出来的这句话，却在小白的心里产生了极坏的印象。李德信这么多年苦心打造的伟大的父亲形象，在儿子的心目中开始坍塌了。

小白握紧了拳头。

且说李德信，得知大集要拆的消息后，急老乡之所急，一天八趟跑区政府讨说法。但是区政府不依。这主要是考虑到夏天李村河防汛的问题。再就是根据《水利法》，河底建市场违法！——市场垃圾必然滋生老鼠，而老鼠又会啃坏河堤，还是防汛抗洪的问题，怕留下隐患。不过这在当时也只能是理论上的，迄今为止还没有发生洪水把河底市场冲走的事情。在那个年代，这种执法必严的说法在民生面前就显得苍白无力了。

政府开始犹豫不决。李德信抓住机会，又选出了几个大集的代表，向政府提交了书面请愿书。商会也加入了进来，代表老乡向政府讨说法，据理力争。关键是大集和河底市场，如果拆了的话，这些做买卖的往何处去，怎么安置解决呢？最终政府经过权衡，考虑到民生，把拆迁暂时给搁置了。

这相当于放弃了。

李德信在得知消息后欢天喜地，第一时间把消息告诉了老爹。老爹饱经风霜的脸上露出了久违的笑，这正是压在他心头的一块大石。很快大集和河底市场也传遍了。人们欢呼起来，河底人声鼎沸，有人噼里啪啦地放起了鞭炮。许多老乡都急着要来看李德信，当面表示感谢。而李德信此时又来了新的事情：他接到通知，要他赶紧参加商会的一个紧急会议。他已经走在前往商会的路上了。

第三十三章　三星大厦

书院路、京口路、古镇路，这三条路围起来的三角地，是李村核心中的核心。这块儿地不大，也就两亩多点。不过在这块小小的三明治上，分布着大大小小几百家个体私营商户。因为边上有个电信局，那时候手机卡还不是三足鼎立，就中国移动独此一家，还是属于邮电局的。手机卡只能从它这里拿。如此周边便分布了不下上百家个体手机店，形成了一个手机市场。又呈现出立体的井喷模式——那些房子高矮不齐，于是乎“中国移动”的蓝字招牌，从上到下，从五楼到一楼，仿佛这块切开的三明治上点缀的蓝莓，密密麻麻。又恰似一丛蓝色的圣诞树林，成了当时李村最鲜艳的一景。

后来这块地被韩国的三星看中了。三星有心选择这个地段，一来电信局已经为手机数码积攒了旺盛的人气。二来三明治的形状，与三星契合。但最关键的是：这里是李村最核心的旺角——大集就在眼前！

由此三星斥巨资买下了这块地。接下来拆迁，一切推倒重来。很快拆迁完毕，结合“三明治”的地形，三星设计了一座三角形的连体塔楼，裙楼是三角形的，连为了一体。在裙楼之上，又设计了三座三十层高的高层，可以商住两用。这是三星在中国的得意之笔，为此命名为“三星大厦”。

很快施工紧锣密鼓地进行，整个三角地全部开挖，下面深入地下几十米，因为地下的停车场是三层。工人们昼夜施工，电焊的光亮照亮了李村的夜空。可就在这时，三星的资金链突然断裂，三星大厦要转手出售了！

李德信早就盯上了三星大厦。其实除了李德信，李村腰缠万贯的大老板个个都对这块三明治垂涎三尺。问题是资金，要收购动用的人民币可能要从地球摞到太阳。更何况，市场有风险，投资需谨慎。

国内外的大佬也有来洽谈的，不过李村的财主们都不甘心。于是商会把大家召集起来，准备成立合资的股份公司，来完成收购。

这又是一场商战，时间迫在眉睫。有传言国内的大鳄一只脚已经踏进了李村。商会这次，就是赶紧开会研究最后的对策。

李德信到的时候，李村街上凡是有头有脸的大佬已经到齐了。

还是叶总先发言，他一脸严肃，气氛显得有些紧张。

“各位，今天商会要研究的，还是三星大厦的收购事宜。形势，大家都很清楚，这座楼占据了李村最好的地段，三十层。如果收购下来，将是我们李村最大的市场，可以容纳整个河底啊！或者说相当于再建了一个李村商圈儿！所以，这里面的利益，我就不多说了。那么现在需要的是决心。前阵子大家纷纷扬扬，吵来吵去的也没个准头。实不相瞒，苏宁现在已经和三星接洽上了，据传闻谈得不错，收购的意向非常明显。现在到了关键时刻，大家必须明确点个头：要不要成立股份公司，出资多少？今天，必须有一个明确的说法！”

叶总话音刚落，其他人就低声议论了起来。其实还是瞎吵吵，大家还是犹豫不决。叶总看着这些人，也只有干瞪眼的份儿。他又看了李德信一眼。李德信不动声色。

“三星的底价是多少？”有人问道。

“这个还不清楚，肯定属于商业机密，不到最后是不会揭开的。”叶总笑着答道，“不过，收购的标价恐怕是个天文数字。听说，三星这次资金吃紧，韩国人肯定要把投资收回来。裙楼已经盖起来了。国内目前恐怕也只有苏宁有这个能力接手吧。”

叶总说着，便抛开了那人，目光重新回到李德信身上。李德信的意见很关键，他这时迫切想听一听。

“其实，我们大可不必内耗！”李德信看了一眼叶总，突然低声说道。

“噢，此话怎讲？”

“那叶总是想收购啰？”李德信没有正面回答，而是微微一笑说。

“唉，不瞒李总，我肯定是有心收购啊！无奈力不从心。我召开这次会，也是想听听大家的想法。最好是合力把这件事情给办了！你知道，今后，肯定是数码的天下嘛！”

“这倒是，我也有叶总的想法。那，叶总到底是收购还是不收购呢？”

“唉，资金问题，还是资金哪！如果这次开会还是没有人跟进，我就打算退出啰，算了，就不收啦！”

“那，是确定？”

“非常确定！”

“不过听说，有人想搅和搅和，打不着鹿，也不想让鹿吃草啊！”

“噢？那可不好，不是什么好苗头，搞窝里斗呢！”

“不知叶总注意到了天上，有没有往地下瞅一瞅呢？”

“噢，看来李总肯定有高见，那就谈一谈了。”

“呵呵，不敢。”李德信笑了起来，他提高了嗓门，转向了其他人道，“刚才叶总叫我说说我的想法，我倒不是有什么高见，就是想跟大家通报一下。我是觉得，除了三星大厦，在座的有没有考虑往其他地方发展呢？比如说地下。我觉着三星大厦，对我们每个人来讲都是块大蛋糕。是的，能拿下最好，好处显而易见！问题是合资，合资能行吗？现在我听说苏宁已经介入此事。凭它的实力，上市公司，它肯定能独力完成收购，因为它身后有股票市场！可是我们呢？贷款会非常累，也非常贵。再就是，大家要团结起来合资成立公司，恐怕是一件非常困难的事。所以，我觉得还是放弃吧。放弃也许是一件好事！因为毕竟，苏宁是我们中国人的企业，中国人的企业收购韩国人的企业，这也是我们中国人扬眉吐气的一件事。也就是说，我们可以做个顺水人情。这方面，我们倒是可以团结起来。当然，我说是假设，我们在座的每个人，不想收购的情况下。如果能收购，那就去做，按照市场的法则。但是如果不做，那就不要搞窝里斗！到时候报价抬上去了，得意的可是韩国人！你们说呢？”

众人又议论起来，会场上乱哄哄的。“对，瞎搅和什么呀，还不如花点心思去赚钱！”有人喊道。

李德信笑而不语。

“对了，李总，刚才你说往地下瞅一瞅，你是什么意思啊？”又有人喊道。

“我的意思是，地铁，蓝岛的首条地铁，山东省的首条地铁，已经规划出来了。那么配套的地下工程，是不是可以开辟为市场，往外出租呢！”

“对呀，地铁我也听说啦！已经列入规划啦！”底下人的热情被引爆。

李德信微笑着瞅着大家。

手机突然响了起来。李德信低头一看，屏幕上跳着“小白”俩字，李德信不由一愣。

这时，在李德信滨河路的家里，儿子小白兴冲冲地敲开了家里的门。

放暑假，小白回来了。

李德信没有到火车站去接，也没有安排人去接。他是为了锻炼小白。没想到他的良苦用心却一步步造成了误会。

安娜在家里。小白进了屋，把行李放下，少不了母子激动地拥抱。安娜又问这问那，心疼宝贝儿子呗。两人回到厅里，说了好长一会儿话。安娜突然想起了什么。

“哎，小白，你媳妇呢，你不是说带女朋友来吗？”

“吹啦！”小白转过脸去，一张脸早已气成了一张白纸。

原来上次小白收到影碟后，一开始女朋友没搞明白咋回事儿。后来姑娘回去一想，跟家里人一说，马上就明白了怎么回事儿。家里人坚决反对跟小白这种人交往。于是就这么着，爱情的花骨朵还没盛开，就在半路上凋谢了。

小白恨死寄影碟的这个人了。他更误会了父亲。他把这笔账算在了李德信头上。

小白一说女友吹了，安娜也觉着不爽。安娜又絮絮叨叨，问怎么吹的。小白不好解释，气得只好不说话。安娜还以为小白心情不好，就一个劲儿地安慰。小白噌地站了起来：

“妈，你跟我爹现在关系怎么样了？”

“我跟你爹……很好呀！”安娜不解，张口说道。

“他对你挺好的？”小白冷漠的目光里透着不信任。

“啊——”安娜瞧出了儿子的心事，急忙笑了笑说道，“我还以为是怎么了呢！我跟你爹现在挺好的。放心吧，儿子，你爹前几年和我打冷战来着。其实我想了想呀，还是我不好，所以你爹才疏远我。后来你姥姥也劝我，说不能疯野。反正啊，我们俩是已经和好了！你爹有点儿钱都交我这儿存着呢。你就放心吧，放心吧，我们已经重归于好了！”

安娜这番话是发自肺腑，不过稍微带着点儿夸张，是怕儿子担心。但这却加深了儿子的怀疑。小白反倒觉得这是李德信的障眼法，他觉着母亲有难言之隐。但是最终，他没有向安娜说出自己的想法，更没有说出影碟的事。

第三十四章 成人之美

商会继续进行，合资收购算是泡汤了。这会儿又杀进来一位商务局的人士，代表政府。发言自然是大力支持商会云云。末了，他又提出商会要成立党支部，动员李德信入党。

“呵呵，李总，在李村商界，您可是数一数二呀，这方面还要多多支持呀！”

“加入党组织就算了，多谢您的好意。”

“李总，入党，那可是追求进步呀！”

“多谢多谢！主要是我太忙啦，好吧！”

那人还想再劝，李德信推托自己有事，说改天再聊，就起身离开了会议室。

这时白琳又发来短信，说有要紧事儿。李德信急忙走出商会，直奔乐客城的星巴克而来。

手机上那个“小白”，却是白琳。

原来李德信铁了心要打消白琳的念头。正好齐齐哈尔又来了一位老乡，小伙子长得要模样有模样，要个头有个头。齐齐哈尔又是大城市，条件不错。经过一段时间的了解，李德信觉得小伙儿人也很好，于是就想到了白琳。

他把白琳介绍给了小齐，两人倒是挺投缘，还真就进入了状态。李德信放了心。

这当然也是帮助白琳。

谁承想两人谈了一段时间，中间老掐架，磨合期嘛！只是这一打起架来白琳就打电话给李德信。李德信没法儿只好又当起了消防队员。他是巴不得两人成，因为小伙儿确实不错。所以白琳一招呼，他马上就赶来了。

在他心里，他现在是把白琳当成自己的女儿了。

李德信来到了星巴克。

两人各要了一杯咖啡聊了起来。白琳那话就特别多，说完了还想说，倒不是有什么天大的委屈，净是些鸡毛蒜皮。李德信只好耐着性子听着，他忽然觉得今天聊天的地点不太对劲儿，想抽身已经来不及了。猛一照面，突然，他发现白琳的眼里流露出了爱慕的目光。

李德信急忙转过脸去。

“行了，”他皱着眉头说道，“你别这样啦！再这样的话就别找我啦！我今天是来帮你和小齐和好的！”

他这一番话说得铿锵有力，白琳不好意思地笑了起来。

“我是你叔，”李德信掏出了手机，“这么着吧，晚上叫上小齐，来我家吃饭！我跟你安娜婶子说声，做个准备！”

李德信一脸认真，说着，他翻开了手机就打。白琳急忙抬手制止，“你别嘛！”两人推搡了起来。推着推着，两人都大笑了起来。

岂不知这一切，都被角落里的一双眼睛给看了去。

是小白，正跟他的同学在一起。

小白没有道破，他怕在同学们面前掉份子。其实他正应该过来问个究竟。一念之差，使这孩子心里的误会加重了。

白琳不让给安娜打电话，李德信只好作罢。李德信又给小齐打了电话，问怎么回事。小齐在电话里连声道歉，说都是自己不对，马上赶到李村请饭赔罪。白琳这才心满意足。李德信把俩人调解好了也没等小齐，就急忙赶着回家了。

他的心思这时在儿子身上。

回到家里，李德信一头就扎进了儿子的屋。

可是儿子小白却不在。

“小白呢？”李德信急忙扭过头来问安娜道。

“他呀，上他同学那儿了！”

“噢！”李德信大感诧异。

他一阵失落，心情郁闷起来。他觉着小白是不是对自己有意见？但他没有多想。过了一会儿，他朝安娜报了一个微笑。

“这孩子，真是大了不由人了。这刚回来，就跑同学那儿了，一点儿也不关心我这个老爸。到底是同学重要还是老爸重要？真是的！”他轻轻发着牢骚，也是自我解嘲。安娜朝他呵呵地笑了起来，“关键是你呀，这个老爸当得也太不称职了不是？不能怨孩子。正好在家，这几天好好表现，补上哦！”

“好，好，补上，补上！”李德信钻进了厨房。

他要做几样菜，小白最喜欢吃的东北锅包肉。他要改变自己在儿子心中的形象。也是对妻子的关爱，叫她歇会儿。夫妻的确是和好如初了。

他又想把一天的重担卸下来与安娜分担，那就是说说话。

“今天我跟他们说啦，”李德信说道，“说三星大厦那个项目，是个一口吞不下的胖子，他们今天听我的了。主要是资金，都没那个实力啊！不过我看叶老仙儿有点儿舍不得，他是盯了好多年了，也能理解。不过他是个明白人，拿得起也放得下。反正，这事儿啊，总算是了结啦！”

“那谁要收购呀？”

“苏宁，就是在李村京口路，开大卖场的那个，是上市公司。”

李德信说着，安娜就应着。其实安娜就是听，她从来不参加意见。她知道，这是老公压力的释放。

“呵呵，再就是，今天政府的人又来忽悠我了，叫我入党。”李德信手里的铲子翻动着锅里的菜说。

“那你没答应啊？”

“没有。我说就不入了，太忙。呵呵！”

“你呀，”安娜倒是不放心起来，“就是犟！都过去这么多年了，对厂里的领导还是有意见啊！”

“那些领导就好吗？问题是不好！”李德信忽然认真起来，他气愤愤的，高声说道，“咱就凭咱自己的实力说话，咱是自己干起来的。当年，要不是那些领导，好端端的一万人的大厂能倒吗？没有那些领导，咱也不能下岗！”

“哎哎哎，”安娜也急了，她是担心丈夫，“你别一打一大片好吧？也有好的啊，比如说人家连科长，虽然是个女的，但是人家很正啊！”

这话说到了李德信心里。他看了一眼安娜，挠了一下头发，不好意思地笑起来。

手机响了。李德信擦了一把手，走到桌前接起了电话。

来电显示竟然是连科长。李德信不由呵呵地笑了起来，他使劲儿摇了摇头。

“连科长，”他笑着朝电话里招呼道，“这正说你呢，你就来电话了，真是山东人不可念叨啊！”

“李总，有人举报你们建材市场，违法有奖销售。你需要现在来一趟！”

“什么？”

“我就在现场。你马上过来吧！”

“好，我马上过去！”

第三十五章　有奖销售

李德信不敢怠慢，主要是家居建材现在归德福管。原来上次德福发生了偷拍风波后，那个偷拍者没有在叶总这边讨到便宜，恼羞成怒，转身踢猫，也是成心搅局，把录下的视频刻成光盘寄给了李德信。李德信看后差点儿晕倒，果然是自家兄弟掉的链子。不过转念一想，他又能理解德福，毕竟年轻，摔个跟头也好，能记住教训。从心里也就原谅了他。不过李德信要让德福这次教训刻骨铭心。他把德福找来，一开始没有道破，叫德福先自己说。德福是聪明人，他察言观色，马上意识到自己露馅了。德福痛哭流涕，腿一软竟然跪下了，抱住李德信的大腿，号啕大哭起来。又念叨起死去的亲爹亲娘。李德信不忍，最后还是没有把这层窗户纸捅破，算是给德福留足了面子。最后李德信说，你起来吧，一把拉起了德福。又告诉德福：新建的家居建材市场就交给你吧。

“德福，这样家居公司的股份马上就转给你，今天就办登记。从今天起，你就是家居公司的董事长了——你自己的企业！也是正式从我这里独立了。好好干吧！不过还有一件事我要问问你：你觉得当时打电话威胁你的那个人，是不是曾经认识？”

“是的，哥，我也觉得那个人声音挺熟悉的，感觉好像……好像是黄老板！”

“噢？”李德信脑子里画了一个问号。这正与他的猜测相吻合。

德福因祸得福，一跪跪出个大馅饼，不由私下里窃喜。擦干眼泪，李德福还是原来的李德福。

一开始他感激涕零，但日子一长，他把李德信的这份恩赐当成了自己应得的。至于他给李德信造成的那些祸害，早扔到九霄云外去了。

实际上，李德信把家居市场给德福，一是看在骨肉相连的分儿上。再一个，他觉得弟兄们是时候分出去独立了。

他不单单给了他谋生的资本，还想培养他的独立能力。

但亲弟弟出事了他不能不管，他觉着比自己的事情还要着急。所以一得到消息，马上就往外冲，连饭都顾不上吃。再就是，他从心里也尊重连科长。

李德信的奥迪在家居市场的大门前“嚓”一声停下了。

这个家居市场是个扇面的设计，扇面又分五层，负一层和四层楼顶是停车场，有电梯与卖场相连。一层到三层分别是建材、家居和家电市场，四层是家具专卖，有叶总介绍的浙江老乡的红木专柜，其他世界各地的木质家具也数不胜数。家电全都是高大上，国内乃至国际一流品牌：本地的有海尔、海信、澳柯玛；洋品牌有三星、西门子、飞利浦；其他如格力、小天鹅、春兰，百花齐放。家居更是群星璀璨：有烟台的吉斯，青岛的一木，更有好多南方品牌，起的都是洋名字，五花八门，风格以西式的为主，迎合了年轻人爱时尚的特点。但不管叫什么名字，质量都是上乘的。

品质，是李德信对家居的一贯要求，也是必须。

实际这个市场也是划分为好多摊位对外出租，无非都是家居类的。市场又稍微增添了点特色，每一层都设计了一个小茶馆，有咖啡饮料可供享用。地面墙面的瓷砖全用马可波罗瓷砖打造。洗手间的水盆是“美国标准”，干手机是荷兰的飞利浦。卖场的停车场都使用了最先进的拍照进入系统，无人值守。整个卖场请了山东省设计院的高工精心设计。施工的每一个环节李德信都要到现场监督。这个卖场，可以说倾注了李德信巨大的心血。

如此一份大礼，一句话就送给了弟弟，李德信对弟弟的深情可想而知。

李德信出了奥迪，往里一瞧，只见一位女工商正在带队检查。此情此景，叫李德信不由想起了十年前连科长第一次来德信灯汇检查举报的情景。那次他和连科长不打不成交。李德信不禁哑然失笑。他朝连科长迎了过去。

“连科长，又惊动了您的尊驾，不好意思啊！”

“噢，是李总！”连科长眼睛一亮。

两人寒暄了一下，马上切入正题。

“李总，我刚才看了下执照，”连科长说道，“原来这个店，现在是你弟弟的了？”

“哦，是德福的啦！当初一开始就是德福在管着，现在股东也是德福的啦！已经办理了工商变更登记。不过既然摊上了事儿，我这个当哥哥的也不能看着不管啊，呵呵！”

“原来是这样啊！李总，刚才我倒是也问了，商场的经理说总经理是德福，我还纳闷儿呢！后来联系了德福，德福说在家看孩子，还脱不开身。我就给你打电话了，还真是误会了呀！”

“没事儿没事儿，亲弟兄嘛！有什么事儿，您尽管告诉我就行。”

“是这样，李总，我们是接到举报，说这个卖场举办违法有奖销售，最高奖是一辆大众的朗逸，价值十六万，超出了法律规定的五千的标准，属于不正当竞争行为。我过来一瞧，哎哟，还真有轿车摆在这里呀！抽奖券上也写得清清楚楚。看来情况属实呀！”

“真是不好意思，连科长，又给您添麻烦了！这么着吧，我赶紧把德福叫来，问问是怎么个事儿。具体情况，我还不知道呢！”

正说着，外头的玻璃门“咣当”一声开了，一条汉子气喘吁吁地跑了进来，正是德福。

原来李德信这个家居市场开起来以后，环境幽雅，集休闲购物于一身，结果一炮打响，买卖好得不得了。其他市场也纷纷仿效，一时间开起来好几个。市场之间竞争加剧，八仙过海各显神通，这个送礼品，那个搞抽奖，这样买卖就受到了影响。对此李德信因为管理权全都交给了德福，也就不知情。商战愈演愈烈，开始不择手段，不知哪阵风吹得老板们脑子都着了凉，有人支重奖的歪招。于是报纸上打出了“买房送车库，装修奖轿车”的广告。德福一开始还不相信，最后去现场一考察，登时傻眼了。看着人家市场人山人海，而自己却门庭冷落，不行，朗逸，抽奖！

听完了德福的汇报，李德信一下子严肃起来。

“连科长，”德福振振有词地说道，“我们呢，也是参照了其他市场的标准。不过我的能别出心裁，最高奖是一辆大众的朗逸，价值十六万。这车是一款新品，订货都排着队呢！要提车最少得提前仨月，因此呢，比较稀罕。没办法，这也是竞争逼的嘛！”

“那你准备了几个最高奖？”连科长问。

“三个，三个最高奖。”

“也就说，是三辆大众朗逸喽？”

“对。”

“那车在现场吗？”李德信怕德福拿车忽悠人，赶紧问道，也是帮弟弟说话。

“在现场。已经、已经开回来啦！货真价实哩！”德福笑着答道，“不过……”他突然脸色一变。

“不过什么？”连科长急问。

“只有一辆在现场。那两辆还不能提，要等三个月，要不然得加钱。不过你放心，车款都已经打过去了。”

李德信怔了一下子，没再说话。

“连科长，”李德信转向了连科长道，“像他这种情况，车已经提回来了，肯定不是假的，对消费者也没有构成欺骗。这，也算是违法吗？”

“当然是违法。”连科长想都没想就答道，“因为超过了五千的上限。根据《反不正当竞争法》：抽奖的奖品超过了五千，就是违法。再就是：车不在现场！根据规定，必须所有的奖品都在现场才算。要叫消费者看到，要保证真实。要不然，也是欺诈消费者啊！”

“那真的是举报？”

“有举报信呢！”连科长笑了起来。

“那会不会是恶意举报？”

“这……有可能！不过不管举报是不是恶意，咱如果是违法了，那就得承担后果呀！”

“是啊！”

又是举报！李德信有十二分的肯定，这肯定是恶意举报。那这个举报人会是谁呢？李德信陷入了沉思。

第三十六章　恶意举报

“举报？我 × 他八辈子祖宗！”一听举报，德福的火噌就上来了，到底是年轻气盛，也不管连科长是个女的，话就不中听了，嗓门儿也大。其实也是对着连科长发牢骚，生意不好嘛。没想到这可惹怒了连科长。连科长杏眼圆睁，强忍着德福满口的粗话。无非是看在李德信的面子上，才没有当场制止和反驳。

“举报，举报什么？！”德福又朝连科长高声嚷嚷道，“你们工商局也不管管啊？这几个市场，谁不搞有奖销售啊，凭什么就我们家违法了？噢，一举报你们就来查啊，都这个点儿啦，晚上啦！怎么，是要罚我们吗？现在买卖也不好，叫不叫人活了！”

李德信狠狠瞪了德福一眼，意思是你别乱说话！

“有举报我们就得来查啊！”连科长到底是连科长，这时微笑着说，“这是我们的职责啊！”

“职责，什么职责？你们怎么不查查别人家的？就觉着我们家熊啊！”德福给脸不要脸，还在咧咧地骂。

“你……”连科长没料到德福能这么怼她，毕竟是女同志，她朝德福眼一瞪，一下呛住说不上话来了。

连科长的脸唰地红了。

“德福！”李德信再也忍不住了，厉声制止道，“守着连科长，怎么说话来着，不能有点儿尊敬？！人家是来执法，你这是一个市场的堂堂总经理，难道就这点儿素质吗？”

“我……”德福声音低了下去，不过还是不服气，“哥，他们执法总得公正是吧？他们净往咱家跑，好像就咱家好欺负似的！”

“你给我闭嘴！”李德信大喝一声，身子也气得一阵乱颤。他这时突然间恢复了哥哥的家长制，叫人感觉他就要上去给德福扇两耳光！

“我怎么啦，叫我闭嘴？我凭什么闭嘴？！”没想到德福突然大声回敬道，他是被李德信刚才的态度给刺激了。他又觉得现在这是在他的地盘，倒是李德信说得太过了。

“你！”李德信眼珠子都要瞪裂了，“你给我滚！”他抬手一指德福鼻子，大声吼道。他终于说出了这句。

“我滚？”德福也大叫道，“你叫我滚？”他直瞪着他哥哥，他简直不敢相信，顿时火冒三丈，他抬起一只手来也指着李德信，手指头颤抖起来，嘴唇也哆嗦着，脸都白了。“好，好，我滚，我滚！”德福甩手而去。

李德信早已气得脸色铁青。他忽然觉得，自己也确实太过了。这主要是刚才叫举报人给气得，这会儿迁怒于人，把火气发在了德福身上，把商场当成自己家了。他不免羞愧。他转过了脸来，朝连科长歉意地一笑：“真是对不起了，连科长，叫您笑话了！”

“哪里，你这是没把我当外人。”

李德信的确是没把连科长当外人。说完了，他又急忙考虑起举报人来。他的眼睛忽然一亮：“难道是他，黄老板！”

举报人果然是黄老板。自从上次他在酒店败走麦城以后，生意上还是不好好干，一心想报仇。他也有两个市场。其中之一就是李德信让给他的那个。不过他人虽然歪歪，市场还是带给了他不少收益。于是他看准行情，也搞了一个家居市场，跟李德信的几乎一模一样。两个市场又隔得非常近，少不了唱起了对台戏。那黄老板又是最先发起的巨额有奖销售，奖品是大众朗逸。为什么？因为这是一款新车，提车非常麻烦，至少得提前三个月。真要是消费者中了奖，黄先生就可以以此为理由搪塞了。

至于德福，有奖销售也是抽“朗逸”，他是跟黄老板学的，照葫芦画瓢，连根毛都没改。没想到黄老板得了消息，正中下怀。他眼珠子一转，立刻以此为理由向工商部门举报了。

这时，黄老板正在家居市场的那间小黑屋里，策划着另一件阴谋。在他的老板桌前，站着六名自己的员工。

“你们可都给我听好啦！明天去李德福市场的时候，一定要等到人最多的时候，瞅准了，大刘！”他喊了一声最后面的一名大高个，“你小子一定给我瞪起眼来，喊的时候声音一定要大，要大声：‘他这里没三辆车，是骗人的，就一辆！’知道吗？声音越大越好。然后我就叫工商局的过去，现场再一查。到时候没车，哼哼，看他怎么向人们交代！欺诈消费者，自食其言！到时候工商局怎么罚他都可以啦！”

“黄总，”为首的“大刘”低声问道，“您那么确定李德福就搞不到‘朗逸’吗？”

“哼哼，”黄总的眼里都要冒出火来，他抬头瞅了一眼河底大集的方向，“这车要提，至少得三个月。咱们有奖销售都搞了一个多月啦，也没提到车。他们就能吗？没门儿！”

家居这边，李德信又向连科长请教处罚的问题。

“连科长，那这件事情，你们准备怎么处理呢？”

“先责令改正，不改正就罚款，一万元以上十万元以下吧！”

“这么说还挺厉害的。啊，连科长，还是请您多多关照。我和德福现在已经知道问题的严重性了。我承诺：一定守法经营！马上就把车撤下来，同时立即向消费者赔礼道歉，解释清楚了，做好善后工作。否则甘受处罚！反正，连科长，您就放心吧！”

“好，李总，我相信你！我今天就是过来检查一下，看举报的情况是不是属实。至于要不要罚，也是根据情况。毕竟现在的生意不太好做啊，还是要考虑到民生才是。你也不要多虑。总之，看情况吧！”

“好，那就多谢连科长了。”李德信拱了拱手。

连科长起身告辞。李德信送到门口。连科长忽然又想起了什么。

“李总，刚才咱说的这些都是法律问题，工作上的，你也别在意。不过我觉得，你还是劝劝你弟弟要紧，别那么冲动，遇上问题要正确对待！再就是，我再啰唆一句：你们弟兄俩可要搞好团结呀！回头解释一下，跟德福，劝劝他，好吧？”

“哎、哎，连科长，你就放心吧！谢谢您啦、谢谢您啦！”李德信连声道谢，不过嘴上这么说着，可心里却倔强地打下了主意：不去！

李德信和德福的这场争吵，最终在德福心里结下了梁子。虽然过了几天德福按照娜拉的意思主动过来道歉，弟兄们表面上和好了。但德福对李德信这次是大为不满。对此李德信没有察觉，更没有去做进一步的解释工作。这为日后弟兄俩的反目埋下了隐患。

碍于跟德福刚吵过架，面子上过不去，李德信只好让八哥通知德福：赶紧把朗逸撤了。但德福理也不理，有奖销售继续进行。

第三十七章　一场豪赌

李德信万万没有想到的是，这个姓黄的在背后又捅了一刀。第二天上午正好是礼拜六，冲着巨额抽奖，买家具的消费者人山人海，交易额直线攀升。就在德福高兴得合不拢嘴的时候，黄老板那帮派来砸场子的打手蜂拥而至，说德福这儿根本就没有三辆朗逸轿车，不信可以找老板落实。德福措手不及，情急之下说出只有一辆，另外两辆还没有提过来。可又拿不出订货的合同和单子。这下舆论哗然，群情激愤。那“大刘”又趁机煽风点火，说这就是欺诈消费者。底下马上跟着狂呼乱叫，就差打砸抢了。德福正忙得焦头烂额之际，不知从哪儿又冒出来一位记者，现场拷问德福。更是把德福问得语无伦次，糗态百出，可以上头条了。接着，那“大刘”又使出大招，现场打电话，举报到连科长那儿，要求现场查办。连科长接到举报不敢怠慢，只好派人赶赴现场。消费者一看是执法部门到了，“哗”的一下，全走人了。

李德信赶到的时候，卖场早已人去楼空，只剩下吧台里收银员在桌子上趴着睡大觉。听完了德福的诉说，李德信狠狠把拳头捶在了桌子上：“哼，这个姓黄的，欺人太甚！”

“哥，不行就找人敲他一家伙，警告警告他！”德福摆了一个“杀”的动作。

“不行，这叫什么事？咱又不是黑社会，你怎么能有这种想法？！”李德信不满地瞪了德福一眼说。德福缩回头去。

李德信陷入一阵沉思。

眼下的形势进退两难：因为连科长已经发出了警告：有奖销售禁止拿轿车当筹码，再不收手就有罚款之虞。但如果是停了呢？岂不失了信誉？真就成了被人恶意中伤的“欺诈消费者”了。

他又有些犹豫，其实他本来不想管这事儿，一手交给德福得了，现在这是人家的企业。但刚才德福那句“找人敲他一家伙”，叫他立马又改了主意。他为德福担心起来。他要为兄弟负责到底！

德福一脸期待地瞅着大哥。

“德福，”他把手搭在了弟弟肩上，“这样吧：你现在赶快联系大众 4S 店，叫他们赶紧把‘朗逸’都开来。两辆车一辆也不能少！提车款要加钱就从我这儿出，因为是我的主意。明白吗？”

“唉，好嘞，哥！”德福转身就走，他这会儿是没了主意，哥叫咋地就咋地。刚走出两步，他又转了回来，他的脸上是一脸无奈，“哥，我这车款……其实，车款还一分钱没付呢！”

“什么？那你更要赶快！先办理提车！我这就给八哥打电话，叫他带着现金，直接去 4S 店！”

李德信这又是仗义掏钱了，当弟弟的怎能不明白。“唉！”德福心头一热，他一路小跑朝停车场跑去。

德福已经跑远。李德信的胸脯才剧烈地起伏了一下，他呼出一口气，抓过手机，“八哥吗，你赶紧从账上提四十万现金，然后联系德福，给他送到大众 4S 店去，他在那里等着你，马上，一分钟也不能耽搁！”

在外人看来，李德信是被迫应战了。但其实他心里顾虑的是自己的信誉，是为了表示他李德信能履行承诺。很快，在每辆车加了四万块钱以后，两辆崭新的“大众朗逸”开了过来。连同原来的一辆，都摆在了家居市场大厅最显眼的位置。又模仿车展，每一辆车的边上都站了一位穿着旗袍的模特。这立刻在李村引起了一场轩然大波。

三辆车加起来接近六十万！能买三套房子了。双方针锋相对，竞争变成了一场豪赌！

李村街上每一户人家都在议论着。大集上每一位商户都在关注着，都为李德信捏一把汗。

第二天，刚到上班时间，李德信就来到了区工商局楼下。把车停在外面的停车场里，下了车，他站在车边。他要等他的律师，然后一起去连科长那儿接受调查。因为又发生了举报，连科长通知他一早来。

他看见张律师朝他急急忙忙地走了过来。

“李总，”张律师一见面就说，“我刚才考虑了一个法子，可以不缴纳罚款，就是把轿车改成使用权！”

“噢，改成使用权？”

“对，给消费者抽奖其实还是抽的轿车，不过不是所有权，用五年的使用权来代替，这样就超不过五千了！”

“那还不一样嘛，换汤不换药！”

“不过就可以规避这条法律，不用交罚款啦！”张律师开心地说。

“先走吧！”李德信还是觉得不妥，但他尊敬张律师，没有当即否定。两人朝工商局的办公楼走去。

刚走到电梯间，德福的电话就打了过来，“哥，有个不太好的消息：今天一大早，有个消费者过来买沙发，然后抽奖，他把……”

“他是不是抽中了一辆？”

“对，有一辆被他给抽中啦！”

“嗯、好！”李德信呼出了一口气，“那也不算是什么坏事，这说明咱们有信用！”

“可是，哥，轿车当真要给他吗？我的意思是……”

“给，马上给！”李德信毫不犹豫地说，“先把车钥匙给他，他要什么时候开走就什么时候开走。再就是，你赶紧联系记者，就说抽出去一辆，争取现场报道，采访采访这个中奖者，证明咱们有信誉！”

“可是……”

“就听我的！”

“好吧，哥！”

放下电话，李德信长出了一口气。

“李总，你觉得这个主意怎么样？”张律师又着急地催问道，“待会儿就要进去做调查笔录了。我的意思还是改成使用权，这样就可以钻一下法律的空子，要不然咱们损失就太大了……”

“实质不都一样？”李德信看了张律师一眼，“愿赌服输！走吧。”他简短地说。

抽奖现场，抽中朗逸的消费者欢呼雀跃，双手高举着闪闪发光的车钥匙，走到了朗逸车前。一起来庆祝的朋友又搞起了噱头，“砰”的一声打开了一瓶香槟。在记者啪啪的闪光灯下，消费者钻进朗逸，分开重重观看的人群，把车开走了。

这时在工商局里，李德信已经做完了笔录。连科长告诉他：要罚款五万。李德信笑着说罚款都已经带来了。连科长说过几天再交。李德信说他是诚心诚意接受处罚，因为自己是明知故犯，不过这肯定是最后一次。要离开时，李德信忽然又转过身来：

“连科长，那个黄世仁，你们是不是也一并罚啊？”

“你放心，我们肯定秉公执法！”

他到底不是懦夫，他非但挽回了自己的信誉，而且挺身应战了。他觉得浑身的血在沸腾，仿佛又回到了二十几岁的年轻时代。

“这次，我一定要把这个姓黄的弄死！”他来到了老爹那儿，攥紧了拳头说。

老爹听罢沉思了一下，没有说什么，末了叹息了一声，摇了摇头：“问题是冤冤相报，何时了啊！”

第三十八章　笑泯恩仇

工商局连科长果然找到了黄老板，要处罚他。经过调查，非但最高奖超过了五千，市场上连朗逸的车影也找不到。根本就是忽悠消费者，欺诈！这下事儿可大了，问题很严重。这样两罪并罚，十万！黄老板一听差点儿背过气去。

这下他把自己玩惨了。原来黄老板在得到李德信让出的那个市场后，经营得不咋地，不小心又起了一把火，商户们认为不吉利，纷纷撤离。黄老板最后没法儿，只得把这个市场卖了。然后为了搞这个建材家居，原先另一个市场也出了手。这样所有的家底都押在现在这个市场上。可是市场又竞争激烈，前期投入巨大，黄老板早已资不抵债，就指望着凭借“朗逸”拉人气渡过难关。现在工商局的罚款无疑是压倒黄老板的最后一根稻草。如此一来黄老板能不傻眼？

工商局的罚单刚下，更倒霉的一幕接踵而至。不知是谁碰巧抽中了大奖，消费者喜得两眼放光，三步两跳追着工作人员兑奖。谁知工作人员当场就泼了一盆冷水，说没门儿，已经叫停了。消费者一听立马急眼，红着眼睛要跟兑奖台拼命。原来黄老板压根儿就不想兑奖，朗逸没拿到不说，早已吩咐手下人传下话去：真要是消费者中奖了，送点儿小礼品打发了完事。再就是他还抱着侥幸心理，觉着消费者不大可能中奖。还有就是对于可能面临的处罚，他也抱着侥幸心理：到时候就哭穷，实在不行要要赖，最后肯定过关。谁承想这会儿祸事成双，连着来了。

黄老板一宿没睡，他焦头烂额，急得如热锅上的蚂蚁。不知谁又走漏了消息，第二天黄老板一上班，办公室的门刚开了一道缝儿，呼啦一声，一群人就挤到门前，全是市场上的商户。黄老板顿时目瞪口呆！

“黄老板，我们要退租！”有商户叫道，“你这个市场不能干了，消费者找上门来了！”

“什么？”老黄惊慌失措。

“黄老板，消费者都找我们退货啦！你他妈没信誉，说好的朗逸哪儿去了？消费者抽不到奖，都找我们退货！”

“没法干啦、没法干啦，消费者不但要退货，还要把我们摊子给砸啦！你他妈怎么搞的！”

“我们要退场地，我们要生存，我们要到李德信的市场去！你他妈给我们退钱！”

群情激愤。外面又黑压压的一大片——还有不少消费者，过来退钱的。都上当了，能不火冒三丈？

这种场面，叫黄老板跳楼的心都有。

黄老板“咣当”一声把门给关上了。

但是外面还是不依不饶。拍门的咚咚声不绝于耳。只听“砰”的一声，黄老板忙一低头，躲避着袭击，又一抬头，“哐啷”一声，窗玻璃碎了！一块大方砖结结实实地砸了进来，把房间里的一块地砖砸了个粉碎！

黄老板一屁股坐在老板椅上，任凭老板椅来回晃荡个不停。

他的神经错乱起来。债务！破产！市场倒闭！压力山大！他真的想到了自杀！

他走到那扇碎了的玻璃窗前，闭上了眼睛。

只要跳下去，一切就结束了！

唉，都是自己惹的祸！这就叫“不作不死”！他的脑子里一幕一幕地回忆着。他开始悔恨，他觉得都是自己的错！而自杀，就是他赎罪的唯一选择！他的泪水从眼镜后面流了下来。他朝窗前挪了过去。

突然，外面的喧闹声安静下来。黄老板猛地睁开眼睛，发现人群开始散去。黄老板打了一个激灵，忽听到办公室的门哐哐响起来。他转过身来。

“黄老板，”只听外面一个声音喊道，“我是李德信，我给你送车来啦，朗逸！你快开门，赶紧把轿车摆上。叫大家伙抽奖吧！”

“啊？”黄老板简直不敢相信自己的耳朵。他踉跄了一下，差点儿摔倒。但黄老板毕竟是老板，脑子反应就是快。一刹那，他脑子里闪过了好多事儿：如何坑李德信，他在手下人面前说的那些缺德的话，李德信那张充满和气的脸，那双有神的眼睛，拍卖会上跟李德信的寸土不让。啊，怎么又是李德信！

可李德信今天是来救他的！

黄老板打开了办公室的门。

“黄老板，”李德信双手抱拳，一脸诚意，含笑的目光中饱含着热量，“小弟是专程过来看你的。听说老哥遇到了点儿小麻烦，大家都是同行，理应互帮互助。所以今天就请给我个机会，让我为老哥做点事。我是有心想结识老哥啊！”

李德信话说得非常客气，态度也极其谦卑。他这是尊重黄老板，他不想叫对方觉得自己是在施舍。

黄老板没说话。

“你看，两辆车都已经开过来啦！”李德信又朝窗外的停车场一指说。

黄老板急忙朝窗外望去。

顺着李德信手指的方向，果然，两辆崭新的朗逸轿车，一前一后，缓缓地开进了停车场。

黄老板简直不敢相信自己的眼睛！

他又急忙转身。

他百感交集。他忽然觉得眼前站着的这个人简直是一个巨人，而自己却从未发现对方的高大之处。是因为离得太近，只缘身在此山中。对方又实在太高大，是一座三十层高的大厦，而自己，却是大厦底下的一只小蚂蚁。小蚂蚁在大厦底下不会看到，也看不全，因此就看不懂。而现如今，小蚂蚁与大厦保持了一段距离，才看到了大厦的全貌。小蚂蚁又觉着大厦是其依靠。

他现在就是这种感情，或者说感觉。他觉着应该依靠李德信，对方的厚重没有压迫感，又使他非常想接近。这种接近来自对方能提供的安全感。他又依赖李德信能带给他的这种氛围。他现在是完全信任，可以完全托付。对方似乎不是一个人，而是一群人，一群可靠的人的合体，仿佛千手观音。或者说是一个提供服务和帮助的爱心团队，能化解任何忧愁与悲伤，能解决任何问题和艰难险阻。还要说这是一座坚实的大厦，大厦能自由进出，能避风和找到食物。尽管他经常虐待这座大厦：在大厦的楼梯口和过道里拉屎撒尿，扔石头砸毁了一面面玻璃，在大厦的外墙内墙里胡写乱刻——到此一游。但是大厦，仍然忠实地屹立在那儿，随时随地迎接他、接纳他，为他这个调皮捣蛋的坏孩子提供避风港。

看着李德信，黄老板说不出话来！

黄老板其实不是坏人，无非过于聪明，又爱耍小聪明。内心的良知在商业的江湖里摸爬滚打，被金钱和利益，以及那些负能量的黑暗规则污染了，蒙住了心窍而已。

但是李德信，现在把这些缠在上面的蜘蛛网、锈迹斑斑的枷锁和锁链，给他重新打开了。

黄老板追悔莫及，又羞愧难当。他深深地低下了头去。

他又流泪了。这次是喜极而泣。

“黄总！”李德信又上前一步，伸出了手来。

“德信！”黄老板的嘴唇颤抖着，他紧紧握住了李德信的手。

两人把手言欢，一笑泯恩仇，多年的积怨一笔勾销。这是李村商界的大事。李德信雪中送炭，使黄老板濒临崩溃的大堤躲过了被洪水冲垮的危险。商户们平息了，因为看到了朗逸的真金白银，销售额也开始增加。黄老板的赤字被填平。这着实是救了自己一命。黄老板于是择吉日，摆了一个大宴会答谢李德信，又邀请了李村诸多名流参加。双方从此吴越同心，彻底化干戈为玉帛。

“黄老板，实不相瞒，这几年我可被你修理得好惨啊，今天一定要多罚几杯，弥补回来啊！”李德信端着酒杯，调侃地说。

“实在是惭愧啊！你李总能有如此海量，大人不计小人过。还关键时候雪中送炭！您这是救了我一命啊！行了，咱别的就不用多说了，拿你们话讲，我这条命是你给的，你就是我的再生父母！”

“黄老板，言重了，言重了。有道是冤家宜解不宜结。行了，事儿都过去啦！以后，咱们就是朋友、兄弟！来，干了这杯，感情深，一口闷！”

两人又喝了几杯，黄老板也掏出了肺腑之言，泪水涟涟，还是不停地说些感恩和道歉的话。又解开了过往的一些疙瘩，“不过，德福录像的事儿我可不知情啊！我琢磨着，这事儿，八成与我那个同父异母的哥哥有关……”

“噢，你还有一个哥哥？”李德信把举到嘴边的酒杯放了回去。他睁大了眼睛。

“对，我还有一个同父异母的哥哥。说来惭愧，我的这个哥哥，跟我一样，也是没出息，净搞些歪门邪道。和我也都差不多吧！”黄老板涨红了脸。

“你们说话是不是一个嗓音？”

“对，是一个嗓音。”

“原来这样！”

李德信一脸愕然。他忽然记起来有一次问过德福，那个威胁德福的人认不认识。德福说听口音像黄老板。看来误会黄老板了。那这个人到底要干什么呢？

第三十九章　引狼入室

十年以后，二〇一六年。

这十年，正好是山海区商业大发展的十年。李村商圈儿，从“二环”扩大到了“七环”。二环内的苏宁大厦依然是核心，它西边的古镇路相当于“二环”，向阳路步行街和大崂路是三环，峰山路、源头路是四环，青峰路、果园路、南崂路是五环，君峰路、虎山路是六环，重庆中路、金水路、黑龙江中路是七环。一环一环地扩展出去，又带动了两翼的沧口和东李。山海这只“蝴蝶”张开翅膀飞起来了！

苏宁大厦早已拔地而起。前面说过，它就是原先韩商建的三星大厦，被苏宁收购过来。它是三座塔楼，每座塔楼各有三十层，都呈菱形结构。下面由一座三角形的、带着圆弧的裙楼连在了一起。塔楼的外墙蓝灰色、深蓝色的玻璃窗。如果说边上的夏庄路和京口路是一条系在人脖子上的项链的话，那么苏宁大厦这三座塔楼，那就是挂在商圈儿这张脸底下的蓝宝石吊坠！

李村商圈儿，这张山海区的脸，此时也发展得棱角分明。先看凹下去的，苏宁大厦北边的维客广场正在挖地铁，基坑挖下去足足有三十米深。这算是商圈儿的“嘴”。北面，正北方向的李村北山，一直是商圈儿的“鼻子”，鼻子的两个鼻翼分别是“百通数码大厦”和“银座和谐广场”。百通数码是蓝岛本地的品牌，也是三座塔楼。银座来自济南，是鲁商旗下的。再往东看，经历了一百多年风雨的生建机械厂已不复存在。须知这座机械厂，前身是监狱，那可是德国人建的！在它的旧址上已经崛起了一座大型的综合业态——乐客城。

乐客城的地上部分只有四层，倒不是很高，位置上靠近李村的东山。东山和西山，相当于李村两侧的“面颊”。而在靠近西山的位置，正好有另一座综合业态——奥克斯广场。这两座业态，一左一右，遥相呼应，角度上也非常对称。正好就成了商圈儿“面颊”上的两个“大酒窝”。

再看看苏宁大厦的南面，也就在它的脚底下，有一根被“风”吹起来的“领带”——书院路。这条东西向的大道汇聚了“老凤祥”“万宝银楼”“四方金店”“亨得利”“吴良才眼镜”“新华书店”等一批老字号，就像夹上了许多领带夹。领带和领带夹又珠光宝气，群星璀璨，其间又绣上了成百上千不知多少个店。把这条“领带”装扮得分外妖娆。

实际“领带”还有一层，那就是书院路地底下的“中防商街”，也是一个市场，已经开张。这正如李德信所言，这条商街是从地下找到了空间。书院路自东向西，与李村河和大集平行，方向基本是东西向的。商街的位置正好在书院路的正下方。商街又是利用了原先的人防工程，挖下去以后分成两层，跟地铁站的结构和风格差不多。有通道和台阶与地面相连。商街的最东头有一条通道直通地铁站。这样走出地铁站，无须再到地面，就可以来商街消费购物。商街约有一公里长，也是分成了好多店铺，建成后很快被抢租一空。一来是连着地铁，方便；二来又是李村的地下世界，里头集吃喝购物休闲于一体，满足了年轻人猎奇的心理。所以中防商街一推出，便成了大集最引以为傲的儿子——山海区独此一家。

向阳路步行街和大崂路，现在相当于是“嘴唇”上的一抹美髯。这两条路实际上是一条，一东一西分成了两段，又是一个弧形，在维客广场的上方和两侧，把这张“嘴”包了半圈儿。这两撇胡子又各具特色：西段的向阳路主打商铺，以服装鞋帽和小百货居多。东段的大崂路主要是全国各地的特色小吃。与南侧乐客城的“金街”连成一片，再加上边上的烧烤广场，说是个美食城也毫不为过。

商圈儿的这张脸上又密密麻麻：维客，利客来，利群北方国贸，飞拉利，一加一，河北商城，星光大道，达翁建材，女人世界，巴黎春天……这些市场星罗棋布，就像女孩儿脸上化的彩妆，星星点点，闪闪发光。中间又夹杂着不计其数的店铺商家，形成店中有店、商场中有商场的格局。饭店和宾馆也遍地开花：七天、如家、汉庭、莫泰等。餐饮有久久鸭，绝味鸭脖，琴岛顺天馄饨，吕氏疙瘩汤，京九排骨米饭，万和春排骨米饭，群意馅饼，好一家牛肉粉，羊蝎子火锅，等等。大集是逢二排七,五天一次，而商圈儿是天天，天天有大集!

在这种形势下，山海区的商业江湖自是英雄辈出，高手如林。大浪淘沙，长江后浪推前浪，这十年又有多少豪杰销声匿迹，又有多少商业才俊一度崛起。这里面有竞争有合作，有合纵也有连横。经过无数次的搏杀与对弈，李德信还是争得了一席之地。大集上早已淡出了，自封袋工厂，随着时间推移不景气也出售了。但几个市场和一些商铺却保留了下来。他现在又投资了两个“电器商城”，做起了家电生意。这两个“电器商城”一个在京口路、峰山路和源头路的路口位置。一个是在夏庄路，门口都有老10路公交车站，地段相当好。电器商城也就是家电超市，有电脑、电视、空调、冰箱、洗衣机等。这个行业需要大量的资金投入，关键是要保持低价。在这方面李德信有优势，这是大集教给他的优良传统。又是在李村，所以开业以来买卖就一直好得不得了。这更要归功于李德信的信誉，蓝岛周边要结婚的小青年都是慕名而来。所以李德信给电器商城取名，还是叫“德信”。

这两个电器商城就是商圈儿的眼。这两只眼睛又闪闪发光。因为有李德信，因为“眼”中透出的神采是诚信。

老郇五年前就退休了，酒也不喝了。他现在是一门心思看自己的外孙子。又在市南买了套房，离着自己姑娘女婿家近，这样李村也就不大来了。连科长升任了副局长，调到别的局去了。再就是工商也不大接触了，因为法规改得越来越市场化，那些计划经济时代的条条框框，什么都没有了，只要依法经营就可以。政府又出台了好多支持个体私营经济发展的优惠政策。比较轻微的违法行为，发现后改正就可以了，一般情况下犯不着罚款。所以既然没有什么严重的事儿，和监管部门也就很少打交道了。工商局现在也换了个名，叫“市场监督管理局”。

龙三去了国外，看自己的外孙子去了。朋友们很少见面，要见面得上微信。但李德信好像天生就跟微信有仇似的——不会玩儿。别人教的又不好使。

索性，李德信最后把微信删了，不玩儿了——也没时间。

自封袋工厂卖给了钱二姐。因为正好她老头在里边待的时候，就操作过这玩意儿，生产线什么的都懂行。钱二姐也想盘下来，叫丈夫有个正经行当。正好李德信的公司也想出售，这样就整个给了钱二姐。但在交易的金额上，李德信最后是按照资产评估价格打了二折。为什么？对此李德信在股东会上做了明白交代：在他最困难的时候，是二姐帮了他。人得感恩。所以这笔交易，就相当于钱二姐在当年投入的股金，现在利滚利，一次性给钱二姐分红了。

这笔交易清楚明白，理由充足，最后在股东会上全票通过，连德福也心服口服。李德信非常满意。

钱二姐还生了一个儿子。夫妻俩破镜重圆，又老来得子，也算是完满了。老天爷成全！李德信打心眼儿里替夫妻俩高兴。多年的心愿也终于圆了。

在沧口四流中路，老国棉六厂对面的"蓝岛锅贴铺"里，德福正在跟一个人喝酒。桌上，高大的玻璃杯里盛的都是蓝岛啤酒原浆。

屋里就俩人。只见德福对面坐着的这位，身材修长，精瘦，皮肤白皙，一头乌黑的鬓发，眉毛有些打着卷儿。年龄有个二十五六岁，不过眼神顾盼，非常老练，一看就是个精明的生意人。

"黄总，表先给您！"德福弓着腰，一边笑脸相迎，一边把一只盛着欧米茄金表的盒子递了过去，"亨得利！说好了的，包您满意！哈哈！"

"多少钱？"被称作黄总的人看着盒子里的手表说，"估计很贵吧？"

"什么钱不钱的！"德福继续满脸堆笑，"您就不用管了，算我的！不过呀，这表啊，就是忒老了点儿，简直是爷爷辈的。幸亏我找了他们亨得利的周文金周师傅。老字号，亨得利，一百年啦！现在修得简直跟新的一样！分秒不差！您就放心好啦！亨得利，老字号！没问题，靠谱！"

"叫你费心啦！"这位黄总还是急忙掏出了腰包，"给你钱。帮着找人……再叫你破费，就不好啦！"

"哎，这是哪里话！"德福故意把脸子拉了下来，然后又转怒为喜，"黄总见外了哈，这是在李村，谁不用着谁？就这点儿事儿，别叨叨啦！”

一听这话，黄总也就没再推辞，把钱包收了回去。

“呵呵，黄总，”德福又恭敬地赔着笑说，一边抬手给年轻人倒满了酒杯，“咱俩认识，也该个五六年了吧？我记得你当初刚来李村的时候，只喝茶，从来不喝酒。现在倒好，呵呵，你的酒量，是一天天地见长啊！”

“哦，李总，我们那里的人情味非常淡嘛！大家都忙着赚钱，喝酒交流感情根本没有时间的。能一起喝喝茶，谈谈怎么赚钱就很不错了。我记得当初，跟你侄子小白见面的时候，第一次吃饭，他就把我灌醉了呢。他还说我看起来非常冷漠，面相挺凶的。啊，小白说我像一只狼。哈哈，真不知道他怎么想的！我倒真想成为一只狼的。”

“哈哈，我记得。当时我也在场。年轻人嘛，喝大了，就开始胡说八道了。黄总可千万别见怪哟！”

“怎么会见怪呢，这有什么？！我跟小白年龄也差不多呀，我很喜欢他这种性格呀！他现在在哪里发财？哦，我现在喝酒也喝得很疯狂了。我考虑主要是在李村住久了的关系。哦，我来李村也有个七八年了吧。我现在也是李村人啰！”

“对对对，都是李村这地儿！在这儿住的时间一长，就变得仗义豪爽重感情。像你喝茶，也变成喝酒啦！哈哈！”

“我十六岁就来了蓝岛，大部分时间是在李村。其实我对李村是非常非常有感情的！”

“噢，那黄总当初一来，就是跟着你父亲吗？”

“李老板不要客气啦，叫我小黄就行，我今年才二十六呢！我来蓝岛一直是跟着我父亲呀！帮他打理打理生意，也是跟他学着怎么做。呵呵，做生意，挺好玩的。”

“你是不是还有一个大伯呀？”

“对对对，他当时有阵子也在蓝岛发展。后来就去了 PK 市了。我当时从老家出来的时候，就是跟着我大伯的。在 PK 市，也住过两三年呢。”

“噢，那后来怎么又来蓝岛了？”

“主要是我爹，不愿意叫我跟着我大伯。哦，这些年我就没怎么跟我大伯见面呢！”

“噢，这话怎么讲？”德福的眼珠子转动了两下。

“不提那些烦心事了！来，咱们喝酒！”小黄总端起了杯子。

“好，来，干杯！”德福也满脸堆笑地举起了酒杯。

原来这位年轻人是黄老板的亲生儿子。

两个人你敬我，我敬你，蓝岛啤酒的原浆本来度数就高，三大杯下去，很快俩人都带上了酒意，话题就转到了做生意上。

“黄总啊，”德福说道，“现在李村的商圈儿基本已经成熟了，往东都扩到了东李。钱不太好赚啰。唉！我听说：东李九水路、巨峰路路口拆了，要建一个大型的综合业态，叫什么……‘嘎啦’！不知你感不感兴趣啊？”

“嘎啦这个项目早就启动啦，是‘保利’投的资呀！”

“噢，是那个搞房地产的‘保利’吧？”

“对！”

“那你觉得‘嘎啦’，下一步能行，能赚钱？”

“这些综合业态选的都是最好的地方。就拿乐客城来说吧，你看，乐客城在维客广场的东边。维客广场现在正在挖地铁，一年以后就能通车。所以说乐客城这块地的升值潜力非常大。不过这块地，没个十亿八亿是运作不起来的！”

“有道理！乐客城是‘伟东’开发的。我听说在下王埠它就有两个盘，全都是高档的住宅小区。一个是伟东幸福之城，一个叫伟东湖山美地，都是非常高大上的项目。现在看来，这些地产大鳄都想在商业上做文章啊！”

德福说着，又给小黄总倒上了原浆，两只眼睛眨巴着好像要说话。末了，他语锋一转，“对了，那黄总当初，在乐客城上怎么不投投资呢？”

原来德福请小黄总吃饭，目的是想拉小黄总投资。他这句话是想先探探小黄总的口风。他知道，黄老板因为身体不好，已经退隐江湖，生意都交给了儿子打理。小黄总的身价，现在已经是好几千万了！

“乐客城这个项目，我当初是真想投资哦！”小黄总答道，“这个项目我超喜欢啦！它里面有超市，有饭店，有电影院，再就是店面，也可以往外出租！它打的是休闲娱乐的牌，非常迎合年轻人时尚的潮流。别忘了，我也是年轻人哦！”

“那黄总怎么又……”

“当初慢了一拍的。不过我不后悔的，有好几个业态，马上就要上马了！你看，东边黑龙江路、中崂路有‘万达’，河南九水路有‘宝龙’。这两个已经起来了！再加上现在这个乐客城，三足鼎立的！还有‘银座’，还有‘奥克斯广场’。再就是这个‘嘎啦’。呵呵，现在李村不是三足鼎立，是六足鼎立的！所以投了，恐怕也没有大钱赚啰！”

一听这话，德福放了心。他知道对方手上肯定有充足的现金。

“说得有道理！”德福急忙献上一个笑脸，“不过买卖越多越好嘛，可以货比三家嘛！最关键是客流，现在业态都扎堆儿了，说明李村这个地茬子好啊！这不地铁又开了，到时候四面八方的人，那是源源不断啊！你说呢？”

小黄总没说话。德福早就知道：小黄总是吃不着葡萄说葡萄酸，所以刚才是故意刺激他。“对了，黄总，”德福又说道，“你有没有想过，投资点别的什么项目呢？”

“李总说得有道理。说起来项目，我考虑，超市这块会很有潜力吧。”

“超市？”李德福一愣，不过马上浮出笑脸，他举了举杯子，示意喝酒，“别开玩笑了，黄总，现在李村这么多大超市：利客来，维客，北方国贸，银座，华润万家。都饱和啦！再说了交通也比较拥挤。谁还愿意坐着公交车过来打酱油啊！”

“李总说的是啊！”小黄总也礼貌地端起杯子，喝了一口，“不过我说的是便利店这块小型的超市。这种超市除了卖食品百货，还能提供餐饮休闲。再就是它是二十四小时呀，不间断的，年轻人都喜欢啦！在日本，像永旺这样的便利店，已经发展了好多年啦！”

“噢，永旺？”

李德福丝毫没有意识到，跟小黄总这次喝酒，竟然导致日后的引狼入室。

第四十章　微服私访

这时，在李村河南岸的九水路上，因为正好赶大集，车水马龙，正堵得不亦乐乎。一只狗狗也跑过来凑热闹，可能是丢了主人，这只长耳朵的白色京巴走到路中间不敢动了，站在那儿惊慌失措，恐惧的眼神东张西望。它是被过往的车辆给吓坏了。

场面尴尬起来。第一辆车被狗狗逼停，只好不停地按喇叭。那狗狗却不走，往西走的车辆顿时堵成了一条长龙。一时喇叭齐鸣。可是越按喇叭，那狗狗反而耷拉着耳朵不走了。

司机们无可奈何，却没有人下来驱赶。正烦躁之际，突然，后面一辆黑色的帕萨特车门打开，一位身穿白色短袖衬衣的人走出了轿车。他的动作如风，紧赶两步，一下就跨到了狗狗身边。身子一低，手一伸，把狗狗抱了起来。

那狗狗倒是听话，不吵也不闹。只见此人手一抬，飞快地抚摸了一下狗狗，又麻利地跳到了路边，把狗狗放下，帮狗狗完成了过路。这时正好狗狗的女主人赶了过来，看见有人帮狗狗，不由得感激地朝对方一笑。那人也笑了一下，算是回应。微张的嘴看起来非常谦和，一笑，颧骨也微微露出来了。

很快，这人又疾步回到了车上，动作同样干净利落。紧接着车子启动，也就几秒钟，帕萨特穿过了京口路桥的红绿灯，在路边停了下来。

刚才那位好心人下了车。只见他差不多五十岁的年纪，中等身材，上身穿一件白色的短袖衬衣，下摆扎进了腰里，下身是深灰色的裤子，脚蹬一双黑皮鞋。再看脸上，相貌端正，鼻梁高挺，挺直的鼻梁上架了一副金边眼镜，双眼皮大眼睛，乌黑的头发梳得整整齐齐，一副粗黑的宽眉毛，就像两把刷子紧紧黏在额头上。这副宽眉毛，连同下面的黑眼珠，严肃，庄重，又带着一股凛然不可侵犯的神圣威严。他好像不会笑，严肃得能叫人瞬间肃然起敬，如果是坏人就给吓破了胆，刚才做好事帮狗狗的活雷锋一下子变成了捉鬼的钟馗！

只见此人一下车，身子立刻站得笔直。他的目光从河底的大集上划过，好像每一个摊子都进入到他的眼帘。他似乎忧心忡忡，满脑子装着成千上万的事情，千军万马，千丝万缕，容不得他有半点儿懈怠和闪失。这就使得他脸上的那股严肃劲儿更加凝重了。

前排下来一位小伙子，看来是他的随从，也戴了一副眼镜，跟他是一样的打扮：也是白色的短袖衬衣，下摆扎进了腰里。宽宽的额头，睿智的眼神，一看就是位知识分子。

“走吧！”宽眉毛的这位招呼年轻人道。两人阔步朝大集走去。这个人忽然又想起了什么，停住了脚步。

“先等一等！”他转过身来，把扎进腰里的衬衣下摆揪了出来，“怎么样，小方？”他问道，“看起来不那么正规了吧？”“嗯，还行！”年轻人答道。“好，咱就随便一点，入乡随俗嘛！”他望着年轻人，突然笑了起来，微微露出双颊上的颧骨，一副谦谦君子模样。

“别太严肃，叫大集上的商户看着都拘束了！”他说。

他这一调侃，那位跟随的年轻人马上笑了起来。

李德福和小黄总这时又喝了几大杯原浆，德福就把话匣子敞开了。原来德福自从接手建材家居市场以后，过了几年好日子。不过随着建材市场的竞争加剧，再加上岳父辞世，原先跟着岳父的那些哥们儿不和他玩了。对此德福和娜拉也不知道维护。这样日子一久，市场上商户就开始流失。没法儿德福只好打起数码的主意，想从李德信的电器商城挖一部分过去。只是商场装修又缺乏资金，所以德福宴请小黄总是为了钱而来。

“我也不瞒你，黄总。”德福又给小黄总倒满了酒，“最近我的建材市场，生意不太好做啊，有几家铺子都空出来了。这样我跟你嫂子一合计，想把这些铺子整合一下，搞一个数码商城。所以，希望黄总能投一点资啊！”

“数码商城？这个我不太懂啊！不过，我可以介绍你给我大伯认识。他在PK市发展。数码，都搞了好多年了。”

“噢！”德福睁大了眼睛。

对于小黄总的这位大伯，德福多多少少也知道点儿。这还是听老黄总说的。说是年轻的时候，跟一个女的私奔了。看来是德行不好，德福暗暗思忖。但既然能投资，再就是跟小黄总还有联系，别的就不管那么多了。

“好，好，那就赶紧联系联系大伯，看能不能投点儿！”

“我看应该问题不大。”

“那太好啦！”

这时桌上的手机响了，小黄总一边应着，一边接起了电话。

“是小白呀！”小黄总听到电话里的声音眼睛一亮，兴奋得都站了起来，“哎哟，你好你好！怎么，你现在从美国回来啦！？哈哈，好啊！没有给我带一位黄头发的美国嫂子回来吗？啊，小弟我盼着你呢！好，晚上就见面，给你摆酒接风！”

小黄总兴高采烈，放下电话，跟德福又干了一大杯。德福两只眼睛叽里咕噜地转着，借机又提出了合作的细节。

“黄总，到时候可以跟家里大伯合伙，成立一个股份公司！”

“可以可以。你放心吧，李总，咱们是老关系了，下个月，我就领你见我大伯，一言为定！”

“好，一言为定，干杯！”德福举起了酒杯。

望着小黄总把蓝岛原浆一饮而尽，李德福的嘴角露出了一丝不易察觉的微笑。

这时已经是下午三点钟，骄阳似火。蓝岛的春天非常短，过了五一便是盛夏了。刚才赶集的那二位，已经从大集上返回，走到了滨河路。那年轻人急急地在头前引路。那位粗眉毛的人站到了基督堂前。

他朝北面苏宁大厦的方向望了一眼。苏宁大厦高耸入云，恰似眼前。他又回头看了眼大集，“我说小方啊，”他说道，“看来大集和商圈儿也就一墙之隔啊，连成一体啦！不过大集和苏宁，传统与电商……嗯，这真是非常巧妙的对比啊！”

“呵呵，是啊，书记。我赶紧叫车过来吧！”

“不用不用，就一步之遥。走，咱走着去苏宁吧！”

这位正是山海区新任的区委书记朱静安，微服私访来大集上调研。

第四十一章　小白归来

这时，在九水路李德信的公司里，一听说小白已经到了楼下，李德信疾步朝电梯间奔去。

跟小白有三年没见了。之前小白在美国读 MBA。原来，六年前小白大学毕业后，李德信准备让他子承父业，叫小白接自己的班。对此小白也表示同意。这样小白在李德信的公司就干了两年。后来小白提出想深造，要考美国的 MBA。李德信一听大喜：这孩子上进，有出息呀！马上赞同。这样跟安娜一商量，全家人也都同意。小白刻苦学习，终于考上纽约大学的工商管理硕士。四年前的流火七月，小白登上了飞往美国的班机。

秋去冬来，寒来暑往，转眼四年就过去了，小白的 MBA 也毕业了。小白又想在美国打拼几年，历练历练。李德信巴不得呢，觉得儿子很像自己，打心眼儿里高兴。于是小白在美国继续闯荡。只在完成学业后的第一年回了蓝岛一次。现在在美国已经打拼四年了，儿子终于载誉归来，李德信高兴得眉毛都笑成了两朵花！

他兴奋得几乎一宿没睡，倒是安娜睡得比较安稳。第二天一到公司，马上安排八哥去流亭机场接机。其实他自己很想去。转念一想不成：小白都这么大了，不能当小孩子了。万一儿子领着女朋友咋办？不能掉份子。再说了父亲得有父亲的范儿。就这么着，李德信整一上午都在办公室里坐等，生意也撂了，没心思。一听儿子到了楼下，三步并作两步就蹿到了电梯间。他太想儿子了！

电梯门打开，一位身穿西服的男子出现在李德信面前。

正是儿子小白！

与离开的时候相比，小白现在鼻梁上多了一副金丝框眼镜，浅绿色的休闲西服增添了知识分子的优雅气质，下身是一条浅灰色的休闲西裤，脚蹬一双黑色的圆头大皮鞋。双目有神，浑身上下英气逼人，脸上更是洋溢着一股经历过沧桑后的成熟与自信。他也是急于见到父亲，所以扔下行李就先上来了。

李德信面颊上的肌肉突然抖动了两下。

他不知此时是怎样的表情，主要是心潮澎湃。但小白鼻子上的眼镜和身上的西装，叫他突然想起了第一次见日本人山田——也是这副打扮。一刹那，一道鸿沟，已经悄然地在他心里产生了。

李德信是厌恶日本人的，所以他脸上的肌肉才发生了扭曲。

他觉得儿子不够和谐。这大热天的，怎么穿了一件西服？隐隐约约，他觉得小白是在这里显摆，好像还是故意的。他忽视了温差这个问题。他突然觉得自己身上穿的这件短袖T恤衫，与小白相比简直土得掉渣。他不由得朝自己身上多看了一眼。

但他马上把这些糟糕的垃圾情绪扫到了角落里。他现在的心情主要是跟儿子久别重逢后的喜悦。

“回来啦！”他率先招呼道，两眼放着光。

“爸！”小白的眼泪流了下来。

再没有一句话，父子俩紧紧地拥抱在一起。

安娜在家里做好吃的。安娜倒是会赶时髦，儿子出国以后，她又是玩QQ又是玩微信的，还经常跟小白视频，所以对儿子的思念反而比李德信轻。李德信忙，手机也就是打打电话、发发短信，没工夫跟上时代。要不然安娜早就跑机场半夜里等着了。

小白和李德信一起走进他的董事长办公室。

两人坐下，面对面，中间隔着办公桌。小白滔滔不绝，好像要把这几年的所见所闻都掏出来给父亲听。李德信就不停地问，可又插不进话。小白说的那些洋玩意儿李德信也都接不上茬儿，听不懂，他只好附和着。渐渐地，那道鸿沟拉得越来越大。他突然觉得，面前坐着的是一个陌生人，是另一个山田。

他尤其厌恶那件西服。他想叫小白把西服脱下来，可是他又开不了那个口。他的表情变得厌烦起来，他朝小白瞪了两眼，又努了努嘴儿。

小白马上看出了父亲不爽。过了一会儿，他还是把那件西服脱了下来，露出了里面的立领白衬衫。这叫李德信稍微舒服了点儿。很快，两人把话题扯到了做生意上。

“这次回来，你肯定是带着想法吧？”李德信眼睛笑眯眯地问。

“也没什么很大的想法。我是想先开几个便利店，发展电商吧！”小白的目光透着自信，但还是非常谦虚地说。

“电商？”李德信好像在哪儿听见、在哪儿看见过这个词，但他一直都没怎么当回事儿。他现在脑子接受新鲜事物的能力没那么快了，脑子反应也没有以前快了。现在儿子突然嘴里蹦出这么个词来，他觉得无非是儿子在美国经历的一段天方夜谭。

“那需要我做点什么？给你个五百万，先花着？”李德信脱口而出，但还是笑着说。他其实是出于好心，他觉得扔出去五百万是他义不容辞的义务，哪怕是赔了。

没想到这倒惹恼了小白。这孩子自尊心太强，最关键的是代沟。李德信这回是拍到马蹄子上了。

“不用，爸，我自己能行！”

“那你想开个什么样的便利店？”

“就是烟酒糖茶、日用百货吧！再加上餐饮之类的，报纸杂志。然后再配送。”

“这种店呀，呵呵！”李德信一听不由笑了起来，“这样的店……哎呀，太多了呀！你觉着……能挣钱？”

小白的脸红了起来，他听出来了，李德信的话里无疑是带着怀疑和讽刺。但他成熟，他强忍着对李德信的不满，没再说话。

“这种店，”李德信笑道，又大摇其头，“李村街上实在是太多太多啦！房租又贵。关键是小买卖儿呀！再说了大超市又那么多，听说乐客城、银座都有自己的超市，宝龙和万达里是华润万家。你这个店，恐怕……”

李德信后面的话没直说出来，但这种态度，已经严重摧毁了小白的自尊心。今天的重逢，几乎被李德信给演砸了。

小白在心里噘起了嘴，不过他还是强行忍住了。“噢，爸，我就是先试试。主要是想从零开始，一步一个脚印地走下去。你放心，我肯定努力！不行的话从头再来！反正，你就放心吧！”他从容地说。

李德信又说这说那，想得非常周到，虽然他打心里不愿意。他觉得自己已经是李村街上的大 BOSS 了，现在儿子却要开这么个小店，实在是掉份儿。虽然他也为孩子的韧劲高兴。

李德信是剃头挑子一头热，可对小白就是话不投机了。小白又说要赶紧回家看母亲，接着就要起身离开。李德信没有挽留。小白出了门，心里早已暗暗打下了主意：不依靠父亲，凡事靠自己。

他掏出了苹果手机。

“阿黄，我已经回来啦！这样我先回家，回头咱就一起商量，日用品配送这个项目很简单：它其实就是一个电商平台！”

与儿子的重逢虎头蛇尾。过了没几天，李德信就感到了与小白的隔阂。

第四十二章　老爹归去

李小白不想活在李德信的树荫下，凡事凭自己。半个月后，他在金水路东头世园会的便利店开张了。店不大，也就四十平方米，不过整个店收拾得干干净净。地面重新铺上了洁白的瓷砖，墙面也刷得雪白。店里销售的东西都非常上档次：韩国的辛拉面，德国的黑啤，西班牙的橄榄油。消费群体瞄准了周边小区的 SOHO 和城市白领。小店二十四小时营业，雇了三个外贸学院的大学生，三班倒。他自己开着一辆二手的微型五菱面包车，负责送货。"五菱"是从大集上淘的。开回来以后，又找到同学在黑龙江中路上的五菱 4S 店，里里外外修了修，喷上了店名和地址电话。为了醒目，车体是黄颜色，上面两侧、中间位置，各有一个斗大的微信二维码。这下刺激得李德信就老大不乐意了。立即打发八哥给小白送了一张支票：一百万。叫他赶紧换车。

八哥不敢怠慢，赶紧驱车给送过去。过了没多一会儿，八哥回来了。

"怎么样了，"李德信满怀欣喜地从老板桌后站了起来，"他收下啦？"

"小白说他不要。"八哥是一张发窘的脸。

"你没说我就是借他的啊？"

"说啦！他说借也不要。最后说了半天，我一看快扔那儿吧，扔下就走。谁承想他追着又给送了出来。他说他有钱，不用你操心。"

"这孩子！"李德信"嗵"一拳擂在了支票上。

"小子倒是挺像我的，犟！"想了一会儿，李德信的脸上又露出了笑容。他喃喃着，"嘿嘿，看来能有出息！"

突然，他的眉头又皱起了一个大疙瘩，立马抓过手机。

"牛叔，老爹咋样了？"

“德信，医生说老爹就这几天了！”

原来老爹在八医住院已有半年。李德信放下电话，急急忙忙赶到了医院。医生告诉他，老爹年事已高，身体的各个器官已经衰竭，也就是时间的问题了。李德信听后默默地点了点头。

这半年除了白天打理生意，晚间他大部分时间是在医院里度过的。他觉得要尽做儿子的孝道。他当然明白：老爹所剩的时间已经不多了。

李德信走进监护室。老爹这时已经不能说话了。不过给李德信的，仍然是一张慈祥的脸。

晚上李德信没有回家，打电话给安娜和小白说了说，两人都表示理解。到了下半夜，老爹走了。

李德信按照父子之礼为老爹举办了丧事。在石沟九峰陵选了一块向阳的坡地，虽然比较贵，但都无所谓了。在老爹的坟前，小白也磕了三个响头。

这一切料理完毕，李德信来到了河底的帐篷里。

墙上有一本利客来的挂历，非常简单的一种，红白相间，只印着阴历和阳历。原来利客来超市每逢年关就在大集上赠送，服务总台的孙姐也是哈尔滨的，每年都想着给老爹留一本。老爹把它挂在了帐篷里。

李德信看了一眼挂历，他突然发现，这一天正好是他来李村的那一天。

来李村整整二十二年了！

往事一幕一幕在他脑海中闪现：他想起自己躺在帐篷里，老爹给他喂水喂饭。他想起了老爹的咳嗽声，想起了老爹捶腰，老爹转过身来，那深邃明亮而又坚毅的目光。他想起了老爹给他讲大集上的典故，想起了老爹教育他要诚信做人、诚信做生意。他想起了老爹领他参观张永喜、张永芳的香油作坊。他想起了老爹告诉他：做人做事一定要做到退一步海阔天空。

两行热泪，亮晶晶的，从李德信的双颊淌了下来。

他觉得这二十二年，除了自己的生身父母，除了儿子小白，这世上最亲的人，就是老爹了。

天变得阴沉起来，外面开始下雨了。

市场传来呼喊声，人们在忙着遮盖自己的货物。李德信走出帐篷，他的目光朝河底市场依次划过。他忽然觉得：河底一片狼藉，已经变得破败不堪了。

突然，他觉得一点力气也没有了。就在一刹那，他觉得天塌了。

他开始害怕起来，一股恐惧感慢慢袭上心头。就在一瞬间，他觉得失去了所有的勇气、希望、乐趣。呃，电器商城，要付货款，要发工资，要交房租，要交水电费。还有那些个市场，也要交租赁费。处处都是费用，几百口子人要吃饭，怎么办啊！

他忽然不敢面对。他心乱如麻，一阵惊慌失措几乎瘫倒在地。

市场上乱哄哄的一片。

八哥走了过来："德信，老爹的丧事办完了。你看，这帐篷，要不拆了吧？市场上说的，搁在这里碍事……"

"不，先放着吧。我有空就来住住。你给市场上说说：每个月的地铺钱照付！"

第四十三章　区委书记

山海区区委书记的办公室里，新上任的区委书记朱静安正忙得不可开交。桌上的文件一大堆，身边也围了一圈人。他不慌不忙，那双黑眼珠聚焦在手里的文件上，几乎是字斟句酌。他看文件的时候神情越发严肃，嘴唇紧抿，使嘴巴两侧形成了两道痕。他在心里默念着，在反复推敲，就像诗人朗读他的佳作，又像是音乐家在琢磨他的乐章。他的头随着节拍轻轻地晃动着，他的肩膀也有节奏地一起一伏。他手里的文件就是朗朗上口的四大名著。他把工作是当成了一种乐趣和充实的享受。

这时他已看完了文件。他的思维快如闪电，唰唰唰，啪啪啪，该签字的签字，该批示的批示。很快，周围的这圈儿人都得到了满意的答复。他说话也从不重复。末了，人们都散了，他才摘下眼镜，揉了揉眼睛。

他看了一下表：到吃饭时间了。

这时方秘书走进来，就是前面跟他一块儿去大集调研的那位年轻人，额头非常宽。"朱书记，"方秘书说道，"有位叫李小白的想来找您，说是一名海归……"

"海归？"朱静安的眼睛一亮，"你怎么才告诉我？"

"噢，朱书记，总得有个先来后到吧。他来了才十分钟。"

"那赶快叫他进来！"

"他就在接待室！"

"好，我马上过去！"

原来小白在美国创业那几年，遇到困难了有时也找政府，一般是找到市长镇长，有时也能直接找到州长。所以回来后，他也习惯了找政府的一把手，这也是初生牛犊不怕虎。没想到朱静安竟然接见了。

“呵呵，叫你久等啦！”朱静安一进来就热情地伸出手去，那双镜片后的大眼也发着亮，“不好意思，实在是太忙啦，千万要谅解呀！”

“啊，不好意思，打扰朱书记了！”

两人握了一下手，那朱静安也没那么多客套，径自坐在了接待室的沙发上，“来，到这边来坐吧！”他见小白和他保持了一段距离，又和蔼地说，招了招手，示意小白过来挨着坐。小白坐到了书记身边。

“呵呵，听说你是一名海归，”朱静安笑着说道，“这么急着见我，怎么，是有什么需要我做的呢？还是想提些建议，关于咱山海的？可一定要说出来呀！”

朱静安这么平易近人，倒叫小白不好意思起来，自己的事儿先咽了回去，“噢，朱书记，我叫李小白，是咱山海的人。这不，在美国也待了几年。不过，还是想回咱山海发展。我现在是做了一块儿电商。”

“电商？”一听“电商”，朱静安猛地一拍沙发扶手，“好啊，现在电商是潮流啊！咱山海区是蓝岛的中心商圈儿，不过电商这块发展得还不行，就没形成气候啊！这块儿我确实有些急啊！像你这样的人才需要引进、需要引进啊！对了，咱们人社局有一个大学生创业中心，就在重庆路上，不知你感不感兴趣？感兴趣的话，可以过去看看呢！”

“好啊，朱书记！”李小白笑着说。第一次见面，他就被这位区委书记的淳朴感染，觉着距离一下拉近了。

“这方面有些我也不太懂，正好探讨一下，嗯嗯，应该说是向你请教。你觉得，以后真就是电商的天下了吗？在美国，亚马逊真的有那么火吗？”

“亚马逊现在是美国最大的吧，不过也不是这一家，还有 eBay——电子湾。无非亚马逊进入中国较早而已，所以我们才熟悉亚马逊。其实电商做的都是全球的市场，像我们中国的淘宝和京东，还有苏宁，现在也成为全球性的电商啦！”

小白侃侃而谈，他本来是找朱静安解决场地和仓库的，没想到这位书记却是电商专家。两人一见如故，对在山海发展电商不谋而合。随着谈话的深入，他发现朱静安不但对亚马逊研究得非常透，而且在发展山海区本土的电商和网店方面也有一套独特的想法。

“其实这是一种市场细分，”朱静安说道，“从最简单的日用品开始——油盐酱醋，面粉大米，洗衣粉、洗衣液。这些东西，家庭主妇每周都要采购。基本上哪种品牌也都固定，就像孩子们喜欢吃的肯德基和麦当劳：汉堡，薯条，就那么几种。但是住在市内经常堵车，浪费宝贵的时间！网上下单就可以省啰，不用每个周末逛超市啦！这是最简单的电商形式。这方面，我们本土的商超优势是非常大的！”

“对，朱书记，其实我要做的就是这种电商。我有自己的实体店，开了几个连锁超市，虽然规模上要小点儿，不过经营模式，就是您说的这种。我相信按照这个模式做下去，在不久的将来，肯定会做大的！”

“好，你这个投资方向非常好，很超前！关键是消费者需要！这种店肯定有生命力！我对你的创业想法非常赞赏！”朱静安又拍了一下沙发扶手说。

“谢谢朱书记鼓励！”小白深切地看了一眼朱静安说。

“呵呵，好啊！”朱静安笑了起来。他对小白一见如故，两片眼镜后面的眼神这时变得像孩子般纯真，看着小白的目光一眨不眨，一笑起来，双颊的颧骨也微露了出来。“小白啊，”他拉着小白的手说道，“下一步，咱山海区的企业也要发展电商，要跟上时代啊！电商，可以提高传统商业的竞争力。换句话说：不发展电商就是死路一条！这话说得可能严重了点儿，问题是形势非常严峻啊！我也看了国外相关的报道：比如说亚马逊，咱们山海区，已经把亚马逊的创业平台招在了山海。这家电商企业的成长，就是经过了残酷的竞争才走到现在的！本来，商业，就是一个充满了残酷竞争的行业，问题是电商时代的到来，使得这种竞争变得更加激烈，企业的生死也系于一瞬！一夜之间你可能发展起来了，一夜之间也可能就此一败涂地！电商时代，太快了啊！”

这番话其实是朱静安的肺腑之言，他对未来充满了忧虑。今天见到小白，他才一吐为快。

“书记理解得非常对！”小白不但嘴上说着，心里也竖起了大拇指。

“居安思危啊，居安思危啊！”

朱静安滔滔不绝，眼镜后面那双大眼睛充满了喜悦，一动不动，又清澈得能照见内心，仿佛真把小白当成了知音。他忽然忘了还有场地这茬儿。主要是小白的眼神鼓励了他。小白的表情是用心倾听。小白是没有结婚的小伙子，区委书记在小伙子面前也变成了孩子。

这时已经过了吃饭的点儿。方秘书进来提醒朱静安该用餐了。朱静安谈兴未尽，非邀小白一起吃饭，边吃边聊。小白也不推辞。就这么着，小白在朱静安这儿享用了一次免费的午餐。

政府食堂的饭非常简单，小白最后提出的仓库和场地问题没有立刻得到解决。不过他觉着今天他收获了一位书记，一个非常实在厚道的朋友。他觉着他是找到了一个精神支柱，多了一层依靠。他在心里乐开了花。

晚上，小白回到家中。

晚饭安娜张罗了十个菜，当然是为了儿子。李德信一高兴，也喝上了二两东北老白干。一家人团团圆圆吃了个饭，小白就把今天跟朱静安见面的事告诉了李德信。

“爸，”小白说道，“我看朱书记这个人挺实在的，也很懂行。下一步，山海区的商业确实面临电商这个台阶啊，得迈过这个坎儿啊！”

“电商？”李德信本来心情好好的，叫儿子一说反而增加了逆反，“电商这玩意儿人家外国人搞行，可这是中国呀！关键是信誉，网上骗人的还少吗？我说儿子呀，是，你念了几年洋书，比我懂，外面的世界很精彩。可这是实打实地做生意啊！”

“爸，中国，外国，都一样，人家淘宝都搞了好多年啦！今天书记还说了，淘宝就是大集，天猫就是商圈儿。这个比方形容得很好啊！”

“行了，它再好。我也不搞这些东西！”李德信一句话就把小白的嘴给堵了回去。

“那，爸，如果我搞电商的话，你能给我一些资金吧？”

“资金倒是可以，我是你爸，我肯定要帮儿子啰。但是你这个行业有风险！有风险的事儿我就得考虑了不是？儿子，关键是电商的信誉，它不行啊！”

“爸，那你到底借不借啊？”小白噘起了嘴。

“你要是买房子、买车子，我就给你个两百万。要是做电商，我看，三万两万的我也是不会借的！”

说者无意，听者有心，李德信今天这话说得又有点绝。这叫小白的心里产生了阴影。

小白也是个倔人，再就是还有点要强，觉得自己怎么着也是个海归，年轻人的虚荣心左右了他。于是他决定还是按美国的那套模式来运作。他决定不依靠李德信了。他找到了自己的好哥们儿小黄。

小黄老板其实也想在商超这块儿投点资，他想做中国的永旺。所以小白一说，两人一拍即合。很快小黄的资金就到位了。在小黄的支持下，小白的十几家门店很快就开张了，全是小型的连锁商超，统一配货。同时推出了网上订货送货服务。建立了自己的网站和电商链接。又通过广告大力对外宣传，率先在山海这一亩三分地掀起了一股高潮。小白的想法初步成功了！

可天有不测风云，树大招风。这天，小白与小黄正在经理室兴奋地讨论电商的前景时，一名职业打假人突然闯到了店里。

“李总，黄总，”一名店员跑了进来，“外头来了一位顾客，口口声声说要见老板，说买的咖啡过期了，还没有中文标签儿，要向执法部门举报。说要跟您先谈谈。”

“噢？”小白和小黄交换了一下眼神。

“这肯定是个职业打假人！走，看看去！”小白从桌子后面站了起来。

第四十四章　政府大集

在区政府2号楼的会议室里，山海区商会正在召开一场座谈会。会议室里此时已经座无虚席，该来的都来了，全是山海区商界的精英。有三大商场：维客、利客来、北方国贸，算是老三样。除此之外还有新三样：万达、宝龙、乐客城。刚才说的万达、宝龙、乐客城是综合业态的代表，实际又增加了银座和奥克斯广场，至于其他大大小小的商超，更是不计其数。饭店有锅贴铺、饺子楼、民联、好再来、双和园饺子，连三千里烧烤都来了。都是平常老百姓常去的饭店。这次会议的精神是开放式的，除了那些大佬，个体户也可以来参加，来者不拒。这是朱静安提出来的。不过来参会的这些人各个想法不一：一些人是过来凑热闹，领略书记的风采，看看山海区的领导班子到底长啥样；一些是来感受大气候，听听政策。个别的，有想借此机会跟书记认识认识，套点近乎，看能不能以后照顾到自己的生意。

“我说哥们儿，”其中一位说道，“听说新来的书记非常平易近人，半点儿架子也没有，人说话很实在啊！”

“可不是！”另一位答道，“他也不说普通话，就说咱们的山东话，肯定也是咱老百姓出身。行啊，这当官的不端架子，就是咱老百姓的福啦！”

这时一名高个男人走进了会议室，因为来晚了，只好坐在后排，挤个体户们中间。他的胸前挂了一个小牌，上面写着“苏宁云商副总经理”字样。

马上就到开会的时间了，大家都在拭目以待，可主席台上动静全无。人群不免骚动起来，下头开始叽叽喳喳，都还以为上头的领导是集体迟到了。这时只见前排站起来一个男的，却是商务局贾局长。“大家静一静，”贾局长高声说，“现在会议开始，这位，就是咱们的区委书记朱静安同志！”

他的话音未落，边上另一个男的已经站了起来，面朝大家鞠了个躬。他中等个头，脸上一对宽眉毛，就像两把黑毛刷，正是区委书记朱静安。

会场上顿时鸦雀无声。谁也没有料到会以这种形式开场。人们把目光投在了朱静安身上。

朱静安含笑望着大家，那嘴也微张。看了一会儿，这才接过了话筒。他又向大家招了招手。黑脸的包公这会儿变成了三月的春风。

朱静安开始讲了，他也一直站着，“呵呵，”他先笑了一下，果然是山东话，而且还是淄博话，“女士们、先生们，在座的山海区商界的各位精英们：首先我要说明一下，这个会，是个座谈会。因为人太多，所以才选在区政府。今天呢，主要是咱大家讲，随便聊聊。就当是在微信群里发发言。这样好不好呀？”

“好！”下面人欢呼起来。

“咱们今天就是个大集！”朱静安又笑着说道，“不过这个大集不卖东西，就是发表下意见，谈一下想法、看法。谁要是想讲就请到台上！或者在下面说也行。”

人群安静下来，都没那个胆儿。这时，叶老板站了起来，他就在前排，他是商会的会长。“朱书记，”叶老板微笑着说，“我看，还是请您给讲两句吧，我们都是商人，做买卖倒有两把刷子，发言可就不行了！再说了，大家伙都想听听，咱区委区政府的一些工作思路，好及时把握，说不定还能带来一些商机呢！”

朱静安笑了起来，他倒是能理解，也就不推辞。他一路微笑着走上了主席台。

这时，在小白店内的会议室，也就是一间仓库里，小白和小黄也开始了与职业打假人的对峙。

“你想怎么解决？”小白瞪着职业打假人，单刀直入地问。

“嘿嘿，按《食品安全法》来就是啦！十倍，最低赔偿一千！我就是一名普通的消费者。”职业打假人跷着二郎腿，皮笑肉不笑地答道。

这边座谈会在继续。朱静安虽然讲的是山东话，就像跟不错的朋友们聊天，可下面，都把耳朵直直地竖了起来。会场上鸦雀无声，只有朱静安洪亮的嗓音在大厅里回荡着。

“我觉着咱们山海，有一个百年大集！大集是什么？是人的组合！你像今天，咱们也是一个集市嘛！大集是由人组成的。我觉着大集给我的感觉，就是在大集这个生态环境里，人要帮人，人之间要互助！大集彼此之间，有一个合作共生的关系和纽带！这样才能发展好，才能共生共存下去。依靠人，团结人，互帮互助，这其实也是我们山海的精神。这也是这几天，我在大集上调研，受到的启发呀！商圈儿也是一个道理，商圈儿其实就是大集的延伸！所以我说：咱们这些人，都要感受大集的这种氛围！除了竞争，还要讲求合作！”

“好！”下面有人开始鼓掌了。

朱静安又笑了起来。会议室里充满了活泼的气氛，台上台下的距离消失了，大家已经置身在聊天室和沙龙里，忘了彼此的身份和财富差距。书记成了脱口秀明星，台下的人就是他的粉丝。

朱静安又讲了讲区里的几件大事：国际院士港开发，深圳路打通，海绵城市试点，沧口商业大厦重新整修开业，李村河中下游污水整治，蓝岛火车北站东西广场，百度联合创新中心，外贸仓库改成中艺1688创意产业园，沧口飞机场搬迁，亚马逊联合创业中心，沧口老国棉六厂要改造成邮政电商跨境产业园，等等。这些都是商机，不过从他的嘴里说出来，那就不是谣言，也不是什么道听途说了。

他讲话的时候全神贯注，旁征博引，几乎倾注了全身的力气，仿佛在做慷慨激昂的演讲，所有的目光都聚集到了他身上。他讲话的时候那对眉毛有时往上挑两下，有时又不停地打出手势，有时伸出一只手，有时是两只手，一起做出了一个对接的动作，有时又对称地做起了艺术体操。他笑的时候嘴巴微张，颧骨微露，一双大眼看着台下的某位老板，一动不动。当然下头的这位粉丝也一动不动，竖起了耳朵全神贯注地听。每当这个时候，朱静安那双大眼的眼白在镜片后面直发光，洋溢着兴奋和喜悦，清澈得仿佛回到了童年，像一个孩子，仿佛在面前坐着的是那个欣赏他的李小白。

就这样不知不觉一个小时过去了，两个小时过去了。台下的粉丝们还是仰着脖子兴致勃勃地听。朱静安忽然笑了起来，“哎呀，大家伙把讲话的权利都给了我，咱们大家也该讲一讲呀！”

“下次吧！”下面异口同声地说。接着爆发出了热烈的掌声。

这时就是心有灵犀了：商户们理解了朱静安的良苦用心，他是想叫他们都讲讲。不过现在他又成了他们的代言人。

“那我就讲最后两分钟！”朱静安说道，他的神色突然变得严肃起来，“这就是我们山海明天的商业问题。不知大家有没有想到，这就是电商啊！要进行转型和电商改造啊！”他忽然莞尔一笑，他是想叫大家都放松下来，“其实这还是一个创新的问题，要进行创新，不创新不行，不创新就得死！在这里我需要讲一下我们的院士港，作为一个例子。其实这还是一个大背景，是什么？是我们传统的工业已经日薄西山了！我们的碱厂、钢厂、石化厂，现在基本是关的关，迁的迁。那我们的税收怎么办？所以，我们要创新啊，要开辟新的财政增长点啊！那么我们山海的院士港，这个项目其实是一个招商引智的项目，要聚拢人才。这方面我们山海有优势，一是咱们刚刚胜利举办了世园会。借着世园会的东风，山海东部也加快了改造，现在山海东部的城市建设是一片大好呀！李村河投资了十几个亿，山海东部是鸟语花香，是咱蓝岛的大花园啊！咱们区委区政府的目标，也是要把山海打造成为一个花园型的城区，就是‘宜身宜心宜居宜业’。那么在这种形势下，招商引智工作就非常有利，因为有环境，有我们新鲜的空气，有便利的地铁 3 号线、2 号线！这样就有了我们的院士港啊！现在院士港，已经有了十几位院士入驻，海水稻已经初步研究成功。同步还要建设一个海水稻的研发基地。这就是创新，是可以代替传统钢厂碱厂的先进生产力啊！院士港，省委给我们定的基调是‘建在山海，立足蓝岛，辐射山东，着眼全国，面向全世界’。所以，我们是在建设世界一流的人才与科研基地啊！到时候全国全世界的技术需求方，都可以到我们这里来交易、来洽谈。创新，将使我们山海的明天充满辉煌啊！”

下头鸦雀无声。朱静安这是为大家打开了一幅画卷，人们要慢慢欣赏。

“所以，院士港的成功说明了一个道理：必须创新！再就是亚马逊联合创新中心，这个大家每天晚上都能看到。这更是一方创新的乐土。那么关于电商呢？难道不也是一种创新吗？乔布斯发明的苹果手机是创新，阿里巴巴马云做了淘宝也是创新，咱们山海已经引进了亚马逊，电商就在眼前！电商代表了商业的未来。其实马云的淘宝不就是一个李村大集吗？天猫不正好代表了咱们的商圈儿吗？在这个交易平台上什么都有。问题是：我们呢？！”

朱静安说到这里是动了感情，他这次真的是为山海的商业担忧了，特别是上次跟小白交谈了以后。他已经敏锐地意识到了电商的威胁。

朱静安喝了一口水，脸上也重新焕发出光彩。他觉着发言该换一个角儿了。他把目光朝台下投去。

只一眼，他就瞧见了第一排坐着的李德信。

“德信电器的李总。”朱静安和蔼地招呼道。其实刚才在台下时，他就跟李德信交流了一会儿。须知李德信是山海区商界的名人，朱静安早就有耳闻。“现在请你上台来讲讲吧！呵呵，你是咱商界的元老，电商转型，你可要带头啊！”

“对电商我不感兴趣！”谁承想李德信竟然头也不抬，他淡淡地答道。

这真是一语惊四座，下面顿时一片哗然。谁也没有想到李德信能说出这样的话。这是最基本的常识，在这么一个大场合，即便不是面对区委书记，也不便矢口否定。这是连三岁小孩儿都懂的问题。唰的一下，全体目光就像聚光灯，一下子照在李德信身上。

台上的朱静安也严肃起来。这会儿又回到黑脸儿的包公。

可李德信还是一副悠然自得，仿佛什么也没发生似的。

原来事情就这么巧了。一方面，李德信的确是对电商不感兴趣，刚才朱静安讲了半天他也汤水不进。他的心思这时是在老爹身上。

他刚才又想起了老爹，回忆起老爹对他往昔的关心和慈爱了。

可朱静安邀请李德信上台来现身说法，这是尊重李德信，是对李德信寄予了厚望，是对李德信高看了一眼。可现在李德信不但不以为然，还愣不给书记面子，表示反对。这简直是当众叫朱静安下不来台。虽然心情是一个原因，可这一来岂不惹了大祸？从下面商户最简单的心理来理解，肯定就是了！

台上的朱静安忽然呵呵地笑了起来，又露出了面颊上的颧骨，嘴巴微张，一脸的谦和，就好像这事儿没发生似的。

“回头李总再考虑考虑吧！我就是提议，咱随便一聊。”说罢，朱静安的脸色又恢复了严肃。

这时，小白跟职业打假人的谈判也到了紧要关头，双方剑拔弩张，仓库里的空气变得格外沉闷。

“李经理，这么说，你是不认这壶酒钱就是啰？”

“东西我当然认。不错，是我们店里的货。问题是我们不是故意啊！咖啡的食品标签儿我们都有，这不一着急，给忘了贴嘛！你看，我们这个店刚开，人都是新手。经验，也相对不足嘛！反正，你得给我们机会呀！”

“哼，那个我不管。咖啡上没有汉字儿，你叫我们怎么喝？喝的时候还要找个懂外语的，给翻译翻译？”职业打假人胡搅蛮缠起来，“反正按照食品法，你就得十倍，最低一千！”

“一千连门儿都没有！”

“那你想给多少？”

“给你一倍，三十！”

“食品法规定，最低可是一千！”

“可我们不是故意呀！”

“哼，怎么不是故意？你有标签儿啊！为什么不贴？”

“你……”

“最低一千。给我就拉倒！要不然就举报！”

“你敢！”

“我怎么不敢？”

“你……”

“你到底赔不赔？”职业打假人站了起来。

“你爱上哪儿告上哪儿告吧！”小白也火了，他也站起身来，针锋相对。

“哼，我告诉你：李小白，你刚才说的话我都录音了！咱走着瞧！”职业打假人扬长而去。

第四十五章　有容乃大

李德信坐在了区委 1 号楼接待室的沙发上。

原来座谈会一结束，李德信就接到商会通知，说朱书记要找他单独谈谈。李德信不知是喜是忧，又一想管它呢。他来到了接待室。

商务局的贾局长正好也在。方秘书告诉李德信，说书记正在忙着接待一位院士，不过应该很快就能过来。这样就等了差不多有半个小时。李德信因为晚上没怎么睡，正好沙发上打了个盹儿。猛一抬头，忽见一人急匆匆地走了进来，正是朱静安。

“哎呀，李总啊，电商的事情你可要多加重视呀，我对你寄予厚望啊！”朱静安笑容可掬，一进门就热情地伸出了手。李德信蒙眬中慌忙站了起来，“噢，朱书记，多谢您了，一直对我这么关心关注。”

两人握住了手。李德信这时被朱静安感染，朱静安那清澈的目光令他心头一热。他忽然想听从他的建议。

“对不起，朱书记，刚才开会，我也不知道怎么了，会上和您的想法不太一致，您多多包涵！”李德信低下头，不好意思地说。

他这么一说开，朱静安也乐了，“你呀，”他伸出手朝李德信摆了摆说，“刚才真是不给我面子啊！行，反正这事儿咱就说开了。就这样，也不要背包袱。不过关于电商，我建议你还是充分考虑考虑，该出手时就得出手啊，起到带头作用啊！”

“朱书记，我对电商确实不感兴趣！”李德信突然又冷冰冰地冒出来一句。

“不感兴趣，怎么能不感兴趣？”朱静安的脸色也严肃起来。

“我觉着，我不太看好电商。这牵扯到一个信誉问题！”

“噢？”

“好啦，朱书记，不过还是要谢谢您。是这样，我还有点儿事情，我得先回了……”李德信还是看着朱静安的眼睛说，不过态度明显冷淡下来，他的眼里突然又多了一道障碍。这道障碍，既是掩饰了自己的想法，也是表达出了一层意思。

“噢——”李德信眼里的这道障碍叫朱静安一激灵，他拖了一个长音儿道。他立刻就琢磨起李德信目光里的含义。虽然李德信是在掩盖，但朱静安马上就猜了个八九不离十。

“那好吧，李总，这样你先忙，我这边也好多事儿。再见，咱有机会再聊！”

李德信告辞而去。一回到办公室，朱静安立刻就把商务局贾局长叫了过来。

“这个李德信，”商务局长一进门就发起了牢骚，他是为朱静安鸣不平，“真是不识抬举！刚才在会上，他说的叫人话吗？即便您不是书记，他也不能这么说呀！这简直是没数！刚才在接待室，我就忍不住想说他两句。你看他还是不改，他倒八面威风了不是？什么人啊！”

“老贾啊，”朱静安微笑着说，给贾局长倒了一杯水，“关于李德信，咱也不能一棍子给闷死了。这事儿啊，还得从长计议。认识新生事物得需要一个过程不是？所以要给李德信时间啊！当然，别的人咱可不能拖。怎么样，你们商务局现在电商这块进行得怎样啦？”

“啊，报告朱书记：关于电商，现在商务局是当作头等大事来抓，作为一把手工程。现在，已经召集了各个市场和主要商家的负责人，苦口婆心地对他们讲啊！宣传基本已经到位了。”

“嗯，抓紧时间！电商早一天也要来、晚一天也要来，问题是提前做好应对比较好呀！我现在担心的是，对一些实体店可能会造成冲击。咱最好还是别花钱来买教训啊！再说了有些教训是血的教训，成本太高啊！希望咱商务局抓紧时间，加强宣传，争取商户们早日都完成电商改造！”

“你放心吧，朱书记！商务局肯定常抓不懈！好处是现在人人都有了微信。现在大集上、菜市场上，都用上微信和支付宝啦，现金都不用了呢！有这个底子，电商转型，我看没有问题！”

“好！当然啦，也不能搞一刀切。咱政府就是积极地进行引导宣传。到底做不做，做到什么程度，也要根据行业的特点。反正，要把咱山海的商业纳入时代的最前沿，确保在竞争中立于不败之地！”

“是，我明白！”

朱静安的神情忽然又变得严肃了。贾局长马上猜到了书记的心事。

“这个李德信，真是桀骜不驯！不尊重区里领导不说，刚才说对电商还不感兴趣！我看不是不感兴趣，是不开窍！对咱政府人员的意见牢骚还不小呢！上次我叫他入党，他李德信不但不入，还冷言冷语，差点儿叫我下不来台！真是个奇葩！”老贾又发牢骚说。

“呵呵，这就对啦！”朱静安忽然抬起头来，冲老贾一笑。

“噢，”商务局长抬起头来，“书记此话怎讲？”

“他是对咱们有偏见啊！”

“偏见？”

“老贾啊，刚才李德信走的时候，我就觉着有点儿纳闷。现在我搞懂了。他是对咱这些公职人员不信任啊！”

“不信任？”

“对！就是不信任，他是怀疑。他不相信我们这些人。这种偏见，我们要帮他扭转呀！”

“对，我现在也有这种感觉了。”

“这种情况下更是急不得，需要慢慢来感化他，慢慢来啊！”

朱静安嘴上是这么说着，可在心里，他又多了一桩心事。

“这个李德信！”商务局长又皱起了眉头。

“呵呵，老贾啊，不要着急。”朱静安脸上的神情又回暖了，“我想对你说的是，这几天我在大集上调研、转悠，我很受启发啊！你看，不管是什么商品，它只要是拉到了大集上，哪怕是一只兔子、一条狗、一根旧的鱼竿、一辆二手的自行车，都可以放到大集上来卖。这就是大集的包容啊，有容乃大！所以我就琢磨着，作为区里的领导，作为山海的一名干部，是不是也应该向大集学习这种精神呢？大集的这种精神，是兼收并蓄，是不认土壤、不择细流！我们山海原来叫啥来着？叫城乡接合部！这就是既有城市的范儿，也带着乡土气息。那么就更应该学习和保持大集这种精神。要为人民服务，要团结互助，要包容要理解，不抛弃不放弃！这种精神是大集的精神，也是咱山海区的精神啊！”

“对！”

“再就是，咱山海人是讲诚信的。咱大集上做买卖要的也是诚信。李德信呢？他也是一路遵守着诚信嘛！所以，咱也要讲诚信，咱不能叫他瞧不起咱！咱们要让他看到政府的诚信，让他感受到公职人员为人民服务的诚信！深圳路打通是 12 月底，已经见报了，那就必须 12 月 31 号以前，拖一天也不行！你说呢，老贾？”

“朱书记，听了您一席话，您对大集的理解，我这个本地人都自愧不如啊！”

“呵呵，那咱们政府的人，也就是大集人！要必须有这种精神。给李德信时间吧！”

外头下起了雨。李德信没去公司，倒是把自己锁在了家里。对老爹的怀念叫他懒得动。他现在就想一个人好好静一静。

外面的雨越下越大，还裹挟着风的呼啸。天空霎时又阴暗起来，天边的乌云滚滚，仿佛一下掉进了无边的漆黑的夜。接着，只听“咔啦”一声，一道明亮的电光把天空撕成了无数碎片。紧接着又是一声“哗”，瓢泼大雨落了下来！

李德信这时正躺在床上，他忽然觉得有些发冷。敞开的窗户飘进丝丝雨雾，他翻身下床，信步走到了阳台前。

大雨如注，底下的滨河路早已水流成河。李德信举目望去，呀，眼前李村河的此情此景，不正是二十二年前，他刚来李村的那次，与三名汉子缠斗吗？

老爹救他的情景又浮现在眼前。

“淹啦，淹啦！快去抢货去！”

“抢货，抢货，赶紧啊！”

“快、快啊！”

李德信忽听得一阵喊叫，紧接着是忙乱的脚步声，混杂着人们大呼小叫，马上又变成了鼎沸的人声。再看河底下，最低处的河床早已淹没，一些人正在河底东奔西走，大大小小的手推车、地排车排了一大溜。是河底下的商户，这时正如热锅上的蚂蚁——他们在抢货！

他急忙朝河上游一看！

呀！只见远处一片滔天的巨浪，恰似万马奔腾，从李村河的上游冲过来了！

第四十六章　洪水袭来

不好，发大水了！李德信一个激灵，心猛地一沉。他马上意识到：这次的洪水非比寻常，是百年不遇，简直可以说是海啸！

的确如此！其实李村河每年都发大水，但是这一次，却是真的狼来了。

得赶紧帮老乡去抢货！他此时只有一个念头，一头朝楼梯扎去。

滨河路上早已一片汪洋，有几辆汽车趴在水里都不敢挪窝了。李德信还不等走出两步，浑身早已被冰凉的雨水淋透。他犹豫了一下，又义无反顾地朝河底冲去。

越过了京口路就是桥头，有一条斜坡可供上下。李德信跑到了坡上，朝下只看了一眼，立刻就被惊得目瞪口呆！

那浑浊的河水已经淹没了大半个斜坡，又不断地往上涨，离着脚脖子也就几尺了。连想都不用想，河底商户们的货早已泡成落汤鸡了！

李德信一阵焦躁，猛地一跺脚。

可有什么办法。这时河底的人还在捞东西，多半截的身子已经没在了水里。有水性好的试图往中间游去，可马上就被大水冲了回来。脚下的水突然变黄了，接着只听“轰”的一声，李德信急忙抬头看！

是刚才那股大潮，这时奔驰而至，又撞上了京口路桥，发出了巨大的轰鸣声，顿时浪花四溅，脚下的水流立时上涨，淹到李德信的脚脖子了！

“水来啦！”只听一声高叫。紧接着河两岸发出了一片“嘘”声，接着是一片哭喊，夹杂着女人的哭声。顿时，河床河底都变了样，河底原先的布片、货架，还有装着货物杂七杂八的箱子，瞬间都不见了踪影，只剩下了一片滚滚黄流。李村河变成了黄河入海口！

水面已经与两步之外的京口路桥平齐。桥洞子就像井喷，激流四射。再看远处的向阳路桥，奔腾的河水争先恐后，迫不及待地涌向桥洞，桥洞这时也已塞满了杂物，乱七八糟，阻挡洪水前行，激起了片片浪花，浊浪滔天。

轰——轰——轰！

这时，上游被雨水冲下的杂物也漂了过来。扫帚、拖把、檩条、苇箔，五颜六色的塑料布。又唰地一大片，是河底朝鲜族人经营的调味品，韩式辣酱，箱子筐子不可胜数。白色的塑料泡沫包装箱互相碰撞，随波逐流。冻鱼冻肉的冷柜冰箱也给冲了下来。河南岸水上漂下面，水产市的海鱼水族们这时纷纷出逃，本以为可以越狱成功，谁料想河水不服，冲出来立刻就被河水呛死，只得一条条肚皮朝天，魂归大海了。

我的天，这下损失可大了！李德信全然不顾全身湿透，呆立在雨中。

洪水这个魔兽连发了三天，把河底刮得一干二净。这才心满意足，带着幸灾乐祸，大摇大摆地逐渐回落了。

洪水一停，李德信就急着去看老乡们。可一走到京口路的桥头，他的脚步又停住了。

他忽然不想去看了，转过了头来。

他觉得充满了愧疚，因为有太多的人和家庭需要帮助。他整晚上都能听见女人哭，就在滨河路的楼底下。男人烦躁了咧咧地骂，惹急了，失手打了女人，孩子也跟着哇哇地叫，吵得他心神不宁。他都听见了：全没了，全都冲走了。是这该死的大水！

他不敢面对老乡们。他忽然困惑起来。他觉着他与大集早已拉开了距离，远离了大集上的那些商户。他现在不属于他们了。他们变成了穷光蛋，而自己还是百万富翁。

我是变得自私了吗？我这是变了吗？还是变得懒了？他扪心自问。我是不是背叛了他们？我来自那些人，我跟他们是一样的口音。可是现在，我却不愿意去见他们，他们最好离得我越远越好。去，这些穷人！他们说的家乡话叫我心烦，我是不是讨厌他们了？哦，我已经好久没到大集上看看了！

他一阵害怕。他意识到了。就在一刹那，他觉得自己迷失了。

李德信还是来到了大集上。他放下了自尊，重新找回了自我。再就是：还有老爹的店，叫他心里牵挂着，那是他最深厚的情感寄托。

老爹的帐篷还在，不过一半已经被泥沙给埋了。李德信钻进了帐篷里，看了看，除了那张木头床，其余的桌椅条凳还在。他放了心。

他离开帐篷，沿着河底漫无目的地朝向阳路桥走去。脚下的河床变成了泥滩，一路留下了一串足迹，是洪水退去留下的一层黄泥。河中间早已脚印成片，变成了一条人走过的小道，又恰似人脸上的一道道伤疤和血痕，看着叫人直起鸡皮疙瘩。张永喜的房子被冲倒了。张永喜见了李德信像见了救星，“嗨，德信，你终于来了，快帮帮大家伙吧！瞧我这儿，唉、唉，芝麻都给冲走啦！我头天才进的货啊！全是河南驻马店的好芝麻，值二十万哪！调味品也给冲走啦！香油桶也进了水，不能用啦，只好丢掉啦！唉、唉，怎么三分钟水就来啦！真是水火无情啊！家里存的也泡啦！没法用啦、没法用啦！”

张永喜连说带比画，又连连摇头，不停地叹着气。老大张永岭也愁容满面，还有张永芳。哥仨加起来的损失差不多得有五十万了，李德信后来听说。因为他们的芝麻只要是泡了就不能用，只能扔掉喂猪，要不然没法保证香油的质量。

河底也是一片凄凉，到处都是烂菜叶子。有几台大冰柜玩了个倒栽葱，插在了河底那条臭水沟里。还有两辆鱼贩子的摩托车。一位朝鲜族的大婶坐在河底的一块石头上，她就是十年前李德信最早认识的那位朝鲜族妇女，金隆一介绍来的。她的目光这时一片呆滞，欲哭无泪，额头上也沟沟壑壑，皱纹密布，一夜之间老白了头。她损失的是韩式辣酱，价值一百多万，全在河底，也全都冲走了。

望着这一幅惨淡光景，李德信长长地呼了一口气。

此时在向阳路桥西的河底，一行人也正在查看损失的情况。为首一人眉头紧皱，嘴唇紧抿，一张严肃的脸也变得更为凝重。是朱静安。

实际发大水的当天，朱静安就和一干区委常委及防汛人员赶到了河岸。眼看着河堤被冲垮，大集被吞噬，百姓们流离失所，朱静安攥紧了拳头。

第四十七章　父子隔阂

小白忙起了事业，年轻人干劲儿足，血液里李德信遗传的基因成了兴奋剂，开足了马力把电商搞得红红火火，一天二十四小时都待在店里。可是这么久不回家，也没个电话，倒叫当母亲的不免担心起来。安娜就时不时地打个电话问问，说还要过去探望。哪知小白一听就在电话里不乐意了。

“妈，你就不用过来了！忙着哪！来了净添乱！这边事儿多了去了！好啦，在家好好歇歇吧！”

“哎，你这孩子！”

安娜还想再说两句，那边小白已把电话放下了，不过没挂断。安娜听见里边乱哄哄的，嘈杂中又听见有人在吵吵闹闹、大声嚷嚷。安娜急忙侧耳细听，听明白了：原来是职业打假人，跟小白他们在谈判！

安娜马上明白：小白肯定是遇到火焰山了。在李村这么多年，她也知道职业打假人是干什么的了。她马上把情况告诉了李德信。

“德信呀，我琢磨着：小白这次，肯定是遇上职业打假的了！他是新店，这些幺蛾子，专找新的下手！唉，这孩子年轻，在美国也没经历这些。我是担心！这回，怎么着你也得亲自出面帮帮小白！”

“行了行了，年轻人，多历练历练！这事儿还是叫他自己弄，好歹有个经验教训！”李德信二话没说就扣了电话。

话是这么说，可李德信放下电话后心里也犯起了嘀咕，当父亲的责任感这时跳出来抗议他了，不能不管呀！孩子是需要历练，可这些职业打假人欲壑难填。小白也不是省油的灯，性子倔。到时候纠缠起来，小白再有个言差语错，赔俩钱事小，就怕这些人得理不饶人，再给嚷嚷了出去。到时候消费者不明就里，那样岂不毁了自己的信誉？要知道这孩子才刚刚起步呀！

李德信忧心忡忡。年龄的关系，使他想得有点儿多了。最关键的是父亲的责任和良心，使得这次他不想眼睁睁地看着儿子往狼口里送。

李德信一把抓过了手机："八哥，你给我联系一下，那个职业打假人叫'杂不打'的，马上！叫他到我这里来一趟，就说我有要紧事找他！"

八哥电话里说马上安排。放下电话，李德信的胸脯起伏了一下，吐出了一口气。

原来，近年来冒出一种职业打假现象。有那么一帮子人，没有固定的职业，或者说想去择业，正规的企业又不要。源自自身的一些思想性格缺陷，或懒惰，或愤青。有些人心里还揣着飞黄腾达的梦。反正是属于社会闲杂人员，成分不一而足，但又殊途同归，看好了职业打假这一行当。

那职业打假又是怎么回事呢？

《消费者权益保护法》有规定：买到假冒，商家必须假一赔三，也就说买到一双假冒的耐克鞋，值一千的话，那售假者就得照三千赔。食品法规定是假一罚十，也就说买到一瓶劣质的茅台酒的话，如果茅台值一千，那么商家就得赔一万！于是有些人就利用法律的规定，专门找假冒伪劣的来买，买了就找商家索赔。后来假冒伪劣买不到了就鸡蛋里挑骨头，说食品标签儿贴错了也不行，说商品标错了价格也不行，也要假一罚十。反正就是胡搅蛮缠，找碴儿要钱。而那些大商场，虽然都是规规矩矩的店，根本不曾有什么假冒伪劣，也生怕惹上这些娄子，得罪了这些瘟神。主要是现代商业竞争激烈，所经营的商品成千上万，谁又敢保证哪根不掉链子呢？何况这些人除了要求索赔，还拿举报来说事儿，后头又要上媒体曝光。在互联网时代，谁也不愿意摊事儿。到时候即便抖落清了也得惹一身臊。于是基本选择了花钱消灾，一般也就从了职业打假人。职业打假人也利用了商家这种心理，屡试不爽。这样就形成了这么一种群体——职业打假人。

所以一看就明白：这些职业打假人就是泼皮无赖，只是来钱快，可以以此为生。他们又化装成消费者，扮成弱势群体。要赖与维权从证据上无法认定。所以要消灭这批苍蝇蚊子，难度可想而知了。

这种职业打假又伴随着商业，好比蝗虫喜欢庄稼，全国流窜，在全国忽悠。商业开到哪里他们就走到哪里。有商业的地方就有职业打假人。那么李村，自然也就难以幸免了。

这些职业打假人也有行规，也分路段。从中也各有自己的头头脑脑。那么李德信现在要做的，就是找到一名职业打假人里的小头目，叫他出面，给调停调停，别去纠缠小白。

很快，八哥给找来了。这人叫杂不打，当然“杂不打”是外号，四十来岁，头发都没了，戴着个棒球帽。见了李德信立刻满脸堆笑，服服帖帖。李德信跟他讲了小白的情况。杂不打敬畏李德信在李村的为人，马上就给纠缠小白的职业打假人打了电话。在电话里，“杂不打”把那人一顿臭骂，说职业打假也不看看是谁的庙，瞎打一气。末了，对方当即认错道歉，并赌咒发誓，保证日后绝不再骚扰。李德信放了心。

事情办理停当，“杂不打”领赏走人，还是客客气气，说以后有这种事尽管吩咐。李德信松了一口气。

他拿起手机，想告诉儿子一声。刚摁下电话，又把手机挂了。

“这小子，肯定不服他老爸！又不知道会瞎琢磨什么呢！”李德信自言自语着，嘴角露出了一丝微笑。

他找出安娜的电话，摁了下去。

“爸，你怎么干扰我的经营啊？”

李德信担心的事儿果然发生了。这个周末小白回家了，没想到儿子见到他的第一句话竟然是抗议！

李德信立刻明白：是安娜，在第一时间把自己摆平职业打假人的事儿告诉了小白。

小白拉下的脸就像李村公园湖里的水。

“爸，你以后就别操那么多心了！这边生意上，我能克服！不就个职业打假人吗？店里的麻烦事儿多着呢！我现在大了！反正……反正我能处理！我自己店里的事儿，您就不用操心了哈！”

“哦、哦！”

李德信唯唯无语。他忽然觉得自己此时倒成了狮子面前的小绵羊，儿子小白的气势反倒盖过了他。他明白了，是自己不占理。

他又暗暗地为儿子高兴。

可在小白的心里，反而产生了一种厌恶和逆反。这当然是年轻人年轻气盛的心理在作怪。他觉得这是李德信对自己能力的质疑。他不但没有感受到父亲的爱和良苦用心，两人的隔阂反而加深了。

大清早，李德信和八哥就来到了 AK 广场。这是一座新开发的楼盘，底下裙楼是商铺，分为一层和二层。裙楼之上又开发了住宅，高达三十多层，气势宏大壮丽。又是在书院路和峰山路的东北角上，原来东兴村的地，东边紧靠北方国贸，脚底下就是中防商街和向阳路、少山路步行街，自然是李村的黄金地段。李德信在这里有半层商铺。

因为刚竣工不久，空气里还弥漫着一股油漆和粉尘的味道。二层的大厅比较冷清，五十多家门店开业的就几家，装修好的更是寥若晨星。好多外头拉着塑料布，紧紧缠绕着的钢丝锁上灰尘密布，铝合金门上贴出了“吉房出租”的广告。好像好久没有人来光顾了。

李德信皱着的眉头锁紧了。

“八哥，”李德信回头问身边的八哥道，“你不是说二楼基本都租出去了，怎么开业的这么少？”

“啊，李总，”八哥慌忙答道，“是这样：当初是租出去了。可好多都是先交上的定金，说想再等等看。合同没签不是。”

“他们为什么不签合同？”

“李总啊，咱说实话，现在店铺不好干了。我觉着，都是电商。现在电商，对咱的实体店冲击很大啊！再说了，咱这些铺子又大，一套就一百多平，能顶上中防商街十多家了！嫌贵！再就是，关键是电商啊！”

“电商有那么可怕吗？”

“是可怕啊！我听他们说，现在的消费者，尤其是小青年，买东西，先去实体店看，看好了，也不买，回家网上选，然后网上直接下单，再支付宝、微信支付。接着没几天，就送家里来啦！又好又快又便宜，关键是它网店没房租啊！”

李德信皱紧的眉头都拧成了麻花，“哼，难道，网店就这么神了？叫它们一顶，都没敢来买东西的了？”

“这是趋势，李总！现在 AK 广场这边，不但是店面租不出去。听说，边上都有退店和转让的了！”

李德信没再说话。在心里，他吞下了一口气。

八哥的乌鸦嘴果然应验了。不出一个月，李德信的店铺就受到了冲击，在电商低价的大潮下，好多商户选择加入电商，而不是在商铺里守株待兔等死。已经交上房租的，宁可违约也不在这里熬。因为那样赔得更惨，特别是服装化妆品行业。李德信的经营陷入了困顿。

“八哥，现在除去退租的，账面上钱还能剩多少？”这天是月底，在办公室里，李德信又问起了八哥财务情况。

“基本是持平吧，”八哥看了一眼手里的报表说，“退租的不到一半。剩下的那一半，基本能维持每个月的费用，包括还银行的贷款，再就是水电费什么的。”

“这样吧，你从这个月的费用里挤一挤，看能不能挤出二十万来，给大集上老乡先送去。有几户受灾挺严重的，一下把老本都冲走了。这笔钱给他们，叫他们先转起来，特别是那几户河底卖菜卖粮食的，是小本生意。”

“大集？”八哥眨了眨眼睛，“李总，我听说，大集要拆迁了。河底的一些老乡传出来的。区政府正在征求意见呢！”

“噢？”李德信转过脸来，他睁大了眼睛，“那老乡都怎么说的？”

“老乡们都起急啦！都嚷嚷着要上访。谁愿意拆啊，吃不上饭啦！”

“我找区政府去！”

第四十八章　市场大鳄

这时，在李村东边、靠近世园会、百果山南麓的一座私人会所里，德福正在跟一个人喝茶。

会所是一座平房，就建在半山坡上，背倚百果山，外头自是风景如画。里面做成了一个庭院，中间一道月亮门。月亮门正北是餐桌，有两张。窗户都是传统的中国式花格子窗，装扮得古香古色。又有大红的灯笼高悬在立柱之上，月亮门以南算是“庭院”的院子，在靠南的照壁下有一座小小的鱼塘，里头红白的鱼儿正在戏水。鱼塘往里，和月亮门之间，是一张巨大的根雕做成的茶桌。

李德福与这位客人一左一右坐在了根雕两侧的木墩上。

只见这位客人大约六十岁年纪，古铜色的脸膛，面颊一侧生出了两颗巨大的老人斑，一头雪白的银发直愣愣地竖着，就像一排排整齐的刷子，不曾掉落半根。下巴刮得精光，一双粗眉毛黑白相间，一双眸子精光四射，面颊和眼角上也不见一丝皱纹。他身穿一套浅棕色的休闲唐装，颇有一番仙风道骨的味道，一看就是个江湖中人。

“呵呵，冼总，”德福笑盈盈地说道，“今天能与冼总一起品茶，真是三生有幸啊！今后，还得请冼总多多关照啊！”

说着，德福麻利地端起了茶壶，洗茶，添水，倒茶。整个动作干净利落，一看就知道茶艺功夫非常老到，该是玩了好多年了。

“哪里哪里，”只听这位被称作“冼总”的客人答道，“你今天能选这么好的地方吃饭，我好喜欢哪！”

“冼总客气了！冼总现在是建材行业的大鳄，德福以后还得您罩着哪！这是应该的嘛！”

“哈哈！”

“对了，冼总，我和您侄子小黄总交往了好多年。不过我有些不太明白：怎么他姓黄，而您……”

德福的意思是怎么他姓黄，而您却姓冼。但是他没直说出来。

“哈哈！”哪知这位冼总毫不介意，笑道，“我呢，年轻的时候比较叛逆，父母离了婚，我一气之下就跟了母亲，把姓也改成我母亲的姓啦！就是这样，很简单！”

“噢，原来如此！”德福点了点头。

原来此人正是那位老黄总同父异母的哥哥！

两人谈笑风生。德福忽然又拿过了一把紫色的南泥茶壶，“冼总你看，这把茶壶，倒是很有来历。今天就请冼总来鉴赏鉴赏，看是什么时候的宝贝？”

“噢？”冼总惊奇道，一边接过了茶壶，他的眼睛立时睁得雪亮，“李总啊，这的确是一件宝贝啊！看这纹络，不是清末也是民国年间的。你是在哪儿淘的呀？”

“呵呵，冼总既然喜欢，那就拿去呗！”德福拨弄着茶壶盖说。

“你得告诉我在哪儿淘的货哟？”

“当然是在李村大集上啰！哈哈！”

“好，那明天我就跟着你去大集上转一转，看能不能再淘到一件。哈哈！”

“没问题！”

正说着，德福的手机响了起来。德福接起电话：“小白！”

这时，在小白配送的仓库里，小白正与德福通着电话，小白弯着身子，对德福言听计从。

在商务局拥挤的办公室里，商务局贾局长接待了李德信。

“贾局长，怎么大集要拆了？”进门刚坐下，气还没喘上两口，李德信劈头就问。

“呵呵，李总，大集不是要拆，是要搬迁！”

“那不一样嘛！说是搬迁，不就是拆了吗？”

“不一样。大集这次是整体搬迁到曲戈庄，靠近重庆中路。那个地方，估计你肯定也知道了。现在基本上已经竣工了呢！”贾局长干商务局长多年，知道李德信的脾气，又记着朱静安的提醒，心想得慢慢来，慢慢解释清楚了。他给李德信倒上了一杯水。

“整体搬迁？”李德信开始回过味来了。

可是他还是持怀疑态度。他觉得眼前这个浓眉大眼的大个子不那么厚道。他还是习惯于戴着有色眼镜看这些人。

“为什么要搬迁？大集在河底下不是好好的吗？这多少年了呀？一直就在河底下呀！”

贾局长忽然觉得李德信这些想法简直匪夷所思，差点儿呛水，“呵呵，李总，为什么搬迁这不明摆着吗？”他见李德信还是懵懂，又跟上一句，“您还没被大水淹够啊？”

这句倒是戳醒了李德信，李德信脑子一激灵，转弯了。他挠了一下头发，“是啊！”

商务局长望着李德信，哈哈大笑起来。

他赶忙趁热打铁，“李总啊，其实大集在河底下，这都淹了多少年啦！市民们早就怨声载道！不光是咱本地的，全蓝岛市的老百姓都觉得大集该迁了！为什么？它堵啊！一赶大集的时候，九水路，滨河路，书院路，夏庄路，京口路，向阳路，那简直是堵成一锅粥啦！再就是刚才说的水灾火灾，二〇〇七年那次，把河底几乎冲没啦！损失了多少！还有那一年，烧死了一家三口，多惨啊！唉，大集上事儿太多啦！”

老贾说得句句揪心，李德信不言语了。

“再就是，”贾局长又说道，“大集上的脏乱差也是出了名的。假冒伪劣，偷鸡摸狗的什么都有。有市民还编了一首打油诗讽刺大集呢！”

“还有打油诗？”

“我给你看看！”

说着，贾局长把李德信带到了自己的电脑前，打开了一个文档。果然，里头是一首打油诗。

李村大集……
老鼠横行，蟑螂霸道，
苍蝇蚊子，苦不堪言，
千疮百孔，垃圾成山，
交通堵塞，人群攘攘，
一朝河水尽泛滥，留下了多少无情后患！

“所以说，李总，可能市场上商户有不愿意拆的。可全蓝岛市的市民都希望拆啊！”

李德信回到了家中。

“回来啦！”安娜戴着围裙从厨房里走出来招呼道，“今天不用做那么些菜了，小白说了，今天不回家吃了，女朋友来了，人家俩去乐客城吃呢！”

“哦。”李德信若有所思地点了点头。

他一脸怅然，心中隐隐有点失落。但他知道贾局长的话是对的。要跟上时代！老贾的话又在他耳边响起。对！他良心深处一个声音也回答道。

他心里的石头放下了，眼前觉得顿时敞亮了。他忽然想起另一件事。

“对了，安娜，我每月给你、叫你攒的钱你都留着了吧？还有你的私房钱？”

“留着啊！”安娜一双大眼睁得就像她身上穿的豹纹。

“哦，留着就好。”李德信像是放了心，“我是担心，你别一把再交给小白。还是凭他自己吧！”

“我还以为啥事儿呢！你说你这个当父亲的。”安娜转身又忙她的了，“给了能怎的？等以后还不是他的。就这一个儿子！”

“你不知道！”李德信皱起了眉头，“行了、行了，给你说你也不明白！

这样从今天开始，你把钱都管好了，他的是他的，咱们的是咱们的。儿子大了，凡事要靠自己！再就是我也跟那些朋友们都说说，别再给小白借钱！这事儿就这么定了！”

“你这是整的哪出啊，自己亲生儿子都不给钱，你还算个爹吗？”

“风险！风险你懂不懂？问题是小白他现在扩张得太快啦！”

生意上的事安娜是短板，她只好不言语了。

李德信说到做到。其实他这也是为了锻炼小白，但最重要的还是对电商感到恐惧。他给圈儿里商业上的朋友都打了电话，说除非万不得已，就不要帮助小白，不要借给他钱。朋友们都答应了。

小黄总自然也接到了电话。

“好嘞，伯父，你就放心吧！其实我也是这么考虑的，我爸也提醒过我。我会掌握火候的！”

这一来，小白自然是吃不住劲儿了，因为失去了小黄这个最大的合伙人。但是年轻人自有年轻人的道道儿。一清早，小白就来到了李德福的私人会所。

原来这座会所是属于德福个人的。现在，他把这里当成了交际的半山庭院。

“叔，我爹就是放话了！圈儿里的朋友告诉我的。小黄说还是叫我慎重考虑，别扩张得太猛了！”

德福正在刷牙，他只把一个灰色的马甲后背丢给了小白，他是在思考。末了，他漱完口转过身子。

“呵呵，小白啊，我猜得没错吧。”德福露出了两个侧面的大金牙，又拍了拍小白的肩膀，“不过，也许是你父亲要锻炼你啊！”

“什么锻炼！”小白急道，到底是年轻人，不知是德福的伎俩，“是他老了，不中用了，老是考虑到风险。风险风险，可现在是电商的天下啊！电商代表了商业的未来！”

“你也别把你爹想得那么差，姜还是老的辣嘛！”

“我怀疑我爹对我是留了一手！”

“噢？”说者无意，听者有心，德福听罢转动了一下眼珠子。

他知道是时候出手了。

“你放心，小白，我有个朋友，是个大财主。对电商这块儿很感兴趣，也想投点资。这样，明天我安排一下，你跟他见个面。至于资金，呵呵，我觉着肯定没问题！”

“好，那就谢谢叔了！”小白直视着德福的眼睛说。

通过德福，小白拿得了自己需要的资金，但也使他跟李德信之间的隔阂加深了。

第四十九章　电商疑云

晚饭李德信就吃了两口，为此又惹来安娜一顿絮叨。没法子，安娜只好把炒的四个菜原封不动地打包，塞进了冰箱里。李德信是吃不下。

他披了件衣服来到楼下。

华灯初上，西面的京口路早已淹没在一片喧闹的灯火中。往东这边倒是安静些。李德信沿着河边滨河路，信步朝黑龙江中路走去。

河岸两旁早已绿化，滨河路路沿上的冬青树郁郁葱葱。穿过黑龙江路桥，前面有一段台阶，直通河底，李德信走下台阶，来到了河床上。

他现在想静一静，好好地想一想。他站到了河床中央。

这里是大集的一部分，就是非常有名的二手车交易市场。因为紧挨着黑龙江中路，黑龙江中路又是一条进出蓝岛的主干道，交通方便，所以就把二手车交易市场设在了这里。河床早已硬化，二手车交易也是在河床上进行。赶大集的时候，这里就是一片汽车的海洋。

可现在大集要拆了！

为什么就拆了呢?

他还是想不通，可直觉告诉他拆迁是正确的。就像今天老贾说的，是历史的必然，谁也阻挡不了呀！历史的车轮在滚滚前进，大集是时候改头换面了！可问题是……

他是从心里头舍不得，从感情上无法接受。他忽然感觉到了，是自己的年龄，快六十岁的人了，肯定是怀旧！难道自己真的老了吗?

可是大集就是要拆了！

他觉得此时此刻，就跟在医院里值夜，给老爹陪床差不多。

他的心紧缩了一下子。他还是无法接受。刚失去了老爹，现在又要失去大集!

他索性坐到了河床上。

就是在大集上，他李德信掘到了第一桶金。那些打拼的日子里，遇到的那些人，那些事儿，有汗水也有泪花，有笑脸也有心酸。那些往事，这时非常清晰地浮现了出来。他回忆着。他泪水涟涟，视线模糊了。

就在旁边，黑龙江中路的高架桥上，一辆辆汽车飞奔而过。轮胎轧地发出的沙沙声就像海潮。

李德信沉浸在往事的回忆里。突然，他觉得眼前一花，就像《西游记》里，孙悟空在龙宫里发现了金箍棒，金灿灿的，令他眼花缭乱。李德信不由吃了一惊，急忙抬手擦了擦眼睛。

他定睛一看!

只见一行金色的大字:“AMAZON”亚马逊，正在不远处闪闪发亮呢!

李德信马上明白了，是河对岸“亚马逊”大厦顶上的LOGO，晚上闪烁的霓虹灯。

原来亚马逊联合创业中心落户在山海区。它是两座塔楼，各有三十层，呈对称结构，就在河南岸九水路和巨峰路的路口，属于东李村的地界，距大集一步之遥，又紧挨着蓝岛至银川的高速公路。所以一到晚上，“AMAZON”和“亚马逊”的LOGO就双双亮了起来。这自然是广而告之，不过此时倒成了山海区商业文化的一张名片，也是夜山海的一道风景线。

李德信自然清楚这一点。其实在家里，每天晚上站在窗前，他就能看见这行跳动的金字。只是平日里他都没怎么注意，还是因为对电商没什么概念。在他的思维里，亚马逊就像它所在的美国一样遥远。这算是无缘对面不相识吧!

可是这次却触动了他，他的心猛地一沉!

这叫他添堵。他回过味儿来:“亚马逊”代表的是电商。他感觉到了，电商的潮水正汹涌地朝他涌来。他想起这些日子以来心里头纠结的:到底要不要转型电商呢?

这叫他又爱又怕。他脑子里两个念头打起了架。他有种感觉电商是对的，因为都这么说。他的心里出现了朱静安，出现了小白，出现了苏宁易购，出现了李村街头那些骑着电动单车送外卖的。他觉得人家是对的。他脑子里开始转舵了。

不！骨子里天生的倔强马上把他转过的劲儿拧了回去：扯淡！简直是蛊惑，那是玩票，玩票也能赚钱？他心里还是一万个不相信。

他忽然又觉得自己是螳臂当车。

是坚持传统呢，还是加入到电商的大军里？他又纠结起来。

他忍不住抬起头来，望着远处那行在夜空中跳动的金字。这行金字跳跃着、闪烁着，收缩自如，灵动矫健，恰似夜空中快要落到地面的飞机，又仿佛海市蜃楼、空中楼阁。他觉着“亚马逊”那几个字是在向他召唤，朝他摆手，可又忽远忽近，忽明忽暗，渐渐模糊不清了。

李德信还是转过了头来，他的目光朝西望去，这个方向是他最熟悉的。他养成了按老习惯欣赏眼前的风景。因为这个地方每天晚上都灯火通亮，闪动的光柱也直插云霄。他觉得还是这里是他的最爱。

不错，那直冲云霄的灯火正是商圈儿！

商圈儿到了晚间百花齐放。这又是各大商场的杰作，八仙过海、各显神通。“苏宁大厦”火树银花，“利群北方国贸”“奥克斯广场”万家灯火，“利客来”粉色的灯珠娇艳欲滴，“维客”的几何墙体一片翠绿。再看各个大厦顶上的大屏幕，争奇斗艳，百媚千娇。重重的光影里突然亮起了一块大蛋糕，七彩斑斓，又瞬息万变，赤橙黄绿青蓝紫，不停地转换着颜色。是乐客城，后来者更出众。灯的姊妹仿佛仙女下凡，你推我让，捏捏扭扭地跳起了拉丁舞。天女们在散花。各大商厦又一鼓作气，齐齐把地面停车场的射灯射向了苍穹，要给月里散步的嫦娥照明。云彩里聚会的神仙们也惹起了馋虫，忍不住都凑过来瞧瞧山海这美丽的人间仙境！

这时，在乐客城星巴克的西餐厅里，一男一女正面对面坐着吃西餐。是小白和他的女友。

女友丽莎是小白在美国念 MBA 时的同学，两人在美国就谈了半年。小白回蓝岛后没多久，丽莎就扑着来了。在蓝岛开了家外贸公司，经济上保持着独立。海归的白领丽人自是谈吐高雅，气质不凡。两人刚吃完了比萨，这会儿正吃着饭后甜点。

“山海的夜生活看来很丰富哈，”女友笑着说道，“嗯，我坐地铁从五四广场过来，也就二十分钟。以前看地图觉得山海区挺偏的。看晚上这些灯，感觉山海真有北京西单的味道了！”

“是呀！”小白的回答有些漫不经心。

“这座‘乐客城’倒是蛮有情调的。每次来感觉都不一样。它里边设计得蜿蜒起伏，线条非常棒，很流畅，不是那么很枯燥……只是我倒是纳闷了：它为什么要这么设计啊？”

“它是模仿了东边崂山吧，”小白看了一眼丽莎答道，“山的走势，不就蜿蜒起伏的？那些山路。这是一位美国人给设计的。不过叫我看更像李村的路：有上坡和下坡。再就是负一层，水池和小河，当时是按照李村河来设计的，相当于李村河的延伸——一段支流吧。喏，李村河就在边上。它是河谷式的、购物公园……”

小白后面的声音低了下去，他心不在焉了。

女友马上捕捉到这一点。

“你气色不好哈，怎么，是不舒服？”丽莎吃了一勺巧克力冰淇淋，忽闪着明亮的眼睛问道。

小白抬头朝丽莎报以微笑，没说话，他是不想叫她担心。

“你快说话呀，到底怎么啦？”小白这一安慰倒叫女友担心起来，聪明的女孩儿其实早就察觉到了男友的不快，“是不是因为你父亲呀？”

“哦，他有点儿……噢，不不不！”小白还是吞吞吐吐。

“到底怎么了，叫人怪担心的！”女友皱起了眉头。

“唉，其实，他早该退休啦！”小白突然高声说道，吓了女友一跳，“简直是死脑筋！现在是战战兢兢，如履薄冰，一点也跟不上时代！我看这样下去早晚得完！唉，我怎么有这么一个父亲！”小白说着，猛地一捶桌子，终于爆发出来。

“看来还是跟你父亲有关！都这么久了，还没做通思想工作呀！”

“我跟他说了都不下五百遍了，可他就是不听，老跟不上时代。他说电商就是玩票，什么微信啦、网店啦，都是年轻人的东西，靠不住，没信誉。包括阿里巴巴、京东，甚至苏宁易购——就在边上的那个，近在眼前！可是他统统不接受！”

“我觉得你也不能光从伯父身上找原因呀，是不是，小白？你们两个性子都倔。其实应该坐下来好好谈谈，别一句不合就崩了。嗯，是该好好谈谈！有些事情还是一点一点的。意识的改变总有一个过程，特别是对他们这些上了年纪的……”

“他都快六十了，还攥着生意不放。问题是我是他儿子呀！”小白抓了下头发说。

“那也不能呛着啊！这话可千万别叫你父亲听见。老人最不爱听这些啦！”女友急忙说。她是个聪明的女孩子。

“我偏要告诉他，我偏要叫他把权交出来！”小白倔强地咬紧了嘴唇。

儿子随老子，小白跟李德信是一样的倔。

大清早，李德信来到办公室还没坐稳，八哥就慌慌张张地跑进来。

李德信眉头一皱。

他有种感觉：肯定又是坏消息！因为这么些年了，八哥带来的好消息就没几回。不过消息总归是消息，谁带来的不重要，李德信也相信八哥实诚，一直关心着自己，不会报喜不报忧。要知道这个世界上信息就是金钱。他不会像那些小老板那样光拣好听的，他的眼里能容下沙子。相反，那些溜须拍马的他倒很烦。李德信是个明白人。

不过，八哥这次的脸色就像河底发大水冲出来的土。

“李总！”

“快说，又是什么坏消息？”

“今天早上，电器商城里的商户给我打电话，说、说……”

“说什么？！”

“说、说他们要集体撤店！不干了，嫌房租太高了！”

“什么，集体撤店？”李德信跌坐到椅子上。

“他们是看了昨天的报纸:《半岛都市报》——万达百货全国性撤店啦!所以他们就很担心。万达可是全国最大的啊！”

“在哪里，我看看！”李德信急忙站起身，在桌子上一阵乱翻。

“微信上也有。早就出来啦，看来真是狼来了！”

李德信这时已经找到了那份报纸。他急忙定睛一看!

果然，是昨天的头版，赫然写着“全国最大的实体店万达开始收缩”云云。李德信睁大了眼睛。

他当然明白这意味着什么。这是一颗最重磅的信号弹！他忽然有种感觉，就像刚才八哥说的，威胁来了!

李德信大声咳嗽起来。

第五十章　挑拨离间

李德福觉得自己现在是大有所成了。来李村混了这么多年，也积攒下一份家业，但主要是靠岳父、靠哥哥。他对此一直耿耿于怀。而现在，市场终于给他带来高额的回报。这得益于电商，更得益于他精明的头脑，得益于在生死关头他能及时转舵，选择了电商，拉冼总入伙。

他现在没事儿了就窝在百果山的会所里，家务事儿都推给了娜拉。建材市场也聘了一位经理。他现在需要的是享受人生，享受人上人的感觉。但他从不觉得这些都是自己的哥哥带给他的，只能说相当于他辛辛苦苦这些年，给李德信低头哈腰当影子积攒下来的，是他应有的回报。

他现在身体已经开始发福，又爱上了油头粉面。这时他穿了一件阿玛尼的西裤，灰绿色的马甲是“梦特娇”，脚上蹬了一双“PRADO”的休闲皮鞋。这身行头，跟先前那位老黄总差不了多少。实际就是跟他学的，十年前的拍卖会上，第一次见面，黄老板给他留下的印象足够深刻。他又继承了黄总的衣钵，骨子里也得到了真传。只是那位爱耍伎俩的大佬，在李德信的感化下早已金盆洗手，远离了江湖，而李德福反倒变成了披着羊皮的狼。

德福举着酒瓶，麻利地倒上了两杯法国干白，又在里头加了两块冰块。然后双手端着酒杯，微笑着朝沙发上的一位客人走来。

“来，小白，来一杯法国干白，正宗法国原装进口的呢！”

客人原来是小白。小白接过了杯子。

“啊，味道还真不赖呢！”德福喝下一口，又咂了咂嘴儿，“嗯，好酒，好酒啊！回头从西山小封那儿再买上两箱。他现在刚开始搞洋酒，价格还算公道。对了，小白，你在美国念书的时候，也经常去酒吧喝上两口吧？”

“哦，基本不去……主要是时间太紧……”

“啊——哈哈，这一点你倒随你父亲：光知道埋头干活儿，不知道享受啊！来来来，整上两口！你说人家外国人怎么就这么邪门，不吃饭，没事儿也整个小酒喝喝……”

小白眉头紧皱，干白也端在了手中。李德福看在眼里，他心里一动，嘴角露出一丝不易察觉的微笑。

“小白啊，”德福放下了酒杯道，“其实咱家里的一些事儿啊，我真想都告诉你。唉，只是……算了、算了，还是不说了吧！”

他这是欲擒故纵，这招果然吊起了小白的胃口。“叔，有什么事儿，你快告诉我，我都大了呀！什么事儿我不明白！”

“这种事情，还不太好开口呀！”

李德福又在卖关子。但小白立刻就意识到是有关一件事。这件事其实已经困扰了他很久，也使他难以启齿，那就是在学校的时候收到的那张影碟，关于李德信的。他现在忽然很想把整个事情的来龙去脉搞清楚，刨根问底。

“说吧，叔，这件事其实我也有耳闻。”

李德福脑子一激灵，他其实想说的正是这件事：那件桃色绯闻。他想进一步挑拨离间，可又苦于不好开口，因为太明显了，他担心适得其反，再引发小白警觉，知道自己的意图。没想到小白竟然知道，还很感兴趣。这正中他的下怀。

“小白啊，”德福说道，“你觉得这些年你爸对你妈咋样？”

“唉，不如从前了！”小白不假思索地答道。

“那对你呢？”

“对我？”小白一愣，他开始迟疑起来。

“哼！”李德福走到酒柜边上，把酒杯重重地朝桌上一放，“对你，依我看，也是当面一套心里一套啊！”

“怎么讲？”小白还是心里头纠结，这主要是父子情深，他其实也感觉到了父亲的冷漠，从他上高中时候起。但他又不忍心把那个答案说出来。

“这还用说吗？事实是明摆着的。他为什么不让他那些朋友帮你？再就是你去了美国，他一年跟你才通几次电话？你的事儿他管了多少？他心里早没你了！”

“我……”

就像锤子砸石头，李德福的话句句都撞击着小白的心。他的脸色顿时一片惨白，心情郁闷起来。一仰脖，他把整一杯干白灌进了肚子。

“呵呵，是不是？”李德福又倒上了一杯酒，然后举着酒瓶走了过来，给小白添满了，“你现在也大了，有些事，也该长个心眼儿！”

这句看似点到为止，实际是在小白流血的心上又撒了一把盐，直接把他胸中的怒火给点燃了。小白把干白又一饮而尽。他的脸开始发涨了。

“来，再喝一杯！”李德福又给小白添满了酒。

这时已经不需要李德福再添油加醋了。李德福也完全把握到这一点，这正是他认为的反间计的最高境界。而小白本来就心情不好，这时在酒精的作用下，又把心里的那个误解放大到极致。仇恨的火焰开始燃烧，一幕幕往事也清晰地在心头浮现，他瞬间红了眼。他决意背叛自己的亲生父亲，与李德福联手，跟自己的父亲对着干。

“好，叔，你上次说的那个方案，你继续说！咱进行到哪步了？”

“好！这么办：咱还要继续挖他的墙脚……”李德福一见火候成熟，立刻抛出了他的底牌。到底是年轻人，即便是海归，也被老辣的猎手下套给套住了。

原来那位白头发的冼总早就跟德福定下计谋：那就是依托德福的建材家居市场在当地有售后服务的优势，采取慢慢渗透的方法，拉拢李德信电器商城里的商户，化整为零，都到德福这儿。对于商户，先是许诺了减免房租，当然，这块的损失由冼老板负责。然后叫商户们都上冼老板的网站开店。这是一个建材家居的电商门户网站，好比另一个天猫，无非都是专业的家居建材而已。最终的目的是壮大自己。至于李德信，却是要把他逼到墙角，当然这是后话，冼老板没有点透，德福也暂时不知情。

德福把自己的计划原原本本讲给了小白听。小白听得直点头。末了，德福寻思再加点儿料。

“小白啊，那个叫白琳的女人，其实你有点儿印象……”

“别说啦！”

“噢、噢……呵呵，其实也不能全怪你父亲，都是男人嘛！再说了十年前我大哥也正是时候。啊，是不是？呵呵！唉，只是，人在有了歪心以后，这事儿啊，他就办得不靠谱啦！先不说对得起对不起家里的大嫂，关键是你是他亲儿子呀！你是家里的老大呀！他以后总得把这份儿家当全托付给你不是？只是这问题又来了：他为什么现在对你又这么薄情了呢？唉，唉啊！”

德福在这里自问自答、长吁短叹，忽然引起了小白警觉，因为隐隐约约，年轻人的心里觉得从德福嘴里说出来的话好像不太对劲儿，超出了一个亲叔叔应该说的，不是凭良心。德福马上意识到了这一点。

“对啦，小白啊，那个白琳的儿子你见过没有？小孩儿长得那个俊哟！我这里有他一张相片，还是白琳亲自交给我的呢！我给你看看啊！我去找找，我看我放哪儿了……”

说着，德福站起身来，径自回自己卧室找那张所谓的照片去了。“我看你俩长得还挺像的……”他在卧室里咕哝出一句，他是故意的。他假装是自言自语，但心里清清楚楚：外头的小白肯定能听见！

德福举着孩子的相片刚走出卧室，被小白一把夺了过来。

酒精这时已经挥发到了极致，年轻人方刚的血气也顶到了脑门子上。小白圆睁二目，只一眼，他就暴跳了起来。

果然，那照片上的孩子跟自己简直一模一样！

这就千真万确了。小白完全信了。他不单单是因为德福这套瞒天过海以假乱真的鬼话，还有那张该死的遭雷劈的影碟！就是这张影碟，叫他失去了宝贵的初恋！

新仇旧恨一并涌上心头，小白一把抓过酒瓶，一仰脖儿，“咕嘟嘟”，把一整瓶干白全干了。把酒瓶朝茶几上重重一放，小白抹了抹嘴，“叔，你说怎么干吧！全听你的，你给我做主！”

李德福直盯着小白的脸，嘴一撇，嘴角露出了一丝微笑。现在他确信，他的洗脑成功了。

这时，在黑龙江鸡西的乡下，白琳正在镇上自己开的灯具店里看店。原来，自从上一次李德信把白琳和小齐调解好以后，两人就一直处得挺好，很快就结婚了。那白琳也是个孝顺孩子，决定还是回家陪父母。小齐为了爱情也就跟着她，成了上门女婿。李德信又借给了白琳一笔启动资金。就这么着，白琳回老家开了一个灯具店。小两口日子过得越来越红火。

白琳也从李德信那儿得到了真传，其实很简单：就是要实诚，假一罚十。很快灯具店翻新，盖了两层楼，可以商住两用，下面是店铺，上头就是家，有三间卧房。白琳把妈妈接了过来，也是为了看孩子方便。

这时在楼上的卧室里，小齐正在帮八岁的儿子解数学题。那小孩儿果然生得高鼻大眼，眼窝深陷，带着俄罗斯人的风范。小齐看在眼里喜在心上。这时丈母娘走了过来。

“妈，我越看啊，越觉着孩子像白琳。你看这小模样，多俊啊！嘿，你们祖上看来真有俄罗斯血统啊？”

“是啊，”白琳妈慈祥地笑起来，“白琳她奶奶就是俄罗斯人。咱鸡西这边有俄罗斯血统的特别多。咱这是男孩儿，所以就像他妈。男孩子，都随他母亲嘛！”

白琳上来的时候，小齐因为晚上熬夜，坐在沙发上已经睡着了。白琳从床上取来一条毛巾被，轻轻地给他盖上，然后又下楼继续看店了。

小夫妻恩恩爱爱，岂不知躺着中枪，遭到坏人利用。那张相片其实是白琳微信里发朋友圈的，德福有白琳的微信，下载下来，做成了相片，正好拿来忽悠小白。

而小白呢，他也是不懂。智者千虑必有一失。他的模样随安娜，当然就跟白琳的儿子非常像了。

这时的小白已经攥紧拳头，铁了心要跟李德信开战了。

第五十一章　四顾茅庐

早晨的山海区委1号楼格外忙碌。虽然是九点上班，八点一刻，就有办事处的书记、主任过来候着了。因为都知道这个点儿书记已经来了。都是来找书记请示汇报的。这就叫区委书记朱静安非常忙。虽说把指挥棒都交给了办事处，不过差不多的都要叮嘱两句，过问过问。有的还要代表区里大力支持。今天朱静安的脸色十分凝重，有一件事情老牵挂在心上。办事处的书记主任们一离开，他就把方秘书叫了过来："你马上约一下李德信，上午去他那儿调研！"

方秘书应声而去，不一会儿就回来报告。书记这时已经在办公室门口等候了。

"联系好啦？"

"好啦，说在公司等您呢！又通知了办事处的洪书记，陪您一起去吧。"

"老洪就不必了，叫他盯紧了'深圳路打通'就行，工程得抓紧！黑龙江路、海尔路已经堵得不行了，就靠着这条路疏通。所以年底前必须打通！再说了，报纸上已经承诺啦！"

"洪书记现在已经在工地上。按您指示，没别的事儿，他一般都过去盯着。"

"好！"

说话间两人已经走出了1号楼的门厅，朱静安忽然又想起一件事，"你再跟洪书记说说，工程往前赶是往前赶，不过施工一定要注意环保问题。两边的居民小区非常多——噪声！这大夏天的，不能耽误了人家休息啊！"

"嗯，你放心吧，朱书记！洪书记说了，每天晚上七点半准时停工。早晨是七点钟开始，两班倒，确保年底前完工！”

“好！”

两人上了车，出了区政府大院，直奔李德信九水路的公司而去。

朱静安找李德信，还是为了电商转型的事儿。他已经敏锐地意识到这个问题：电器类的，不转型就是死！只是他没有料到李德信如此顽固。他忧心忡忡。方秘书调侃说都四顾茅庐了。朱静安听罢莞尔一笑。但是很快，他的脸色又变得一片凝重。

“这个李德信啊，”车上，朱静安忽然想跟秘书唠上两句，“也的确是个老顽固，怎么就不开窍呢？明眼人一看就知道：电器行业的明天是电商的天下。他这么执迷不悟，的确令人担心啊！”

“他在李村打拼了好多年，从来都是常胜将军。也许正应了那句话：成功是失败之母吧！”

“骄兵必败，骄兵必败啊！但是李德信不能倒，绝对不能倒！李德信是咱山海区商业的一张名片，也是张诚信的名片，所以诚信不能倒！在这方面区委区政府必须要有所为！再就是：李德信要是倒下了，那就意味着传统的商业真的被电商打败了，我不想看到李德信成为万达第二！还有，这对山海所有的实体商业冲击会很大的，我们必须挽救他们的信心！”

转眼来到九水路公司门前，李德信已经在楼下迎接。

朱静安一下车，李德信就迎了上来，两人握住了手。“呵呵，又劳书记大驾来看望我这个老头子了！”李德信笑容可掬，望着朱静安的眼睛说。

“李总客气啦，也是工作上必须呀！呵呵！”朱静安也热情地说。两人携手走进了李德信的办公室。

对于这位新任区委书记的敬业，李德信早已消除了疑虑。不过就像刚才方秘书说的，他也习惯了区里、市里，甚至省里的领导接见，把这当成自己的一桩荣誉。他也乐得享受这种荣誉。也许，这就是他说的“已经老了”的缘故吧。

“我今天还是为了电商而来啊！”一走进公司的接待室，分宾主落座，朱静安因为要赶时间，马上就进入了正题。

“电商？不行不行，不是咱玩儿的啰！”李德信答道，“实不相瞒，朱书记，我在李村干买卖已经干了二十二年。从一九九四年开始，一直到二〇一六年。一开始从大集上干起，卖电器，靠的就是一个诚信。只是这电商，还有些瞧不准啊！”

朱静安马上明白：李德信是感觉自己年龄大了，“那李总今年贵庚？”

“噢，都五十八啦！老喽！”

“这个年龄还不算老嘛，”朱静安微微一笑，“关键是要转变观念，其实我也五十一了嘛！不过人要活到老学到老，要与时俱进！说实话，李总，为了你这个电器商城，我真是有点儿睡不着觉啊！”

“噢，这话怎讲？”李德信睁大了眼睛。

“唉，李总，其实还是老话题。关于这个电商，咱先不谈其他行业，就说家电和数码之类吧。现在，这个行业，可是一个全国的市场啊！网络，已经把所有的家电巨头整合到了一起——都在一个微信群里玩啦！你说，是不是这样啊？”

“我不太明白。”

“你看，现在所有的家电品牌，什么海尔、海信、澳柯玛、春兰、格力，甚至国外的三星、松下、西门子，现在都在‘李村大集’上叫卖！”

“哦，我明白了！”李德信笑了起来。

“这都是因为网络啊！把所有的家电厂商，甚至可以说全世界的厂商，都汇总到了‘大集’上，都在‘大集’上练自己的摊儿！无非是每个摊子，都能变化出好多种产品——电视、空调、洗衣机，包括小的电脑、手机。根据需要，要什么就会有什么，就像孙悟空，拔下一撮毫毛，‘变！’就能变出来成千上万的小悟空。这就是网络，这就是电商啊！”

“对对对！”李德信听懂了，他深深地点了一下头。

“现在的电商巨头，像淘宝、京东、当当，都是网络里的大集啊！特别是淘宝，我看就是李村大集。什么都有，什么也齐全。所以，你是不是也该上网了呢？”

这次李德信没有回答，还是深深地点了一下头。

朱静安这么比喻，他现在能理解了。他忽然对电商、对网络，有点儿动心了。

“市场已经变成了一个全国性的市场，”朱静安接着说道，“这就使得价格变得非常透明，商家能拼的就剩下售后服务了。可是这块儿又是由家电的厂家来做，那么经销商呢？品牌都是一样的，在蓝岛不是海尔就是海信，不是海信就是澳柯玛。所以，商家的牌只能是价格，同样的产品，谁的价格低谁就是王者。但是电商网店因为没有门店，没有销售人员的工资。所以，李总，道理是不是已经非常显而易见了呢？”

“对对对！”李德信头点得都要到胸膛上了。这次他是彻底被朱静安折服了。

“呵呵。”朱静安笑了起来，他知道自己的计策奏效了，不过他还是很谦虚。他站起身来，伸出了右手，“李总，你再慢慢琢磨琢磨吧。你是咱山海区商业诚信的一张名片，所以，还是那句话：你要担当起龙头老大啊！这样吧，我还要去趟院士港。电商转型的事儿你就问小白吧，他可是你的少帅啊，他比咱懂的多得多呢！”

李德信听罢脸色突然一变！

是朱静安提到的小白刺激了他。当然，朱静安不知道他爷俩这时已经反目，他也不可能知道。但是李德信马上在心里拧过了念头。

电商，呸，没门儿！

这还是他骨子里的偏见，对小白。他其实根本就不服老，对小白的逆反又传染给了电商，电商跟小白沾了光、倒了霉。当然最关键还是他自己。他秉性的倔强使得这种偏见变成了钢铁的万里长城。总之，现在的李德信还是卫生间里又臭又硬的马桶！

哼，我就不信，这天下就是电商的啦！他狠狠地对自己说，我要走我自己的路！看谁行？！

朱静安没有发觉李德信的异常，他还以为他的说服成功了呢。朱静安一行告辞而去。把他们送走了，回到办公室，李德信又陷入了一阵沉思。

他思忖良久，还是铁了心不做电商，决心赌一次。他要证明自己选择的道路是正确的！

忽然，他又觉得有一股温暖潜入了心怀。他朝山海区政府的方向望去，他刚硬的心肠变得软了下来。

是个好官啊！他心说，他倒是想干一番事业。

他觉得自己找到了知己。末了，他嘿嘿地笑了起来。

但是很快，他就回到了他的思路上。他这时的思维敏捷如闪电，根本就不是他说的五十八岁的糟老头子。略一思索，李德信抓过了手机。

“八哥吗？你帮我通知一下，给咱们供货的，那些各大电器厂商的业务员，叫他们明天都来我这儿开个会！我要跟他们谈谈，我要订立长期的供货合同，叫他们把价儿都压下来！至于货款，通过银行贷款解决！用咱自己的商铺和市场作抵押！”

他决定与电商搏一搏。他又觉得自己这是在赌。但他相信自己能成功，就像多少年他一直走过来的路，无往而不胜。他有这个信心。

可是他没有料到，完全没有料到，这看似高明的想法，却在日后把他拖入了无边的沼泽。

第五十二章　价格血拼

李德信出手了。在旁观者看来，他这次是主动挑战电商，是传统的实体店对电商发起了攻击。他先找到银行，以自己在李村的商铺和市场为抵押，从银行获得了大笔贷款。然后立即与国内各大电器厂商签订了长期供货合同，把钱给了他们。厂家拿到货款自然是乐不可支，这相当于获得了流动资金。于是厂家把价格也就降了下来。价格，李德信牢记在心，是他的王牌，是打败电商的降龙十八掌！

这是一场价格大战，这又是一场豪赌！

这一石立刻激起了千层浪，马上就发生了连锁反应。首先是周围的一些店吃不住劲了，霎时门庭冷落，都跑李德信这儿来了。这立刻又产生了巨大的虹吸效应，李村的交通本就四通八达，又有地铁3号线贯通南北。很快，德信电器商城里客流爆满，订货的都排不上队、挨不上号。李德信看在眼里喜在心上，他觉得自己的计划成功了。

“李总，不好啦，网上，京东、苏宁的价格也落下来了，比咱的价儿还低，有的都跳水啦！”

又是八哥。李德信噌地从办公桌后面站了起来。

“快具体说说！难道他们的价儿，能比咱们的还低？”李德信眼里流露出了慌张。

“李总，很简单，咱们能做到的，他们也能做到。关键是他们没门店啊！就是仓库。咱们是既有门店又有仓库。再就是银行利息。这个月底前就要支付第一笔，还有分期还银行的本金。我粗略地估算了一下：咱当月就要出现较大的亏损啦！”

“怎么能亏损？不可能！这个月的销售呢？不是说能翻好几番吗？全蓝岛市的消费者都跑咱这儿来了！”

“前几天还行。可是从昨天开始就……就下来啦！”

“什么？”

李德信跌坐到椅子上。他目瞪口呆，“这不可能！”

八哥一脸窘迫，他不知道是不是再说下去。他的声音也越来越低，“李总，还有一件事，就是、就是，又有店铺撤店啦！”

“又有撤店的？为什么要撤店，是不想干啦？”

“他们嫌房租太高啦！干还是要干。后来我找人打听了一下，他们说撤店的全跑德福那儿啦！德福的房租比咱们低。”

“德福那儿怎么能低啦？他是建材家居啊！怎么也搞起电器来了？”

“德福那儿本来就有电器，海尔和海信都有专柜。他现在建材不好干，老早就引入家电了。再说了家居和家电也不分家。现在他那里，家电成主要的啦！”

难道是德福搞的鬼？八哥的话提醒了李德信。不可能，他没那么大的势力。那就还是电商了？

“李总，我听说，德福这几年建材家居做得不咋地，只好引入了一名大股东。这个大股东是 PK 市来的，资金非常雄厚，做电商也起步很早。他自己有一个电商门户网站，在淘宝、京东、苏宁上都有链接。他现在制定了一个策略：凡是加盟他的门户网站的实体店，都能拿到一些门店的房租补贴！”

“那就是了！商户肯定是冲着补贴去的。或者给了德福，把房租给降下来了！”

李德信马上明白了里头的玄机。他一阵沮丧。

“对，李总，其实拼的还是价格呀！但也不能怪德福，现在竞争这么激烈。最关键是对手是网店啊！”

“是，是，是啊！”

李德信使劲儿搓着自己的太阳穴，一激动血压升了上来。商战中又掺和进来一个德福，这更令他头疼了。

“李总，咱实体店干不过网店啊！家电行业说白了，拼的就是价格。关键是他们没门店，没销售人员工资，就是一个网页。朱书记他说得对啊！”

“我知道、我知道！我知道啦！”李德信开始喘粗气了。

他这时真正意识到了危机。但这次又不同，他是押上了全部家当、全部的血本：商铺，市场。这不是以前的小打小闹，可以从头再来！

他这时也充分意识到：价格血拼到最后自己只能是输家。囤货占用了大量的资金，利息成本居高不下，低价竞争的策略已然失效，回头肯定还会造成电器的大量积压。到时自己就会陷入一个恶性循环的无底洞。

而电商们都没有门店。这边德福又在不停地挖自己的墙脚。同室操戈啊！败类，败类！呸！唉！

可是信誉呢？自己有信誉啊！我李德信有信誉啊！他们的信誉呢，电商有什么信誉？电商，有他二十年攒起来的信誉吗？他们电商说白了，就是空手套白狼！他们哪有我李德信的信誉！

这是商业的一张王牌——信誉。李德信始终认为电商缺乏信誉，消费者也肯定会缺乏信任。这也是他铁了心不做电商的根本原因。

“你说咱们的店都跑德福那儿了，他们是加入那个什么 PK 市的网了？”他忽然想起了什么，急问八哥道。

“对！”

“我明白了！”李德信长出了一口气，“呃，我明白了！这个人厉害，厉害啊！咱们今天是遇到对手了！他现在是把信誉拿到了、拿到了！哈哈，这真是神机妙算啊！”

“神机妙算？”八哥一时没反应过来，懵懂地问。

“这个人的格局非常大。他做的是电商，他网站上有全国各地的网店，但是他独缺乏信誉。他就收购了德福的建材家居，然后改成电器商城。他有了这些实体店，他的信誉就有保证了！哈哈，他果然是高明啊！他又想把我挖倒，他是要把我打败啊！”

“李总，你还忘了最关键的一条：德福的建材家居，还是用的‘德信’字号。二十年的‘德信’啊！你把商标权也给他了啊！”

“对，我明白了，我明白了……”

李德信突然觉得一点儿力气也没有了。浑身就像被抽了筋。霎时间，各种思绪一齐涌来，这里面有恐惧，有伤心，有沮丧，有压力，但最主要的还是恐惧。他瘫软在椅子上。

这时楼下突然传来一阵嘈杂声，一名店伙计气喘吁吁地跑上楼来，“李总，河底大集开始拆迁啦，有好几个老乡过来找您呢！他们不想搬，找您过来拿主意呢！”

“噢？”李德信急忙抓过手机，这才发现，上面有几十个未接电话，还有安娜的。原来刚才调在了静音上，没听见。

“我马上去河底！”李德信站了起来。

他刚走出两步，突然觉得站立不稳，要摔倒了似的。八哥急忙上前，与店伙计一起扶住了他。李德信猛烈地咳嗽了起来。

他忽然觉得嗓子眼儿有点儿发甜。他一口把痰吐在了自己的手掌心里。

痰里面夹杂着殷红的血丝。

第五十三章　大集搬迁

政府搬迁的一纸公文，无疑在大集商户们中间炸开了锅。

今天正好大集，商户们也正在展开大讨论。其实平日里关系不错的，早已私下里聊起了这事儿。有买卖上往来的，见了面，也免不了成为一个话题。“搬迁”，现在正式挂在人们嘴边，买卖都撂了。这可是关系到生死存亡的大事！

牛叔的杂货铺一上午都聚拢着一拨子人。大伙儿还在为搬不搬争吵不休。

“我不走！爱咋整咋整！”有商户说道，“我还管那茬儿？政府说了搬迁，都说了多少回啦！哪次不是雷声大雨点小？走，往哪儿走啊？我看在这河底就挺好！”

“就是，每次都雷声大雨点小！瞎整！最后还干点儿实事儿来？”旁边的一位也帮腔，“这李村大集都多少年啦，一直在这河底下。干吗非得迁走啊！”

“就是！”

不过也有反对意见，“哎，兄弟，话也不能这么说。听说啊，这次政府是要动真格的啦！那边重庆中路曲戈庄那块儿，房子都已经盖好了呢！就在二啤的边上，东边就是海尔的‘鼎世华府’，小区的西面。我去看了呢！那房子盖得中规中矩，‘李村大集’的牌子都挂出来了呢！”

“那也不去，”反对声还是振振有词，“房子好是好，问题是房租肯定也贵。哪有这河底好啊！河底虽然寒碜点儿，问题是它也便宜啊！”

“哎，不对，兄弟，我听说呀，去了免一年半房租呀！”

“免一年半房租？”这位竖起了耳朵，“真的假的？”

“嗐，你没看市场服务中心的公告啊？市场管理所的！盖着区政府的大章呢！”

这位老乡不言语了，减免一年半的房租肯定有吸引力。其他人也低声叽叽喳喳议论起来。“减免一年半，不可能吧，谁信呀？”另一位突然说，“不会是政府在这里忽悠吧？他开市场是为了赚钱，一年半不用交房租，这不明着要赔钱吗？”“对，谁知道？”那一位也开了腔，“眼见为实耳听为虚，这年头，真是说不准哩！”“对，咱们还是观望观望，先别急着拆。”“听说要签合同！”“那就等见了合同再说！”“见了合同，见了合同，见了合同我也不搬！多好啊，这河底下，交通方便，走了买卖砸锅跟谁要啊！”“就是，不搬不搬，在这儿就行了！”

众人七嘴八舌，议论纷纷，莫衷一是，说得唾沫星子都成了干奶酪，也没个说法。最后还是不赞成的占了上风。又达成一致意见对抗政府，找个理由，当钉子户。正好有一位商户的孩子是干律师的，大家一致同意叫这位律师出来帮大家想想办法。

这位律师倒也乖巧，听老爸一说，立马赶来了河底——律所也在李村。来了以后听大家伙一说，又认真研究了一下法规，最后律师的一句话，叫大家伙都不吭声了。

“叔叔大爷们的心情我都理解，问题是：在河底做买卖，它不合法呀！损坏河道，影响泄洪！”

“对，刚发完大水！损失可大呢！”一位商户赞成律师的说法。

“那就得按政府的意见搬就是啦？”沉默了一会儿，一位商户突然问道。

“嗯，只能是这样：必须搬啊！”

“那打官司呢？”

“打官司也赢不了。”

商户们又沉默下来，律师的说法代表了权威。

“我们找李德信去！”

突然，也就沉默了一小会儿，人群蓦地爆发出一声喊叫，就像压抑了许久。商户们马上沸腾起来。

“对，找李德信去，叫他给拿主意！”有人叫道，“不能这么不明不白地就拆了，得指望着大集吃饭呢！”不明真相的群众也跟着喊起来，“走，找李德信去，叫他给咱们撑腰！”“对，他是咱的主心骨！”“找他去！”“不行就打官司，兴许能赢了呢，大集都这么多年啦！”“对，打官司，不行找媒体曝光！”人群一哄而散。

这时，李德信已经在大集上了。

可是他没敢去牛叔的杂货铺。他觉得他现在是一个失败者，他已经意识到了：根本就不用看账，不出俩月，他就得破产！

他又觉得十分伤感，因为大集要拆了。这又叫他想起了老爹。他忽然觉得自己已经成了孤家寡人，无依无靠，就像二十二年前刚来李村时，自己什么也没有。他不由得鼻子一酸。

他觉得一切都不重要了，哪怕是破产，哪怕是生意上失败，儿子的不理解、离去。只剩下了感情，他沉浸在往事的回忆中。

他这是一种对现实的逃避！

从九水路一下来，他觉着大集上人气儿没以前那么旺了。他又产生了一种预感：这恐怕是最后一个集了。他来到了老爹的帐篷前。

帐篷早已东倒西歪，这当然是拜上次的大水所赐。李德信当时清清楚楚地记得：他要把帐篷支起来，可一不留神又给忘了。看到这幅破败的景象，李德信在心里直骂自己，怎么能给忘了呢？他忽然又一惊：难道这就是命里注定的吗，是老天爷的警示？

他呆立在那儿。

突然，他看见帐篷里走出来一个人影，这个人影是那么熟悉。他脚步蹒跚，走到他面前，朝他抬头一笑。

“老爹！”李德信失声叫起来。可是当他再看时，那个人影已经不见了。

“不过，这大集，我看，早晚得拆啊！”他突然听到一个声音。

“是老爹！”他又自言自语。他揉了揉眼睛。还是什么也没有。他知道，刚才自己是产生了幻觉。他的心里一阵失落。

突然，他记起来了，就是上次，也是政府要拆迁大集的时候，也是他帮老乡们到区政府去讨的说法。老爹当时说了一句话，老爹说：大集拆迁是早晚的事儿，就像他这把年纪，早一天晚一天的。难道老爹早就预见到了吗？

看来老爹就是预见到了。大集，该拆了！

他沉浸在了这片思绪之中。

又看了一会儿，他才摸进了帐篷，里面还是那几件旧家什：马扎和茶儿。他想找两件东西留作纪念。最后他拿出来一把生了锈的菜刀。

他还是恋恋不舍。又呆立了一会儿，他觉着必须离开了。他从旁边张永喜的铺子里买了两瓶小磨香油。香油瓶上现在打上了张永喜的商标了。可张永喜也白了头发，变成小老头了。

他想再看一眼大集，他的目光朝河底望去。

所见之处一片破败凄凉。只见半空的电线凌乱不堪，边上搭的棚子也东倒西歪，还没有重新修缮，也可能就不打算修了。上面五颜六色的塑料布有的披散开来，随风招展。远处，河底中央的水沟给冲垮了，浑浊的污水从上游流了下来，水里漂着些塑料袋和烂木头。边上的河床小路也给雨水冲毁了，坑坑洼洼，洼地里的积水成了垃圾场，菜叶子成堆，外加饭店倒来的饭盒和泔水，引来大个的绿豆蝇嗡嗡乱叫。来来回回赶集的老头老太也都皱着眉头，走两步就要躲避地上的污水和泥浆。河底此时变成了一个大垃圾场！

李德信百感交集，他索性不看了。他走到了磨剪子戗菜刀的沈宝华那儿，“来，沈师傅，给磨磨！”他发现沈师傅的头发都掉光了。

“你来大集多少年了？”他问沈师傅。

“三十年了吧，整三十年啦，一九八六年来的哩！”

磨完了菜刀，他又走到卖磕子的王丕胜那儿。

王丕胜师傅是即墨人，也是逢集必到。他卖的磕子都是用的上好的梨木，每一把磕子又都使用纯手工精雕细琢而成。磕子的图案有花鸟虫鱼，这是一种传统民俗，也算是一种民间艺术。蓝岛这边的民间，每逢婚庆，老人小孩过生日、过百岁什么的，就要用到“磕子”。在里面塞上面团，磕出来，大锅里烤熟，类似火烧、烧饼。不过花样繁多，面团里再和上砂糖，是孩子们的最爱。

李德信一直觉得，王师傅这种亲力亲为的风格代表着诚信，也算是自己的半个知己。他买了十个磕子。

“现在还是每个集都坐车过来吗？”他问王师傅。

“可不是！住即墨，有点儿远，得坐车！”王丕胜说话一向简短。

“您现在得七十了吧？”

“今年正好七十五！”

“嗯，好啊。还是在家亲自干？”

“哦，不亲自干怎么办？也想收几个接班的徒弟。不过这玩意儿，年轻人不爱玩。再就是现在都用机器来刻，南方人发明的。我这手艺，快失传啰！”

这话听起来好伤感，李德信不免唏嘘。他忽然觉得，大集，也跟他手里的这十把磕子一样，跟不上时代了。

他刚想蹲下来跟王师傅再唠会儿，猛一抬头，只见几名大汉，气势汹汹地走了过来。他的心一紧。

“德信，找你找得好辛苦呀！都火烧眉毛啦！你还在这干吗？”

正是大集上的老乡，来找李德信拿主意来了。李德信回到了现实，忙解释说手机忘了，给调在了静音上。老乡说大家伙都在牛叔的杂货铺等你呢。李德信二话没说，与老乡们直奔杂货铺。

杂货铺里，牛叔也盘腿坐在钢丝床上等着，嘴里吸着大烟袋。河底的老乡们有坐的，有站着的。李德信这一进来，大家伙儿立刻有了主心骨，牛叔脸上的气色也红润起来，李德信仿佛王者归来，杂货铺里立马来了一阵不小的轰动。满屋子充满希望的目光一下就落在李德信身上。

“德信给拿个主意吧！”牛叔放下了大烟袋说。

“我觉着，大集是该挪个窝儿了！”

“什么？！”

屋里霎时沉默了，大家都惊讶得说不出话来。牛叔的脸子更是阴得像块铁。不过他不善言辞，只好狠狠地继续抽他的闷烟袋。

李德信当然明白了，他这是给每张热气腾腾的脸上都泼了一盆冷水。但他还是毫不犹豫地说了出来。

“嘿，德信，咱干吗要拆啊，像这样不挺好吗？”一位商户沉不住气了，高声说道，“你去跟政府里的人说说去啊，代表咱大家伙！你跟他们熟啊！”

“就是！”其他人也开始随声附和，“你倒是说说去呀，咱干吗要拆啊！这不挺好的吗？拆了，它耽误生意啊！”

“对，就是！”

“干吗要拆呢？”

李德信眉头皱得更紧了。他忽然觉得今天这件事情不是小事，他又后悔刚才不该来。他觉着自己现在是强打精神。可他又觉得自己应该来，必须来，也必须做，话也必须说。他的脑子里突然闪出朱静安，闪出老爹，闪出自己当年创业来。他的良心告诉自己，他有责任领着这帮弟兄去闯一番新天地。

“大家伙儿静一静、静一静！”李德信伸出了双手制止大家道，人群安静了下来。“关于大集的搬迁，其实我早就注意到了。这次区里搬迁的政策非常好啊！减免一年半的房租，车位免费使用。这是‘过了这个村就没有这个店’的好事儿啊！为什么我们不好好利用？问题是大集搬迁是迟早啊！”

他这番话慷慨有力，言简意赅，老乡们都被镇住了。“关键是必须要搬啊，早晚的事儿！”他又说道，“看问题要长远，这次大水的教训难道不够吗？早搬也是搬，晚搬也是搬，为什么不早搬早开始呢？早过去扎下人气，难道不是更好吗？”

“对，早去早扎根儿！”老乡里开始有人赞成了。可马上也有人跳出来打断了：“德信，照你这么说，那就必须搬啦？那为什么前两年搬不动？谁知道这次是不是唬人啊！”

“问题是曲戈庄那边都已经盖好啦！咱都看见啦！”

“可为什么要走？过去了头两年能好，免房租。但过了这几年呢？”这位的葫芦刚按下，那位的瓢又起来了。

“有道理！不过我也要问一问这位老乡：现在这样的钱你挣着觉得好受吗？道理是明摆着的：大集在河底，赶集的时候人山人海。但是李村的交通呢？瘫痪啦！市容市貌呢？毁啦！卫生呢，老鼠苍蝇横行！关键是发大水啊！张永芳三兄弟一把就冲走了五十万哪！我们这么做对吗？更不用提那些假冒伪劣脏乱差了！你说呢，是不是？”李德信义正词严地反驳道。

“对，德信说得有道理，搬！我们都过去，到时候买卖就好了！大家伙只要齐起心来，没有过不去的坎儿！”又有老乡附和道。人群也开始低声议论了起来。

“德信，你的意见我不赞成！我来蓝岛也十多年啦，我儿子女儿都在蓝岛长大，是大集养活了俺们，带领俺们致富！所以，对大集俺们是有感情的，不能拆啊！”这时又有一位老乡发出了反对之声。

“那就更应该搬！都有感情，谁没有感情！问题是大集只是挪了个地儿，不是就没了！”李德信也大声回答道。

他还想再说两句，忽然看见牛叔的脸色转暖了，这鼓励了他。他突然又瞧见了那位站着的年轻律师。

“嘿，小伙子，我认识你，你是律师，你出来给我们大家伙讲讲吧！”他亲切地拉了一把律师的手说。

可是律师却不说话。

“怎么？”李德信马上明白了，知道律师是不愿意得罪人。“哦，那这么着吧，我向你请教一下，你觉着在河底开市场合法吗？”

这下律师被问住了，只好答道，“不合法！”李德信满意地笑了起来。“老乡们，”他高声说道，“其实说起搬迁来，我第一个感情上无法接受。因为我就是指着大集起家的。不过这都过去二十二年了，咱大集不也得有个进步和换代是不是？‘树挪死，人挪活’，大家伙还是服从政府的安排吧！别再搞什么上访啦！诉讼更是不行！安心地做买卖才是硬道理！就这么着吧！”

话音刚落，他起身便走，再也不管老乡们怎么叽叽喳喳。那律师毕恭毕敬地把李德信送了出去。

“嘿，德信，你怎么走了？”后面又有人喊了起来，“你是不是背叛乡亲们了？你是市场上没摊位啦，你肯定也不关心大家伙啦！”那人又开始咒骂了起来。

“你怎么说都行吧！反正我觉得就得拆！”李德信头也不回，又高声回敬道，“关键是发大水，大家伙儿也都看见了！好啦，我不跟你扯这些没用的啦！”他终于又回过头来，“实不相瞒，我在市场上也有一个摊儿，”他喊了起来，“那就是老爹的那顶帐篷，实际我每个月都交地铺钱！可是现在、现在……”他喘了一口粗气，他的脑子里闪出了朱静安，耳边也响起了他的话，他的眼圈儿瞬间红了。他当然是舍不得，“现在我就过去把它拆啦！拆了吧！”他头也不回地朝帐篷跑去。

当天晚上，老爹的帐篷就拆了。是八哥带人过去动的手。帐篷拆得利利索索，腾出来的空地也收拾得干干净净。但也有人看见：晚上九点钟，李德信就坐在了东李的桥下，一直坐了三个多小时，面颊上挂着晶莹的泪。

第五十四章　雪上加霜

李村大集开始搬迁了。这是山海区的大事，也是蓝岛市的一件大事。要知道这个大集经历了几百年，从明朝万历年间就有，一直就开设在李村河的河床上。从改革开放到现在，又是大集最兴旺的阶段，哺育了两代人，也影响了两代人，在两代人的身上深深植下了根。现在一朝搬迁了，虽说就在不远处的曲戈庄。可是这一转身，已是天涯。

大集凝聚了多少人的辛酸与血泪！创业维艰，筚路蓝缕。大集是天上的太阳吗？发出来光和热，燃烧的是自己，温暖的是众生。大集是鲁迅先生笔下的奶牛吗？吃进去的是草，挤出来的是奶。大集又是一位母亲，凡是投到她怀抱里的，不管你是外地人还是蓝岛人，不管你是卖韭菜的还是卖摩托车的，她都无私地接纳了你。只要你是勤劳的，只要你模范地遵守着童叟无欺的准则，她都把属于你的那一碗饭端给你。

李德信这几天就没有睡好觉，一方面是出于复杂的感情纠结。他又安慰着自己：大集又不是没了，无非是顺应时代换了个地方而已。另一方面，他是担心那些老乡，就怕一些不明事理的再闹出幺蛾子。他还怕他们搬过去了水土不服。至于他自己，他倒是考虑得不那么多了。

同样几天几夜没合眼的还有一个人，这就是区委书记朱静安，他更为大集的搬迁捏着一把汗。因为搬迁是几百年一遇的大事，他觉得自己肩头压了一座能压住孙悟空的五指山。

一早，朱静安就过来找商务局贾局长问情况。

“老贾，大集动迁进展得怎么样了？”

“朱书记，根据上次区委召开的李村大集动迁会议精神，现在早已分头布点儿地下去做动员啦！具体是商务局抓大头，部分人大代表和政协委员利用个人的影响力，齐抓共管！具体通知和动员安置，则由区市场建设服务中心负责。他们的两个市场管理所，从去年年底就已经介入啦！最近更是上满了弦，已经差不多有仨月没歇啦！这帮伙计们都很兴奋——大集搬迁是大事儿，何况又是转移阵地嘛！无论老的小的，都表现得很有战斗力！动迁做思想工作，主要还是靠他们啊！这样河底水产市那边，工作都已经做得差不多了，都同意搬。完全没有问题！贴出去了通知，已经做到了人人都知情。市场上摊位费，从去年也早就停收了……"

"好，各项工作要积极稳妥地推进！大集经历了百年，这次一下要从河底搬出去，一些人，特别是市场上的老业户，再就是李村当地的，感情上肯定一时无法接受。这也是可以理解的。但感情归感情，咱不能拿群众的生命财产当儿戏！所以，这次，区委的决定是非常坚决的！要是出了问题，这个责任我担！关键是：咱再也不能出现发大水造成人民群众倾家荡产的事情啦！"

"我明白！坚定不移地执行区委的决定！"老贾望着朱静安的眼睛，他的眼睛开始发亮了。

朱静安也激动起来，"还有二〇〇七年的那场大火，祖孙三代，娘仨，一个也没跑出来！唉！一想起这事儿来就叫人伤感，揪心哪！咱这到底做的哪门子工作？出了这样的事情，我们坐在办公室里能安心吗，能坐得住吗？所以，这次区委的决心非常大，必须要搬掉！开弓绝没有回头箭！不过，具体做工作动迁，一定要细致，一定要到位！叫咱市场建设服务中心的同志多费费心，多辛苦辛苦。要叫河底的商户充分理解到。最好能积极响应，变成他们自觉的行动。"

"你放心吧，朱书记，这方面商务局已经会同市场服务中心做了多方面工作，新大集免费提供车位，解决了停车难问题，车位也非常充足。再就是地铺钱、房租，免除了一年半，应该说优惠非常大！一开始可能商户们不理解，但不出三五天，肯定就都掂量过来！做生意的嘛，头脑里那把算盘拨弄得都精着哩！"

"好，那就放手大胆地去干吧。还是那句话：出了问题我负责！抓紧时间，争取就在两集之间的空档里。赶在下一次发洪水前！”

“没问题，朱书记，咱们选的这个时间点儿正好：新大集六月二十七号开业，正好是下一个集赶集的日子，也不耽误了挣钱。再说了，商户们也担心发洪水呢！”

“是啊，今年的雨水太多啦！”

出乎李德信意料，大集上的商户反倒没了动静。

他每天都去大集，想看看有没有搬的。他更关心别再有闹事儿的，到时候他就挺身去说服他们。他打定了主意。可大集还是不温不火。大家伙到底怎么考虑的？他纳起了闷。大集搬迁成了他一块心病。

第一天河底市场还是照旧，人来人往，做买卖的还是那些人。第二天也是如此。可是到了第三天……

他起得晚了些，当然是昨晚上辗转反侧的原因。都十点钟了，太阳早已经老高了，他才匆匆忙忙穿好衣服下了楼。

走到京口路桥头，猛一抬头，他的眼前突然一亮！

眼前的景象顿时叫他惊呆了——大集上的商户都开始搬迁了！

桥头和河底市场的出入口多了几名城管，是帮着维持秩序的。市场服务中心的人都在下面忙着疏通和指挥。一辆辆卡车开进了河底，发动机“呼噜呼噜”地叫着，排气管喷出的青烟让河底充满了柴油味儿。五彩的塑料布片都扯了下来，铺在地上，踩在脚下。每个铺子前都三三两两，聚集了好多搬运工。大车小车装了起来，木头床，钢丝床，柜子，锅碗瓢盆，液化气钢瓶，灶具，油盐酱醋……像是搬家。然后是做买卖的：箱子，口袋，又是箱子，大箱子，小箱子。牛叔的杂货铺早已人去楼空，估计昨晚上就搬了。一些废品回收站也早早得了消息，赶过来凑热闹，旧电视、旧冰箱、旧三轮车，总之凡是旧的，就顺带着扔了。那边新房子新场地不需要，再置上新的！穷家值万贯！能发个小财！大集上一片忙碌的景象。

“装满啦！赶紧走吧！快去快回，争取上午就拉完，那边大集还等着开业呢！”有老乡大声吆喝着拉货的司机道。

原来商户们都想通了！

他们来自五湖四海。当然，这里面还是以山东人居多，其次就是东北人。如果把东北人也看成山东人的话，那么就都是山东人了。这么说丝毫不为过。或者说，这是一种山东人的文化，即便到了现在这个年代，大家都使手机刷微信、视频聊天的年代，这种文化还是大集上的文化。这种文化是一种淳朴厚道的文化，淳朴厚道也在于人的淳朴，在于对政府法令的尊重，在于自己所能做出的牺牲。这种文化传承了多少年，有着厚重的历史和人心的积淀。这更是一种仗义。这就是山东人的伟大之处！

人人心里都有一杆秤，不管之前怎么喊、怎么闹，但回过头来想一想，良心，从良心的最深处来摸一摸，考虑一下，非常简单：政府的决定是正确的，历史的车轮是不能逆转的！所以，不管是素质高的也好，素质低的也罢，他们现在都弄明白了。

所以他们才步调一致地做出了行动，搬！在大事面前，他们，这些大集上的商户，最终表现出来的还算不糊涂。

为了大家，舍弃了小家。搬迁需要钱，肯定一时半会儿也会耽误买卖，影响收益。做出牺牲是显而易见的，甚至可以用金钱上的损失来计算。但这些大集上的商户，他们认了！

这是一种壮士断腕，又带着燕赵悲歌的慷慨。于大集上的人们来说，于商户来说，于消费者来说，于山海区的政府部门和领导们来说，更是于老李村、老山海区甚至是老蓝岛的人来说。无论是从经济上还是从感情上！

但他们依然负重向前。

李德信一颗悬着的心终于落在了肚子里。他忽然想多看一会儿，他又决定，今天一整天都要陪着他们搬，就站在桥头这个位置。他不忍心离开。

手机响了起来，是八哥。

“李总，又是坏消息：咱那些铺子，又有不少伙计过来撤店啦！就在公司里，要解除合同呢！你快过来劝劝他们吧！”

“我马上、马上过去！”

他还想再看一眼，可是紧急关头容不得他多想。他心急火燎地朝公司跑去。

李德信赶到的时候，那些撤店的商户已经走了，撂下了话儿，说必须降低房租，要不然就撤店，合同即便不到期也要解除合同。态度强硬得简直要撕破了脸。这再一次给李德信敲响了警钟。

他这时完全意识到了，他现在比任何时候都要清醒，当初朱静安提醒他的现在应验了。他忙不迭地后悔起来，但马上又打起精神考虑对策。他是不服输的人。他想再搏一搏。

可是他也清楚地认识到：他已经退到破产的悬崖边上，现在只剩下时间问题。到时候哪怕只有一个人，过来找他退房租，或者大家伙站在他面前，一齐朝他吆喝一声——“撤店！”呼出的气流就会叫他摔下去，摔个粉身碎骨！

他跌坐到沙发上。

“李总，我倒有个主意，你看行不行？”八哥一直在陪着他想主意，这时他觉得只有八哥才是他的好兄弟。

“快说，什么主意？”李德信看着八哥就像看着救命神仙。

“你看这样好不好，李总，”八哥凑到了李德信耳边，“现在是商铺纷纷撤店，时间长了不好啊！就怕到时候再变成多米诺骨牌。我的意思是：咱可以找大集上的老乡想想办法，叫他们到咱这边来。不过房租嘛，可以减一减。反正，现在也租不出去了，空着也是空着嘛！”

“这个主意好是好，不过这是跟大集展开竞争了……”李德信沉吟未决。

“嗐，李总，管不了那么多啦！当务之急是赶紧聚拢人气，已经开始撤店啦！人气一倒，后头再一跟风，到时候后悔都来不及啊！”

“好！”李德信咬了咬牙，“那就这么办吧！这是做生意，现在也顾不了那么多啦！各为其主！这样你通知那些大集上的老乡，就说我李德信说的，不愿意去新大集的，可以到我这儿来，房租按五折优惠。你赶快去吧！估计会有不少来的呢！”

八哥应声而去，很快联系了一些老乡。但很快八哥又回来了。带回来的消息令李德信大失所望。

“他们都怎么说的？”

“唉，李总，他们说了，他们倒是挺愿意和你一块儿的。不过问题是咱这儿五折还是太贵，关键是大集是免了一年半。再就是，他们现在搬过去又改主意啦！”

“他们又愿意在那里了？”

“对！他们现在是看好那个地方了，说有大集！所以，他们就不过来了！”

“是啊，还是大集有人气啊！”

“那怎么办？”

“这样吧，你再过去找找他们，就说我拿出十间来，十间的商铺，搞活动，免费送给他们。不，是借给他们，先到先得！好吧？快去办吧！唉，现在已经是雪上加霜啦！”

八哥去了。李德信觉着头痛得厉害，太阳穴上的血管鼓得老高。他拍了拍脑袋，忽然觉得自己刚才的想法简直幼稚得可笑。他的心里突然又一紧：他意识到了，免费出借这无异于自杀！

他有种大难临头的感觉。

他走到北向的窗户前，打开窗户想透透气。他的心里实在太憋闷了！突然，他发现一辆银色的别克商务车开了过来。车停下，从车里下来两位穿着白色短袖的人，脖子上都打着领带。

李德信不禁倒抽了一口凉气。他知道，这些是银行的人。他们是过来逼债的。

第五十五章　银行逼债

银行果然是讨债来了。

李德信是山海商界的名人，这次贷款又数额巨大，银行自然是十二分地关注李德信。信贷科的主管早已神经紧绷。而李德信的电器商城出现积压，早就传到了主管的耳朵里。所以期限未到，主管就急急忙忙地跑过来了解情况了。

“李总，这次前来确实冒昧。”这位主管倒是客气，“在山海区，甚至是蓝岛市，谁不知道您李总的为人！李总做买卖首先讲的就是诚信。问题是……唉，李总，实不相瞒，我们是担心，这个月底，您到期无法偿还贷款啊！”

主管既然掏出了心窝子，李德信也不好隐瞒，“实在是抱歉啊！其实你们不找，我也正想去找你们呢！唉，这个月，经营得不太好，我真怕到了月底，还不上这次分期哩！”

银行主管闻听脸色一变：“李总能确定？”

“差不多吧！”

“那您想怎么办？”

“能不能跟上面请示一下，适当地拖一个月？利息我照付！”

“那绝对不行！”

“一个月也不行？”

“一个月也不行！”

“那后果会是什么？”

“后果很严重啊，李总！其实一个是要承担罚息。还有就是：要列入失信的黑名单啊！”

“黑名单？”

一听“黑名单”，李德信顿时脸就黑了。要知道这牵扯到了信用，不还钱就意味着失信。李德信一直把信用看得比任何事情都要紧，到了这把年纪，更是把“信用”二字当成了自己的身家性命。因此失信，对他来讲好比就是贞妇失节。宁可死一万回他也不想干失信的事儿。

可是理想很丰满，现实却很骨感。

“那如果还不上怎么办，”他忙又问道，“您看有什么好办法？”

“唉，”主管叹了一口气，“李总，实不相瞒，我们也没有好办法，收不回款项，我们的压力其实也非常大！我们主要是看在李总是山海商界领袖的分儿上，尊重李总。要不然，我们也不会来提醒了。总之，要是月底还不上款，我们就得行使抵押权了，向法院申请，把您的商铺和市场都给冻结！”

“是啊！”李德信其实已经想到了，这时听到还是倒抽了一口凉气。

“关键是：即便冻结您也是失信了呀！现在离月底还款日只剩下三天了！”

主管的话也算是忠言相告。李德信只觉得一股压力泰山压顶般朝他压了下来。他喘了一口粗气。

那就得抛售一部分商铺了，为了保住自己的信誉。但时间只剩下三天，也太紧了！到时候收购方肯定要压低房价，甚至还会对自己狠勒。那就赔大了！

他正沉吟未决之际，一阵敲门声响了起来：一位小伙子，推门走进了办公室。

这位小伙子正是八哥的儿子，现在也跟着李德信干，李德信准备叫他给自己开车。这位小伙子二十出头，大专刚毕业，长了一副大块头，正是血气方刚的年龄，刚踏入社会，也没什么闯荡江湖的经验。“大爷！”他一进来也不看场合，冲李德信就叫道，“我爹说了，那些个老乡都不来啦，都找好地儿啦，说您那些房子免费也不要啦！叫我跟您说一声！”

年轻人这一嚷嚷，立刻就露了馅。这岂不更暴露出自己已经资不抵债的窘境？李德信急忙使眼色给小牛，意思是你别吱声。可这孩子愣是瞪不起眼来，“大爷，我爹说，要不再想想别的办法吧，白给，人家都不要呢！”

银行的两位债主马上听明白了话中的意思。

刚才的主管还没说话，另一位倒是开了腔。他是着急了，“哎呀，李总，你怎么把房子白送给人家啦？”

“呵呵，情况是这样，”李德信急忙冲那位副主管一笑，想把话儿圆起来，“无非是搞了一次活动，也不能说是免费赠送。其实这种活动每年都搞，回馈商户嘛！这不，这次拿出了几套铺子，搞了个抽奖，谁抽着啦，就归谁啦，呵呵，都是地段不怎么样的，平常空着也没人租，当仓库！”

“噢，是吗？”哪知李德信这一解释倒起了反作用。其实这两位主管在路上就商量好了，一个唱白脸儿一个唱红脸儿，一文一武。只听这位高声说道，“李总，咱是讲信誉的，你这个电器商城经营得到底怎么样，其实你最清楚。我们现在也知道了点。问题很严重啊！”

李德信的脸唰地红了。

“李总，”这位又说道，“关键是牵扯到你的信誉。但做买卖总是有风险的时候——贷出去的款我们要负责。所以我们必须调查清楚，你得说实话啊！”

这位主管也是快言快语，不过没留情面。李德信的脸挂不住了。其实刚才的掩盖纯属无奈之举，他是被逼得退无可退了，所以才搪塞。没想到对方不依不饶，一路要追到底！

“朋友，其实我这也是无奈啊，是为了增加市场人气啊！现在商铺也存在竞争，我是没办法呀！”李德信眉头紧皱，一脸苦相，不过言语中却带着无奈。

“那不行，李总！当时抵押合同上都明明写着：不得私自赠送商铺。你这是明显违约了呀！”

“这又不是卖了，怎么能算违约？这是为了增加市场人气！”

“那也不行。你现在还款没有着落，不单单是一个信用问题。对你这种情况，我们考虑，不行就得采取强制措施了……”

“你想怎样？”

“我们想申请法院冻结！”

“冻结？”

“或者提起诉讼！”

“你敢！”

还不等李德信答话，只听一声大喝，仿佛半空掉下一个霹雳。三人急忙一抬头，竟是八哥的儿子！

原来小伙子早就沉不住气了。这位银行的副主管说话又太直，全然不顾旁边的主管给他使眼色。结果惹恼了八哥的儿子，小伙子一时也搞不明白，觉着对方简直就是黄世仁，一下气炸了。他两步就抢了过来。

“你刚才说什么？”

“我说不行就诉讼！这是正常业务！”

小伙子一把就薅住了副主管的领带，“你想找揍是吧！我打你个狗娘养的！”

年轻人挥拳就打，说时迟那时快，手刚举到半空，“住手！”一只有力的大手，像钳子一样握住了他的手腕。是李德信，“你给我出去！净给我惹祸！”

小牛被李德信捏得手腕子胀痛，动弹不得，这才知道自己闯祸了。急忙一吐舌头，挣脱了手，身子一猫，溜了。

李德信急忙换上笑脸，朝两位主管拱手道歉，寻思如何能挽回局面。谁知两人眼神一交换，嘴角一嘀咕，立即告辞走人。只把李德信愣愣地扔在办公室里。

放下李德信反复琢磨如何还款不提。且说这两位银行主管，碰了一鼻子灰，又差点儿挨一顿揍，心里的郁闷可想而知。两人合计着回头立马给上面分行汇报。走到楼下钻进了车里，打了把方向盘刚要离开，走出去没多远，忽然前头一个急刹，砰的一声，追尾了！

那开车的正是刚才吵架的那位主管，心想怎么这么倒霉！马上下来解释道歉，看怎么理赔。谁承想前面下来的那人气势汹汹，话没说上两句，一拳就把他给铆青了眼。

“哎哟，你干吗呀？也没撞得厉害了……”副主管捂着眼睛尖叫起来。

“我叫你来要钱！叫你来要！”那人怒吼着，拳头雨点般朝副主管的身上打去。

副主管急忙闪避。这时又引发了堵车。那打人的一看人多了起来，急忙一个箭步跳进了车里，逃之夭夭。

“李德信竟是这种人！当面一套背后一套，光天化日之下竟敢打人！”

“回去就弄他！叫律师准备诉讼！”

第五十六章　落井下石

追尾打人这一幕，正好被一位来找李德信的人看在了眼里。

只见此人短胳膊短腿，黑短袖T恤衫、白短裤，脚蹬一双绿色的阿迪达斯运动鞋，坐在一辆银色的奔驰C200轿车里，摇下了车玻璃察看。却是金隆一。

原来金隆一这些年一直自己单干，还是做的韩国、日本的买卖，来回在蓝岛和韩国跑。主要做韩国的泡菜和辣酱，再就是往日本和韩国出口蓝岛的干海鲜。这些年他也发了，在李村买了房买了车，孩子也在蓝岛就了业。他一般常驻韩国釜山，那儿开了家分公司。这次回蓝岛他是想顺道过来看看李德信。

金隆一的到来，叫李德信的脸色好多了。他是个重感情的人，两人算是患难之交，这么些年两人也一直保持着联系。由于德福的疏远，李德信其实把金隆一当作自己的兄弟了。两人都到了五六十岁的年纪，也好几年没见了。一时间，二十年的往事历历在目，恍如昨日。又想到眼下面临的难关，李德信不禁老泪纵横。

“老哥最近挺好的？”金隆一忽然觉得李德信的神色不对，不由奇怪地问道。

“还行吧。”

“生意上也挺好的？”

“哦！”

一提“生意”二字，李德信顿时无言以对，脸上也露出了愧色。这时八哥听说银行的过来讨债，已经赶了过来，急忙替李德信解围道，“唉，金总啊，守着你也不是外人，这不，银行的刚过来，叫还贷款呢！李总这不正着急呢！”

“啊，一点儿小事情，贷了点儿款，临时周转一下，很快就还上了！呵呵！”李德信急忙接口说，脸上也露出了微笑。他是不想叫金隆一知道，他现在还想保持自己的面子。

八哥不解地看了李德信一眼。

“哎，银行的人，”金隆一睁大了眼睛，“是不是刚走？嘿，刚才我在马路上，看见他们和人追尾了呢！还跟人家干起来啦，叫人狠铆了一顿，打得鼻青脸肿了呢！”

“啊！”李德信不由大惊失色，这事儿别人不明白，只有他心里最清楚。“唉，这个小牛，惹祸啦，惹祸啦！怎么还是把人打了呢！八哥，你赶快把你家儿子叫过来，咱找人家赔礼道歉去！惹祸啦！贷款！”

八哥一脸懵懂，李德信也就不见外了，把刚才小牛跟人家银行的人起冲突的经过，原原本本地讲给了他俩听。

“快把小牛叫来，咱给人家道歉去！”李德信捶着桌子喊道。

八哥不敢怠慢，急忙给儿子打了电话。可小牛说根本就没这事儿，说他也看见了，有人打了银行的人。八哥了解儿子，虽说直来直去，但从不撒谎。放下电话，把情况一说，李德信相信八哥，他陷入了一阵沉思。

这个打人的人会是谁呢？他为什么要口口声声地抱打不平大喊着“叫你来要钱呢”？

这里面肯定是有什么阴谋诡计！这是落井下石！

但现在当务之急是解决怎么归还贷款！

事情已经到了这种地步，李德信只好对金隆一和盘托出。其实他也想和金隆一唠唠，把满肚子的苦水都倒出来。他还有一个想法是看金隆一能不能帮他。谁知金隆一听完两手一摊，一脸苦相，“唉，哥哥，我也没钱啊，全押在发往韩国的海货和大白菜上啦！”

李德信的心沉了下去。

他现在是慌不择路了，还债的压力一把扯下了他脸上的遮羞布。他现在终于体会到什么叫悲哀和潦倒。他的大脑也一片混乱。一瞬间，名誉，地位，生意，金钱，他觉得统统要失去了。

他的脸色一片黯然。

“李总，要不，咱们找一下叶总，跟他谈谈。他们南方人肯定有钱，先从他那儿借上一笔，渡过这个月的难关再说。”八哥在一旁出主意道。

“这个办法我看行，都是生意上的朋友。再说了也都有周转不灵的时候。”金隆一也说道。

李德信沉吟未决。八哥和金隆一眼睛一眨不眨地瞅着李德信。他们这时也只有这个主意了。

“不行！”李德信突然说道，他的脸色越发凝重，“找叶总他们借，肯定是能借到，问题是人家也有生意，肯定也有利息。拆东墙补西墙。我看跟谁借都不如跟银行借。这么着吧，咱还是去看看刚才银行的那位主管，跟人家道个歉，该赔人家就赔人家。就这么办吧！”

“可那是有人栽赃啊！”八哥着急地说。

“肯定是有人栽赃！不过既然已经栽上了，一时半会儿是抖落不清啦！当务之急是抓紧时间化解矛盾，叫贷款缓一缓。不过要相信，事情肯定会水落石出的，真的假不了，假的也真不了！走，叫小牛备车，咱去银行，我亲自找人家道歉！”

李德信领着八哥一行四人去了银行，找到了两位主管，赔礼道歉。又随手奉上了五千块钱。说是手下人不懂事，撒野，但是打人的事，实在是不知情。又参拜了行长，原以为对方也会大人大量。谁知那行长面子上倒是客气，但一提到了延期还贷，行长的脸马上一拉：没门儿！

四人只好打道回府。金隆一和八哥告辞而去，说回去再想想办法，明天再议。李德信硬撑着回到了家中。

步履蹒跚，他觉着两条腿好像已经不听使唤，眼前的楼梯开始摇晃起来，觉着有些情况不妙。但他非常倔强，咬着牙，打开了五楼的房间门。

家里头没外人，安娜在卧室里不知给谁打电话。李德信走到了厅里，站在了厅的中央，他忽然想透过窗户再看看河底。蓦地，他站住了。

他觉得嗓子眼儿发甜。

一大口鲜血，“噗”地从嘴里就喷了出来。李德信顿时眼前一黑，双眼一翻，什么也不知道了。

“哎呀，这是怎么啦！”安娜大叫着从卧室里冲出来，手机也扔到了地上，“德信！德信！你这是怎么啦，你快醒醒啊，德信！”

她扑倒在李德信身上。

李德信醒来的时候，已经躺在八医的病床上了。旁边床头也挂起了吊瓶。安娜在身边陪着。医生单独告诉安娜：是疲劳过度，精神紧张，压力过大所致，暂时还没有生命危险。不过必须好好养着，不能受到刺激，这段时间需要卧床休息，就不能下床了。

就这么着，李德信一病不起。在医院待了一个晚上也睡不好觉，第二天一早就办出院回家，还是静养。第三天稍微好些了，神志也清醒了，李德信担心贷款的事儿，努力睁开了眼睛。

眼前只有安娜，他也只能对安娜诉说了。

他又生儿子的气。他忽然又觉得是自己不对。但是都到这种地步了，小白还是不回家来看他。唉！

他不愿意提这茬儿，那样会更生气，索性就不说。而这时安娜也明白。但是当母亲的又护着儿子。也是不敢提，怕提起来，再惹李德信生气。

“安娜，”李德信忽然虚弱地说，“我琢磨着，打银行的人，肯定是德福找人干的！这种事，他能做得出来！”

“会是德福？都自家兄弟啊！对自己的亲哥哥，他都能下手？”安娜还有点儿不相信。

“他能挖我的墙脚，还有什么做不出来的！商场上竞争，赌局无父子啊！”

“这个天杀的，我找他问问去！”安娜暴跳起来，她也是憋着火。她一把抓过了手机，“德福，你小子够黑啊！你说：是不是你找人把银行的人给打啦？你竟敢给你哥栽赃！你快说，你把小白忽悠去哪儿啦？快叫小白回来！德信要死了！”

安娜说话没轻没重，大大咧咧。然而最后一句话却提醒了李德信，他马上猜到了什么。他叹了一口气，闭上了眼睛。

那边德福心虚，跟安娜也不敢顶嘴，不由分说把电话给扣了。安娜在德福那儿没找回儿子，也不管三七二十一，又大声嚷嚷了起来，“这个黑了心肝的德福，我找他算账去！”

“回来！”李德信在床上虚弱地喊道。

“我得把儿子给找回来，跟他走就学瞎啦！”安娜忙不迭地换下了拖鞋。

“我叫你回来，你现在是陪我！”李德信喊了一嗓子。马上就觉着累，他闭上了眼睛。

安娜回到了床前。

李德信一片凄然，他现在心里是明明白白的。这肯定是德福捣的鬼！现在德福又用花言巧语拢住了自己的儿子，与小白联合起来对付自己。问题是：这都是自己的亲儿子和亲兄弟啊！

一股深深的悲哀直插心底，他现在也完全清楚德福的阴谋了。他又气又恨，又担心儿子。他怕小白再跟德福学坏。因为人生后面的路还长着呢！

这重重的大山压在了他身上，特别是这一座：骨肉相残。李德信彻底绝望了！

“去，你拿一张纸来，再找个笔，我要写一份遗嘱！”他虚弱地说。

“德信！”安娜正又跟德福通着电话，德福在电话里反复为自己辩解对打人的事不知情。这叫安娜反而铁了心认为就是德福栽赃。不经意间听见李德信要写遗嘱，安娜吓得大叫了起来，手机也掉在了地上。

“德信！”安娜扑到床前，眼泪哗地就涌出来。

“要不你给我写吧，我签字……”李德信半闭着眼睛，胸中的那股怒气这时几乎将他的头脑冲昏，因为没有发作出来，反而力量更甚。“安娜，你在遗嘱上记下来：我的财产，都在咱两个人的名下。先归还银行，明白吗？一定要先归还银行！剩下的，一定要给足了跟着咱们干的那些员工，这个你可以找八哥商量。然后，剩下的，就全都留给你吧！不过，你记住：我一分钱也不会留给小白的！你听明白了吧？你可得给我记住了，记住了！一分钱也不能留！记住了！”

李德信又猛咳起来。安娜明明是心里不愿意，但也不敢反驳李德信，怕他再动气。只好由着李德信说。“好，我都答应你！”安娜又抽泣起来。

一代商王，难道真要灰飞烟灭了吗？

第五十七章　书记出手

山海区委书记的办公室里，朱静安正在批阅一份报告，关于海水稻种植方面的。方秘书走了进来。

“朱书记，”方秘书着急地说，“听说李德信病了，病得还挺厉害！”

“噢？”朱静安抬起头来，“什么病？”

“听说是银行贷款还不上，电器商城又积压严重，李德信累得都吐了血。在家里一病不起了！”

“啊！”朱静安吃了一惊，“那咱们赶紧看看去！”说话间身子已经站了起来，走出了办公桌，“走，咱们直接去他家！李德信不能倒，绝对不能倒！”

在路上的十分钟时间里，朱静安想了很多。

朱静安轻车简从，就带着方秘书一个人。很快到了李德信家的楼下，方秘书给李德信打了电话，安娜接了起来，说在家呢。把车停下，朱静安和方秘书爬上了李德信的五楼。

这套房子还是二十年前买的，李德信也一直就住在这儿。只是现在看来算是饱经沧桑了。小区是敞开式的，下头就是滨河路，有点儿噪声。当然，这主要是李德信的生活俭朴，一直把钱投在了生意上，个人的生活倒简单多了。再就是，这个地段，一眼能瞅到大集。

来到五楼，安娜已经打开房门出来迎接了。

李德信躺在里屋南向的卧室里，额头上搭了一块毛巾。

朱静安的心情颇为沉重，但一看见李德信马上就露出笑脸，眼镜后面那双大眼睛也闪出了神采，眼神还是跟以前一样，满含着赞许和鼓励。这道目光李德信非常熟悉，他这是在安慰他。

“李总，咱新的李村大集刚刚开业，都忙得热火朝天。你倒好，跑家里来逃避劳动，呵呵！”朱静安开玩笑地说。

“哦，谢谢朱书记！”李德信答道，还是很虚弱。不过朱静安的目光和话语感染了他，他的眼里亮出了神采。

只是他现在这种状态，叫朱静安一时又说不出话来。

“来，扶我起来！扶我下去！”李德信忽然说，看了安娜一眼，他是想下床。朱静安急忙走到近前，“李总，就不要动啦！现在身子虚，你要好好休息啊！”

“不，扶我下来！”李德信还是非常执拗地说。安娜知道李德信的脾气，怕再生气，急忙上前扶起了李德信。方秘书也赶眼神儿，急忙上前伸手扶住。朱静安这时也早已托住了李德信的胳膊。三人一起协力，把李德信扶到了沙发上。

“朱书记，我必须下来。”李德信一坐到沙发上就说，“主要是您是咱区里的父母官，您这是代表了区委区政府。再就是，那次商会开会，我顶撞了您，您大人有大量，根本不计较。可是我一直记着这茬儿。这次，相当于给您赔罪啦！”

“李总，你这么说就见外了！”

“我李德信做事，从来讲究公平。我是病了，可我必须下来，要不然我这心里头不安啊！关键是：当初就该按您的意见来啊！”

李德信激动起来，他抓住朱静安的手，手颤抖着，一时竟说不出话来。他现在算是彻底明白过味来了。他又有一种与朱静安相见恨晚的感觉。

朱静安此时也是惺惺相惜。因为他早就明白李德信的为人，李德信在大集上，在商圈儿里叱咤风云这么多年，帮过的人无数。朱静安的眼里闪着亮。

“好，好，咱就不说啦！咱什么也不说！好好养病，把病养好啦！挣钱，还不是为了生活好、有一个好身体嘛！”朱静安爽朗地说，其实也是尽量避开谈生意，为的是别刺到李德信的痛处。

“唉，朱书记，说实话，这次我是败走麦城！其实还是我自己主观的原因。唉，我当时怎么就那么冲动呢？我考虑得太简单了，我还以为凭着我这把老骨头能拼一拼。我是不相信哪，脑子太陈旧，跟不上时代啦！我这也是骄傲，觉得从来没输过。可是这电商，这网店，它就代表了时代啊！所以实体店被淘汰肯定是必然。所以都怨我、都怨我呀！”

李德信顿足捶胸，情绪一激动，又大声猛咳起来。安娜急忙走上前去，在他后背上捶了起来。

“老兄，过去的事儿咱就不提了、不提了。好好养病！”待李德信消停下来，朱静安忙又安慰道，“你也不能说实体店就一点儿希望没有，这得区分什么行业。你像传统的家电数码，这个，电商是强项，买手机肯定是上京东、苏宁！不过一些服务行业，比方说餐饮，实体店还是大有作为的。这个问题，今后需要再进一步动动脑筋，当务之急是养病，养病要紧啊！”

朱静安的话一是安慰，也是鼓励李德信重新燃起信念和希望。“唉，不行了，老喽！”李德信答道，他现在已经彻底被打垮了。

朱静安神色凝重起来，两道宽眉拧成了一个大疙瘩。

他看了一眼安娜，他忽然感觉屋里好像少了一个人。“大嫂，”他朝安娜笑着说道，“怎么，小白呢，小白怎么没过来？”

朱静安还不知道这些家庭矛盾，他还以为小白正在公司里忙他的电商呢。岂不知这又戳中了李德信的痛处。

“唉，朱书记，我把实话都告诉您吧：这次，就是我儿子，他起来反对我呀！他跟我那个不争气的弟弟德福，他们是串通一气了！”

李德信一五一十交代着，安娜在旁边补充，包括银行怎么来讨债，怎么打的人，到最后银行拒绝延期还款，都讲给了朱静安听。

朱静安的脸色越发凝重起来，他觉得他这次是来对了。他觉得他找到了问题的根。

长期以来，虽然山海的商业已经如日中天，地铁 3 号线、2 号线也能为山海带来新的增长点。但在朱静安的心里，一直困扰他的，还是传统商业的升级换代问题。因为他已经敏锐地观察到：在某些行业电商才是执牛耳者。从一个角度讲，甚至电商代表了商业的明天和未来。亚马逊平台的入驻更是深深触动了他，亚马逊每天晚上闪烁的 LOGO 在时刻提醒着他。虽然只是一个区里的书记，但他已经站在全国商业竞争的制高点。

他也明白李德信的含金量，李德信是山海商业的一张王牌。在电商时代，网络已经把全国的商家拉下了水，山海区商业的竞争是面对着全国，甚至全世界的商业大鳄。这时如果李德信再失手的话，势必会严重打压山海商界的士气。所以，必须扶起这张王牌，李德信不能倒！

他忽然觉得有太多的工作要去做，这丝毫不亚于大集搬迁。他暗暗思忖着，马上在心里打定了主意。

“李总，”朱静安又紧握了一下李德信的手说，眼里也继续饱含着热量，“这样，你好好养病，剩下的都交给我！我看看怎么安排！你先好好养病吧！我相信你肯定会逐步好起来的！”

“唉，不行了、不行了，已经无力回天啦！我真是糊涂啊，悔不当初啊！”李德信又激动起来。

朱静安又好言抚慰了几句，这才告辞而去。下了楼梯，回到车上，朱静安急忙招呼司机，“走，去李德福的建材市场！”

在路上朱静安的心情一直不能平静，他感慨不已。他不相信小白竟然与李德信反目。他又为这场骨肉相残的悲剧唏嘘。在心里他默默祝福着，希望李德信与小白能尽快和好。他的眼圈儿发红了。

且说李德福，这时正在百果山的会所里寻欢作乐。家居建材的生意蒸蒸日上，他基本也就不用操心了，因为有冼总手下的一位经理给打理着。他现在摇身一变，成了乐不思蜀的快乐阿斗。

一接到方秘书的电话德福吃了一惊，差点儿腿肚转筋。心想堂堂的大书记，怎么眼里突然有了自己这个小个体户？又一想肯定不是坏事儿。急忙驱车赶往市场准备迎接。路上又告诉经理，要立刻打扫卫生做好准备，迎接要隆重云云。待德福衣冠楚楚地站在市场大门口迎候书记时，方秘书却打来了电话说：朱静安已经在市场的摊位上等他了。

德福不敢怠慢，急忙赶到方秘书说的摊位，见过了朱静安。只打了一个照面，朱静安就了解了德福的为人，心想李德信所言非虚，同室操戈的事儿此人准能干出来。转眼走进办公室坐定，朱静安不动声色，就是说要了解一下电商。德福受宠若惊，忙不迭地给书记汇报。慢慢地，从德福的嘴里，朱静安把建材市场的电商发展情况掌握了。

“李总啊，我这次来，一个是调研。再就是，希望咱山海区的电商要团结啊！互联网时代的市场，都是全国性的大市场，咱们建材家居面对的也都是行业里的大鳄。所以，山海的电商要联合起来，一致对外，可不能搞窝里斗，弟兄们要团结啊！”朱静安临走时撂了一句。

朱静安的话虽然含蓄，但弦外之音已经敲打得清清楚楚。可德福呢？他还是执迷不悟。

朱静安回到了车上。

略一思索，他又坚定了自己的主意。他轻拍了一下前面司机的靠背，“走，咱去李小白那儿！”

司机马上启动车子。前排的方秘书看了下表，转过头来，“朱书记，咱还去吗？呵呵，都这个点儿了，十二点半啦！”

“去吧！时间要抓紧，下午还有个会呢！”朱静安微笑着回答，实际上他也为自己今天的举动感到自豪。

“好吧，朱书记。就是到吃饭的点儿了。我得提醒您一下！”

“走吧，他们吃，咱也吃。”朱静安大笑了起来，“叫外卖，有美团！”

朱静安这一幽默，顿时使车里的气氛放松下来，方秘书和司机都笑了起来。“好，那就‘美团’，书记请客！”方秘书叫道。

“必须的！你们俩跟我加班，当然我得请啦，哈哈！”

朱静安找到了小白，小白刚好在公司。朱静安对小白晓以利害，说只有他才能挽救李德信，建议小白见一面。小白同意了。

“爸爸！”小白一进门就大哭了起来，他踉跄了两步，跪倒在床榻前。

李德信睁开了眼睛，知道是小白来了，但他没看小白。他这时还是心肠似铁。“爸爸！”小白又叫道，李德信的心触动了一下子。

他想跟小白说两句，他觉着自己到了最后关头，他要留下遗言。他想叮嘱小白回头是岸，不能跟德福再混下去了。可是他又说不出，他在心里矛盾着。

两行热泪，从李德信的面颊上淌了下来。

男儿有泪不轻弹，何况又是面对着自己的亲生儿子。眼看着自己的老父亲白发苍苍，又老泪纵横，小白隐忍不住也落泪了。

安娜放声大哭。她是被这爷俩感染了。三人都哭了起来。

“小白，我把家业还是留给你、留给你吧！”李德信的嘴唇颤抖着，他瞬间改变了主意，“你把欠的债都还了，剩下的，还是都给你吧！”

“嗯，爸爸，我知道我错了！我也是一时糊涂，您原谅我吧！我是被我叔忽悠了！我现在要跟李德福决裂！朱书记都告诉我了，既然他这么卑鄙，我以后再也不听他的了！”

小白也幡然悔悟了。

三人又哭了起来。这次是喜极而泣。这哭声不但感动了天和地，也叫这对父子重新水乳交融了。

第五十八章　鲇鱼来了

李小白此时十万火急。他现在考虑的是怎么挽救李德信的产业。

实质还是资金问题：银行要还贷。可现在商铺要变现非常麻烦，银行那边又催得紧。李小白思前想后，觉得还是去找找朱静安，看书记有什么好办法。第二天一早，他就来到了位于黑龙江中路的山海区委。

进了区委大院，走进1号楼的门厅，小白寻思着先给书记打个电话。结果书记没接电话。李小白救急心切，又拨通了方秘书的电话。

“方秘书，我是李小白，我现在就在咱1号楼的门厅！有点儿急事儿，想见见朱书记，您能不能给通报一声？”

“哟，是李经理呀，真不好意思，书记现在正忙着接待一位院士，是院士港的事儿，非常忙！要不，您还是改天吧！”

方秘书的话虽然客气，但对小白来讲无疑是一盆冷水。他又误会了：所谓落势的凤凰不如鸡，李德信现在是山穷水尽，已经到了濒临崩溃的地步。所以，世态炎凉，这会儿书记人家也肯定躲得远远的。

李小白长叹了一口气。他一脸失望地走下了1号楼的台阶。

刚走出区政府的大门，手机突然急促地响起来，是朱静安！小白又惊又喜，他马上接起了电话。

“朱书记！”

“不好意思，小白，这正忙呢。刚才方秘书说你来找我，什么事？咱长话短说！”

“朱书记，我爸的市场，要破产了，需要赶紧注入资金，还银行贷款。您能不能……帮着想想办法？”

“看来正是我担心的！我下午给你电话！”

朱静安把电话挂了，只把一个大脑空空的李小白怔在了那里，不知前方的路是喜是忧。

晚上九点，山海区委的1号楼灯火通明。看来朱静安忙了一天还不算完，还要挑灯夜战。办公室里，他正与商务局的老贾研究大集的一些事儿。原来在听完小白反映的情况后，朱静安终于决定出手拯救李德信的市场了。

商务局的贾局长倒是有点想不通，心想书记加班能加到这么晚，难道就是为了一个李德信？不由略微皱起了眉。

坐在桌子后面的朱静安此时也愁眉紧锁，他脑子里正在把他的计划重新整理一遍。过了一会儿，他抬起头来。

“怎么，老贾，对拯救李德信还有不同意见？”老贾闹这点儿情绪，朱静安明察秋毫。

“啊，书记，觉着咱是不是管得有点多了？”老贾在书记面前直言不讳。

“老贾啊！”朱静安走出了桌子，他要给这位老部下思想上先拧过弯来。他语重心长，“不知你有没有这种感觉：‘狼’来了！或者说是一条‘鲇鱼’。是条什么样的鲇鱼？是电商，电商已经杀到咱山海来了！”

朱静安这么一说，贾局长急忙把耳朵竖了起来。

“呵呵，”朱静安又一笑说，“电商是鲇鱼，好理解。问题是这条鲇鱼，它是条变种的鲇鱼，它会飞，它有翅膀！它的翅膀是什么？就是网络，网络给它插上了一双翅膀！是不是这个道理？”

“对、对！”老贾佩服地点了点头，书记这个比喻很精彩。

“呵呵，你看，本来各地的商家是井水不犯河水。但有了网络，这种情况就发生了改变：它本来在那片海里游得好好的，可现在它会飞了！它就飞到咱这儿来找食吃了！当然啦，它也能飞到别的地方去。问题是它来到了山海，这不就把咱这儿给搅和乱了吗？当然这也是好事，能学到一些东西，能促进竞争。问题是李德信，唉，还是中枪啦！”

“是啊！”

“老贾，我考虑，李德信，咱还是要救啊！不过这也不单单是救李德信，救的是整个山海，山海的商业！也是咱蓝岛市的商业！你能理解这件事的重要性吗？”

“这个……”老贾还有些懵懂。山海的商业确实是能代表整个蓝岛市，占据了半壁江山，这个没问题。但是对于李德信，分量如此之重，老贾尚有点儿疑问。

“对于李德信，你可能还不太理解。但是我要说：很重要，非常重要！我们可以反过来推理：假设李德信倒了呢，他明天所有的市场和商铺全关闭了呢？你想想，那将会是一种什么样的情况？”

老贾没有回答。朱静安把右手猛地朝桌子上一摁，“那将是整个山海商业面临的致命一击啊！不是吗？商铺要收给银行，底下人要被炒鱿鱼，多少人要面临下岗失业！再就是房东换了，银行要把商铺拍卖，我们本土的商户面临重新洗牌，要来回折腾啊！还有，市场重组导致的阵痛又会使多少商户倒闭破产！总归一句话：波及的面积太大！连锁反应！到时候受损的将是整个山海的商业！是不是这个道理？”

“再就是，”他又说道，“李德信在李村发展了好多年。他从大集上起家，一直是规规矩矩、老老实实。他是咱山海诚信的代表啊！是咱山海商业的一张牌啊！所以，他不倒，诚信就不会倒。他要是倒了，对山海的商圈儿，对蓝岛的商界，对大家伙的信心，那真是致命的一击啊！把大家伙的信心就摧毁了呀！”

书记说得在理儿！老贾心说。他思想上转弯了。

“朱书记，这是商务局忙活了一下午，拟订出来的救市方案，请您过目。”老贾马上把拟订好的救市方案拿了出来。

“好！”朱静安急忙接过方案，坐回到椅子上看了起来。

原来贾局长在接到朱静安指示后不敢怠慢，已经研究了一个下午，把救市的方案已经拟好。

老贾又把具体细节详细地介绍给朱静安听。

这个方案是个两全其美的方案：主要是新的李村大集搬到曲戈庄以后，

因为就在重庆路的边上，交通方便，停车场车位充足，再加上宣传给力，一下就把周围的消费者给吸引了过去。甚至连城阳、黄岛的商户，都开着车跑过来买大连海参。一连三天，天天爆满，人气高涨。这又叫周围市北区的不少商户动了心，纷纷过来打探，也想租摊位在大集发展。这样一来，新的大集摊位很快就不够用了。但是根据搬迁时定的政策：原来河底大集上的老业户优先安置，这就产生了新的矛盾。针对这种情况，商务局的方案非常务实，那就是租赁李德信一些闲置的商铺，再优惠转租给大集上的老商户。这样老商户就可以腾出大集上一部分摊位。而这些腾出来的摊位，正可以用于市北区新商户的加盟。

这个方案好，既能挽救李德信，又能解决新大集摊位不足的问题。“就这么办了！”朱静安拍了板。

“再就是，”朱静安又说道，“现在我们山海区的商业是在全国的市场里竞争。现在电商这条鲇鱼是来的第一条，后面肯定还会来第二条、第三条，还有更大的鲇鱼。问题怎么办？怎么才能生存？那就是我们也要变成鲇鱼，跟他们互撕，只有这样才能保存自己。网络是商业的新型武器，电商是商业里的战斗机，只有拿到商业战场上的制空权，只有变成了电商，我们本土的商业才有胜利的可能啊！所以说老贾呀，我还要交给你一项任务，这个任务同样很重要，那就是：要为我们山海区传统的商业插上翅膀，引导他们成为商业里的战斗机。这件事情，我看就由商务局牵头，由人社局下设的大学生创业中心来协助完成吧！”

“好，朱书记，你就放心吧，这事儿我肯定上心。李村大集的电商平台已经开始搭建了！”老贾笑了起来。

朱静安望着老贾，也会心地笑起来。

政府租赁的方案使得双方都受了益，因为价格上自然是按照市场价，房产处那边给做了评估。到了月底，李德信头一笔贷款还上了，李德信舒了一口气。可是接下来呢？李德信的资金链条还能保证继续吗？因为后头的债务接踵而至，转租只是杯水车薪。这主要是电器商城积压严重，资金无力周转，这才是大头。这叫朱静安和李小白的眉头又锁紧了。

第五十九章　苏宁云商

早晨，朱静安坐在办公桌后头，呆呆地出神。他现在又在琢磨一个新主意。他拉开抽屉，从里面找出一张名片。

名片上赫然印着："苏宁云商""蓝岛大区"字样。

从苏宁大厦的停车场出来，小白站在两座塔楼的中间。他朝天空望去，那两座塔楼仿佛直插云霄。他忽然有种感觉：他觉着来苏宁是对了，他觉得朱静安给支的这招儿准没错。

坐电梯上去，来到十一层的办公区。接待人员说老总正在开会，请他在一个小房间里等着。这真是坐冷板凳了，没法儿小白只好喝茶坐等，心里头空落落的。

就在这时，苏宁蓝岛大区的高管们，正聚在公司的会议室里开会，紧张地研究着一项方案。

会议开了足足两个小时，小白也等了两个小时。在这段时间里，他起身来到苏宁大厦南侧的阳光走廊。望着李村河的方向，他突然觉得不远处的李村河恰似一条银带，已经展露出妩媚的芳容。他又把目光投向下游李村新大集的方向，他顿觉肩头又压上了一座大山！

在小白心里，他已经把李德信的千钧重担给接过来了。

"哎哟，李总，真是不好意思啊！叫你等久了、等久了！呵呵！"苏宁的高总似乎从天而降，紧握的双手差点把小白的手给捏碎，"其实，我也正想找你呢！"

两人落座，开始洽谈。还是在这间小屋子里，叫小白觉得不够重视，甚至感觉到了怠慢。又一想，现在自己是主动上门，是求着人家，心里也就忍了。岂不知这正是苏宁的策略。

“哎呀，李总啊，现在的生意也不太好做，电商之间，竞争太激烈了呀！”寒暄了一下，那高总打着哈哈，又忙着哭穷。突然又冒出一句，一下就抓住了小白的心，“这几天南京总部那边又来了指示，说今年必须完成山东半岛区域的资产重组——就是说要收购几家店。嘿嘿！”

噢！小白心里一喜，这可是个机会啊！但他马上打了个激灵，以前商学院学的知识这会儿提醒了他：他马上明白，对手这是先给自己扔过来一根萝卜，但这确实也意味着机会，说明对方有诚意。他冷静下来。

苏宁的高总果然是既打又拉，这位哈佛商学院毕业的 MBA 自然也不是吃素的。其实刚才开那两个小时会，正是研究如何收购李德信的电器商城。他们从区里领导打过来的电话里嗅出了商机，何况他们对收购也蓄谋已久。于是总部那边马上批示：收购！连收购的底价也审核通过了。

这就是商业博弈了，各为其主。但对小白来讲，此时这无疑是一个陷阱。

但容不得他多想，救老爸的性命要紧。李德信现在还是卧病在床，情况也一天不如一天，还债的压力已经使他病入膏肓了！

小白管不了那么多了，直接向高总开出了底价。可是他越急，人家苏宁却不急。这自然是策略。到最后，小白说你给个实价吧，多少钱接管。那高总不慌不忙，慢条斯理地品着崂山绿茶，最后伸出了一巴掌：五折！

五折当然不行。本来李德信向各大厂家预付了货款，拿到的价格都比原先的出厂价低了一折，相当于九折。现在到了苏宁这里成了五折。这真成跳楼价了！

好不容易，高总又加上了一根手指头：六折。

小白肯定还是无法接受。这时已经到了中午十二点了，谈判陷入僵局。而小白这时也悲悲切切，失望之余索性不谈了。

“李董事长现在在家里挺好的？”临走的时候，高总竟然亲自送到了楼下，又微笑着关心起李德信的病情，叫小白颇感意外。

“不太好啊，其实就等着这笔钱救命了！”小白一脸黯然地答道。

“噢？”高总眼镜后面那双眼珠子顿时瞪得像铜铃。

后来小白才知道，高总惊诧的表情恰好暴露了苏宁的意图：他们是醉翁之意不在酒。只是小白当时精神恍惚，没有当场捕捉到。

下午一点半，在山海区委1号楼的接待室里，苏宁的高总已经在准时恭候朱静安了。

“朱书记啊，一接到您电话，我马上就和小白见了面。咱说实话，问题是现在的市场不好做呀！这主要是竞争！这您也知道：京东，天猫……我们的苏宁易购，也才刚刚起步嘛！”

生意人总归是生意人，高总一来先卖起了关子。不过立马就被朱静安识破。朱静安的思维又快如闪电，他早就感觉到：苏宁蓝岛大区的副总经理，不到一点半就过来登门，那肯定是葫芦里装了酒——有他的计划。朱静安微微一笑，他没动声色。“呵呵！”

“朱书记呀，实不相瞒，我们苏宁当初能来山海，也是多亏了咱山海区的大力支持啊。所以这次，咱就知恩图报，收购李德信的电器商城，也不是不可以的。全听书记的一句话喽！”

“呵呵！”

朱静安只是呵呵着，嘴唇微张，颧骨微露，还是一脸的谦和。此时他已经明白了：苏宁这是借力打力，顺水推舟，真正的目的其实是顺手牵羊，把李德信的电器商城给拿下，但又给自己和山海区卖了个人情。他不由得暗暗佩服起这位高总来。

“哈哈！”略一沉吟，朱静安爽朗地一笑，“高总啊，这样吧，有什么话，咱就实话实说吧！提高点儿效率！你说呢！”

一听这话，高总冒汗了。他听出了书记这番话里的味道。他顿时明白，朱静安早已明察秋毫，自己心里怎么想的，朱书记早已瞧得清清楚楚。已经掌握了苏宁的底牌。而自己，就仿佛被一支巴雷特步枪的瞄准镜给锁住了，剩下的，就是动一动手指头的问题。这才是真正的商业谈判的高手！

高总哈哈大笑了起来，他忽然间放松了。

“好，书记既然爽快，那咱就实话实说！这么着办：我们呢，可以按全价收购李德信的电器业务。也就是说：他原来的空调冰洗是多少钱进的，我们就多少钱拿！我们也需要进货嘛！这个不差钱儿！”

“好，不差钱儿！”朱静安点了点头说。

“但是有一个条件，那就是我们要收购……他两个店！”

“可以，”朱静安又一点头，“这个，具体你跟李小白谈吧。我想是没问题的！”

“好！再就是朱书记，我们需要李德信，来出任我们苏宁的董事长，蓝岛公司的！”

“噢？”朱静安一愣，他看了一眼高总，而高总这时也正看他。四目相视，朱静安略一思索，他马上明白了对方的意图。

“你们是想依靠他的威望？”

“对，他是块牌子啊！”

“好吧。”朱静安微微一笑，他是为李德信高兴，苏宁的这一步棋叫他觉得很欣慰，他放了心。“不过，高总，这件事情还是需要你跟小白来谈，跟李德信谈。要他们愿意才行啊！”

“那是自然！呵呵！”朱静安的表态叫高总很高兴，高总打着哈哈，调侃起来，“不过，到时还需要书记再出出面，做做思想工作！您的脸面大嘛！”

“哈哈，我怎么就脸面大了？这件事情到时候再说吧。如果李德信愿意，我倒是乐意支持一下。问题是……”

“哎，朱书记，我们也是山海区的企业呀！虽然我们的大股东是南京人，可我们纳税，我们招工，都是在山海啊！我们的业务是在蓝岛市啊！最关键的是：我们也是与山海商圈儿一路结伴前行，患难与共。山海商业的繁荣，我们是出了力啊！我们现在也是山海人了嘛！”一看跟书记谈拢了，这高总越发来了劲儿，摇头晃脑地忽悠起书记来。他是为了进一步融洽关系。估计这也是他的谈判技巧之一吧。

“呵呵，那好吧！既然都是李村商圈儿里的。那我就出出力！我不会厚此薄彼的。”朱静安叫他逗得乐了起来。

“对！咱们都一个‘圈儿’里的嘛！”

“那，就这样？”事情谈妥，朱静安站起身来，伸出了右手。

“OK！”高总随后也站起身，紧紧握住了朱静安的手。他知道，朱静安这次不但是帮了李德信，也是帮了他。他不由得对这位区委书记肃然起敬。因为他明白：这次的谈判肯定是成功了。他望着朱静安，心里的兴奋又叫他眼镜后的那双大眼睛变成了铜铃。

朱静安给协调停当，剩下的具体谈判还是在苏宁和小白之间进行。小白这才知道高总的真实意图。但既然解决了钱的问题，相当于救了李德信的性命，至于是否出任董事长，毕竟还是小事一桩。小白跟李德信一样，也是格局大的人。李德信也为自己能继续发光发热感到高兴。

双方很快展开了谈判。出乎意料的是：苏宁抛出的条件又做了优惠，李德信还可以保留百分之四十九的股份，而苏宁占到了百分之五十一，是控股。但在公司的名字上，德信电器的前面要加上“苏宁”二字。同时，“电器”要改成“数码”。

后来才知道，苏宁正是看好了“德信”这俩字，为的是抓住山海区和蓝岛市的市场，以此带动“苏宁”，然后进一步拓展蓝岛本地、辐射山东。或者说，用“德信”做一下引导。在苏宁眼里，“德信”这俩字，就相当于蓝岛本地的节目主持人，而苏宁，正要借助“德信”这位主持人，介绍自己这位明星闪亮登场！

这的确是高招。李德信都答应了。

他又十分感动。他觉得这次收购，苏宁并没有乘人之危，给他的出价是公平的。因此，这是一个双赢的结局。这叫他又感受到了大公司的气场。他甚至觉得，苏宁，跟大集上那些仗义的老乡和伙计们一样。他在苏宁和高总身上找到了感觉，让他感觉又回到大集的氛围中了。

这令他欣慰，令他充满了希望。因为这正是他一直所坚持的，甚至说他所追求的。可是多年来，他的付出无非换来了尊敬和笑脸相迎，并不是所有的人都有他这种心境。但是现在，他见识了苏宁，认识了高总，感觉自己找到了知音。

还贷算是有谱了。这股压力就像长江上的洪峰，有惊无险，穿过三峡之后就变得风平浪静了。李德信现在的病情好多了，能起来下床走路了。其实就是心病。可是没过几天，高总又把李德信请到了谈判桌前。

“李总，还有一件事情，我们需要进一步合作！”

“请讲！”

“就是您的商标，以‘李德信’这仨字儿注册的。我们需要一起来宣传和使用……”

“噢，为什么？”

“这是总部的意思。总部说必须拿到商标，然后才可以收购，要不然、这合作……还有这贷款，我们还是没法儿替您还啊！”

“是吗？”李德信一愣，一股压力瞬间压住了他。他的身子一晃，急忙稳住神儿。他摸了一下脑袋，“哎呀，我想起来了，这商标现在在德福那里！当时是他去办的商标！”

“听说他还注册了另一个商标，叫‘百年大集’？”

“对，是有这么一回事儿。咱们现在赶快去找他去，别叫他再给了别人！”

“那赶紧联系他！”

“直接去他的家居市场！”

李德信和高总刚来到停车场，就见一群人迎了过来，却是商铺里的一些商户。

“李总，”商户们齐声说道，“现在电商的竞争太激烈啦，我们快撑不住啦！中防商街，乐客城，银座，现在都搞起了电商。你快帮我们想想办法吧！要不然我们还是要撤店！”

又是电商，又要撤店！李德信只觉得身子一晃，差点摔倒。他抓紧了车门子。

“你们都先回去吧！”他大声说道，“回头我叫小白联系你们！但是一定要等到我，坚决不能撤店！好吧？”

说完，李德信钻进了高总的帕萨特。

这正是一波未平一波又起。撤店，叫李德信的头痛病又发作了。

第六十章　百年大集

这时，在德福的家居市场里，正上演着一场商标争夺战。

原来在十年前，有人就建议李德信注册商标。李德信当时设计了一个商标，叫“李德信”，此外还有“德信”“百年大集”，等等。当时李德信是叫德福去操办的这件事。德福在申请商标的时候留了一个心眼儿，把“李德信”“德信”“百年大集”这几个商标都注册在了自己名下。相当于他个人的了。对此李德信根本没在意，他也不懂。后来一忙，把这事儿又给忘了。

但是跟冼老板合作，德福这次又留了一手：那就是冼老板虽然成了家居市场的股东和董事长，但是商标还在他李德福个人手上。冼老板其实也是醉翁之意不在酒，占领家居市场的最终目的，还是盯着李德福的商标。而在这时，冼老板的意图，德福也察觉到了。

此时两人也正在做着最后的博弈，市场经理室的空气已经非常沉闷了。

“呵呵，李总，怎么，我给出的条件您还不满意吗？”冼老板涎着脸说，那张肥胖的脸皮笑肉不笑，眼里也射出了贪婪的光。

“这个，这个……”德福嗫嚅着，他心里的魔鬼和天使在打架。一千万，就这几个商标！后半辈子就够了！他没想到这几张破纸能值这么多钱，就凭“李德信”这仨字儿，再就是“百年大集”？可是，他心里尚存的善念这时也在狠狠地咒骂自己，他觉得自己现在就是一个小偷。良心使他觉得这桩买卖必须告诉李德信，必须征得李德信同意。可是那样的话，一千万就捞不着了！

“要不，我再考虑考虑吧！”德福赔着笑说，良心最终还是占了上风。

“哼，那好吧，不过，我也要提醒李总，一千万，是现在我高兴。也许等我明天睡一觉起来，就不是这个数啦！哼！”

冼老板拂袖而去，德福呆坐在沙发上。

这时手机响了起来，是苏宁的高总，说马上就过来了！

高总在电话里没提商标，但是说了李德信要一起来。这又是一枚重磅炸弹，德福的脑子里“嗡”的一下。

他害怕面对李德信，因为都是他惹的祸，才导致李德信到了山穷水尽的地步。李德信病了，他也一直没去瞧他，其实他一直也想去看看，毕竟手足情深。可是，他就是不敢面对！

“啊，天哪，我这是怎么啦！”德福忽然觉得一点力气也没有了，他踉跄着回到办公桌后面的老板椅上，使劲儿地抓起头发来。

他想起了李德信的那张笑脸，他想起了母亲的临终遗言，做事要凭良心啊！可自己这是凭良心吗？他自言自语着，“噢，我该帮他一把！噢，都是我害的！引狼入室，我这是引狼入室啊！”

“大哥，我对不起你啊！我亏欠你啊！这个市场是你给我的！全是依靠了你啊！”李德福抬头向天，大声呼喊起来。他决心赎罪了。

手机响了起来，是冼老板。

“哼，德福，我打这个电话，无非想提醒你一句：那就是，生意场上只有竞争，赌局无父子！你看着办吧！哈哈哈！”

还不等德福回话，冼老板就把手机挂了。只有一连串刺耳的哈哈声在德福的耳际回荡。这声音就像一条毒蛇，钻进了德福的心里，搞得他心烦意乱，一时又不知所以然了。

就在这时，李德信与高总刚好下车。李德信突然停住了脚步，他转过身来。

他朝旁边的车里一望！

车里正是冼老板，刚给德福打完电话。原来他离开办公室后没走，思前想后，看是哪方面出了问题。到最后，他眼珠子一转，立刻明白，李德信的商标肯定是当初德福偷的。而这时犹豫不决，是害怕事后东窗事发，又想告诉李德信了。

冼老板自然猜得不错。

而这时李德信正好听见了他哈哈大笑，不由头皮一炸！

他听清楚了！他比任何时候都确信：此时车里的这个人，正是二十二年前，敲诈他的那个人无疑！

仇人相见，分外眼红。李德信一个箭步就跳了过来，他要找这个人报仇。二十二年积郁的仇恨一朝爆发了！

哪知冼老板这时也早认出了李德信。一脚油门，他的“陆地巡洋舰”噌就蹿出去，逃之夭夭了。

“哼，这个王八蛋，今天终于被我碰上了！不过又叫他跑了！”李德信跺着脚说。

但容不得他多想，当务之急是商标，他的命根子！他当机立断，一个箭步，转身就冲上了二楼。

转眼来到办公室门前，“砰”，李德信一脚踢开了门。

“哥，我错啦！你惩罚我吧！”

是德福，这时已经跪在了地上，双手高举着那几份《商标注册证》，脸上也是满脸泪水，泣不成声了。

“德福！”李德信的眼泪夺眶而出。

此情此景，后面跟着的高总也被感染，一时也说不出话来。

“好了，”李德信扶起了德福，“从今以后，咱们弟兄俩，就重归于好吧！”

“哎！”李德福擦了擦泪水，站起身来。两人紧紧地拥抱在一起。

原来德福刚才站在窗前看见了李德信。最终内心的天平倒向了良心。他其实也感觉到了，李德信是为了商标而来。于是幡然悔悟，马上找出商标证书负荆请罪了。

兄弟俩和好如初，与苏宁合作的障碍迎刃而解。从德福的嘴里，李德信这才知道了冼老板的阴谋。

原来冼老板早就打好了如意算盘，最终目的还是“李德信”这块牌子。他在PK市开了一家电器市场，跟李德信的电器商城完全一样。后来摇身一变又做起了电商，他自己也请人设计了一个网站，类似于天猫，只不过是个小门户。冼老板深知，电商这个行业没有共存，只有唯一，特别是对于像他这样的小网站来说。他这时又特别需要一个老牌的实体店，来支撑自己的信誉。他也早就耳闻到蓝岛山海的李德信，在李村大集上起家，一路打拼，靠的就是诚信。于是他就暗中盯上了李德信，不惜亲自来蓝岛对李德信做调研。不过看见李德信后冼总又吓了一跳：他认出来了！这个李德信，就是二十二年前被自己狠宰一刀的家伙。已经结了仇！不行！得知这种情况冼老板转身想开溜。可又不甘心，担心李德信的实体店再转型做电商，到时岂不多了一个对手？到时李德信凭着这块二十二年打造出来的金字招牌，借助网络，那将会如虎添翼，大鹏展翅，扶摇直上九万里。到时候他冼老板就是死路一条！那些不讲诚信的山寨店也将死倒一片——都得玩儿完！所以，李德信就是他的死敌。只是李德信尚未转型又叫他心中窃喜。那么他要做的，就是趁李德信还没明白过味儿来，还没来得及做电商，赶紧把他掐死，叫这只领头羊一举破产！那么到了那个时候，电器行业就要重新洗牌，重新竞争老大，他冼老板就可以通过竞争坐上头把交椅了！

他的计划又极其周密，步步为营。那就是先拉拢德福，利用德福贪财的心理，把李德信的商户全部拉到德福这里。然后又叫德福拉拢小白，这就相当于断了李德信的两条胳膊。然后，再通过电商的价格竞争，一举把李德信击垮。他的阴谋就要得逞了！

至于揍银行的人，也是冼老板的阴招，目的是加深矛盾，叫银行逼债。原来他一直就安排手下盯着李德信。盯梢玩阴招是他一贯的伎俩。包括十年前李德信在宾馆里被录像，包括给小白寄过去影碟，再就是设下桃色陷阱让德福中枪，然后录下像来威胁德福，都是这个人干的！

这个人，也正是二十多年前，在李德信最早开“德信灯汇”的时候，在批发给李德信的灯里掺杂使假，然后回过头来，再举报李德信的那个所谓的“黄老板”。他是个混世魔王！

可怜！德福没有识破冼老板的诡计，骨肉相残，被他卖了还帮他数钱。

谁承想，这两人最终还是倒戈，半路上又杀出一个敬业的区委书记，从中帮助斡旋苏宁。那么现在破产的不是他李德信，反倒是冼老板的阴谋。对此冼老板顿足捶胸，砸出去了一大笔钱，又被李德信认出了自己。没法儿只好夹着尾巴狼狈逃窜了。

苏宁的一揽子协议签好了。这时商务局那边也传来消息：由商务局牵头，人社局下属的大学生创业中心，与市场上的商户实现了有效对接。大学生们主动上门，商户们都上了网。网店开起来了，大学生的就业问题也解决了！

小白随后找到地铁公司，把 AK 广场商铺的广告做进了地铁的车厢里。最终，AK 广场改造成了餐饮一条街。因为有地铁的便利，AK 广场的商铺开始火起来。

有了这两驾马车，李德信终于东山再起了！

这一来，他的身体也完全康复了。

尾声

九月二十八日，新的数码商城举行了二次开业。这一天“德信”网店也开张大吉。在京东，在淘宝，在苏宁易购，“德信”这个牌子都建立了链接。这一天又特地举办了一次酬宾大甩卖。在开业的庆典上，李德信把“百年大集”的商标交给了儿子。当着众人的面，李德信几欲哽咽。

他又激动了。

“哈哈，我准备退休啦！”他突然大笑起来，“不过我还要做最后一单，在我六十岁退休之前。下一个项目，就是咱山海区政府正在张罗的电商产业园，在沧口国棉六厂的老厂房。它全称叫‘蓝岛邮政跨境电商产业园’。这个项目包赚不赔，谁去得早就早受益！这也是电商，想发财的就跟我来吧，哈哈！”

朱静安因为有个会，没来。当他和商务局的老贾赶到的时候，庆典仪式已经结束了。朱静安倒是很想跟李德信再聊上几句，却遇到了正准备离开的苏宁高总。

“高总啊，我要代表商圈儿谢谢你呀，最后还是把‘百年大集’的牌子给留下啦！”朱静安拉着高总的手说。

“客气啦，朱书记！其实总部经过考虑，觉着‘百年大集’这块牌子还是应该属于咱本地，属于整个李村商圈儿。再把牌子拿下，做人也太不厚道啦！我呢，无非是当了个二传手——上传下达。反正，牌子相当于完璧归赵了！我们苏宁也没损失什么呀，都是商圈儿里的人嘛！”

“好，好啊！那就叫李德信继续举着这块牌子代表咱商圈儿吧！”

原来苏宁最终还是把“百年大集”的商标给放弃了。

“对了，高总，你有没有看见李德信啊？”朱静安又问。

“呵呵，朱书记，他好像是去河边了。”

“那我去河边找他去！”

这时，李德信正站在向阳路桥头，欣赏着两岸的景色。他陷入了往事的回忆中。

李村河这时已经旧貌换新颜。只见南岸，宝龙城市广场小区这段已经架起了一座吊桥，直通河北的滨河路。桥上亭台楼榭，做了好多现代抽象派的几何造型。又有几处观景台，可供游人小憩。河两岸也整修一新：花岗石的河堤，曲径通幽的竹林小径。河边又多出数十条长长的鱼竿。河面上也波光粼粼，水光潋滟。老人在河边的小路上散步，小孩子在公园的空地上嬉闹。许多商客，虽然行色匆匆，却也刻意绕道河边，为的是能多呼吸一口新鲜的空气，感受一番良辰美景，解除一下商旅的鞍马劳顿。

朱静安走近李德信，知道他正沉浸在回忆里，也不忍心打扰他。他停下脚步，和李德信保持了一段距离。

“朱书记！”猛一抬头，李德信看见了朱静安，他情不自禁地笑了起来，“朱书记，我这正在回忆往事呢！没看见您！”

“是啊，过去的日子一去不复返了！”朱静安也感慨起来，“就说这个大集吧，其实虽然我来的时间不长，可是对大集，对咱山海，都充满了感情啊！回忆起这些年来的风风雨雨，在山海也度过四个年头了。不过，也不能光回忆过去，还要向前看，还是要向前啊！”

“朱书记，您这一来，为山海做了不少实事儿，深圳路打通，引进亚马逊，建设院士港，发展海绵城市，特别是把大集成功给搬迁了。您为山海做出的贡献非凡啊！”

“哪里！这都是工作。人总是要做点事情的。不过关于大集，我考虑，重要的是她的这种精神：给予，包容，奉献，互助，诚信。要把大集的这些精神传承下去啊！现在大集迁到了曲戈庄，比以前发展得还要好！商务局又开始帮着大集上的商户发展电商了，创办了一个网站，叫‘李村大集电商平台’。大集算是迎来了第二春啊！我觉着下一步，还可以在河边，搞一个‘百年大集博物馆’。大集是咱山海区的活化石，把大集的一些史料和历史传说都放进去！再就是李村河的两岸，也要重新设计，加入文化旅游元素，成立专门的特色餐饮、民俗小吃一条街，发展山海区当地的民俗文化产业，将两岸再搞成一个新的经济增长带！可以参考京杭大运河上的秦淮人家，做成一个有诗情画意的新版的《清明上河图》！到时候就请咱山海人民都来参与参与，群策群力！总之，李村河和大集的明天将更加辉煌！你说呢？”

“好啊，朱书记！到时候捐款算我一个！对了朱书记，还有一件事，我得跟您说说，就是我考虑：下一步，我这些年挣的这些钱，还是，不留给小白了吧……”

“噢，不给小白？那你想怎么办？”

“呵呵，我准备成立一个基金会，挣了钱，专门帮助那些创业者，外地来山海的，给他们提供扶持资金。你看怎么样？”

“好，好事啊！”朱静安的眼睛一亮，“你有这样的想法，说明你的思想又进步了呀！呵呵！”

“呵呵，都是受书记的影响嘛！”

两人相视一笑，彼此已经心有灵犀。两人又欣赏起河上的美景，似乎都忘记了彼此的身份。朱静安忽然又想起来一件事，他转过头来。

“李总，有一件事我一直想问你：你现在对我们这个‘团队’，感觉怎么样？”

“好，好啊，为人民服务！”

“那你想不想加入？”

“我现在考虑，这是一笔划算的买卖！”李德信含笑回答。

“成交吗？”

“成交！”

后记

《百年大集》创作的初衷，是因为李村大集，以其悠久的历史、宏大而波澜壮阔的交易场面、齐全而无所不有的物质品类，以及附着在上面的原生态民俗文化，或者说是青岛人一个休闲购物和玩乐的好去处，同时又辐射到周边——整个山东半岛，在李沧区乃至青岛市的商业发展史上具有举足轻重的地位。因此写一部关于李村大集的小说，是李沧区历届党政领导的心愿。目的是以文学的形式，记载李村的商业发展历史，展示李沧乃至青岛的风土人情，弘扬李沧人民的精神风貌和亮点，揭示李村大集文化的精神内涵，表达对李沧这片土地的热爱。特别是大集在2016年实现了胜利搬迁后，李沧区委宣传部更是把小说的创作提上了议事日程，提出要以小说的形式，把大集描绘成“一部李村商业的缩影，几代李沧商人的创业史诗”，并最终命名为《百年大集》。就这样，在李沧区委宣传部的积极推动下，我用了一年多的时间，几经修改，多次深入大集，完成了这部《百年大集》的创作。

李村大集最重要的贡献，是在二十世纪九十年代，在市场经济转型而导致的全国性下岗潮中，接纳了大量下岗职工，帮他们讨生活，解决了温饱问题。所以在创作过程中掺杂了浓浓的个人感情——确实值得称颂。民以食为天，吃饭是最硬的道理！所以大集就像母亲，小说也把大集比喻成母亲，在主人公李德信的心目中更胜过母亲。这位母亲吃的是草，挤出来的是奶，只要你投入她的怀抱，她都无私地接纳你。下岗职工是伤痕累累浪迹天涯的游子，大集就是母亲最温暖坚实的臂弯。而李村大集的伟大之处，还在于她以市场的手段，解决了下岗再就业这个重点难点的社会问题。

温饱是重中之重，而李村大集在后来的促进李村商圈培育发展方面也起到了关键作用。记得当时公交车车体上都有一条著名的广告：“逢二排七李村集，崂山百货大楼欢迎你！”这条广告是现在的维客集团，也就是原来的崂山百货大楼发布的。崂山百货大楼从九十年代到现在都是李村商业的台柱之一，充分说明了李村大集对助推商圈的重要性——商圈刚开始发展的时候依靠大集。依托大集向外扩展，或者说是大集的衍生品、大集母亲的孩子。当然，商圈后来经过发展，在获得青岛市中心商圈的地位后，反过来又促进大集，反哺大集，也是显而易见的。但是在开始阶段，大集的带动作用功不可没。商圈是李村商业这座大厦的主体，大集是大厦的基石。

就像一些事物不可能永远存在一样，大集解决温饱和促进商圈，是一个时期内的使命。但进入二十一世纪，特别是近几年来，李村大集以原来的旧模式存在，很明显拖了李沧区乃至整个青岛市的后腿。这主要表现在防汛抗洪、影响市容、阻碍交通及食品安全方面，大集的搬迁势在必行。于是在这样的大背景下，李沧区经过审时度势，克服困难和重重阻力，发扬勇于担当和真抓实干的精神，于 2016 年 6 月 27 日实现了李村大集的胜利搬迁和重新开业。百年大集旧貌换新颜。

因此拙作《百年大集》，算是给李村大集，同时也是为李村商圈，或者说为李沧的商业，立了一块碑。其实小说正是讲述了李村的商业发展史，从 1994 年 7 月 1 日李沧区成立前后直到 2016 年大集搬迁，这段时间正好是李村大集和李沧的商业从开始发展到繁荣的阶段。放在大的背景下，也正是我们国家向市场经济转型，改革开放以来李沧区最为辉煌的一段。或者说李沧的商业发展，正好是改革开放的一个缩影。小说到最后重点描写了电商，苏宁易购作为李村商圈的象征闪亮登场。大集、商圈、电商，构成了李村商业的三部曲。

以上是创作的背景和框架。但从小说的艺术性来讲，《百年大集》还是以虚构为主，小说中的人物和故事大都来源于生活又高于生活。打个比方，《百年大集》就是一部在李村创业的《西游记》。在这部戏里，往西天取经变成了创业做生意，主人公李德信就是孙悟空。在创业过程中遇到的艰难险阻勾勒出了一幕幕商业江湖——李村大集和商圈儿。这个氛围也辐射到后来的电商。换言之，是在以李村大集为中心的商业环境中发生的故事。但这些艰难险阻或者说妖魔鬼怪，被李德信或化解或降服；各路神仙，成为李德信创业历程中的左膀右臂。在经历了创业和商战的大起大落，以及家庭的悲欢离合后，李德信最终功成身退。这时李德信的精神世界也修成了正果，思想上由讨生活到发财致富，最终演变成为人民服务，思想境界有了质的飞跃和升华。

在时间的纵轴上，这部小说反映了改革开放以来，中国人走向市场经济，经历了创业的九九八十一难。从横的切面来看，则是大集和李沧的商业，在不同年代，上演的一幅幅鲜活的《清明上河图》。

再说一下主题：小说虽然写的是大集和商业，但从人物身上体现出来的，是大集所包含的诚信、助人、奉献、给予、牺牲、包容、哺育和养育众生等等，一系列真善美的文化和精神。其中最重要的互助精神——我为人人，人人为我，是大集的一种秩序和生态规则。小说中的人物承载了大集的这种精神，人物是大集的化身。从这个意义上讲，《百年大集》实际是描写了一群人——大集人，李德信和各路神仙。在他们身上体现出了李沧区、李沧人的正能量。

感谢青岛市文联、青岛市作家协会对本书创作提供的指导。

在本书的创作过程中，中共青岛市李沧区委宣传部、李沧区市场监督管理局、李沧区文化和旅游局、李沧区商务局、李沧区司法局、李沧区人力资源和社会保障局、李沧区市场建设服务中心等单位，给予了大力支持与协助，在此一并表示感谢！

感谢魏胜吉先生！

感谢高建刚、韩嘉川、杨志鹏、鞠彬、辛克竹、王辉老师！

感谢乔法生、纪玉安、徐联军、苏永起、李波、高波、徐杰、范庆华、徐大斌先生！

这些老师和朋友为本书的创作提供了指导和帮助。

特别感谢刘从岭先生！

胡保凯

2018 年 9 月 1 日

图书在版编目（CIP）数据

百年大集／胡保凯著．-- 北京：作家出版社，2018.12

ISBN 978-7-5212-0344-8

Ⅰ．①百… Ⅱ．①胡… Ⅲ．①长篇小说—中国—当代 Ⅳ．① I247.5

中国版本图书馆 CIP 数据核字 (2019) 第 006855 号

百年大集

作　　者：胡保凯
责任编辑：张　平
装帧设计：意匠文化 · 丁奔亮
出版发行：作家出版社有限公司
社　　址：北京农展馆南里 10 号　**邮　　编：**100125
电话传真：86-10-65067186（发行中心及邮购部）
86-10-65004079（总编室）
E-mail:zuojia@zuojia.net.cn
http://www.zuojiachubanshe.com
印　　刷：三河市北燕印装有限公司
成品尺寸：170 × 240
字　　数：330 千字
印　　张：22.75
版　　次：2019 年 7 月第 1 版
印　　次：2019 年 7 月第 1 次印刷
ISBN 978-7-5212-0344-8
定　　价：45.00 元